PROLOG

DÜRN, MITTE SEPTEMBER 1391

»Ich hoffe, du hast mich nicht wieder umsonst gerufen!«

Missmutig streifte der großgewachsene, hagere Mann die Fäustlinge ab und hauchte in die hohle Hand, um die Kälte zu vertreiben. In der Kammer roch es beißend nach Urin, saurem Schweiß, Moder und Schimmel. Die Fensterläden waren verschlossen, nur eine einzelne Talglampe erhellte den Raum.

»Es geht ihm sehr schlecht, Herr Pfarrer.« Die Nonne senkte demütig den Kopf. Sie saß auf einem Stuhl in einer Ecke der Kammer – vom Krankenlager so weit wie möglich entfernt.

»Das hast du schon beim letzten Mal behauptet!« Der Priester schüttelte unwillig den Kopf. »Und beim vorletzten Mal auch.«

»Er hatte sich erholt. Doch vor zwei Tagen verlor er das Bewusstsein und hat es bis heute nicht wiedererlangt.«

»Wie soll ich ihm die Beichte abnehmen, wenn sein Geist umnebelt ist?« Wütend rieb der große Mann seine Hände. »Du alte Närrin! Welche Sünden sollte er in den vergangenen zwei Wochen schon begangen haben? Er ist alt und kann sich kaum auf den Beinen halten. Nicht einmal die Messe liest er mehr aufrecht, wie mir zu Ohren kam. Er lässt sich von zwei Messdienern stützen und hat um einen Stuhl am Altar gebeten.«

»Er zählt weit über achtzig Lenze.«

»Das meine ich ja. So groß können seine Vergehen gar nicht sein, dass er alle zwei Wochen sein Gewissen erleichtern müsste.«

»Aber er verlangt nach einem Beichtvater, sooft er bei Sinnen ist.«

»Nun, er ist nicht bei Sinnen. Du hast mich den ganzen Weg von Schneeberg hierher umsonst kommen lassen. Noch dazu bei dieser Kälte.«

Ein lautes Röcheln ließ den Priester zusammenzucken. Er wandte sich stirnrunzelnd zur Bettstatt um. Was er sah, erfüllte ihn mit Ekel. Der Kranke hatte eingefallene Wangen, seine pergamentartige Haut überspannte den Schädel nur notdürftig. Die Augenlider flatterten beständig, obwohl er sie geschlossen hielt. In den Mundwinkeln klebte eingetrockneter Speichel, und aus der Nase lief ein dünnes Rinnsal aus Schleim. Obgleich sein Gesicht von Altersflecken übersät war, leuchtete es im Schein der Talglampe gespenstisch blass, wie das eines Toten. Offensichtlich hatten die Bader und Quacksalber zu viele Aderlasse vorgenommen und ihm dabei das ganze Blut aus dem Leib laufen lassen.

»Er öffnet die Augen!« Die alte Nonne deutete erregt auf das Gesicht des Kranken. Tatsächlich flatterten die Lider heftiger, dann wurden zwei wässrige Spalten sichtbar, schmale Schlitze nur, vom Grauen Star getrübt.

»Archh.« Das Röcheln wurde lauter. Der Kranke griff mit ungeahnter Kraft nach dem Arm des Priesters. Er stöhnte leise. »Philipp Eugen. Ihr seid gekommen, dem Himmel sei Dank.« Seine Stimme klang heiser und vertrocknet wie der Speichel in seinen Mundwinkeln. Pfarrer Philipp Eugen zwang sich zu einem beruhigenden Lächeln und entzog sich dem Griff des alten Mannes.

»Verlangt Ihr nach der letzten Ölung, Heinrich Otto?« Er schlug ein Kreuzzeichen.

»Später vielleicht. Zunächst möchte ich die Beichte ablegen.« Mit größter Kraftanstrengung drehte der Kranke den Kopf und wedelte mit der Hand. »Lass uns allein«, sagte er zu der Nonne, die neugierig auf ihrem Stuhl gesessen hatte und ein wenig enttäuscht aussah, als sie nun dem Befehl des Kranken Folge leistete.

Anne Grießer

Das Heilige Blut

Roman der Walldürner Wallfahrt

Sutton Roman

DIE AUTORIN

Anne Grießer, Jahrgang 1967, ist in der Wallfahrtsstadt geboren und aufgewachsen. In den vergangenen Jahren hat sich die in Freiburg lebende Schriftstellerin und Entertainerin als preisgekrönte Krimi-Autorin und -Herausgeberin weit über Baden hinaus einen Namen gemacht. Ihre Auftritte mit den »Mordsdamen« sind Kult. Mit »Das Heilige Blut« beweist sie ihr Talent für historische Stoffe.

Sutton Verlag GmbH
Hochheimer Straße 59
99094 Erfurt
www.suttonverlag.de
www.sutton-belletristik.de

Gestaltung und Satz: Sutton Verlag
Umschlag: Sutton Verlag, unter Verwendung eines Fotos von Caroline Doms, Jena

ISBN: 978-3-95400-190-3

Druck: CPI books GmbH, Leck

»Ich habe große Schuld auf mich geladen«, wisperte Heinrich Otto, kaum dass sie die Kammer verlassen hatte.

Pfarrer Philipp Eugen konnte nur mühsam seine Ungeduld verbergen. Er sehnte sich nach dem Zuber im Badehaus, wo er sich gewöhnlich um diese Stunde die Kälte aus den Knochen zu vertreiben suchte.

»Sprecht«, sagte er und bemühte sich um einen angemessenen Tonfall.

»Beantwortet mir zuerst eine Frage.« Der Atem des Kranken ging rasselnd. Er senkte die Stimme und winkte Philipp Eugen mit dem Zeigefinger näher heran, bis er direkt in sein Ohr flüstern konnte: »Sagt, glaubt Ihr an die Kraft von Wundern?«

Eine lang anhaltende Stille setzte ein, nur unterbrochen von einer späten Stubenfliege, deren monotones Summen den Raum bald vollständig ausfüllte. Am liebsten wäre Philipp Eugen aufgesprungen und ohne weitere Verzögerung in seine Badestube zurückgekehrt. Es lag ihm schon eine böse Antwort auf der Zunge, dergestalt, dass er mitnichten den weiten Weg gekommen sei, nur um mit einem siechen Greis, dessen Geist umnebelt war, theologische Dispute zu führen. Doch irgendetwas in der Stimme des Alten, ein leises Zittern, eine innige, ehrliche Ergriffenheit, ließ ihn nachdenklich werden.

»Nun«, sagte er irgendwann vorsichtig. »Jeder weiß, dass echte Heiligkeit neben dem moralischen Heroismus auch die Wirkkraft eines anerkannten Wunders erfordert. Ebenso wie jeder weiß, dass die Fabuliersucht einiger Eiferer und die einfältige Gläubigkeit des Volkes unzählige falsche Wundererzählungen und Mirakelberichte hervorgebracht haben, die jedoch dazu dienen, das Volk auf den Weg des Glaubens und der Frömmigkeit zu führen, mithin einen wahren, lobenswerten Zweck erfüllen.«

Philipp Eugen bemerkte, wie der Kranke sich entspannte. Er beglückwünschte sich zu seiner diplomatischen Antwort, die letztendlich nichts aussagte, aber die Neugier, die Heinrich Otto in ihm geweckt hatte, geschickt vertuschte.

Die Ruhe des Greises währte indes nicht lange. Er bäumte sich auf, und seine Augen nahmen einen fiebrigen Glanz an. »Die wahren Wunder«, krächzte er, »die Wunder, die der Herr uns gewährt. Welchen Zweck erfüllen sie? Was will uns der barmherzige Vater damit sagen?«

Fasziniert beobachtete Philipp Eugen, wie der Atem des Alten sich beschleunigte, bis er vom Husten geschüttelt wurde, wie die Augen aus den Höhlen traten und sich blutiger Schaum vor seinem Mund bildete. »Soll ich nach der Nonne schicken?«, fragte er. »Oder nach einem Medicus?«

»Nein!« Heinrich Ottos Blick wurde klarer. »Beantwortet zuerst meine Frage.«

»Bei Gott, Ihr seid selbst Pfaffe! Ihr solltet die Antwort kennen.« Philipp Eugen klang barsch, er war mit seiner Geduld am Ende. »Der Herr hilft den Gerechten und Barmherzigen aus der Not, er schickt den Gläubigen, die in der Lage sind, diese zu erkennen, Zeichen und Wunder, um ihnen den rechten Weg zu weisen, und er straft die Sünder, Ketzer und Ungläubigen, die seinen Gesetzen zuwider handeln.«

Alles Blut wich aus dem Gesicht des Kranken. Das bleiche Antlitz wurde noch eine Spur fahler, als er zurück auf sein Lager sank. Fast tonlos wiederholte er: »Er straft die Sünder. Die Ketzer und die Ungläubigen. Die Sünder. Die Ungläubigen …«

Philipp Eugen betrachtete ihn lauernd. Was war nur mit dem Alten los? Es lag mit einem Mal eine dunkle Aura über dem Krankenzimmer, ein Schatten, der den Raum wie in Nebel hüllte. Was hatte es mit Heinrich Ottos Stimmungsschwankungen auf sich? Was quälte ihn dermaßen, dass er dem Tod nicht ruhigen Mutes begegnen konnte? Gab es etwa doch ein Geheimnis, das der Dürner Pfarrer hütete?

Philipp Eugen fluchte im Geiste. Er hätte behutsamer vorgehen müssen. Jetzt war seine Neugier erwacht. »Wollt Ihr Euch mir anvertrauen?«, fragte er so sanft, wie es ihm möglich war.

Noch einmal veränderte sich das Gesicht des Alten. Es schien, als kehrten seine Säfte mit aller Kraft zurück; wo eben noch der Schädel eines Leichnams auf dem Kissen geruht hatte, erhob sich nun ein Mann, der durchaus zu den Lebenden zählte.

»Verschwindet«, sagte er leise. »Verlasst sofort meine Kammer.«

»Ich wollte Euch nicht drängen«, versuchte Philipp Eugen zu beschwichtigen. »Ihr kennt ja selbst die Pflichten eines Pfarrers und wie sehr sie einen verschlingen, wenn –«

»Raus.« Heinrich Ottos Stimme klang scharf wie ein Skalpell.

»Was fällt Euch ein? Wagt es nicht, so mit mir zu sprechen. Ich werde –«

»Diese Kammer werdet Ihr verlassen. Und zwar auf der Stelle. Noch bin ich nicht tot!« Der Alte schwang seine dürren Beine von der Bettstatt. »Ich werde mich ankleiden und in der Kirche für mein Seelenheil beten. Euch brauche ich nicht dazu! Nur Gott kann mir meine Sünden vergeben. Raus jetzt, bevor ich mich vergesse!«

Mit einer Kraft, die Philipp Eugen ihm niemals zugetraut hätte, schlug Heinrich Otto gegen die Wand hinter seinem Lager. Er hustete wieder, doch diesmal nur kurz. Mit wackligen Beinen stand er auf und schlurfte zu seinem Stuhl, über dem ein schmutziges und zerrissenes Priestergewand hing.

Zögernd wandte sich Philipp Eugen der Tür zu. »Lasst mich jederzeit rufen, wenn Ihr mich braucht«, unternahm er einen letzten Versuch. »Ich werde stets für Euch da sein …«

»Raus!«

Erst vor der Tür des maroden Pfarrhauses atmete Philipp Eugen durch. Die Kälte, die viel zu schneidend für einen Septembertag war, kam ihm nun gerade recht. Er sog die Lungen voll, um den Gestank von Krankheit, Alter und Tod loszuwerden, der die Kammer ausgefüllt hatte. Neben der Eingangstür stand etwas verloren und fröstelnd die alte Nonne, die den Pfarrer pflegte. Hatte sie das Gespräch belauscht?

Philipp Eugen zuckte die Schultern. Und wenn schon! Das irre Gebrabbel und die sinnlosen Fragen des Alten konnten ihr ebenso wenig gesagt haben wie ihm selbst.

Aber irgendetwas stimmte nicht. Warum verlangte der Todgeweihte alle paar Wochen nach einem Beichtvater, nur um ihn dann unsanft vor die Tür zu setzen? Welche schreckliche Schuld hatte er auf sich geladen? Was hinderte ihn an einem ruhigen Tod, der in seinem Alter einer Erlösung gleichkommen musste?

Während er seinen Karren bestieg und die Fäustlinge überzog, warf Philipp Eugen der Nonne einen strengen Blick zu. »Kümmere dich um ihn«, sagte er. »Und rufe mich sofort, sobald sich sein Zustand erneut verschlechtert. Hörst du?«

Die Nonne nickte, und Philipp Eugen ließ die Peitsche knallen. Er würde den alten Pfarrer von Dürn im Auge behalten. Bei Gott, das würde er.

1

MAINZ, ENDE SEPTEMBER 1391

Mit einem Schrei erwachte Fronika Rißenbach. Draußen war es dunkel, und die junge Magd wusste für einen Moment nicht, ob der böse Traum vorüber war oder sie noch gefangen hielt. Erst das leise Schnarchen der anderen Mägde überzeugte sie davon, in die Welt der Lebenden zurückgekehrt zu sein.

Sie fröstelte. Die Nacht war mild, dennoch hatte sich eine durchdringende Kälte ihrer Knochen bemächtigt, eine Kälte, die aus den Tiefen ihres Körpers kam, sie zittern ließ und ihr Herz fest umklammert hielt.

Die Fratzen und Stimmen aus dem Traum waren kaum verblasst, schienen noch immer im Raum umherzuschwirren: Teuflische Gesichter mit Hörnern und gelben Augen. Stimmen, die nicht sprachen, sondern zischten, unverständliche Laute, die alles heißen konnten und gar nichts. Und Blut. Überall Blut. Auf ihrem Körper, auf dem Stroh ihres Lagers, auf den Kleidern.

Angstvoll versuchte Fronika, die Bilder abzuschütteln. Was bedeuteten sie? Nie zuvor hatte sie so etwas geträumt. Nie zuvor war ihr ein Traum so echt, so nah erschienen. Sie hatte davon gehört, dass es Menschen gab, schwache Menschen, die des Nachts von Dämonen oder vom Teufel heimgesucht wurden. Doch sie war nicht schwach. Ihr Glaube war mächtig, ihr Leben zwar nicht frei von Sünde, natürlich nicht, kein Leben war das, doch es war ein redliches. Tagtäglich bemühte sie sich um Rechtschaffenheit und sprach ihre Gebete zu den Heiligen.

Wenn es jedoch keine Dämonen waren, die in sie gefahren und sich ihrer bemächtigt hatten, was war es dann? Ein Zeichen?

Ein böses Omen? Was konnten die Fratzen ankündigen? Das viele Blut?

Vorsichtig erhob sie sich von ihrem Lager unter dem Dach der erzbischöflichen Residenz und tappte mit bloßen Füßen zu den Bettstätten der anderen Mägde. Ging es ihnen gut, waren alle am Leben?

Ja. Sie schliefen fest, einige schnarchten laut, andere knirschten mit den Zähnen, und auch Mechthild atmete ruhig; ihr Husten gönnte ihr in dieser Nacht eine kurze Pause.

Das Zeichen musste sie also selbst betreffen. Zitternd ging sie zum Fenster, kniete davor nieder und bekreuzigte sich. »Dich liebt, barmherziger Gott, mein ganzes Herz, wenn ich Dich erzürnt habe, so wasch mich rein in Deinem Blut. Amen.«

Im fahlen Mondlicht, das durch das kleine Fenster fiel, sah Fronika, wie sich eine Spinne direkt über ihrer Nase abseilte. Hastig drückte sie die Hand auf den Mund, um einen weiteren Schrei zu unterdrücken. Eine Spinne! Um diese Nachtzeit! Es war eines der untrüglichsten Vorzeichen für Unglück und Kummer überhaupt. Welches gewaltige Unheil stand ihr bevor?

Sie betete leise zu allen Heiligen, die ihr je beigestanden hatten, betete, bis ein sanfter Schimmer am Horizont den Morgen ankündigte. Und dann, im unwirklichen Dämmerlicht des jungen Tages, sah sie es: Der gedrehte Haselzweig, den sie erst am Tag zuvor grün und reif vom Baum geschnitten und auf das Fenstersims gestellt hatte, war über Nacht verdorrt. Hatte alle Lebenskraft verloren, war abgestorben. Und das ohne jeden Grund, denn Frost hatte es keinen gegeben, im Gegenteil, es war eine laue Nacht, für einen späten Septembertag sogar außergewöhnlich warm.

Fast ohnmächtig vor Furcht wankte Fronika zurück zu ihrem Lager. Ein wenig Zeit blieb ihr noch, bis der Tag begann. Etwas würde geschehen, und es würde schrecklich sein. Etwas, das ihr Leben von Grund auf verändern würde. Was es war, konnte sie nicht sehen, doch dass es geschah, war gewiss. Die Zeichen logen nie.

Die Stadt war voller Gerüche, als Fronika am Vormittag desselben Tages das Haus verließ. Die meisten davon widerwärtig. Wie ein dichter Nebel zog der wabernde Gestank durch die engen Gassen, wo er viel stärker wahrnehmbar war als in den Häusern, und hüllte alle Menschen ein, die töricht genug waren, sich ihm auszusetzen. Fronika rümpfte die Nase. Besonders übel bekam ihr der faulige Fischgeruch, der vom Fluss heraufdrang. »Ein frischer Fisch stinkt nicht«, hatte ihre Ziehmutter Mechthild ihr bereits als kleines Mädchen eingetrichtert, und Fronika kam es nie in den Sinn, an den Worten der alten Frau zu zweifeln. »Einen guten Fischhändler erkennst du daran, dass weniger Fliegen seinen Marktstand umschwirren.«

Fronika seufzte. Wenn sie ihrer Ziehmutter Glauben schenken durfte, gab es im Jahr des Herrn 1391 zu Mainz nur wenige rechtschaffene Händler unter den Heringskästen und unter den Fischscharnen. Während sie sich ihren Weg durch das Gedränge am Marktplatz bahnte, rieb sie sich immer wieder wie zufällig den Ärmel ihrer Bluse über Mund und Nase und atmete tief den Duft des frisch gewaschenen Gewebes ein. Heute stand der Wind besonders ungünstig und fegte den Gestank der Gerber bis zum Zentrum am Dom, wo es sonst eher nach Bratäpfeln duftete oder nach den Spezereien aus der Apotheke. Wie der teuflische Atem der Hölle lag die schlechte Luft über der Stadt und passte ganz hervorragend zu Fronikas düsterer Stimmung und zu der nächtlichen Angst, die von der hellen Morgensonne nur oberflächlich vertrieben worden war.

Die Leute, die sich auf dem Markt drängten, schienen den beißenden Geruch gar nicht wahrzunehmen. Fast kam es Fronika so vor, als wären alle anderen des Riechsinns beraubt, und nur ihre eigene Nase – eine besonders schwungvolle Stupsnase im Übrigen – könne die Aromen der Welt aufnehmen.

»Das hast du von deiner Mutter«, pflegte Mechthild kopfschüttelnd zu sagen, wenn Fronika sich wieder einmal vor dem Gang zum Fischmarkt drücken wollte, indem sie andere, wichtige Tätigkeiten vorschützte. Dann zuckte Fronika stets gleichgültig die Schultern, denn ihre leibliche Mutter hatte sie nie gekannt und dank Mechthilds uneingeschränkter Fürsorge auch niemals ernsthaft vermisst.

Eine Maus huschte über ihre Füße, während sie die bunten Bänder am Stand der dicken Agnes bewunderte, und sie erschrak so sehr, dass sie sicherlich hingefallen wäre, hätte nicht eine hilfreiche Hand sie gestützt, bis sie das Gleichgewicht wiederfand.

Ein fremder, in kostbare Gewänder gekleideter Herr blickte ihr mit spöttischem Grinsen in die Augen. »Fürchtest du dich vor einer kleinen Maus, die sich zwischen den Nüssen versteckt hat?« Er lachte laut auf. »Du hast das arme Tier verschreckt! Vermutlich sitzt es jetzt mit klopfendem Herzen unter einem Stein und traut sich erst nach Einbruch der Dunkelheit zu seinen Artgenossen zurück.«

Betreten senkte Fronika den Blick. Der Fremde starrte sie unverhohlen an, seine Augen blieben an ihrem Busen hängen, an den kleinen Brüsten, die noch nicht ausgewachsen waren, dann wanderten sie zu ihrem Gesicht, verharrten auf ihrer energischen Stupsnase und suchten schließlich ihren Blick. Er lächelte, ein hübsches Grübchen entstand neben seinem Mund, doch der spöttische Glanz in seinen Augen blieb. Er war nicht mehr ganz jung, sicherlich bald dreißig Lenze alt, doch sein Gesicht hatte etwas Knabenhaftes bewahrt, als führe er ein leichtes Leben, das ihn nicht sonderlich forderte. Seine Kleidung bestand aus feinen Seidenstoffen, die Stiefel aus zartem Hirschleder, den Kragen seines Umhangs zierte ein wertvoller Zobelpelz. Die Fingernägel waren manikürt, und unter dem Hut ringelten sich frisch gewaschene, dunkle Locken. Fronika hatte den Mann nie zuvor in Mainz gesehen, und wenn er kein Kaufmann war, musste er wohl zu der Delegation des Klosters Fulda gehören, die an diesem Morgen am erzbischöflichen Hof zu Mainz eingetroffen war. Sie wünschte, der Mann würde endlich weitergehen, denn sein durchdringender Blick verunsicherte sie. Doch er schien auf eine Antwort von ihr zu warten.

»Ich fürchte mich nicht vor Mäusen«, erwiderte sie und bemühte sich, ihrer Stimme einen festen Klang zu verleihen. »Aber Ihr habt wohl bemerkt, edler Herr, dass diese besondere Maus ganz weiß war und dass sie von links nach rechts über meinen Fuß gelaufen ist, noch dazu am hellen Tage. Wie Ihr sicherlich wisst, ist dies ein besonders böses Vorzeichen.«

Der Gesichtsausdruck des Fremden verdüsterte sich. »Du sprichst einem kleinen Tier große Macht zu«, sagte er, tippte zum Gruß an seinen Hut und verschwand in der Menschenmenge. Fronika bekreuzigte sich, während sie ihm nachsah.

»Ein hübsches Mannsbild!«, bemerkte die dicke Agnes, die den Vorfall beobachtet hatte. Sie lachte und entblößte dabei zwei große Zahnlücken. »Und wohlhabend scheint er obendrein zu sein.« Ihre gichtigen Hände nestelten an den Waren auf ihrem Marktstand herum, bis sie ein glänzendes blaues Band gefunden hatten. »Schau es dir an, Mädchen. Die Farbe passt zu deinen Augen, und das dunkle Blau verträgt sich gut mit deinem hellen Haar. Hast du gesehen, wie er dich beäugt hat, der Fremde? Du hast ihm gefallen! Ich mache dir einen Sonderpreis für das Band.«

Bedauernd schüttelte Fronika den Kopf. Der Preis, den die Marktfrau nannte, war angemessen, sogar günstig, doch selbst wenn sie die dicke Agnes noch weiter herunterhandeln könnte, war es immer noch zu viel Geld für eine Küchenmagd. Sie würde sich weiterhin mit Blumen im Haar begnügen müssen – die schenkte Gott den jungen Mädchen umsonst.

»Na, komm her, mein Kind.« Agnes zwinkerte ihr zu. »Ich kann doch sehen, dass es dir gefällt. Meine Geschäfte laufen recht gut heute, es ist ein milder Tag, und den Leuten sitzt die Geldkatze lockerer als üblich. Ich schenke dir das Band, Kleines.«

»Oh!« Fronika war zu verblüfft, um sich angemessen zu bedanken. Die dicke Agnes galt als geizig, als eine Frau, die wusste, wie sie ihr Geld zusammenhalten und vermehren konnte. Geschenke oder Großzügigkeiten aller Art gehörten nicht zu ihrem üblichen Gebaren.

Schließlich erinnerte sich Fronika doch noch ihrer guten Erziehung. »Gott segne Euch!«, sagte sie und deutete einen Knicks an. Dann lief sie schnell davon, bevor es sich die Alte noch einmal anders überlegen konnte. Das kostbare Band steckte sie in den Ausschnitt ihres Kleides, wo es niemand unbemerkt stehlen konnte, denn im Marktgedränge war man nie sicher vor den Fingern geschickter Diebe.

Als sie die Apotheke erreichte, das Ziel ihrer Besorgungen, atmete sie tief durch. Draußen hatte sich der Gestank noch verstärkt. Die Apotheke jedoch war eine Oase der Düfte. Hier roch es nach Kardamom, Zimmet, Limonen und Koriander. Spezereien aus fernen Ländern wurden feilgeboten, Kräuter und exotische Gewürze. Sie überdeckten sogar den bitteren Geruch der Arzneien, die im hinteren Bereich des Ladens lagerten. Gerne hätte Fronika ein Elixier gegen den hartnäckigen Husten ihrer Ziehmutter erstanden, doch das bisschen Geld, das Mechthild ihr mitgegeben hatte, reichte gerade für die paar Unzen Zimmet, Nelkenpfeffer und Salbei, die der Koch für das Festmahl am Abend benötigte, das am erzbischöflichen Hof zu Ehren der Delegation aus Fulda stattfinden sollte.

Mit Argusaugen beobachtete Fronika das Abwiegen der Ware, denn der Apotheker war dafür bekannt, es nicht so genau zu nehmen und sich häufig zu seinen Gunsten zu vertun. Da die Waage jedoch so platziert war, dass die Käufer nicht erkennen konnten, ob die Waagschalen korrekt ausbalanciert waren, hatte ihr prüfender Blick eher einen warnenden als einen kontrollierenden Charakter. »Der Koch wird die Ware nachwiegen«, sagte sie zur Bekräftigung. »Er kann sehr wütend werden, wenn etwas nicht stimmt.«

»Oh, das weiß ich«, nickte der Apotheker. »Doch die Waage in der erzbischöflichen Küche ist schlecht geeicht. Wie oft habe ich mit dem Koch schon darüber gestritten. Tststs.« Er schüttelte betrübt den Kopf, dann gab er jedoch noch eine Prise Zimmet hinzu. Nachdem er die Ware verpackt und das Geld in einer Schatulle verstaut hatte, winkte er Fronika näher heran und senkte verschwörerisch seine Stimme: »Hast du den Gestank draußen bemerkt, mein Kind?«

Fronika nickte, dankbar, dass außer ihr selbst noch jemand die schlechte Luft wahrnahm.

»Das hat nichts Gutes zu bedeuten!« Der Apotheker flüsterte jetzt.

»Was meint Ihr?« Auch Fronika wisperte. »Könnt Ihr das Zeichen deuten?« Atemlos kam sie näher, begierig darauf, nur ja kein Wort zu verpassen.

Doch der Apotheker zuckte bedauernd die Schultern. »Wer könnte das schon! Wir mögen Mutmaßungen anstellen, gewiss, wir können die Zeichen sehen, das sollte genügen. In manchen Fällen können wir uns aber auch vor einem drohenden Unheil schützen.«

»Durch Gebete, ja.« Fronika war ein wenig enttäuscht. Sie hatte sich von einem gebildeten Mann wie dem Apotheker klarere Antworten erhofft.

»Gebete können niemals schaden, Mädchen, aber manchmal bedarf es zusätzlicher Hilfsmittel.« Noch während er sprach, holte er aus einem gut verschlossenen Schrank zu seiner Linken eine kleine Flasche und stellte sie behutsam vor Fronika auf den Tisch. »Kennst du das?«

»Nein, was ist das?«

»Ein Gebräu aus Mohn, Bilsenkraut und Weidenrinde. Es hilft, Krankheiten und Schmerz besser zu ertragen.«

»Nun, dann ist es nichts für mich. Weder bin ich krank, noch leide ich unter Schmerzen.«

»Noch nicht, mein Kind. Noch nicht. Doch wer weiß, was der Winter uns bringen wird! Vor Jahren, noch vor deiner Geburt, als die große Pestilenz in der Stadt wütete, hätte manch einer sein Hab und Gut für ein Fläschchen dieser Medizin hergegeben!«

»Aber … die Pestilenz hat von uns abgelassen. Seit Jahren ist kein Fall mehr bekannt geworden.«

»Nicht hier, Kleines. Nicht bei uns. Doch in anderen Landstrichen … Wer kann uns heute sagen, was morgen sein wird?«

»Ihr meint«, fragte Fronika besorgt, »… das Zeichen?«

»Ich bin ein alter Mann. Ich habe als Knabe die große Pestilenz überlebt. Doch sie hat sich in mein Gedächtnis eingebrannt, und nie werde ich die Eindrücke vergessen, die sie hinterlassen hat. Damals …« Er senkte erneut die Stimme. »Damals hing ebenfalls ein teuflischer Gestank über der Stadt.«

»Oh!« Fronika riss die Augen auf. »Die Seuche? Ihr meint … sie kommt zurück?«

»Ich meine, wir sollten rechtzeitig vorsorgen.«

Mit einem Mal wurde Fronika wütend. »Ach, daher weht der Wind! Ihr wollt mir nur Euer Elixier aufschwatzen! Und Ihr denkt, ich falle darauf herein, weil ich eine dumme Magd bin!«

Gekränkt verzog der Apotheker die Lippen. »Wenn ich dich für dumm verkaufen wollte, Mädchen, würde ich dir ganz andere Dinge aufschwatzen. Amulette oder gepanschte Säfte, wie die Quacksalber sie verscherbeln. Ich habe jedoch beobachtet, wie du mich im Auge behältst, damit ich nur ja euren geizigen Koch nicht um ein Körnchen betrüge. Mir gefällt deine Wachsamkeit, und ich halte dich bestimmt nicht für dumm! Ich will dir helfen, sonst nichts. Und damit du in Zukunft nicht mehr an meinem guten Willen zweifelst, werde ich dir das Fläschchen mit der kostbaren Flüssigkeit schenken. Hier, nimm es, bevor ich meine Torheit bereue!«

Sprachlos vor Erstaunen nahm Fronika das Elixier entgegen, das der Apotheker ihr hinhielt. Wie zufällig streifte dabei seine Hand die ihre, und es kam ihr so vor, als streichle er sie nachgeradezu, nur kurz, sodass sie keine Gelegenheit hatte, sich ihm zu entziehen.

Was war das nur für ein seltsamer Tag? Die Welt war voller böser Vorzeichen, doch das einzige Unheil, das ihr widerfuhr, waren Geschenke, noch dazu von Menschen, von denen sie es am wenigsten erwartet hätte.

»Gott vergelte Euch Eure Güte«, stammelte sie und ließ das Fläschchen zu dem Band in ihren Ausschnitt gleiten.

»Ja«, sagte der Apotheker traurig. »Mehr wird wohl nicht für mich dabei herausspringen. Hättest du mich nur vor dreißig Jahren gekannt, als ich jung und feurig war … Nun geh, bevor deine Muhme ungeduldig wird.«

Als Fronika vor die Tür trat, ließ der Gestank sie würgen.

Später fragte sie sich oft, was sie in diesem Moment daran gehindert hatte, umgehend den Heimweg anzutreten, die Spezereien in der Küche des erzbischöflichen Hofes abzuliefern und sich wieder an die Arbeit zu machen. Für das Festmahl am Abend waren noch unzählige Vorbereitungen zu treffen. Doch sie zögerte. Die Träume der Nacht, der merkwürdige Dunstschleier, die Vorzeichen des Tages, all das schürte ihren Wunsch, in der Kirche eine kurze Andacht zu halten. Der Koch mochte ungeduldig werden, aber sie würde ihm weismachen, sie habe lange warten müssen. Die Geschwätzigkeit des Apothekers war stadtbekannt.

Als sie den Dom betrat, zog sie ihr Tuch fester um die Schultern und bedeckte auch ihren Ausschnitt damit. Sie hoffte, den Messdiener Hans zu dieser Stunde nicht anzutreffen. Am Vormittag herrschte kaum Betriebsamkeit in der Kirche, Fronika fand schnell eine ruhige Ecke, in der sie niederknien und ihre Gebete sprechen konnte. Außer ihr hielten sich nur wenige Menschen im Gotteshaus auf, ein jeder in seine eigenen Gebete versunken.

Fronika wollte schon aufatmen – der Messdiener schien nicht da zu sein. Doch als sie den Blick hob, sah sie ihn im Chor, wo er gerade damit beschäftigt war, die Reliquienschreine zu reinigen. Schnell drückte sie sich noch tiefer in ihre dunkle Ecke. Wenn sie Glück hatte, bemerkte er sie nicht, und sie konnte ungesehen durch die Seitentür verschwinden.

Seit einigen Wochen machte Hans ihr schöne Augen. Mit ihren vierzehn Jahren war Fronika längst im heiratsfähigen Alter, und die Männer drehten sich nach ihr um. Noch war sie Jungfrau, aber vermutlich nicht mehr lange, denn bald würde sie sich einem Verehrer hingeben und sich vermählen müssen. Mechthild wurde nicht müde, sie daran zu erinnern. Fronika war schließlich arm, und ihre jugendliche Schönheit war die einzige Mitgift, die sie einem Gatten zu bieten hatte. Wenn sie zu lange wartete, bekam sie keinen anständigen Mann mehr ab, keiner würde ihr dann noch glauben, dass sie unberührt war.

Fronika seufzte, wenn die Sprache darauf kam. Am liebsten wollte sie gar nicht heiraten, sondern ihr Leben als Küchenmagd am Hof weiterführen wie bisher, an der Seite ihrer Ziehmutter. Dort fühlte sie sich geborgen. Die Geschichten, die einige ihrer Freundinnen über die Ehe zu berichten wussten, klangen alles andere als erfreulich.

Der Messdiener Hans war jedoch kein Verehrer, sondern ein schmutziger Bursche, der Fronika mit unzüchtigen Anliegen bedrängte, wann immer er ihrer ansichtig wurde. Die Worte, die er ihr zuflüsterte, sobald sich eine Gelegenheit bot, trieben ihr die Schamesröte auf die Wangen. Ihre Zurückhaltung und die abweisenden Gesten ließen ihn aber nur noch unverschämter und zudringlicher werden, er schreckte nicht einmal davor zurück, sie vor den Augen des Herrn im Gotteshaus unsittlich zu berühren.

Nervös beendete Fronika ihre Gebete. Sie konnte sich nicht mehr darauf konzentrieren, seit sie Hans bemerkt hatte. Hastig bekreuzigte sie sich und verließ in gebückter Haltung ihre Ecke. Sie schlug das Schultertuch fester um ihren Ausschnitt. Die Seitentür war nur noch wenige Schritte entfernt, als sich eine raue Hand auf ihren Arm legte und sie den ungewaschenen Körper des Messdieners roch.

»Wohin so eilig, Schneckchen? Welche Laus ist dir über die Leber gelaufen, dass du derart verstohlen aus der Kirche schleichen willst?« Er grinste sie frech an, und seine ewig triefenden, kalten Augen hingen an ihren Brüsten, die sich unter dem Tuch deutlich abzeichneten.

Fronika entwand sich seinem Griff und tat einen weiteren Schritt Richtung Tür. »Lass mich los«, zischte sie. »Der Koch erwartet mich bereits, ich muss mich sputen.«

»Er wird noch ein wenig länger warten können. Ich bin heute gerade in der richtigen Laune für einen kleinen Ritt. Du hast dich lange genug geziert, Mädchen! Ich bin dieses Spiel leid. Heute geht es dir unter die Röcke, mal sehen, ob sich die Warterei und das Getändel gelohnt haben!« Er stellte sich Fronika breitbeinig in den Weg und versperrte ihr den Ausgang. Während er siegessicher grinste, polierte er seelenruhig weiter die kleine Ampulle mit dem Blut der Felicitas, Mutter des heiligen Alexander, mit deren Reinigung er gerade beschäftigt war. Das Tuch in seiner Hand war fast so schmutzig wie sein fleckiges Hemd.

Fronika schüttelte sich widerwillig. »Was fällt dir ein!«, entrüstete sie sich. »Wie kannst du es wagen, die Kirche mit deinen lüsternen Gedanken zu entweihen! Wenn du mich noch einmal belästigst, werde ich meiner Muhme von deinem Benehmen erzählen. Und sie sagt es dem Koch, der den Dompfarrer persönlich kennt!« Noch hielten sich ihre Wut und die Angst die Waage.

Hans lachte laut auf. »Tu das nur, Schnecklein. Wem, meinst du, wird der Pfarrer mehr Glauben schenken? Einem aufrechten Messdiener oder einer dahergelaufenen Hure, die durch ihr aufreizendes Äußeres unkeusche Gelüste bei den Männern hervorruft?«

»Du wagst es, mich eine Hure zu nennen?« Fronika war so empört, dass sie vergaß, die Stimme zu senken. Der Messdiener packte sie grob am Handgelenk. »Genug jetzt! Du kommst mit in die Sakristei. Dort sind wir ungestört. Und schau mich nicht so böse an! Dein hübsches Frätzchen ist ganz verzerrt. Wenn du mich nicht anlächelst, Hure, muss ich dich fester anfassen, als dir lieb ist!«

Er kümmerte sich nicht um die Andächtigen in der Kirche. Im Zweifelsfall würde er Verständnis ernten. Schließlich kannte jeder Gläubige die Sündhaftigkeit des Weibes, die Verführungskunst der Schlange, die schlau und zielstrebig selbst den stärksten Mann vom rechten Weg abbringen konnte. Auch Fronika wusste das, und so wich ihre Wut allmählich der Furcht.

»Lass mich los«, wimmerte sie, als Hans sie Richtung Sakristei zerrte. »Bei allen Heiligen! So lass mich doch los!«

Sie befanden sich bereits im Chor, und Fronikas Versuche, sich gegen den viel stärkeren Mann zur Wehr zu setzten, wurden immer hilfloser. Da öffnete sich mit einem lauten Schlag das Hauptportal. Der Dompfarrer betrat erhobenen Hauptes die Kirche, gefolgt von einer Handvoll Männern, einige von ihnen trugen die Mönchskutte. Fronika erkannte den Abt des Klosters Fulda, den sie am Morgen kurz aus der Ferne gesehen hatte. Die Delegation, zu deren Ehren am Abend das Festmahl stattfinden sollte, war den ganzen Tag unterwegs, besuchte den Dom, die Pfarrkirchen und Klöster von Mainz. Fronika schöpfte neuen Mut. Hier bot sich vielleicht eine Möglichkeit, dem brutalen Messdiener zu entkommen.

Der Dompfarrer ließ den Blick lächelnd durch seine prächtige Kirche wandern, voller Stolz und Freude. Die Mönche und einige weltliche Herren der Delegation standen im Halbdunkel, Fronika konnte nicht erkennen, ob sie die Begeisterung des Pfarrers teilten. Als dieser sich umwandte und seine Besucher zum Chor geleiten wollte, erstarrte er. Ungehalten blickte er auf Fronika und Hans. Der Messdiener hielt die junge Frau noch immer fest gepackt, und ihr Schultertuch war zu Boden gerutscht.

»Helft mir!«, wimmerte Fronika und versuchte, den Blick des Pfarrers einzufangen. Er kannte sie doch als fromme Kirchgängerin und musste sehen, was sich hier abspielte!

»Was hat das zu bedeuten?«, donnerte er los, wandte sich mit seiner Frage jedoch nicht an Fronika, sondern an den Messdiener.

Hans grinste verschlagen. »Ein Glück, dass Ihr kommt, Herr Pfarrer. Ich habe soeben dieses schändliche Weib dabei ertappt, wie es das Blut der Felicitas stehlen wollte!« Wie zum Beweis hielt er die Ampulle empor, die er zuvor poliert hatte und noch in der Hand hielt.

Fronika erschrak. Was fiel ihm ein, so schamlos zu lügen? Ein Reliquiendiebstahl! Das war keine Kleinigkeit! Dafür hatte man schon Menschen baumeln sehen.

»Das ist nicht wahr«, stammelte sie. »Ich kam nur kurz, um ein paar Gebete zu sprechen. Ich wollte –«

»Bist du nicht eine der Küchenmägde des Bischofs?«, unterbrach sie der Pfarrer. »Solltest du um diese Zeit nicht bei der Arbeit sein?«

»Man hat mich zum Apotheker geschickt. Ich nutzte den Rückweg für einige Andachtsübungen. Der Tag begann voller böser Vorzeichen, und da dachte ich …«

Der Pfarrer schnaubte missmutig. »Böse Vorzeichen!«, sagte er. »Hüte deine Zunge, Mädchen!« Er wandte sich erneut an Hans: »Schildere uns, was geschehen ist.«

»Gern, Herr. Ich reinigte, wie Ihr angeordnet hattet, die Reliquien für den hohen Besuch aus Fulda.« Hierbei deutete er eine Verbeugung gegenüber der Delegation an, die noch immer im Halbdunkel stand und die Angelegenheit schweigend verfolgte. »Da schlich sich diese Metze heran und begann mit mir zu tändeln. Seht nur, sie hat ihr Schultertuch fallen lassen und mich mit allen Verführungskünsten gereizt, zu denen ein Weib fähig ist. Seit Wochen kommt sie schon in die Kirche, um mit mir anzubandeln!« Er grinste Fronika schadenfroh ins Gesicht.

»Das ist nicht wahr!«, wiederholte diese fassungslos. »Es ist –«

»Schweig!«, fuhr der Pfarrer ihr über den Mund. »Willst du etwa meinen Messdiener der Lüge bezichtigen?«

Hans senkte scheinbar demütig den Blick und fuhr fort: »Sie nahm meine Hand.« Er senkte auch die Stimme, als sei es ihm peinlich. »Und führte sie zu ihren Brüsten. Dabei nahm sie mir mit großem Geschick, wie es nur geübte Diebe haben, die kostbare Ampulle ab. Manch anderer wäre ihr auf den Leim gegangen, Herr Pfarrer. Doch ich war wachsam! Ich bemerkte den dreisten Diebstahl schnell. Gerade eben war ich dabei, die Schurkin in die Sakristei zu verfrachten und den Büttel zu rufen, damit er sie in den Turm werfen kann.«

»So war es nicht, Herr Pfarrer!«, rief Fronika verzweifelt. Sie blickte sich hilfesuchend um. Die anderen Kirchenbesucher! Sie mussten doch gesehen haben, was wirklich geschehen war! Aber sie folgten dem Schauspiel nur neugierig und machten keine Anstalten, sich einzumischen. Eine ältere Frau blickte Fronika sogar feindselig an und spuckte auf den Boden.

Ihr Herz sank. Was hatten die Leute schon gesehen? Einen Mann und eine Frau, die sich kabbelten. Es konnte in ihren Augen durchaus so gewesen sein, wie der Messdiener sagte.

Hans hatte nun Oberwasser. »Hier habe ich die Ampulle gefunden, Herr Pfarrer«, sagte er und griff Fronika mit einem unverschämten Grinsen in den Ausschnitt. Der Pfarrer runzelte die Stirn, doch auch Hans stutzte. Dann leuchteten seine wässrigen Augen auf. Er zog die Hand zurück und hielt dem Pfarrer seine Beute unter die Nase: das blaue Band und das Fläschchen mit dem Elixier des Apothekers.

»Seht her«, sagte er kalt. »Die Reliquie war wohl nicht die einzige Beute ihres heutigen Raubzuges! Wovon sollte eine einfache Küchenmagd ein solch teures Samtband und ein kostbares Elixier bezahlen?«

»Ich habe beides geschenkt bekommen«, beteuerte Fronika leise. Sie wusste selbst, wie unglaubwürdig das klang. Und tatsächlich, der Pfarrer hatte offenbar genug gehört.

»Oh ja«, sagte er wütend. »Und die Schweine auf der Straße lesen Bücher und schreiben Briefe! Du wirst deine Geschichte dem Richter erzählen, Mädchen. Und es müsste schon mit dem Teufel zugehen, wenn er dir Glauben schenken würde. Hans, ruf den Büttel, und lass die Diebin abführen. Im Kerker wird sie ihre Taten überdenken können.«

Damit ließ er sie stehen und führte die Herren der Delegation nach draußen. Hans' böses Gelächter hallte wie die Stimme des Teufels durch die düstere Kirche.

2

Es war kalt in dem dunklen Loch, in das der Büttel Fronika geworfen hatte. Die späte Septembersonne ließ sich hier nicht einmal erahnen. Auch stank es erbärmlich. Das wenige Stroh auf dem Boden wurde höchstens ein- oder zweimal im Jahr gewechselt, und es verströmte das Aroma sämtlichen Unrats früherer Gefangener, die längst auf dem hohen Baum ritten, wo sie friedlich verfaulten. Es wimmelte von Ungeziefer.

Zitternd drückte sich Fronika in eine Ecke des winzigen Lochs. Die kühle Steinmauer schien ihr der einzige trügerische Schutz, den es hier gab. Eine Schabe erkletterte ihren nackten Arm, und obwohl sie sich ekelte, ließ sie das Tier am Leben; in ihrer Lage war jedes Geschöpf Gottes ein Trost.

Noch immer konnte sie nicht fassen, was in den letzten Stunden geschehen war. Sie hatte nichts verbrochen! Im Gegenteil, ihr Besuch im Dom war dem innigen Wunsch nach Andacht und einem Gebet entsprungen, wie konnte Gott es da zulassen –

Sie erschrak. Es war zutiefst lästerlich, Gottes Entscheidungen und Wege infrage zu stellen. Wie sollte sie, eine einfache Magd, den großen Plan des Herrn verstehen? Ihr Zorn auf das Schicksal, ihre Wut und selbst ihre zweifelnden Gedanken waren Sünde. Hastig bekreuzigte sie sich und bat um Vergebung.

Und doch … Es war nicht recht, dass der Messdiener mit seinen schamlosen Lügen davonkam, während sie eines mehr als ungewissen Schicksals harrte. Sie konnte sich nur damit trösten, dass Hans für seine Sünden in der Hölle schmoren würde, während sie die berechtigte Hoffnung hegen durfte, nach einer angemessenen Zeit im Fegefeuer ins Himmelreich einzugehen. Oder waren auch das sündhafte, hoffärtige Gedanken?

Sie seufzte. Manchmal war es gar zu schwierig, das Richtige zu tun oder zu denken!

Ihr Gefängnis war zu klein, um darin herumlaufen zu können. Fronika hatte das dringende Bedürfnis, sich zu bewegen. Die Angst nagte wie eine Bisamratte an ihr, ihre Zähne schlugen aufeinander, und sie konnte nichts dagegen tun. Wie lange musste sie wohl in diesem Loch ausharren? Würde man ihr Glauben schenken, wenn sie ihre Geschichte erzählte? Es stand nicht gut um sie, alle Beweise sprachen gegen ihre Version der Geschichte. Die Geschenke von der dicken Agnes und dem Apotheker, über die sie sich so gefreut hatte, konnten ihr nun zum Verhängnis werden.

Sie durfte auf keinen Fall Schwäche zeigen! Für einen Reliquiendiebstahl konnte man jederzeit ertränkt oder verbrannt werden. Und das bedeutete, dass man für alle Zeiten im Höllenfeuer schmorte. Im besten Fall würde man sie nur köpfen, dann wäre zumindest ihre Seele gerettet und könnte nach einer angemessenen Zeit in den Himmel auffahren. Aber sie hatte nichts Unrechtes getan und war noch nicht bereit, ihrem Schöpfer gegenüberzutreten.

Fronika wusste, dass man sie nicht verurteilen durfte, solange sie die Tat nicht gestanden hatte. Aber … wie lange würde sie wohl der peinlichen Befragung durch den Scharfrichter standhalten können?

Der Büttel holte sie am nächsten Morgen beim ersten Hahnenschrei. Mit zerzaustem Haar und schmutzigen Kleidern stand Fronika vor dem Richter. Sie roch unangenehm nach dem Unrat in ihrem Loch und musste würgen. Dabei war es doch so wichtig, einen günstigen Eindruck zu hinterlassen!

Der Richter würdigte sie indes kaum eines Blickes. Er war ein dicker, schweißgebadeter Mann mit einer kränklich-blassen Haut. Er wirkte missmutig, als habe er Blähungen oder schlecht geträumt.

»Gestehst du den Diebstahl des Blutes der Felicitas, Mutter des heiligen Alexander, sowie alle anderen Schandtaten, die dir zur Last gelegt werden?«, fragte er mit leiernder Stimme.

»Nein«, sagte Fronika fest. Nach nur einer Nacht im Loch war sie noch nicht schwach genug, ein Verbrechen zuzugeben, das sie nicht begangen hatte. Sie wusste, das konnte sich bald ändern.

Der Richter verzog ungeduldig das Gesicht. Er hatte sich einen kurzen, klaren und unkomplizierten Fall erhofft. »Du leugnest?«, fragte er irritiert.

»Ich habe nichts gestohlen. Weder die Reliquie noch irgendetwas anderes. Der Messdiener lügt. Ich habe ihn zurückgewiesen, und nun will er sich rächen, indem –«

»Halt den Mund, Mädchen. Du hast meine Fragen zu beantworten, weiter nichts.« Nachdenklich wiegte der Richter den Kopf. »So. Hm. Du leugnest also trotz der erdrückenden Beweislast.«

»Ja«, sagte Fronika. »Ich –«

»Du weißt, was das bedeutet?«

»Ja. Ich –«

»Zur nächsten Befragung werde ich zwei Gerichtsdiener mitbringen. Sowie den Scharfrichter. Dann werden wir ja sehen, ob du deine Verbrechen gestehst.« Mit diesen Worten gab er dem Büttel ein Zeichen, die Gefangene aus der Verhörstube zurück in ihr Loch zu befördern.

Fronika war übel. Das Wasser, das man ihr hereingereicht hatte, roch faulig, und in dem Kanten Brot, den es dazu gab, tummelten sich Maden. Dennoch zwang sie sich, zu essen und zu trinken. Sie benötigte all ihre Kräfte.

Die Angst kroch wie ein kalter Schatten über ihren Körper. Wie gerne säße sie jetzt mit den Mägden der erzbischöflichen Küche am verglimmenden Herdfeuer! Manchmal, besonderes im Winter, hatten sie sich dort Geschichten erzählt. Lustige Geschichten, derbe Zoten oder romantische Märchen. Wenn es dunkel wurde, bekamen auch die Geschichten oft eine düstere Note. Dann flüsterten sie von Geistern und Dämonen, von

Ungeheuern und vom Teufel – und von den grausamen Dingen, die in den Gefängnistürmen vor sich gingen. Sie erzählten vom Scharfrichter, einem unheimlichen Mann, dem man niemals in die Augen blicken, den man auf keinen Fall berühren durfte, wollte man kein Unheil auf sich ziehen. Des Nachts schlichen manche Menschen zu ihm, denn er verkaufte wundertätige Salben, das Armesünderfett zum Beispiel, eine Substanz aus dem Talg Hingerichteter, die allerlei Krankheiten heilen konnte.

»Er besitzt grausame Werkzeuge!«, wusste eine besonders fantasievolle Magd namens Elen zu berichten. Ihre Augen funkelten im Feuerschein. »Armschrauben und Beinquetschen! Ich habe sie selbst gesehen, als ich ihm einmal eine Schale Suppe bringen musste. In seiner Werkstatt gibt es Zangen, Schlingen, Ösen und Nägel – so lang wie ein Tischbein! An den Schlingen wird man aufgehängt, mit dem Kopf nach unten. Und wenn das noch nicht für ein Geständnis ausreicht, dann brennt dir der Scharfrichter mit einer Fackel die Achsel- und die Schamhaare ab oder er zieht dir mit einer glühenden Zange die Fuß- und Fingernägel heraus!«

Fronika spürte, wie eine Welle der Übelkeit in ihr hochstieg, als sie an Elens Erzählungen dachte. Damals hatten ihr die Geschichten einen wohligen Schauer über den Rücken gejagt, ein angenehmes Gruseln. Niemals wäre sie auf die Idee gekommen, diese Behandlung könnte einmal sie selbst treffen!

Der Scharfrichter durfte bei der peinlichen Befragung niemanden töten, das hatte Mechthild ihr erzählt. Verstümmelungen hingegen waren an der Tagesordnung. Es ging darum, die Seele zu retten. Sobald der Angeklagte gestanden hatte, brauchte er seinen geschundenen Körper nicht mehr – außer für die Hinrichtung.

Fronika zitterte und spürte, wie ihr Herzschlag sich beschleunigte. Würde sie eine solche Tortur überstehen? War sie stark genug? War sie mutig?

Sie fing an, mit den Fingernägeln über die kalte Steinmauer zu kratzen, immer und immer wieder. Es gab ein schabendes

Geräusch, das auf seine Art beruhigend wirkte. So nahm sie das leise Zungenschnalzen an der Luke zu ihrem Loch zunächst gar nicht wahr. Erst als sich ein leises Husten dazugesellte, schrak sie zusammen. Ein wohlbekanntes Husten, das sofort ihre Aufmerksamkeit fesselte.

»Mechthild?«, fragte sie atemlos, ohne ihre Stimme zu senken.

»Psst!«, zischte ihre Ziehmutter. »Nicht so laut! Wir haben nur wenig Zeit und dürfen uns nicht erwischen lassen. Ich habe einen der Turmwächter bestochen, aber bei Gott, so viel Geld habe ich nicht, es hat nur für einen gereicht, für den zweiten nicht, und mehr als ein paar Augenblicke hat er mir auch nicht zugestanden.«

»Oh Mechthild«, weinte Fronika. »Ich bin unschuldig! Ich habe nichts gestohlen!«

»Das weiß ich doch, mein Kind.« Mechthilds Stimme schwamm in Tränen. »Niemand, der dich kennt, würde dir ein solches Verbrechen zutrauen! Aber der Richter weiß ja nichts von dir, und das Schicksal einer Küchenmagd wird ihn nicht weiter interessieren.«

»Gott wird mir helfen, meinst du nicht?«

»Sicher«, seufzte Mechthild. »Sicher wird er das. Aber du weißt doch, Kindchen, dass Gott sich häufig des Armes und der Tatkraft eines Menschen bedient, um seinen Willen auszuführen. Und so müssen wir handeln, um seine Hilfe zu erlangen.«

»Aber wie? Was können wir denn tun?«

»Hör gut zu, meine Tochter. Deine peinliche Befragung soll morgen stattfinden. Überall spricht man schon davon. Sie wollen eine Hinrichtung haben, weil doch gerade die Delegation aus Fulda in der Stadt ist. Sie werden dein Leugnen also auf keinen Fall hinnehmen.«

Fronika erschrak. Morgen schon! Heimlich hatte sie gehofft, es möge möglichst viel Zeit bis zum Verhör verstreichen. Zeit, in der sich vielleicht eine Lösung auftat.

»Auch wenn du unschuldig bist«, fuhr Mechthild fort, »musst du gestehen. Und zwar bevor sie mit der Tortur beginnen! Sie dürfen dich nicht foltern! Es wird wohlwollend beurteilt, wenn ein Angeklagter freiwillig gesteht. Du musst überzeugend sein, hörst du?« Ihre Stimme brach.

»Aber Mechthild«, Fronika sprach sehr leise, »sie werfen mir einen Reliquiendiebstahl vor! Das ist keine Kleinigkeit. Sie ... werden mich verbrennen.«

»Das werden sie nicht.« Mechthilds Stimme klang nun wieder entschlossen. »Ich habe dem Turmwächter ja nicht mein ganzes Erspartes in den Rachen geworfen. Ein Teil davon ist noch übrig. Ich werde eine Gelegenheit finden, die Schöffen zu bestechen. Sie dürfen dich nicht zum Tode verurteilen – sie werden dir lediglich die Hand abhacken. Verstehst du?«

Unwillkürlich stieß Fronika einen Schrei aus. »Die Hand ...?«

»Ich weiß, es ist furchtbar. Aber am wichtigsten ist doch, dass du am Leben bleibst. Und es gibt keine andere Möglichkeit.«

»Nein«, weinte Fronika. »Das kann ich nicht. Wenn sie mir die Hand abhacken ... Das ist vielleicht schlimmer als der Tod! Wovon soll ich dann in Zukunft leben? Ich kann nie wieder als Magd arbeiten. Sie werden mit dem Finger auf mich zeigen, überall wo ich hinkomme! Sie werden *Diebin* rufen und mich bespucken. Sie werden mich quälen und beschimpfen ... Nein. Ich kann nicht.«

»Du darfst natürlich nicht in Mainz bleiben«, stimmte Mechthild zu. »Aber du bist jung, kräftig, gesund und schön. Vielleicht kannst du woanders bei einem guten Hurenwirt unterkommen. Es soll ja einige geben, die ihre Mädchen ordentlich behandeln und sogar anständig bezahlen.« Ihre Stimme zitterte. »Meine liebe Tochter! Ich weiß selbst, was ich da sage. Es ist furchtbar und ganz sicher nicht das, was ich mir für dich erträumt habe. Aber es ist allemal besser als der Tod. Du bist noch so jung!«

Fronika konnte vor Tränen kaum sprechen. »Gibt es denn gar keinen anderen Weg?«, fragte sie hoffnungslos.

»Wenn du es schaffst, kannst du versuchen, deinen Großonkel zu erreichen. Sofern er noch lebt.«

»Ein Onkel?« Fronika hatte nie zuvor von einem Verwandten gehört. Der Großteil ihrer Sippe war bei der Pestepidemie vor vier Jahrzehnten ums Leben gekommen, nur Mechthild und ihre Mutter waren damals übriggeblieben.

»Er müsste jetzt schon sehr alt sein«, gab Mechthild zu. »Über achtzig Lenze wird er zählen. Aber er war immer zäh und robust – und die Pfaffen erreichen bei ihrem leichten Leben oft ein biblisches Alter.«

»Ein Pfaffe?«

»Heinrich Otto ist ein Bruder deines Großvaters. Als wir klein waren, deine Mutter und ich, hat er uns regelmäßig besucht. Ein strenger und manchmal zorniger Mann. Ich habe mich vor ihm gefürchtet. Doch im Grunde seines Herzens ist er immer gerecht und gutmütig gewesen. Ich habe ihn lange nicht mehr gesehen. Nach dem Tode meines Vaters, deines Großvaters, hat er uns nie wieder besucht.«

»Wo lebte er damals?«

»Er war Leutpriester in einem kleinen Städtchen ganz am Rande des Bistums Mainz. Ich hatte nie zuvor von diesem Ort gehört. Er hieß Dürn oder vielleicht auch Thürn. Heinrich Otto erzählte, er liege auf einem kargen, armseligen Fleckchen Land, auf dessen dürrem Boden kaum etwas anderes gedeiht als ein wenig Getreide. Du würdest dort vermutlich kein Paradies vorfinden, aber doch zumindest einen Ort, wo man deinen Namen schon einmal gehört hat. Und selbst wenn Heinrich Otto nicht mehr lebt, werden sie dich wohl nicht gleich davonjagen. Vielleicht findest du eine Stellung im Pfarrhaus.«

»Mit einer abgehackten Hand?«, fragte Fronika zweifelnd.

»Manche Pfarrer sehen es als eine Gottespflicht an, die Sünder auf den rechten Pfad zurückzuführen.«

Fronika schwieg. Die Worte ihrer Ziehmutter sollten ihr Hoffnung spenden, gewiss, aber sie wusste doch, wie trügerisch diese war. Selbst wenn sie es jemals bis zu diesem fernen Dürn schaffen sollte, war die Wahrscheinlichkeit, dass ihr Großonkel noch lebte, äußerst gering. Und es gab nicht nur freundliche Pfaffen! Viele von ihnen würden eine Ausgestoßene, eine verurteilte Diebin, nicht einmal anhören, bevor sie sie von ihrer Schwelle verjagten.

»Ich muss jetzt gehen, mein Kind«, flüsterte Mechthild. »Dieser raffgierige Wärter hat mir angedroht, den Büttel zu holen, wenn ich nicht binnen weniger Minuten wieder verschwinde. Ich beschwöre dich noch einmal: Du musst gestehen! Wirst du das tun?«

Fronika griff durch die Luke nach der Hand ihrer Ziehmutter und drückte sie fest. Fast unmerklich nickte sie dabei. Sie wusste nicht, ob Mechthild es sehen konnte.

Dann war sie wieder allein, und die Angst kehrte mit aller Macht zurück.

Schlaf fand sie in dieser Nacht keinen. Sie fror erbärmlich, und ihre Zähne schlugen aufeinander, sie klapperten wie ein Mühlrad. Gelegentlich nickte sie im Sitzen kurz ein, wenige Minuten nur, bis sie erneut hochschreckte und ihrem lauten Herzschlag nachlauschte. Müdigkeit und Angst hielten sie in einem merkwürdigen Dämmerzustand, es war, als sei sie einem Fieber verfallen, das die Welt um sie herum in fremde Farben und Schwingungen versetzte. Inmitten dieser seltsamen Stimmung hörte sie plötzlich an der Luke ihres Gefängnisses ein Geräusch.

»Mechthild?«, fragte sie benommen, doch sie erhielt keine Antwort. Stattdessen wurde sie unvermittelt am Oberarm gepackt, während eine starke Hand ihren Mund verschloss. Reflexartig begann sie sich zu winden, sie versuchte zu schreien, doch es war vergeblich. Unter der Pranke des Angreifers wurde ihr Schrei zum leisen Wimmern, und die zweite Hand hielt ihren Arm so fest umklammert, dass sie gewiss einen Bluterguss davon zurückbehalten würde.

»Sei still!«, flüsterte eine männliche Stimme, die Fronika noch nie gehört hatte. »Hör auf zu zappeln wie ein Kaninchen! Ich bin gekommen, um dir zu helfen.«

Als habe sie den Sinn der Rede nicht verstanden, strampelte sie weiter. Warum sollte ein wildfremder Mensch – und ein solcher musste es sein – ihr helfen wollen? Da konnte es sich nur um eine neue Teufelei handeln oder um eine hinterlistige Falle des Messdieners. Es sei denn … Hatte Mechthild einen Halunken gedungen, um sie zu befreien?

Augenblicklich verharrte sie in der Bewegung.

»Na also«, flüsterte die Stimme. »Halte still, damit ich dir nicht versehentlich weh tue. Wir werden jetzt gemeinsam aus diesem Loch spazieren, und du gibst keinen Mucks von dir, verstanden? Wenn ich sage *Lauf*, dann läufst du. Wenn ich sage *Steh*, dann stehst du. Und wenn ich dir befehle, dich auf den Boden zu werfen, dann tust du genau das.«

Fronika nickte schweigend. Der Mann war es offensichtlich gewohnt, Befehle zu erteilen. Es musste Mechthild ein Vermögen gekostet haben, ihn zu dingen!

Da in ihr Verlies kaum Mondlicht fiel, konnte sie sein Gesicht nicht erkennen. Er hatte eine dunkle Kapuze tief über die Stirn gezogen. Nun löste er seine Hand von ihrem Mund, und sie atmete tief durch.

»Die Wächter sind betrunken«, flüsterte er. »Alle beide. Irgendjemand muss ihnen ein paar Heller zugesteckt haben. Und sie wissen nichts Besseres damit anzufangen als das Geld zu versaufen!« Er klang angewidert. »Nun«, fuhr er fort, »uns soll es recht sein. Sie schnarchen mittlerweile so laut, dass wir an ihnen vorbeikommen, ohne ein gefährliches Risiko einzugehen.«

Mechthild sei Dank, dachte Fronika. So hatte das Geld, das sie dem Wärter gegeben hatte, mehr Gutes bewirkt als geahnt.

Der Fremde hielt Fronika noch immer am Arm, aber nicht mehr so hart. »Leise«, wisperte er, als sie mit großen Schritten über die schlafenden Männer stiegen. Einer von ihnen stöhnte und schlug nervös um sich, als Fronikas Rocksaum seine Nase kitzelte, doch zum Glück erwachte er nicht.

Kaum hatten sie den Turm verlassen, blieb der geheimnisvolle Retter stehen. Die Nacht war dunkel, und Fronika konnte sein Gesicht unter der Kapuze auch jetzt nicht erkennen.

»Nun bist du auf dich alleine gestellt, Mädchen«, sagte er leise. »Ich gehe zurück in den Turm und verschließe die Türen. Das verschafft dir ein wenig Zeit. Sie werden deine Flucht nicht vor dem Morgengrauen bemerken. Bis dahin solltest du die Stadt verlassen haben. Viel Glück!«

Er wollte sich schon abwenden, da fiel ihm offenbar noch etwas ein. »Nimm das«, sagte er und drückte Fronika einen kleinen, kühlen Gegenstand in die Hand. »Weit kommst du damit nicht, aber in einer Pfandleihe solltest du doch ein bescheidenes Sümmchen dafür erhalten. Gib ihn nicht zu billig her, hörst du?«

Fronika betrachtete den Gegenstand im düsteren Licht der schmalen Mondsichel. Es war ein Ring. »Danke«, stammelte sie. »Woher –«

»Lauf jetzt«, unterbrach sie der Fremde. »Verschwinde, bevor es zu spät ist.« Damit ließ er sie stehen.

Erst als der Mann weg war, wich Fronikas merkwürdige Benommenheit. Sie war frei! Alle Hände und Glieder waren noch dran, und mit dem Ring war sie nicht einmal gänzlich mittellos. Die Ersparnisse ihrer Muhme mussten größer gewesen sein, als sie geahnt hatte. Und der Gauner, der sie befreit hatte, ehrlicher als die meisten anderen in seinem Gewerbe! Er hätte den Ring, den er zweifellos von Mechthild erhalten hatte, genauso gut selbst einstecken können.

Vorsichtig ließ Fronika ihn in ihren Ausschnitt gleiten. Dann erinnerte sie sich an den frechen Griff des Messdieners und besann sich anders. Sie trennte einen winzigen Spalt ihres Rocksaumes auf, steckte den Ring hinein und schob ihn so weit nach hinten, dass er nicht herausfallen konnte. Sobald sie eine Nadel und Faden fand, würde sie das Loch wieder zunähen. Und den Ring würde sie nur im größten Notfall versetzen. Vielleicht trug er ein Familienzeichen, und sie konnte damit ihrem Onkel im fernen Dürn beweisen, dass sie wirklich seine Großnichte war.

Verstohlen blickte sie sich um. Der Fremde hatte recht: Sie musste schnellstmöglich die Stadt verlassen! Sobald der Morgen graute, würde man ihre Flucht bemerken und nach ihr suchen. Nur – wie sollte sie zu dieser Nachtstunde aus Mainz herauskommen? Die Tore waren verschlossen, und niemand würde ein junges Mädchen einfach so ziehen lassen. Wer mitten in der Nacht Auslass begehrte, musste einen gewichtigen Grund haben oder die nötigen Mittel, um die Nachtwächter zu bestechen.

Immer im Schatten der Mauern schlich sie sich zum Tor. Sie hatte gelegentlich die Hübschlerinnen beobachtet, wie sie sich den Männern anboten. War das eine Möglichkeit? So schwer konnte es nicht sein. Und wenn es vorbei war – nun, dann hatte sie zwar ihre Jungfräulichkeit verloren, aber immerhin war sie am Leben und konnte gehen, wohin sie wollte.

Ein lautes Geräusch ließ sie zusammenschrecken. Hastig drückte sie sich tiefer in den Schatten der Mauer. Stimmen drangen an ihr Ohr.

»Ich gebe euch einen Splitter vom Kreuz des Apostel Petrus, wenn ihr mir das Tor öffnet!«

Ein Mann unterhielt sich mit den Wächtern und fuchtelte aufgebracht herum. Offenbar gehörten ihm ein Pferd und ein Karren, die wenige Schritte entfernt standen. Einige schwer erkennbare Gegenstände zeichneten sich auf der Ladefläche ab, die mit einem groben Leinentuch bedeckt war.

»Damit erspart ihr euch mindestens hundert Jahre Fegefeuer!«, hörte Fronika den Mann sagen.

Sie hielt die Luft an und schlich auf Zehenspitzen näher. Hier bot sich eine Gelegenheit, auf die sie niemals zu hoffen gewagt hätte! Während der Besitzer des Karrens mit den Torwächtern feilschte, huschte sie leise zum Karren und schlüpfte, gerade als eine Wolke die schmale Mondsichel verbarg, blitzschnell unter das Leintuch. Sie wagte kaum zu atmen. Doch die

Männerstimmen stritten unvermindert weiter. Niemand hatte sie bemerkt.

»Jetzt aber schnell«, blaffte der Mann. »Bald wird die Sonne aufgehen, dann will ich weit weg sein von Mainz.«

Damit sprach er Fronika aus dem Herzen. Die Männer waren sich einig geworden, das Tor öffnete sich quietschend, und der Karren setzte sich in Bewegung.

Fronika wurde kräftig durchgeschüttelt, doch die harten Stöße erschienen ihr wie das sanfte Schaukeln einer Wiege, brachte der Wagen sie doch Meile um Meile fort von Mainz, hinaus in die Welt, hinaus in die Freiheit.

3

Das Rütteln des Wagens wirkte mit der Zeit einschläfernd. Erst jetzt, da Angst und Anspannung von ihr abfielen, fand Fronika ein wenig Ruhe. Bald ging die Sonne auf, die Vögel zwitscherten und gelegentlich vernahm sie das leise Plätschern eines Baches. Es versprach ein warmer Herbststag zu werden, und als die Sonne höher stieg, begann sie unter dem groben Leinentuch zu schwitzen. Sie wagte es kaum, sich zu bewegen, denn keinesfalls wollte sie die Aufmerksamkeit des Kutschers auf sich lenken. Irgendwann würde er anhalten, und dann musste sie bereit sein, ebenso schnell und unbemerkt vom Karren zu verschwinden, wie sie in der Nacht hinaufgeklettert war. Sicherlich war dieses Unterfangen bei Tag schwieriger als in der Dunkelheit, aber Fronika war zuversichtlich. Zwar hatte sie den Mann nur schemenhaft gesehen, doch sie hatte erkannt, wie schwer und ungelenk er war. Selbst wenn er sie beim Davonstehlen bemerkte, konnte sie mit Sicherheit schneller laufen und würde ihn im Dickicht oder im Wald fernab der Straße bald abhängen. Sie durfte nur nicht einschlafen.

Das war allerdings gar nicht so leicht. Ihre Müdigkeit wurde immer größer, je weiter der Tag voranschritt. Der fremde Mann machte keinerlei Anstalten, eine Rast einzulegen. Gelegentlich hörte Fronika ihn husten, und einmal sang er mit heiserer Stimme ein zotiges Lied, eine wüste Weise über Huren, Räuber und Mordgesellen. Fronika lief es kalt über den Rücken, und sie fragte sich, auf wessen Wagen sie da gelandet war.

Fronika kniff sich in die Wange, als eine neue Welle der Erschöpfung sie heimsuchte. Irgendwann musste der Kerl doch einmal anhalten! In der Nacht hatte er alles andere als nüchtern gewirkt – war es nicht höchste Zeit, dass er Wasser abschlug?

Sie ließ ihre Gedanken in die Zukunft wandern. Ihr Ziel stand fest. Sie wollte dieses ferne Dürn erreichen, wo sie vielleicht einen Verwandten fand. Sie malte sich den Empfang durch ihren Großonkel aus: In ihrer Vorstellung war er ein alter Mann mit silbergrauem Haar und gütigen Augen. Sie würde ihm den Ring zeigen, und eine Träne liefe über seine Wangen. »Mein Kind«, würde er sagen, »wie schön, dass du den Weg zu mir gefunden hast!« Er schloss sie in die Arme und befahl seiner Bediensteten, einer Frau, die Mechthild erstaunlich ähnlich sah, ihr ein Bett zu richten. »Später kannst du meiner Magd zur Hand gehen«, sagte er. »Aber jetzt ruhst du dich erst einmal richtig aus.« Fronika sank in die Kissen und schlief augenblicklich ein. Merkwürdig nur, dass die weiche Bettstatt bald durchgelegen war und sich anfühlte wie harter Holzboden. Auch die gelegentlichen Stöße, das rumpelnde Geräusch und das dauerhafte Schütteln konnte sich Fronika nicht erklären. Es war ihr jedoch egal, denn der Schlaf war süß und die Träume ebenfalls. Sie verspürte ein leises Hungergefühl, aber sicherlich würde ihr Onkel, wenn sie erwachte, auch eine Mahlzeit für sie vorbereitet haben. Es musste ja nicht –

»Sieh mal einer an! Was haben wir denn da aufgegabelt!«

Fronika erschrak. Die Sonne stach ihr in die Augen, das Tuch über ihr war verschwunden, und sie blickte in ein paar tief eingesunkene Schweinsäuglein, die sie halb belustigt, halb ärgerlich musterten.

Ruckartig versuchte Fronika aufzustehen und vom Wagen zu springen, doch der Mann hielt sie an den Handgelenken fest. Er grinste und zeigte dabei die schiefsten und fauligsten Zähne, die Fronika jemals gesehen hatte. Ein bestialischer Gestank entströmte seinem Mund.

»Wohin willst du denn, Täubchen?«, lispelte er. »Du hast dich ja noch gar nicht vorgestellt.«

Starr vor Schreck drückte sich Fronika auf die Ladefläche des Karrens. Wie hatte sie nur einschafen können! Nahm ihr Pech denn gar kein Ende?

Der Kutscher musterte sie ungeniert. Er mochte etwa fünfzig Lenze zählen, auch wenn sein feistes Gesicht und die schlechten Zähne eine genaue Altersbestimmung nicht zuließen. Ein paar letzte, fettige Haarsträhnen zierten seinen ansonsten kahlen Schädel. In seiner schmutzigen Kleidung klafften Löcher. Die kleinen Augen waren von verwaschenem Grau und blitzten neugierig, während sie den blinden Passagier betrachteten. Die Lippen des Mannes verzogen sich zu einer spöttischen Fratze, und Fronika wandte den Kopf voller Ekel ab, als eine neue Welle übelsten Mundgeruchs sie traf.

»Na los, du kleine Dirne, willst du mir nicht endlich verraten, was du auf meinem Karren zu suchen hast?«

»Ich bin keine Dirne«, flüsterte Fronika.

»Hä? Was sagst du? Du musst schon lauter mit mir sprechen. Meine Ohren sind fast taub.«

»Ich …« Fronika suchte nach den richtigen Worten, doch es fiel ihr nichts Passendes ein. »Ich wollte nur unbemerkt die Stadt verlassen«, sagte sie schließlich schwach. Der Mann brach in wieherndes Gelächter aus. »Ja, das dachte ich mir schon. Was hast du denn angestellt? Bist du eine Diebin? Oder hast du einen totgeschlagen?«

»Nein! Gar nichts habe ich verbrochen. Und eine Dirne bin ich auch nicht!«

Noch immer lachend, schlug sich der Mann auf seine schmutzigen Beinkleider. »Natürlich nicht«, kicherte er und kratzte sich amüsiert am Kinn. Dann wurde er ernst. »Mir ist es ganz gleichgültig, wer du bist und was du ausgefressen hast. Aber …«, er tippte Fronika mit einem dicken Wurstfinger auf die Brust, »du bist ungefragt auf meinem Karren mitgefahren. Und das ist mir alles andere als egal.«

Sein Gestank nahm Fronika fast den Atem.

»Du wirst deine Fahrt bezahlen müssen, Mädchen!«

»Aber ich habe nichts, was ich dir geben könnte«, stammelte sie und bemühte sich, den Blick nicht auf ihren Rocksaum zu lenken.

»Nein. Huren wie du besitzen nie etwas.« Lautstark spuckte er einen großen Bollen Schleim auf den Weg. »Was machen wir denn da?«

»Lass mich einfach gehen«, sagte Fronika leise. »Bitte.«

Der Kutscher lachte wieder. *»Lass mich gehen«*, äffte er sie nach. »Warum sollte ich dich ziehen lassen? Was hätte ich wohl davon?«

»Ich besitze wirklich nichts!«

»Möglich. Dann wirst du deine Schulden eben abarbeiten müssen.«

Fronikas Augen weiteten sich vor Schreck. »Ich bin keine Hure!«, rief sie. »Lieber bringe ich mich um, als dass ich mit dir das Lager teile, du … stinkendes Stück Fleisch! Die schlechtesten Fische auf dem Mainzer Markt verströmen einen Wohlgeruch gegen deine Ausdünstungen!« Die Vorstellung, dem widerlichen Mann zu Gefallen zu sein, ließ Fronika ihre ganze Vorsicht und Furcht vergessen.

Der Beschimpfte schüttelte sich jedoch noch immer vor Lachen. »So gefällst du mir schon besser«, sagte er. »Mit ein wenig Feuer im Hintern. Ja, früher hätte ich dich schon gefügig gemacht, kleine Maus, aber das ist eine Ewigkeit her! Hier unten«, er kratzte sich ungeniert und ausgiebig am Gemächt, »tut sich bei mir schon lange nichts mehr. Kalt wie eine tote Schlange, mein alter Kamerad! Und voller Pusteln. Er brennt und juckt, und wenn ich versuche, ihn irgendwo reinzustecken, wird's noch schlimmer. Nein, von dieser Seite hast du nichts zu befürchten, Mädchen.«

»Was willst du dann von mir?«, fragte Fronika misstrauisch.

»Manchmal wünsche ich mir eben ein wenig Gesellschaft. Ein Weib, das mir den Karren sauber hält, die Kleider wäscht, näht und das Essen kocht. Und wenn du mich ab und zu deine Brüste berühren lässt, damit mir ein wenig warm ums Herz wird … Du sollst mich begleiten und für mich arbeiten, bis du deine Schuld abbezahlt hast.«

»Und wenn ich mich weigere?«

Der Alte zeigte erneut seine schwarzen Zahnstumpen und zog plötzlich geschickter, als Fronika es ihm zugetraut hätte, ein scharfes Messer unter seinem zerrissenen Umhang hervor. »Dann muss ich mir eben holen, was mir zusteht!« Er fuchtelte mit der Klinge vor Fronika Gesicht herum. »Dein Haar ließe sich auf dem Markt zu Geld machen. Dein Stupsnäschen auch. Ich könnte es als Amulett verkaufen. Und einzelne Finger stehen derzeit hoch im Kurs. Wenn ich deinen zarten Daumen gut präpariere, lässt er sich mit ein bisschen Glück als Reliquie der heiligen Anna verscherbeln.«

Entgeistert starrte Fronika den Mann an. Was redete er da? War er am Ende verrückt? Das fehlte noch, dass sie ausgerechnet zu einem gewalttätigen Schwachsinnigen auf den Karren geflüchtet war!

Doch der Alte steckte das Messer wieder weg und deutete eine Art Lächeln an. »Ich bin jedoch kein grausamer Mensch. Du gefällst mir wesentlich besser, wenn alle Gliedmaßen noch dran sind. Also wäre es in unser beider Interesse, wenn du freiwillig mitkämst.«

Fieberhaft überlegte Fronika, was sie tun sollte. Wie konnte sie sich aus dieser unangenehmen Situation befreien? War es nicht am besten, gute Miene zum bösen Spiel zu machen? Sich zumindest vorläufig auf die Forderungen des Alten einzulassen? Sicher würde sich bald eine Möglichkeit zur Flucht ergeben, der Mann konnte sie ja schlecht anketten oder fesseln, wenn sie ihm bei der Arbeit zur Hand gehen sollte.

Er schien ihre Gedanken zu erraten. »Ich warne dich«, sagte er in fast gutmütigem Tonfall. »Solltest du weglaufen, kommst du vermutlich vom Regen in die Traufe. Wir leben in unruhigen Zeiten. Ein junges Mädchen, das alleine unterwegs ist, kommt nicht weit. Überall lauern Gefahren: Räuber und Wegelagerer, umherziehende Söldner auf der Suche nach Aufruhr. Nicht alle sind so friedliebend wie ich, und selbst vor den *Gerechten* musst du dich fürchten, wenn du etwas ausgefressen hast.«

Betrübt senkte Fronika den Kopf. Was der Alte sagte, entsprach leider der Wahrheit: Ihre Reise nach Dürn war nicht nur gefährlich, sondern fast aussichtslos, solange sie alleine blieb.

»Wohin willst du eigentlich, Mädel?«, fragte der Alte. »Hast du ein Ziel?«

Sie nickte. »Ich bin unterwegs nach einem Städtchen namens Dürn. Es liegt …« Sie stockte. Genau genommen hatte sie keine Ahnung, wo sich dieser Ort befand. Sie wusste nicht einmal die ungefähre Richtung. »Es liegt … weit weg«, beendete sie trotzig ihre Rede. »Kennst du es zufällig?«

Zu ihrer Verwunderung und Freude nickte der Alte. »Ein lausiges Fleckchen«, sagte er und spuckte genüsslich aus. »Ich hatte in der Gegend das ein oder andere Mal zu tun. War immer froh, wenn ich wieder weg war. Was willst du denn in einer so finsteren Gegend?«

»Ich habe dort Verwandte.«

»Sieh an. Verwandte!«

Fronika ignorierte den Gestank, der sich wieder seinen Weg aus dem Mund des Alten zu ihr bahnte. Nun war sie aufgeregt. »Wirst du wieder in diese Gegend ziehen?«

»Schon möglich. Ja, im Odenwald habe ich immer gute Geschäfte gemacht, vor allem im hinteren.«

»Wenn ich mit dir komme und für dich arbeite, wirst du mich dann gehen lassen, sobald wir in die Nähe des Städtchens kommen?«

»Nun ja. Darüber lässt sich reden. Bis dahin solltest du deine Fahrtschulden bei mir abgearbeitet haben. Wenn du wirklich in einen so düsteren Ort willst … Nun, das soll nicht meine Angelegenheit sein.«

»Dann ist es also abgemacht.« Fronika streckte dem Alten ihre Hand hin und verzog nur leicht angewidert den Mund, als er sie mit seiner schmutzigen Pranke ergriff.

»Ich heiße Fronika«, stellte sie sich vor. »Bis vor wenigen Tagen war ich Küchenmagd.«

»Das trifft sich gut. Essen und Trinken sind zufällig meine größten Leidenschaften. Wir werden uns verstehen, wir beide.«

»Hast du auch einen Namen?«, fragte Fronika.

»Kannst mich Kuntz nennen.«

»Und deine Geschäfte? Bist du ein Händler?«

Der Alte lachte. »Händler? Nun, irgendwie schon. Ja, so könnte ich mich wohl nennen. Ich bin ein fahrender Reliquienhändler.«

Es dauerte nicht lange, bis sich eine gewisse Routine in Fronikas neuem Leben einstellte. In mancher Hinsicht war ihre Arbeit für Kuntz weit weniger anstrengend als die frühere Tätigkeit in der erzbischöflichen Küche. Es gab nicht viel zu tun. Am Morgen bereitete sie dem Alten einen nahrhaften Brei aus Hafergrütze, und wenn vom Vorabend noch Reste vorhanden waren, mischte sie diese mit hinein, um die Mahlzeit abwechslungsreicher zu gestalten. Dazu gab sie ihm gewürzten Wein, ein wenig getrocknetes Fleisch, Zwiebeln und eingelegte Früchte. Fronika merkte schnell, dass Essen und Trinken für Kuntz sehr viel mehr waren als nur das Stillen von Hunger und Durst. Unter seinen Vorräten befanden sich sogar einige teure Spezereien, die es Fronika erlaubten, selbst aus einem einfachen Haferbrei noch etwas Schmackhaftes für sie beide zu zaubern. Unterwegs ergänzten sie ihre Lebensmittel vornehmlich bei Bauern, gelegentlich auch auf einem Wochenmarkt. Manchmal gelang es Kuntz, mit einer primitiven Steinschleuder, mit der er bemerkenswert gut umgehen konnte, einen Hasen oder einen Fasan zu erlegen. Dann gab es am Abend ein Festmahl.

Morgens dauerte es seine Zeit, bis der Alte sich bequemte aufzustehen. Oft stand die Sonne schon hoch am Himmel, wenn sie endlich weiterzogen. Fronika war es recht so. Da Kuntz lange schlief, konnte sie sich in Ruhe waschen, während er sich noch auf seinem Lager räkelte. Wenn es warm genug war, wusch sie auch ihre Kleider, die ihr am Leib schnell wieder trockneten. Kuntz hingegen wusch sich nie. Zu seinem üblen Mundgeruch gesellten sich diverse andere Ausdünstungen, über deren Ursprung Fronika nichts Genaueres wissen wollte. Eines Morgens hatte sie genug davon und schüttete kurzerhand einen Eimer kaltes Wasser über den schlafenden Mann, der fast zu Tode erschrak, laut fluchte und sich schüttelte wie ein nasser Hund. Den Rest des Tages sprach er kein Wort mit ihr, und Fronika merkte, dass sie sich keinen guten Dienst erwiesen hatte: Sobald die Fetzen, die ihn bedeckten, getrocknet waren, rochen sie noch muffiger als zuvor. Beim nächsten Marktflecken, den sie erreichten, bat sie ihn, Seife, Nadel und Faden kaufen zu dürfen. Brummend gab er nach, und bereits am nächsten Tag willigte er ein, einen Tag Rast einzulegen, damit Fronika seine Kleider waschen und flicken konnte. Er selbst weigerte sich jedoch hartnäckig, in dem kühlen Bach, an dem sie lagerten, ein Bad zu nehmen. Nachdem sie die größten Löcher seines Gewandes gestopft hatte, vernähte sie ihren Rocksaum, nicht ohne sich vorher zu überzeugen, dass der Ring noch sicher an seinem Platz steckte.

In einem Dorf trafen sie einen Händler, der getrocknete Heilkräuter feilbot. Fronika erstand Arnika, Salbei und Minze, woraus sie eine Paste mischte, die sie Kuntz für seine Zähne gab. »Reib die Mundhöhle damit ein und schluck auch ein wenig von dem Elixier hinunter«, riet sie ihm, »das wird dir gut tun.«

Anfangs sträubte er sich, die Paste zu benutzen, doch schließlich gab er nach. Der Mundgeruch wurde daraufhin erträglicher. »Siehst du«, sagte er zu Fronika, als sei das alles seine eigene Idee gewesen, »es ist doch gar nicht schlecht, ein Weib bei sich zu haben.« Dann lachte er wiehernd und tätschelte ihren dichten Haarschopf.

Leider war er nicht immer so guter Laune. Tagsüber blieb er oft schweigsam, manchmal war er unruhig und zornig. Dann störte ihn jeder Stein auf der Straße, er fluchte und schimpfte vor sich hin, sodass Fronika lieber einige Schritte hinter dem Karren herlief, damit sie die gotteslästerlichen Worte nicht hören musste. Niemals sah sie ihn beten. Und wenn sie selbst niederkniete, spürte sie seinen spöttischen Blick. Er war zweifellos ein gottloser Mensch, und das jagte Fronika immer wieder Angstschauer über den Rücken. Besonders schlimm wurde es an den Abenden, an denen Kuntz reichlich gegessen und getrunken hatte. Er liebte den Wein. »Heute werde ich mich volllaufen lassen«, verkündete er ab und zu, und Fronika lernte rasch, was das bedeutete.

Niemals trank Kuntz so viel, dass er die Kontrolle über seinen Körper verlor – aber häufig verlor er die Herrschaft über seinen Geist. Dann wurde er sentimental, sang zotige Lieder, heulte wie ein Weib und erzählte Geschichten aus seinem unglückseligen Leben. Er war als Sohn einer Hure geboren, aufgewachsen in Schmutz und Armut. Früh hatte er das Stehlen gelernt, und wenn man ihm Glauben schenken durfte, hatte er auch schon den einen oder anderen Mann erschlagen. »Gott hat mich immer gehasst«, lispelte er. »Aber es ist mir egal. Denn ich hasse ihn auch.«

Fronika zitterte und bekreuzigte sich rasch. Sie wünschte, sie hätte ein Amulett, um sich vor solchen Sprüchen zu schützen. Mechthild hatte ihr einst eines geschenkt, einen Text aus der Bibel, auf Pergament geschrieben und in einem kleinen, schmucklosen Holzkästchen verwahrt. Fronika, die natürlich nicht lesen konnte, hatte nie herausgefunden, was der Text besagte, doch er musste sehr mächtig gewesen sein, denn sie war nie krank geworden und hatte kein Unheil erlitten, solange sie ihn bei sich trug. Eines Tages war das Amulett abhanden gekommen, und so war sie jetzt der gotteslästerlichen Rede des Alten schutzlos ausgeliefert.

»Der Teufel wäre mir schon lieber«, fuhr Kuntz unbeirrt fort. »Aber auf den kannst du dich auch nicht verlassen! Also musst du dir selbst helfen, sonst bist du verloren. Hörst du das, Mädchen? Merk es dir gut!«

Fronika nickte und rückte von ihm ab. Doch es nützte nichts. Wenn er in dieser Stimmung war, forderte er auch den Rest ihrer gemeinsamen Abmachung ein.

»Lass mich jetzt deine Brüste sehen«, verlangte er.

Fronika zitterte, doch sie tat, wie ihr geheißen. Zögernd öffnete sie ihr Mieder und streifte das Oberteil des Kleides von den Schultern. Er tat ihr nichts an, das wusste sie mittlerweile. Fast wehmütig musterte er ihre kleinen, wohlgeformten Brüste. Lange saßen sie schweigend da, Kuntz' Augen klebten an ihr, seine Tränen glänzten im Feuerschein.

»Ich will sie berühren«, sagte er, und Fronika nickte. Auch das gehörte zum Handel. Vorsichtig nahm er sie in die Hand, als seien sie zerbrechlich. Seine groben, schmutzigen Pranken kneteten sie ganz sanft und strichen behutsam über ihre Knospen. Dann wandte er sich abrupt ab und sagte barsch: »Zieh dich an, Hure. Sonst erkältest du dich noch.«

Dankbar streifte Fronika ihr Oberteil wieder über. Vielleicht, so dachte sie, war sie durch dieses sündige Treiben bereits der ewigen Verdammnis anheimgefallen, doch was konnte sie dagegen tun? Sie hatte Kuntz ein Versprechen gegeben und fühlte sich daran gebunden. Außerdem ahnte sie, dass sie dem Alten mehr schenkte, als er jemals von seinen Mitmenschen bekommen hatte.

Vieles, was ihr an Kuntz missfiel, erduldete sie still, denn sie erkannte rasch, welche Sicherheit er ihr bot. Obwohl sie auf ihrer langsamen Reise die großen, stark befahrenen Straßen mieden, begegneten sie häufig Gesindel. Die Männer musterten Fronika unverhohlen, und es war klar, dass sie nicht viel Federlesen mit ihr gemacht hätten, wäre Kuntz nicht gewesen. Gelegentlich musste dieser sogar zu seiner Steinschleuder greifen, um die aufdringlichen Kerle von seiner schönen Begleiterin fernzuhalten. Einmal traf ein Stein einen Halunken so unglücklich am Kopf, dass er zu Boden stürzte und reglos liegen blieb. Seine beiden Kumpane versuchten, ihn wieder auf die Beine zu stellen.

»Du hast ihn zu hart getroffen«, wisperte Fronika ängstlich. »Er ist ernsthaft verletzt. Wir müssen ihm helfen!«

»Was bist du nur für ein einfältiges Ding!« Kuntz schüttelte fassungslos den Kopf. »So ein Stein kann den härtesten Dickschädel ins Jenseits befördern. Was glaubst du, was die überlebenden Gauner mit uns anstellen, wenn wir jetzt anhalten? Nein, Täubchen, wir nehmen lieber die Beine in die Hand und verschwinden ganz schnell!«

Zum Glück waren die Halunken zu Fuß unterwegs, und es bereitete Kuntz keine Mühe, die Verfolger abzuhängen. Aber Fronika konnte sich über die gelungene Flucht nicht recht freuen, denn das Bild des leblosen Mannes verfolgte sie tagelang. Bisher hatte sie den Erzählungen des Alten wenig Glauben geschenkt, doch nun sah die Sache anders aus. Sie war tatsächlich mit einem gewissenlosen Mörder unterwegs – Gott sei ihrer Seele gnädig!

Umgekehrt profitierte auch Kuntz von ihrer Anwesenheit. Nicht alle Reisenden hatten es auf die junge Frau abgesehen, einige interessierten sich weit mehr für die Behälter auf dem Karren. »Welche Kostbarkeiten versteckst du unter dem Tuch?«, fragte der eine oder andere in böser Absicht, aber Kuntz grinste nur unterwürfig: »Ein bisschen Hafer, sonst nichts. Ich bin mit meiner Tochter unterwegs zu ihrer Tante. Wir haben bei einem Brand alles verloren, sogar mein Weib, ihre Mutter. Jetzt sind wir auf die Mildtätigkeit meiner Schwester angewiesen, wenn wir den Winter überleben wollen.«

Den meisten Spitzbuben genügte diese Antwort, und sie ließen Kuntz in Frieden weiterziehen. Fronika war sich sicher, dass er ohne ihre Anwesenheit nicht immer so glimpflich davongekommen wäre. Unter seinem Wams, das wusste sie mittlerweile, trug er einen dicken, prall mit Münzen gefüllten Beutel. Oft fragte sie sich, woher der Alte das viele Geld hatte und worin seine Geschäfte bestanden. Sie hatte ihn in den Wochen, in denen sie nun unterwegs waren, kein einziges Mal Handel treiben sehen – weder mit Reliquien, noch mit anderen Gütern. Deshalb vermutete sie, er könnte das Geld gestohlen haben. Sie wagte nie, ihn danach zu fragen, da sie die Antwort nicht hören wollte.

Eine Tages, als sie schon nicht mehr damit rechnete, sollte sie dennoch erfahren, womit der Alte seinen Lebensunterhalt bestritt.

Sie befanden sich in einer Gegend, deren Bewohner einen seltsamen Dialekt sprachen, Fronika konnte nur die Hälfte davon verstehen. Sie kampierten in einem Buchenwald, nachdem drei Bauern sie von ihren Höfen verjagt hatten, noch bevor sie ihr Anliegen vorbringen konnten.

Kuntz war unruhig. »Irgendetwas stimmt nicht«, sagte er und starrte ins Feuer. »Den ganzen Tag über ist uns niemand begegnet, das ist ungewöhnlich.« Er stocherte mit einem Stöckchen im Feuer herum. Dann griff er abrupt zu einem Kübel Wasser, der neben ihm stand, und goss ihn in die Flammen, die zischend erloschen. »Besser, wir verzichten heute Nacht darauf«, erklärte er und legte sich alsbald zur Ruhe. Fronika tat es ihm gleich, doch sie fand keinen Schlaf. Die Sorge des Alten hatte auch sie ergriffen, und sie befürchtete Unheil. Vorsichtshalber holte sie vom Karren ein Bündel getrocknetes Johanniskraut und legte es sich auf die Stirn. Die Heilpflanze hatte eine starke zauberabweisende Wirkung und hielt alles Böse von Mensch und Behausungen fern: Geister, Dämonen, den Blitz.

Ein wenig ruhiger lauschte sie nun dem Schnarchen des Alten. Bald gesellte sich jedoch ein weiteres Geräusch zu dem ohrenbetäubenden Sägen ihres Begleiters. Zunächst klang es wie ein fernes Murmeln, es schien aber näher zu kommen und schwoll allmählich zu einem schaurigen Stöhnen an. Ein starker Wind spielte mit den Baumkronen. Ängstlich rüttelte Fronika den Alten wach und legte den Finger auf seinen Mund. Das unheimliche Geräusch war inzwischen so laut geworden, dass man Stimmen vernehmen konnte. Sie klangen nicht menschlich, eher wie das Geheul toter Seelen, immer wieder unterbrochen von einem knallenden Geräusch und markerschütternden Schreien.

Fronika war wie gelähmt. War das die *Wilde Jagd*, eine Schar ruheloser Geister, dazu verdammt, bis in alle Ewigkeit die Lebenden zu verfolgen? Unzählige Geschichten hatte sie darüber gehört. Waren die Seelen der Toten gekommen, um sie zu holen?

Kuntz zog sie hinter ein Gebüsch. Das Pferd und der Karren standen gottlob schon längst hinter dichtem Gestrüpp verborgen. Es war eine dunkle Nacht, Wolken verdeckten die schmale Mondsichel. Das spärliche Licht reichte gerade aus, ein paar Schemen wahrzunehmen. Auf dem nahen Pfad bewegte sich jetzt etwas. Die Schreie und das Stöhnen jagten Fronika eine Gänsehaut über den gesamten Leib. Eine monotone Stimme untermalte die Schmerzenslaute mit unverständlichen Worten.

…estalten, die sich langsam über den Pfad schoben, es …ochten etwa dreißig oder vierzig sein, wirkten hager und zerlumpt. Sie bewegten sich langsam und führten seltsame, ruckartige Bewegungen aus.

Wie gebannt starrte Fronika auf den unheimlichen Zug. In regelmäßigen Abständen war ein peitschendes Geräusch zu hören, gefolgt von Schmerzenslauten. Nach einer Zeit, die Fronika endlos erschien, verschwand der Spuk im Wald, und auch das grässliche Murmeln und Schreien wurde leiser, bis es schließlich verstummte.

»Mein Gott«, flüsterte Fronika. »Bei allen Heiligen! Was war das?«

Kuntz spuckte eitrigen Schleim auf den Waldboden. Er wiegte nachdenklich den Kopf. »Irrsinnige«, sagte er. »Ein Büßerzug. Hast du nicht gesehen, wie sie sich mit ihren Geißeln den Rücken wund geschlagen haben?«

Fronika schnappte nach Luft. Ein Büßerzug! Davon hatte sie wohl schon gehört, aber gesehen hatte sie noch keinen. »Die Geißler sind zu Zeiten der großen Pestilenz durch die Lande gezogen, um durch ihre Selbstkasteiung für die Sünden aller Menschen Buße zu tun. Aber die große Pestilenz liegt viele Jahrzehnte zurück! Woher kommen sie also?«

»Ein verfluchtes Pack!«, knurrte Kuntz verächtlich. »Einige ziehen noch immer umher, es ist ihnen zur Gewohnheit geworden. Viele von ihnen sind entwurzelt und wissen nicht, wohin sie gehen sollen. Auch heißt es, die Seuche flamme wieder auf, mal hier, mal dort, und die Geißler folgen diesen Gerüchten, um ihr böses Spiel mit den notleidenden Menschen zu treiben.«

»Was ist böse daran, Buße zu tun?«

»Blödsinn! Das Ganze ist nichts anderes als ein unheilbringender Mummenschanz! Du darfst den Geißlern niemals zu nahe kommen, hörst du? Ein elendes Gesindel.«

Fronika bekreuzigte sich und drückte das Johanniskrautbündel fester an ihr Herz.

verfolgt. Dann sind wir weitergefahren, ohne ein einziges Mal auf ihn zu stoßen. Und jetzt soll er plötzlich wieder da sein?«

»Wir sind ja nicht auf direktem Weg gereist. Wir haben die großen Städte und die Straßen gemieden. Wir haben Haken geschlagen, um unsere Reliquien zu verscherbeln. Dies ist der Main, ob du es nun glaubst oder nicht.«

»Und die Stadt? Kenne ich sie?«

»Ich glaube nicht. Sie heißt Miltenberg.«

»Können wir sie besuchen, Kuntz? Wir müssten dringend ein paar Besorgungen machen.«

»Nein«, sagte der Alte knapp. »Wir haben keine Zeit. Unser Ziel ist nicht mehr fern. Und der Winter auch nicht.« Er deutete auf eine dunkle Wolkendecke, die sich noch weit im Westen über die Hügel schob. Fronika nickte. Das sah nach Schnee aus.

Sie zogen weiter, bis es zu dunkel wurde, um den Weg zu erkennen. Fronikas Füße schmerzten, als sie sich abends in einer Scheune zur Ruhe legten. Kuntz war knurrig und sprach nicht mit ihr.

Am nächsten Morgen weckte er sie früh. Sie aßen schweigend einen Kanten Brot, den sie am Abend zuvor dem Bauern abgekauft hatten. Dazu tranken sie dünnen Würzwein. Es war kalt in der Scheune, und sie beeilten sich weiterzukommen. Am Vortag waren sie beständig bergauf gegangen, nun befanden sie sich auf einer bewaldeten Hochebene, und der Himmel über ihnen war grau und schwer. Nach dem Morgenmahl belud Kuntz seinen Karren, spannte das Pferd ein und sprach dann endlich mit Fronika.

»Hier trennen sich unsere Wege«, sagte er. »Du kannst Dürn nicht mehr verfehlen. Du musst nur immer auf dieser Straße bleiben. Bis zum Mittag solltest du dort sein.«

Fronika schluckte. Sie hatte das Ende der Reise herbeigesehnt, doch nun kam es ein wenig plötzlich. »Und du?«, fragte sie. »Kommst du nicht mit?«

»Ich habe in der Nähe Geschäfte zu erledigen.«

»Geschäfte? Was meinst du damit? Diebstähle?«

»Das geht dich nichts mehr an, Täubchen.«

»Aber ...«

»Kein Aber. Hier hast du ein paar Heller. Die hast du bei mir verdient. Und jetzt mach, dass du verschwindest, Hure!«

Er gab seinem Pferd einen Klaps und zog von dannen. Fronika starrte ihm lange hinterher, doch er drehte sich nicht mehr zu ihr um. Zitternd vor Kälte stand sie auf der Straße. Es war merkwürdig, auf einmal wieder allein zu sein.

Der Alte sollte recht behalten: Im trüben Licht des bewölkten Tages erreichte sie auf ihrem Weg um die späte Mittagszeit ein Städtchen. Dürn! Fronika blieb stehen, um den Anblick auf sich wirken zu lassen. Sie befand sich etwas oberhalb der Siedlung, vor ihr fiel der Weg in ein Tal ab, durch das sich ein munterer, schäumender Bach zog. Im Frühjahr und im Sommer musste es dort lieblich sein, doch jetzt wirkte die Landschaft grau und bedrückend.

Auf der anderen Seite des Tales, direkt neben ihr, erhob sich ein Hügel. Der Ort lag schräg vor ihr. In seinen Mauern mochten etwa dreihundert Menschen Platz finden. Im Vergleich zu Mainz und den meisten anderen Städten, die sie unterwegs gestreift hatten, kam Fronika Dürn winzig klein vor.

Vier Türme beherrschten das Bild. Nicht weit entfernt erhob sich ein Torturm, durch den sie gleich den Ort betreten würde. Eine Holztafel mit dem Wappen des Mainzer Erzbischofs, das sie selbst aus der Entfernung erkannte, schmückte seine Frontseite. Ihm gegenüber, auf der südlichen Seite der Stadt, stand ein weiterer Torturm, der prächtiger und größer wirkte als sein Pendant. Dazwischen sah Fronika ein Gewirr von Dächern, scheinbar wahllos und willkürlich hingestreut, ohne jede Ordnung und sehr eng beieinander. Dort, wo zwei weitere Türme ihre spitzen Nasen keck in den Himmel streckten, war die Bebauung dünner.

Der eine gehörte zum Bergfried einer gewaltigen, von dicken Mauern eingeschlossenen Burg, die sich am südwestlichen Ende des Ortes erhob. Der andere war der spitze Turm des Kirchleins, das man auf einer erhöhten Stelle unweit des nördlichen Stadttores errichtet hatte.

Fronika atmete tief durch. Diese Kirche und das zugehörige Pfarrhaus waren ihr Ziel.

Jetzt, da sie Dürn erreicht hatte, fühlte sie mit einem Mal tiefe Zweifel in sich aufsteigen. Wenn ihr Onkel nun gar nicht mehr lebte? Oder keinerlei Interesse an einer völlig unbekannten Großnichte zeigte? Diese Gedanken hatte sie bislang nicht zugelassen, doch nun musste sie den Tatsachen ins Auge sehen: Was sollte sie tun, wenn sie bei ihrem Großonkel, dem Pfarrer Heinrich Otto, keine Unterkunft fand?

Heimlich hatte sie in all den Wochen ihrer Reise gehofft, sie könne einfach so lange mit Kuntz weiterziehen, bis sich ihr eine Gelegenheit bot, eine Anstellung als Küchenmagd zu finden. Doch Kuntz war weg, und sie wusste nicht einmal, wohin er gegangen war.

Unruhig trat Fronika von einem Bein auf das andere. Es blieb ihr nichts anderes übrig als in die Stadt zu gehen und sich dem Unvermeidbaren zu stellen.

Vor der Mauer verwehrten ein Graben und ein Wall den Reisenden ein allzu schnelles Eindringen. Zögernd und reichlich klamm schritt Fronika auf das Tor zu.

Die Torwächter musterten sie neugierig, und einer sprach sie an: »Werbisch, wo künnschher unn was willschd innde Schtadt?«

Fronika blickte fragend und ziemlich ratlos drein. Sie hatte kein Wort verstanden.

»Weesch, do könntmer graad meene, die wär nimmi ganz richdich doobbe.« Der andere tippte sich an die Stirn und grinste seinen Kollegen an. Diese Geste zumindest verstand Fronika. Sie errötete. Auf gut Glück sagte sie: »Ich komme aus Mainz und möchte einen Verwandten besuchen.«

Jetzt blickten die beiden Torwärter sie noch neugieriger an. »Aus Mainz?«, fragte der Erste und bemühte sich, verständlich zu sprechen. »Und den ganzen weiten Weg willst du allein gegangen sein, Mädel?«

»Nein, natürlich nicht. Ich … ähm … bin mit meinem Vater gereist. Er besucht noch Bekannte hier in der Nähe und kommt in Kürze nach.«

»So. Hm. Und wer ist dein Verwandter in Dürn?«

»Was geht euch das an?«, erboste sich Fronika. Ein solches Verhör hatte sie nicht erwartet. Aber Dürn war eben eine kleine Stadt, wo jeder jeden kannte, ganz anders als in Mainz.

Der Torwächter wurde wieder freundlicher. »Du bist ein hübsches Ding«, sagte er. »Aber wir wollen keine Wanderhuren in unseren Mauern, das wirst du wohl begreifen.«

»Ich bin keine Hure!« Wütend stampfte Fronika mit dem Fuß auf. War dies das Schicksal einer jungen Frau, die ihre Heimat verließ? Dass sie überall als Hure bezeichnet wurde?

»Mein Großonkel heißt Heinrich Otto«, rief sie verärgert. »Er ist euer Pfarrer!«

Nun blickten sich die beiden Wächter verlegen an. »Heinrich Otto ist dein Verwandter?«, überlegte der eine. »Ja, das kann stimmen. Er stammt aus Mainz.«

»Dann solltest du dich mit deinem Besuch beeilen«, schaltete sich der Zweite ein. »Er liegt im Sterben.«

»Wieder einmal«, fügte der Erste unheilschwanger hinzu und trat zur Seite, um Fronika in die Stadt zu lassen.

Als sie die morastige Hauptstraße betrat, die vom nächtlichen Raureif, von den Regenfällen der vergangenen Tage und von allerlei Unrat aufgeweicht war, atmete sie tief durch. Ihr Onkel lag im Sterben! Das war keine gute Nachricht.

Unsicher schritt sie voran. Ihr Ziel war der Platz oberhalb des Ortes, wo die Kirche stand. Nicht weit vom Tor entfernt befand sich der Marktplatz. Ein paar alte Männer waren damit beschäftigt, die letzten Stände abzubauen und ihre übriggebliebene Ware auf klapprige Karren oder in Körbe zu verladen. Sie rieben sich die Hände, denn es war bitter kalt. In dem Moment, in dem Fronika den langgestreckten Platz betrat, fielen die ersten Schneeflocken.

Sie rümpfte die Nase. Trotz der Kälte lag ein fauliger Geruch über dem Platz, was freilich nichts Ungewöhnliches war, auch in Mainz hatte es immer unangenehm gerochen, sobald die Händler abzogen. Schweine wühlten in den Abfällen, und Fronika beeilte sich weiterzukommen. Ein kleines, zerlumptes Mädchen, das sich gerade noch mit den Ferkeln gebalgt hatte, stellte sich ihr in den Weg und starrte sie ungeniert an. Dann fragte sie in dem ungewohnten und schwer verständlichen Dürner Dialekt: »Wie heeschn unn wo willsch no?«

»Ich suche das Pfarrhaus«, sagte Fronika aufs Geratewohl.

»Hä?« Jetzt war es an der Kleinen, ratlos auszusehen. Sie bohrte grübelnd in der Nase.

»Das Pfarrhaus«, wiederholte Fronika, und ein verständnisvolles Leuchten überzog das Gesicht des Kindes. »Dort obbe«, sagte es und wies in Richtung Kirche.

Fronika seufzte. Jetzt wusste sie so viel wie zuvor. Im dichter werdenden Schneefall stapfte sie hinauf zum Gotteshaus, das ebenfalls ummauert war. Die Kirche war nicht sonderlich groß, doch sie besaß einen schönen Turm, der offensichtlich erst vor wenigen Jahrzehnten errichtet worden war, denn er streckte sich spitz zulaufend dem Himmel entgegen und wirkte mit seinen Bögen und Pfeilern viel neuer als der Rest des Gebäudes, das ein wenig baufällig war und noch die runden Fensterbögen und schmucklosen Fassaden früherer Zeiten aufwies. Direkt bei der Kirche befand sich der Gottesacker.

Suchend blickte sich Fronika um, doch sie konnte kein Gebäude ausmachen, das wie ein Pfarrhaus aussah. Lediglich drei windschiefe, ärmliche Häuser standen in der Nähe.

Sie umrundete die Kirche und entdeckte in einiger Entfernung ein weiteres Tor, das in die Stadt hineinführte und gleichzeitig Zutritt zum Burgbezirk gewährte, der wiederum eigens ummauert war. Ein gelangweilter Wächter vertrat sich davor die Beine.

»Gott zum Gruß«, sprach Fronika ihn an. »Kannst du mir sagen, wo ich das Pfarrhaus finde?«

Sie warf einen neugierigen Blick auf die trutzige Burg, die aus der Nähe betrachtet recht bröckelig und verfallen wirkte. Direkt daneben erstreckte sich der Zwinger, ein großer Turnierplatz. Auch er sah so aus, als sei er lange nicht benutzt worden. Wieder entdeckte Fronika das Wappen des Mainzer Erzbischofs am Eingangstor.

»Das Pfarrhaus?« Der Türmer grinste anzüglich. »Was willst du denn dort? Hat sich Pfarrer Heinrich Otto kurz vor seinem Ableben noch eine Hübschlerin kommen lassen? Na, vielleicht kann er bei einem letzten Ritt endlich sterben.«

»Ich bin seine Großnichte«, sagte Fronika und bemühte sich, ihrer Stimme eine angemessene Würde zu verleihen. Der Wächter wurde sofort ernst.

»Na, wenn das so ist … Siehst du die drei Häuser dort? Zwei davon sind unbewohnt. Im mittleren ringt dein Onkel seit einigen Monaten mit dem Tod.«

Wieder so ein finsterer Unterton! Das Schicksal Heinrich Ottos schien in Dürn in aller Munde zu sein.

»Ich danke dir«, sagte Fronika und ging den Weg zurück, den sie gekommen war. Inzwischen trieften ihre Haare vor Nässe, und auf der Straße lag eine dünne Schneeschicht. Sie sehnte sich nach einem warmen Herdfeuer und einer Kleinigkeit zu essen.

Vor der Tür des windschiefen Hauses zögerte sie kurz. Mit dem Fingernagel trennte sie ein Stück ihres Rocksaumes auf, damit sie im Zweifelsfall schnell den kostbaren Ring zur Hand hatte. Dann klopfte sie beherzt an.

Nichts regte sich im Innern des Hauses.

Fronika klopfte ein zweites Mal, jetzt lauter. Kam sie zu spät? War ihr Onkel bereits verstorben?

Leise, schlurfende Schritte ließen sie aufatmen. Die Tür wurde einen Spalt breit geöffnet, und ein ausdrucksloses, älteres Gesicht lugte nach draußen, es wurde von einem Schleier umrahmt. Die Augen der Nonne blickten ein wenig verärgert drein. »Ja?«, fragte sie knapp. »Was machst du für einen Lärm, Mädchen?«

»Verzeiht. Ich möchte –«

»Dies ist ein armes Haus. Bei uns wirst du kein Almosen finden. Wenn du einen Unterschlupf für die Nacht suchst, musst du es im Kloster Seligental versuchen. Das liegt jedoch noch einen Tagesmarsch von hier entfernt.«

»Nein. Ich möchte Pfarrer Heinrich Otto sprechen.«

Die Nonne runzelte die Stirn. »Was willst du von ihm? Du kannst ihn nicht sprechen. Er ist nicht bei Sinnen.«

»Oh! Nicht bei Sinnen …« Fronika spürte, wie ihr Körper sich plötzlich drehte und den festen Boden unter den Füßen verlor. *Nicht bei Sinnen?* Das war genauso schlimm wie tot! Was sollte sie jetzt tun?

Die ganzen Anstrengungen und die Anspannung der letzten Wochen forderten mit einem Schlag ihren Tribut. Sie schwankte, und die Beine gaben unter ihr nach.

Als sie wieder zu sich kam, befand sie sich in einer kleinen, rußgeschwärzten Küche, die von einem flackernden Talglicht notdürftig erhellt wurde. Im Herd brannte kein Feuer. Die Nonne stand neben ihr und flößte ihr einige Tropfen Wein ein. »Na?«, fragte sie. »Geht es wieder?«

Fronika nickte. Noch zitterte sie, aber ihre Kräfte kehrten mit jedem Schluck zurück.

»Bist du in gesegneten Leibesumständen?«, fragte die Ordensfrau.

»Oh, nein. Ich bin doch noch Jungfrau! Aber … Ihr müsst wissen, dass ich den ganzen weiten Weg aus Mainz gekommen bin, nur um Pfarrer Heinrich Otto zu sprechen. Und nun sagt Ihr, er sei nicht bei Sinnen.«

»Aus Mainz? Was willst du denn von ihm, Kindchen?« Die Stimme der Nonne klang jetzt ein wenig freundlicher.

»Er ist mein Großonkel. Mein einziger lebender Verwandter. Ich hatte gehofft ..., nun, eine Anstellung bei ihm zu finden. Sonst weiß ich nicht, was aus mir werden soll! Und jetzt ...«, sie schluckte, »jetzt schneit es auch noch!« Heiße Tränen traten in ihre Augen. Sie schämte sich dafür, doch sie ließen sich nicht zurückhalten.

Die Nonne seufzte. »Nun weine nicht. Vielleicht finden wir ja eine Lösung. Die Sinne deines Onkels sind nicht immer umnebelt. Manchmal ist er ganz klar. Seit Monaten liegt er schon im Sterben – aber immer, wenn es so weit ist, wird er plötzlich von einer unheimlichen Kraft erfüllt, und danach steht er einfach auf und lebt weiter, als sei nichts gewesen. Bis der nächste Anfall ihn niederwirft. Es ist, als würde ein böser Geist mit dem Herrn um seine Seele streiten. In den letzten Tagen war sein Gemüt umnachtet, doch vielleicht hast du Glück? Vielleicht schaffst du es, sein Herz zu erwärmen. Ich werde dich zu ihm führen, sobald du dich kräftig genug fühlst.«

Dankbar drückte Fronika die Hand der alten Frau und nickte. »Ich bin so weit«, sagte sie.

Als sie das muffige Krankenzimmer betrat, erschrak sie. War das, was da auf den Kissen ruhte, wirklich ein Mensch? Der Mann im Bett sah so aus, als wäre er schon seit Langem tot. Sein Leib war abgemagert und glich dem Körper eines nackten Vogels, dem noch kein Federkleid gewachsen war. Dünne, weiße Haut überspannte das Gesicht des kranken Pfarrers. Seine Augen waren geschlossen. Allein das Heben und Senken des Brustkorbes zeigte an, dass er noch am Leben war. Der Gestank im Krankenzimmer hinderte Fronika daran, tief Luft zu holen. Sie spürte, wie eine neue Ohnmacht sich näherte.

Ohne die Nonne zu fragen, stieß sie den Fensterladen auf und beachtete den offensichtlichen Unmut der Frau nicht, als die Kälte und mit ihr einige Schneeflocken in den Raum wirbelten.

Der kranke Pfarrer stöhnte, dann bewegte er sich. Die Nonne schickte sich an, den Laden wieder zu schließen, doch Fronika hinderte sie daran. Die kalte Luft schien den Kranken zu beleben. Er begann heftiger zu atmen, und einmal hustete er. Dann öffnete er die Augen. Fronika sah, dass sie vom Grauen Star getrübt, aber noch nicht ganz besiegt waren.

Heinrich Ottos Blick wanderte durch den Raum und blieb schließlich an Fronika hängen. »Wer bist du?«, fragte er. Seine Stimme klang unerwartet fest.

Ihr Herz vollführte einen Hüpfer. Sie lächelte. »Ich bin Eure Großnichte«, stellte sie sich vor. »Eine Verwandte. Die Enkelin Eures geliebten jüngeren Bruders Wolfram aus Mainz.«

»Wolfram!« Der alte Pfarrer dachte nach. »Ja, ich hatte einen Bruder dieses Namens. Ist er nicht bei der großen Pestilenz ums Leben gekommen?«

»Doch, er schon. Seine beiden Töchter jedoch nicht. Meine Mutter starb bei meiner Geburt, und Mechthild, ihre Schwester, verdingt sich als Magd am erzbischöflichen Hof in Mainz.«

»Und du willst Wolframs Enkelin sein?« Pfarrer Heinrich Otto klang zweifelnd.

Rasch drehte Fronika sich um und nestelte den Ring aus ihrem Rocksaum. »Ich kann es beweisen«, sagte sie triumphierend und hielt dem Kranken das Schmuckstück unter die Nase.

»Was ist das?«, fragte er und sah den Ring verwundert an. »Den habe ich noch nie gesehen.«

»Aber … Ihr müsst ihn kennen! Ich habe ihn von Mechthild …«

»Komm näher, Mädchen, damit ich dich anschauen kann. Ja, du hast die Stupsnase deines Großvaters geerbt. Auch sein dichtes, braunes Haar. Und das kleine Muttermal auf der Stirn – alle aus unserer Familie haben es. Siehst du?« Er deutete auf sein eigenes Gesicht, doch dieses war derart mit Leberflecken übersät, dass Fronika kein einzelnes Muttermal ausmachen konnte.

»Eine Großnichte. Wie merkwürdig.« Heinrich Otto schüttelte ratlos den Kopf. »Was mir der Herr wohl mitteilen will, wenn er mir so kurz vor meinem Tod eine Verwandte schickt?« Er schwieg einige Zeit, die Fronika nutzte, um den Ring wieder in ihren Rocksaum gleiten zu lassen. Dann nahm er ihren Arm. »Wie heißt du, Kindchen?

»Fronika«, sagte sie. »Fronika Rißenbach, nach dem Geburtshaus meines Vaters, das an einem –«

»Fronika!« Das Gesicht des Kranken wurde noch eine Spur fahler. Er keuchte. »Fronika! Wie Veronika, die Jesus auf dem Weg nach Golgota den Schweiß abwischte! Auf deren Tuch sich das Antlitz des Erlösers abbildete! Das Schweißtuch der Veronika! Welch eine Ironie des Schicksals!« Er ballte seine Hand zur Faust und reckte sie gen Himmel. »Was ist das für eine neue, teuflische Prüfung? Ein Zeichen – aber wofür? Könnt ihr mich nicht endlich in Ruhe lassen, ihr alle? Satan, Dämonen, Gott, Engel und Heilige? Ich pfeife auf euch allesamt!«

Fronika unterdrückte einen Schrei und bekreuzigte sich. Die Nonne tat es ihr gleich.

»Fronika Rißenbach«, wandte sich Heinrich Otto nun wütend an sie. »Geh mir aus den Augen, Hexe! Du bist nur ein Werkzeug der Dämonen! Verlasse auf der Stelle mein Haus, wenn du nicht auf dem Scheiterhaufen brennen willst! Raus mit dir, verschwinde!«

Kurz darauf saß sie zitternd in der Küche neben der Nonne, die sich als Schwester Anna vorgestellt hatte. Der Tag neigte sich dem Ende entgegen, und wenn sie das Pfarrhaus jetzt verließ, würden die Nachtwächter sie aufgreifen und aus der Stadt werfen. Man duldete keine Herumtreiber. Wohin sollte sie gehen, bei dieser Kälte?

Sie hatte die paar Heller von Kuntz und den Ring. Pah! Den Ring! Nichts hatte er ihr genützt, überhaupt nichts. Ihr Großonkel hatte ihn nicht wiedererkannt. Aber Mechthild musste sich doch irgendetwas dabei gedacht haben, als sie ihn ihr mit auf den Weg gab! Vielleicht hatte der Graue Star die Augen des alten Pfarrers zu stark geschwächt?

Nun, wenn er als Familienzeichen wertlos war, konnte sie den Ring ebensogut zum Pfandverleiher bringen. Allerdings nicht mehr an diesem Tag – und überhaupt wusste sie gar nicht, ob es in Dürn Juden gab, mit denen sie Geldgeschäfte machen konnte.

Ihr wurde flau im Magen, als sie daran dachte, dass sie nun gehen musste, ganz allein, hinaus in die Nacht.

Schwester Anna tätschelte ihre Hand. »Du gehst heute nirgends mehr hin«, sagte sie resolut, als könne sie Gedanken lesen. »Du kannst hier in der Küche schlafen. Der Pfarrer verlässt sein Krankenzimmer nur selten. Er wird dich nicht bemerken. Ich sagte dir bereits, wie launisch er ist. Nicht nur, dass er sich weigert zu sterben, nein, auch in jeder anderen Beziehung kann er sich nicht entscheiden! Heute ist er freundlich, morgen zornig. Einmal ist er milde, dann wieder hartherzig wie eine Kröte. Gut möglich, dass er sich schon jetzt nicht mehr daran erinnert, dich des Hauses verwiesen zu haben. Er hat dich immerhin erkannt! Du musst deinem Großvater sehr ähnlich sehen.«

Fronika zuckte die Schultern. Das wusste sie nicht. Sie hatte ihn ja nie kennengelernt. Aber sie war der alten Nonne, die jetzt aufstand und sich anschickte, den Herd zu befeuern, sehr dankbar. »Das kann ich doch tun«, sagte sie rasch und ergriff einen kleinen Reisigbesen, mit dem sie den Ruß wegfegte. Während sie Holzscheite aufschichtete, beruhigte sich ihr Gemüt ein wenig. Zumindest für diese eine Nacht war sie versorgt. Und morgen – nun, ausgeruht und bei Tageslicht würde sich schon ein Ausweg finden.

»Ich kann Euch eine kräftige Suppe kochen«, bot sie an und lächelte der Nonne zu.

»Wir haben nicht viel. Nur ein bisschen Getreide, ein paar Rüben, Kraut und Äpfel. Kein Fleisch.«

»Ich bin es gewohnt, auch aus Wenigem ein schmackhaftes Mahl zu bereiten.«

Schwester Anna runzelte die Stirn. »So? Wird am Hofe des Erzbischofs derart karg gespeist?«

»Nein. Natürlich nicht. Ich … habe zuletzt für einen fahrenden Händler gekocht. Er hatte –«

Weiter kam sie nicht, denn mit einem Mal öffnete sich die Tür zum Krankenzimmer, und Pfarrer Heinrich Otto trat heraus. Er trug ein Nachtgewand, aus dem seine dünnen, haarigen Beine wie die Stelzen eines Wasservogels hervorlugten. Er schwankte und musste sich am Türrahmen festhalten, um nicht hinzufallen.

Fronika erbleichte. Hatte er sie mit Schwester Anna reden hören? Kam er, um sie eigenhändig vor die Tür zu setzen?

Der alte Pfarrer wankte auf sie zu. »Setz dich doch, Mädchen. Fronika! Setz dich hin. Du sollst heute nicht arbeiten, sondern mein Gast sein. Meine Großnichte! So etwas! Wie ich mich freue, dich zu sehen! Anna wird für uns kochen, schließlich ist es ihre Aufgabe, meinen Haushalt zu führen. Du musst mir erzählen, wie du mich gefunden hast. Wie es Mechthild geht – ich habe sie nicht mehr gesehen, seit sie ein kleines Mädchen war. Hat sie noch diese dicken, braunen Zöpfe? Alles will ich wissen, aber zuerst speisen wir gemeinsam. Du wirst hungrig sein. Und auch ich verspüre heute einen Appetit wie schon lange nicht mehr.«

Starr vor Verwunderung nickte Fronika und setzte sich an den großen Holztisch.

»Launisch!«, zischte die Nonne ihr zu. »Habe ich es dir nicht gesagt?«

Obwohl die Suppe, die Schwester Anne zubereitete, tatsächlich dünn und fad schmeckte, aß Fronika begierig, denn sie wusste nicht, wann sie wieder etwas Warmes bekommen würde. Ihr Großonkel konnte seine Meinung jederzeit aufs Neue ändern. Während des Mahls war er jedoch freundlich, fast heiter, und niemand wäre auf die Idee gekommen, dass dieser Mann noch wenige Stunden zuvor mit dem Tod gerungen hatte. Nachdem er das Tischgebet gesprochen hatte, fragte er Fronika nach seinen Verwandten aus, wozu sie freilich nicht viel zu sagen wusste. Auch die politischen und wirtschaftlichen Zustände in Mainz interessierten ihn: wer dort das Sagen hatte, was der Erzbischof für ein Mann war, welche Meinungen er vertrat und ob die Kaufleute gute Geschäfte machten. Sein Geist war erwacht, er wollte Dinge wissen, von denen Fronika keine Ahnung hatte. An den Herdfeuern des Erzbischofs wurde viel geredet, doch meistens ging es um den neuesten Klatsch vom Markt, um die Kleider der feinen Damen, um Krankheit und Todesfälle, um Wunder und Vorzeichen oder um Diebstahl und Ehebruch. Man erzählte sich schaurige Geschichten oder romantische Märchen über die alten Zeiten, über Ritter, Turniere und Liebespaare. Nur selten ging es dabei um die Geschicke des Landes. Fronika musste sich eingestehen, dass sie wirklich wenig darüber wusste. Schon auf der Reise mit Kuntz hatte sie festgestellt, wie unbedarft sie in diesen Dingen war. Sie nahm sich vor, in Zukunft aufmerksamer zu sein. Nun, da sie ganz auf sich gestellt war, musste sie lernen, die Welt besser zu verstehen.

Da sie Heinrich Otto so wenige Antworten geben konnte, verlor sich das Gespräch bald. Nachdem er den letzten Schluck Suppe aus seiner Holzschale geschlürft hatte, stellte er Fronika die Frage, vor der sie sich am meisten gefürchtet hatte: »Und was führt dich zu mir, Mädchen?« Noch immer lächelte er dabei.

»Ich ...« Sie hatte sich eine Geschichte für diesen Fall zurechtgelegt, aber nun brachte sie es nicht übers Herz, den Alten anzulügen. Sie entschied sie sich für eine gekürzte Form der Wahrheit. »Ich musste Mainz verlassen, weil man mich eines Verbrechens bezichtigte, das ich nicht begangen habe. So machte ich mich auf den Weg zu Euch. Vielleicht, so dachte ich mir, habt Ihr im Pfarrhaus Verwendung für eine gute Küchenmagd und Haushälterin?«

Heinrich Otto strich sich nachdenklich mit der Hand über die weißen Bartstoppeln auf seinem Kinn. »Kannst du Hilfe brauchen, Anna?«, wandte er sich an die Nonne.

Diese zuckte ein wenig verkniffen die Schultern. »Nun. Ich bin nicht mehr die Jüngste«, gab sie zu. »Der Rücken macht mir zu schaffen und –«

»Schön«, unterbrach der Pfarrer. »Dann sollst du bleiben, Fronika. Ich bin sicher, Gott hatte seine Gründe, dich so kurz vor meinem Tod zu mir zu führen. Gleich morgen werde ich einen Boten losschicken, der die Genehmigung von Pfarrer Gerwicus aus Würzburg einholt. Ohne seine Erlaubnis kann ich in diesem Ort nicht einmal einen Furz lassen, geschweige denn eine Küchenmagd beschäftigen.«

Erleichtert und gleichzeitig verblüfft blickte Fronika ihren Großonkel an. »Aber … seid nicht *Ihr* der Pfarrer von Dürn?«

»Wenn das so einfach wäre!« Heinrich Otto schüttelte den Kopf. »Die *Stadt* steht unter der Herrschaft der Mainzer Erzbischöfe, doch die *Kirche* wird vom Bistum Würzburg verwaltet. Eine unselige Situation! Das Patronatsrecht für die Dürner Kirche wurde vom Kloster Amorbach an die Diözese Würzburg verkauft und siebzehn Jahre später noch einmal von den Herren Ruprecht II. und III. von Dürn zusammen mit dem Eigentumsrecht an Stadt und Burg an das Mainzer Erzstift. Seitdem streiten sich Würzburg und Mainz um ihre Rechte. In den letzten hundert Jahren …«, er unterbrach sich kurz, als könne er sich noch genau daran erinnern, »wurde der Dürner Pfarrer stets vom Bischof von Würzburg eingesetzt. Um jedoch einen gewissen Frieden zu wahren, hat man ihm einen einfachen Leutpfarrer, einen Pleban aus Mainz, zur Seite gestellt. Und das bin ich.«

Fronika starrte ihn an. Sie war sich nicht sicher, ob sie alles verstanden hatte. »Ihr seid gar nicht der Pfarrer von Dürn?«

»Doch«, sagte Heinrich Otto. »Und nein. Der Pfarrer von Dürn ist Gerwicus. Er ist jedoch gleichzeitig Canonicus der Domkirche von Würzburg. Da kannst du dir sicher vorstellen, Mädchen, dass nur wenig Zeit für ein kleines Städtchen wie Dürn übrigbleibt. Wir sehen Gerwicus nur zu den höchsten Feiertagen. Ansonsten ist es meine Aufgabe, die Messe zu halten und alle

Tätigkeiten eines Seelsorgers auszuüben. Und das werde ich auch tun, bei Gott, solange ich es noch kann!«

»Amen«, schaltete sich Schwester Anna ein. »Es ist Zeit für Euch, wieder zu ruhen. Ihr dürft Euch nicht übernehmen, wenn Ihr Eure wundersame Genesung nicht gefährden wollt. Eure Großnichte wird ja auch morgen noch hier sein.«

»Ich denke, du hast recht«, nickte der alte Pfarrer. »Ja, ich bin müde. Schrecklich müde.«

Mit schweren Schritten schlurfte er zurück in sein Krankenzimmer. »Schrecklich müde«, hörte Fronika ihn ein letztes Mal murmeln, bevor die Tür hinter ihm zufiel.

5

Am nächsten Morgen lag eine zarte Schneedecke über den Dächern und Straßen der Stadt. Noch immer war es klirrend kalt, doch die Wolken hatten sich verzogen, und es versprach, ein klarer, sonniger Tag zu werden. Fronika war früh auf den Beinen, sie hatte sich fest vorgenommen, ihrem Onkel keinen Grund zu liefern, seinen Entschluss zu bereuen. Sie fegte den Boden, wusch Tisch und Stühle mit kaltem Wasser ab, schürte das Herdfeuer und setzte eine Brühe auf, die sie mit getrocknetem Liebstöckel würzte, bevor sie eine Handvoll Dinkel einrieseln ließ. Außerdem verteilte sie im Pfarrhaus ein paar der aromatisch duftenden Salbeiblätter, die Kuntz als Zutat für sein abendliches Mahl so geschätzt hatte. Salbei vertrieb nicht nur unangenehme Gerüche, sondern hielt auch alle möglichen Übel von einem Haus fern und besaß große Heilkraft. Drei Blättchen, mit ein wenig Salz bestreut, allmorgendlich eingenommen, konnten vielleicht auch ihrem Onkel noch ein paar Jahre auf Erden schenken. Sie streute zuletzt ein klein wenig Salz vor die Tür, wie sie es immer schon getan hatte. Es wehrte Hexen und Dämonen ab.

Die Sonne war gerade eine Handbreit über den Horizont gestiegen und ließ den Schnee funkeln, als die Tür zum Krankenzimmer aufging und Heinrich Otto die Küche betrat.

Fronika hielt den Atem an. Wie war er heute Morgen gesinnt? Wusste er überhaupt noch von ihrer Existenz?

Er war ganz in sich und seine Gedanken versunken. Unablässig sprach er leise vor sich hin, Fronika konnte nur ein paar Wortfetzen aufschnappen: »Predigt … wider die Sünde … wahres Wunder … reinen Glauben.« Erst nachdem er sein Morgenmahl eingenommen hatte, wandte er sich an Fronika und Anna, die mittlerweile ebenfalls ihr Schlafgemach verlassen hatte.

»Ich werde heute die Frühmesse lesen. Leg mir meine Kleidung zurecht, Anna.«

Fronika war in Sorge. War er nicht viel zu schwach für eine solche Anstrengung? Gestern noch hatte es so ausgesehen, als stünde er bereits mit einem Bein im Grab.

Davon war heute nicht mehr viel zu spüren. Seine Stimme klang kräftig, er hielt sich während der gesamten Messe aufrecht, und nur einmal zitterten seine Hände, als er nach der Wandlung den Kelch mit dem Blut Christi erhob und den Gläubigen zeigte.

Zu Fronikas großer Verwunderung war das Kirchlein bis auf den letzten Platz gefüllt. Waren die Dürner so fromm, dass sie ihre Arbeit stehen ließen, wenn die Glocke zur Messe läutete? Oder war es die Neugierde, die sie herbeilockte?

»Die Dürner kommen derzeit selten in den Genuss der heiligen Messe«, erklärte Anna später auf Fronikas Frage. »Seit Heinrich Otto krank ist, findet der Gottesdienst nur unregelmäßig statt. Und nicht immer …«, sie zögerte kurz, »nicht immer spricht er so klar und hoffnungsfroh wie heute. Manchmal ist sein Geist verwirrt, und er sagt Dinge, die den Menschen Angst einjagen. Es wäre nicht verkehrt, wenn er endlich zu Gott heimkehren würde.«

Fronika wollte dem nicht zustimmen. Sie hoffte, ihr Großonkel möge gänzlich genesen und ihr noch ein paar Jahre Zeit schenken, ihn näher kennenzulernen.

Am Mittag begab er sich in die Sakristei, um einen Brief zu schreiben. Er brauchte lange dafür, nicht nur weil seine Hand zitterte, auch weil das Schreiben eine schwierige Übung war, die er nur notdürftig beherrschte. Den fertigen Brief überreichte er Fronika.

»Draußen, vor den Mauern der Stadt«, sagte er, »wo der Morschbach in den See fließt, findest du eine kleine, alleinstehende Hütte. Du wirst sie ärmlich aber sauber vorfinden. In dem Haus wohnt ein junger Bursche mit seiner kranken Mutter.

Er heißt Boppo. Ihm überreichst du den Brief – er soll sich ein Pferd aus dem Stall des Pfarrers Gerwicus geben lassen und das Schreiben zu diesem nach Würzburg bringen. Ich möchte deine Anstellung im Pfarrhaus regeln, bevor mich vielleicht ein neuer Krankheitsschub zurück aufs Lager wirft.«

Diesmal verließ Fronika die Stadt durch das prächtige Vordere Tor. Neugierige Blicke folgten ihr. Die Dürner hatten sie morgens neben Schwester Anna in der Kirche knien sehen und rätselten nun, wer das schöne Mädchen sein mochte und was es im Pfarrhaus zu suchen hatte. Fronikas Unsicherheit war verflogen, jetzt, da sich alles so gut gefügt hatte. Sie lächelte den Einheimischen freundlich zu, und hin und wieder lächelte jemand zurück. Die zerlumpte Kleine vom Vortag war auch da. Munter rannte sie Fronika hinterher und bohrte genüsslich in der Nase. Fronika steckte ihr einen der beiden Äpfel zu, die sie für den Boten als Wegzehrung mitgenommen hatte. Die Kleine strahlte und brabbelte etwas in ihrem unverständlichen Dialekt.

Fronikas Füße waren bald nass, als sie den steilen Seebuckel hinunterschlitterte, doch es machte ihr nichts aus, im Gegenteil, es bereitete ihr Freude, über den Schnee zu rutschen. Immerhin wusste sie, dass sie am Abend ein Dach über dem Kopf haben würde und sich am Herdfeuer aufwärmen konnte.

Als sie die kleine Kate am See erreichte, waren ihre Wangen gerötet, und ihre Augen glänzten mit dem Wasser um die Wette. Vor der Hütte war ein Junge damit beschäftigt, einen brüchigen Fensterladen zu reparieren, indem er mit einer Schnur zwei morsche Holzstücke zusammenzubinden versuchte. Die Schnur war allerdings zu dünn und riss allenthalben, sie bestand fast nur noch aus Knoten. Der Jüngling fluchte, gab jedoch nicht auf. Er hatte wirres, rotblondes Haar, das ihm in alle Richtungen vom Kopf abstand. Seine Haut schimmerte fast weiß, zumindest dort, wo sie nicht von Sommersprossen übersät war. Er mochte vielleicht in Fronikas Alter sein.

»Bist du Boppo?«, rief sie ihm fröhlich zu.

Der Knabe fuhr herum. Er ließ die Schnur sinken, und seine Augen weiteten sich. Sein Mund blieb halb geöffnet, voller Staunen betrachtete er seine Besucherin, als sei sie eine Erscheinung. Dann ging er langsam in die Knie und streckte die Hände nach ihr aus. »Allmächtiger Gott!«, rief er. »Schon heute in der Kirche wusste ich es: Dies wird ein besonderer Tag! Irgendein Wunder wird geschehen, ich hab es ganz deutlich gespürt. Und nun schau dir das an: Die Jungfrau selbst ist mir erschienen!«

Fronika runzelte die Stirn. War der Junge nicht ganz bei Trost? Dann sah sie den Schalk in seinen Augen und verstand, dass er sie auf den Arm nahm. »Mein Großonkel schickt mich«, sagte sie und überging sein Getue lächelnd. »Pfarrer Heinrich Otto.«

Der Knabe stand grinsend auf und klopfte sich den Schnee von den Beinlingen. »Dein Großonkel?«, fragte er. »Oh! Dann bist du gar nicht die heilige Jungfrau? Verzeih meinen Irrtum! So schön und strahlend wie dich habe ich sie mir immer vorgestellt. Aber umso besser für mich! Wenn du aus Fleisch und Blut bist, schönes Mädchen, kann ich wenigstens um dich werben!«

Fronika lachte. »Dazu musst du erst noch ein paar Jährchen älter werden! Bist du nun Boppo oder bist du es nicht?«

»Jawohl! Boppo der Erste vom See, benannt nach dem berühmten Edelherrn von Dürn, der einst oben in der Burg residierte. Was kann ich für dich tun?«

»Nach einem Edelherrn? Ist das nicht ein wenig vermessen von deiner Mutter?«

»Nun, für sie bin ich Thronfolger, Prinz, Edelmann – alles was du dir nur denken kannst. Ich bin nämlich ihr einziger Sohn.«

Fronika reichte ihm den Brief ihres Onkels. »Heinrich Otto schickt dich, dieses Schreiben zu Pfarrer Gerwicus nach Würzburg zu bringen. Du kannst dir ein Pferd aus seinem Stall nehmen. Deinen Lohn bekommst du, sobald du mit der Antwort zurück bist.«

»Wirst *du* ihn mir auszahlen, meinen Lohn?« Boppo zwinkerte ihr zu. »Dann fliege ich wie ein Vogel und bin so schnell wie der Wind.« Er deutete eine tiefe Verbeugung an.

»Du bist ein reichlich merkwürdiger Bote«, sagte Fronika, um ihre Verlegenheit zu überspielen.

»Ich bin Bote, Schweinehirt, Wasserträger, Lumpenhändler. Vor allem aber: Für immer dein Diener, wenn du es zulässt. Verrätst du mir, wie du heißt?«

Fronika nannte reichlich verwirrt ihren Namen. Warum sprach Boppo so seltsam? Fast klang er wie einer der Gaukler und Bänkelsänger, die gelegentlich in Mainz Halt gemacht hatten. Dabei war er doch ganz offensichtlich nur ein armer Tagelöhner.

»Schenkst du mir deine Gunst?«, fragte er jetzt. »Oder wenigstens ein Zeichen? Ein Fetzen von deinem Rock würde mir schon genügen. Ich könnte ihn immer bei mir tragen, wie ein Ritter das Liebespfand seiner Dame. Es würde mich beflügeln und schützen. Was meinst du, Fronika?«

Das ging nun doch entschieden zu weit! Sie schüttelte den Kopf und reichte Boppo stattdessen den Apfel, den sie ihm mitgebracht hatte. »Deine Wegzehrung«, sagte sie ein wenig steif.

Nun wurde er ernst. »Auch nicht schlecht«, nickte er. »Meine Mutter wird sich freuen. Sie bekommt viel zu selten Obst. Dabei habe ich das Gefühl, dass es ihr besonders gut tut.«

»Der Apfel ist für dich bestimmt, als Stärkung.«

»Ich werde schon nicht verhungern! Willst du ihn meiner Mutter bringen? Sie liegt drinnen, in der Hütte. Ich breche sofort auf, damit ich dir so bald wie möglich das Antwortschreiben überbringen kann. Leb wohl, meine Dame! Und vergiss mich nicht!«

Er rannte auf den Storchenturm zu und ließ Fronika kopfschüttelnd zurück.

In der Hütte war es kalt, nur ein paar dürre Äste harrten neben der Herdstelle darauf, verfeuert zu werden. Boppos Mutter ruhte auf einem Strohlager unter einem Berg aus Lumpen. Sie hustete, als Fronika eintrat, setzte sich mühsam auf und spuckte in einen Holzbottich, der neben ihr stand. Ihre Wangen waren eingefallen, doch ihre Augen strahlten wach und gütig.

»Gott zum Gruß«, sagte sie und wies Fronika einen dreibeinigen Hocker zu, der neben einem grob zusammengehauenen Tisch stand. »Ich habe Boppo draußen reden hören und gehofft, seinen Besuch kennenzulernen. Wo ist mein Sohn?«

»Er reitet nach Würzburg, um einen Brief zu überbringen.«

»Nach Würzburg! So weit, bei diesem Wetter!«

»Er wird mit einem guten Pferd unterwegs sein. Und Pfarrer Gerwicus wird ihm ein Nachtlager geben.«

Die Frau seufzte. »Boppo ist kein kleines Kind mehr, ich weiß. Er wird schon zurechtkommen. Ich mache mir stets viel zu viele Sorgen um ihn. Er ist alles, was ich habe. Und er ist ein so einzigartiger Junge!«

»Oh ja, das ist er«, stimmte Fronika zu. »Nie zuvor habe ich einen Knaben so reden hören!«

Boppos Mutter lachte, doch ein weiterer Hustenanfall warf sie zurück aufs Lager. Fronika sah, dass sich Blut in den Schleim mischte, den sie ausspuckte. Die gleiche Krankheit wie bei Mechthild, vermutete sie, nur sehr viel weiter fortgeschritten.

»Als Boppo noch ein Kind war, kamen ein paar Spielleute in die Stadt, bei denen er tagelang saß, um ihren Liedern zu lauschen. Die Geschichten von Rittern, Drachen und schönen Frauen haben es ihm besonders angetan. Seither eifert er ihnen nach. Ich glaube, wenn es mich nicht gäbe, wäre er schon längst mit den Gauklern auf und davon. In Dürn wartet ja nichts als Elend und Armut auf ihn. Als Fahrender hätte er zwar auch kein Geld, aber immerhin könnte er die Welt sehen und Abenteuer erleben.« Sie stockte. »Nun, bald werde ich nicht mehr da sein. Vielleicht ist es dann noch nicht zu spät für ihn, diese Stadt zu verlassen.« Sie wandte sich Fronika zu. »Aber was plappere ich da! Du hast dich ja noch gar nicht vorgestellt, Mädchen. Ich hab dich noch nie in Dürn gesehen – und ein so hübsches Ding wäre mir sicher aufgefallen!«

Fronika errötete und erzählte einen Teil ihrer Geschichte: dass sie Mainz hatte verlassen müssen und nun gemeinsam mit Schwester Anna den Haushalt des kranken Leutpriesters führte.

»So. Bei Pfarrer Heinrich Otto lebst du«, sagte Boppos Mutter nachdenklich. Sie senkte ihre Stimme. »Und? Ist es wahr, was die Leute behaupten?«

»Was behaupten sie denn?«

»Man munkelt, der alte Pfarrer sei …« Ein neuer Anfall schüttelte sie. Danach flüsterte sie heiser: »Er sei einen Pakt mit dem Satan eingegangen, heißt es.«

Eine kalte Welle der Furcht überlief Fronika. War das der Grund für das seltsame Auf und Ab ihres Großonkels? Konnte er deshalb nicht sterben? »Wie kommen die Leute darauf?«, fragte sie vorsichtig.

»Es haben sich merkwürdige Dinge ereignet«, wisperte die Frau. »Kranke wurden geheilt, Erscheinungen gesichtet. Von der Kirche zieht manchmal ein unheimlicher Lichtstrahl durch die Stadt, ein grünes Leuchten, und ein wabernder Dunst hängt in der Luft. In kalten Nächten …«, sie griff nach Fronikas Hand, »kannst du Schwefelgeruch vor dem Pfarrhaus wahrnehmen.«

Fronika schluckte. War dies nur der übliche Klatsch alter Frauen, oder steckte mehr dahinter? »Abgesehen vom Schwefel klingt das nicht nach Teufelein, sondern eher nach göttlichen Zeichen«, sagte sie, bemüht, ihrer Stimme einen festen Klang zu verleihen. »Ich habe bislang keinen Schwefel gerochen – und dabei habe ich eine äußerst empfindliche Nase.«

Boppos Mutter entspannte sich ein wenig. »Ich habe auch nie daran geglaubt«, sagte sie, nun wieder fröhlicher. »Heinrich Otto war Zeit seines Lebens ein gerechter Mann. Und das will nun wirklich etwas heißen, in Zeiten wie diesen, in denen so viele Pfaffen herumhuren, stehlen und betrügen wie die gemeinsten Halunken. Selbst an den Höfen der Bischöfe und Erzbischöfe, so hört man, sei es nicht besser. Aber wie sollte es auch, da man sich nicht einmal mehr auf den Papst verlassen kann? Der eine sitzt in

Avignon, der andere in Rom, wie soll man da wissen, welcher nun der Richtige ist? Ist es verwunderlich, wenn Gott uns prüft? Mit dem großen Sterben, mit Hungersnöten, Heuschreckenplagen und Schneefällen bis in den Juni hinein? Aber dein Onkel, nein, er gehört nicht zu den gottlosen Pfaffen. Auch wenn er gelegentlich wirr daherredet. Viele Menschen reden dummes Zeug, wenn sie alt werden. Und Schwester Anna hätte es sicherlich bemerkt, wenn dein Onkel mit dem Teufel im Bunde wäre!«

Fronika nickte erleichtert. Ja, üble Nachrede kam in jeder Stadt vor, es war nichts Ungewöhnliches dabei. Heinrich Ottos langer Todeskampf beflügelte natürlich die Fantasie seiner Gemeinde.

Trotzdem konnte es nicht schaden, Augen und Ohren aufzuhalten. Gut, dass sie am Morgen Salz vor die Tür gestreut hatte! Diese Methode hatte ihres Wissens noch nie versagt. »Ich habe etwas für dich, Gevatterin«, sagte sie jetzt und reichte Boppos Mutter den Apfel.

»Oh!«, freute diese sich. »Gerade heute Nacht habe ich von frischem Obst geträumt! Gott segne dich, Fronika.«

Ihre Augen waren voller Wärme und Güte. Und mit einem Mal wusste Fronika, an wen dieser Blick sie schon die ganze Zeit über erinnert hatte: an ihre geliebte Ziehmutter, an Mechthild. Sie drückte gerührt die Hand der Frau. »Ich werde dich so bald wie möglich wieder besuchen«, versprach sie und nahm sich fest vor, es auch zu tun.

Boppo musste tatsächlich wie der Wind geritten sein, denn am nächsten Tag war er bereits am frühen Nachmittag mit dem Antwortschreiben zurück. Pfarrer Gerwicus hatte Heinrich Ottos Anliegen kurz und knapp zugestimmt – damit war Fronika offiziell als Küchenmagd im Pfarrhaus angestellt.

»Gerwicus ist froh, dass sein alter Leutpriester noch lebt«, erklärte Schwester Anna, und in ihrer Stimme schwang ein Hauch von Verachtung mit. »Ein so unbedeutendes Städtchen ist ihm ein Klotz am Bein, je seltener er es besuchen muss, desto lieber ist es ihm. Er ist ehrgeizig und schielt nach höheren Würden. Und vergisst dabei, dass auch seine Herde in Dürn der Führung bedarf.«

Eine Woche später hatte Fronika sich im Pfarrhaus eingelebt. Sie wusste jedoch noch immer nicht so recht, was sie von der Nonne halten sollte. Anna war aus dem Kloster Seligental zur Pflege des alten Leutpriesters abgestellt worden. »Wir sind Zisterzienserinnen und leben nach der Regel des Benedict von Nursia«, erklärte sie stolz. Wenn sie vom Klosterleben sprach, blühte sie sichtlich auf. Die Arbeit im Hause Heinrich Ottos war für sie eine Aufgabe, die sie mit großer Demut verrichtete, aber im Grunde ihres Herzens sehnte sie sich zurück nach Seligental.

»Wer ist Benedict von Nursia?«, fragte Fronika. Sie hatte den Namen noch nie gehört. Mechthild hatte ihr zwar alles beigebracht, was sie als Küchenmagd wissen musste, aber nichts, was ihr draußen in der Welt von Nutzen war. Ein Leben im Kloster, umgeben von blühenden Gärten, Heilkräutern und frommen Schwestern, das könnte ihr auch gefallen. Doch meist war es adligen Frauen vorbehalten.

»Benedict von Nursia war ein heiliger Mönch, der vor über achthundert Jahren als Einsiedler lebte. Er stiftete den Orden der Benediktiner, und auch wir Zisterzienserinnen leben nach seinen Regeln. Unsere Grundsätze sind ein beständiges Wirken in der Klausur. Wir leben abgewandt von der Welt, pflegen ein einfaches Dasein, schätzen die körperliche Arbeit und halten uns streng an die Stundengebete. Gehorsam, Demut und Gebet sind unsere Stützen.«

Fronika nickte. Das kam ihr gar nicht so unbekannt vor. Schließlich musste sie ihren Dienstherren ebenfalls Gehorsam leisten und wurde selten nach ihrer Meinung gefragt. Der einzige Unterschied zum Klosterleben bestand darin, dass sie sich dort keinen Mann nehmen durfte.

Sie musste an Boppo denken. Was würde *er* wohl sagen, wenn sie den Schleier nähme? Er verehrte sie glühend, und obwohl er jünger wirkte als sie, bereitete es auch ihr großes Vergnügen, mit ihm herumzualbern. Natürlich würde sie ihn niemals erhören, aber er war ihr wie ein Bruder, den sie nie gehabt hatte. In ihrer freien Zeit besuchte Fronika oft seine Mutter, und dann saßen sie zu dritt in der ärmlichen Hütte, Boppo erzählte Geschichten, und sie lachten gemeinsam.

Der Arbeitsalltag im Pfarrhaus war weniger lustig. Meist verrichteten Fronika und Anna ihre Pflichten wortlos. Feste Schweigezeiten gehörten zu den Regeln des Ordens. Gelegentlich jedoch gab die Nonne Fronika Anweisungen und sprach mit ihr über religiöse Dinge und über den Pfad, der direkt zum Heil führte. Dann lauschte Fronika atemlos und sog die Worte der älteren Frau auf, denn sie war begierig zu lernen. »Du stellst kluge Fragen«, lobte die Nonne sie bisweilen und tätschelte ihr wohlwollend das Haar.

Eines Mittags lernte Fronika jedoch eine Seite von Annas Gemüt kennen, die ihr bislang verborgen geblieben war. Es war ein sonniger, trockener Tag, der erste Schnee war weggetaut und der nächste noch nicht in Sicht. Wie immer beendete Fronika das Reinigen des Pfarrhauses damit, dass sie Salbei auslegte und eine Prise Salz vor die Tür streute. Sie bemerkte nicht, dass Schwester Anna hinter ihr stand, und fuhr deshalb erschrocken zusammen, als sich eine Hand in ihre Schulter krallte.

»Was tust du da?«, stieß die Nonne hervor. Ihre Züge waren vor Wut verzerrt.

»Nichts Böses«, stotterte Fronika. »Ich streue nur Salz auf die Schwelle, um böse Dämonen fernzuhalten.«

»Das ist eine Verschwendung göttlicher Gaben und zudem ein Frevel!«, sagte Anna ungehalten. »Tu das nie wieder!«

»Aber …« Fronika stockte irritiert. »Wisst Ihr denn nicht, dass die bösen Geister kein Salz besitzen und deshalb ganz begierig danach sind? So kann man sie von ihren eigentlichen, unheilvollen Plänen ablenken.«

Schwester Annas Hand packte ihre Schulter noch fester. »Glaubst du wirklich, Satan und seine Helfer lassen sich so einfach austricksen? Offenbar habe ich meine Zeit mit dir verschwendet. Ich hätte dich für klüger gehalten! Es gibt nur einen einzigen Weg, um böse Geister von sich fernzuhalten, hörst du? Ein gottgefälliges, frommes Leben und eine reine Seele! Alles andere kannst du getrost vergessen. Hast du mich verstanden?«

Fronika nickte zaghaft und rieb sich die Schulter, als Anna ihren Griff löste.

An diesem Tag sprach die Nonne kein Wort mehr mit ihr, und Fronika fragte sich, warum das Salz sie so erzürnt hatte. Alle Hausmägde, die sie kannte, taten genau dasselbe, in Mainz wie in Dürn. Niemals hatte sie gehört, das könne falsch oder unrecht sein.

Am nächsten Tag war Schwester Anna zum Glück wieder sanftmütig und nahm sehr zu Fronikas Erleichterung auch den Unterricht in religiösen Fragen wieder auf.

Einmal pro Woche erhielten sie Besuch im Pfarrhaus. Ein großgewachsener, hagerer Mann mit einem knochigen Gesicht, das nur selten von einem Lächeln erhellt wurde, kam auf einem edlen Pferd angeritten und verweilte zwei oder drei Stunden im Krankenzimmer bei Heinrich Otto.

»Das ist Pfarrer Philipp Eugen«, erklärte Schwester Anna. »Der Priester von Schneeberg. Er kommt regelmäßig, um unserem Pfarrer die letzte Ölung zu erteilen, sobald es so weit ist.«

Heinrich Otto indes schien die Besuche des Pfarrers nicht eben zu genießen. Er verkroch sich ins Bett, auch wenn er zuvor noch putzmunter gewesen war. Fronika hörte immer nur die schnarrende Stimme Philipp Eugens aus dem Krankenzimmer.

»Heinrich Otto spricht nicht mit ihm«, bestätigte Schwester Anna.

»Warum denn nicht?«

»Das weiß nur er selbst. Oft kommt es mir so vor, als wolle der Schneeberger Heinrich Otto irgendein Geheimnis entlocken, oder ein Geständnis. Bislang erfolglos, wie mir scheint.«

»Ein Geheimnis?« Fronika musste mit Schaudern an die Geschichten von Boppos Mutter denken. »Was könnte das sein?«

»Ich weiß es nicht. Vermutlich gar nichts. Die Leute reden und tuscheln eben gern.«

Die Gegenwart von Philipp Eugen war Fronika unangenehm. Seine Augen nahmen stets einen begehrlichen Ausdruck an, wenn sein Blick sie streifte. Meistens jedoch beachtete er sie gar nicht und behandelte auch Anna wie eine einfache Dienstmagd. »Raus mit euch«, verscheuchte er sie wie lästige Fliegen. »Ich brauche euch nicht.«

»Hochmut«, murmelte Schwester Anna laut genug, damit er es hören konnte, »kommt vor dem Fall.«

Gar zu gerne hätte Fronika belauscht, was der Schneeberger ihrem Onkel zu sagen hatte. Doch sie traute sich nicht, an der Tür zu horchen. Schließlich wollte sie niemanden erzürnen, schon gar nicht ihren Onkel. Er war nie wieder grob zu ihr gewesen – und so sollte es auch bleiben. Manchmal spürte Fronika, wie der trübe Blick des Plebans beim gemeinsamen Mahl wohlwollend auf ihr ruhte.

»Du hast eine gute Seele, mein Kind«, sagte er eines Tages. »Wenn auch ein einfaches Gemüt.«

Leicht gekränkt beschloss sie, Schwester Annas Unterweisungen in Zukunft noch aufmerksamer zu lauschen. Ungebildet, ja, das mochte sie wohl sein, aber dumm war sie gewiss nicht!

Pfarrer Heinrich Otto war trotz seines Alters und seiner Krankheit ein beeindruckender Mann. Wenn er einen guten Tag hatte, klang seine Stimme fest und dröhnend, und jedes Wort, das er sagte, hatte Gewicht. An schlechten Tagen freilich – und diese häuften sich – war er nur ein Schatten seiner selbst. Dann verkam sein sonorer Bass zu einem fisteligen Flüstern, seine Hände begannen zu zittern, und seine Worte verloren jede klare Linie. Oft sprach er dann von den Wundern des gesprochenen Wortes, von der Fleischwerdung des Herrn, von den allgegenwärtigen Zeichen göttlicher Macht. Fronika verstand nicht einmal die Hälfte seiner wirren Botschaften, und Schwester Anna schickte ihn an solchen Tagen resolut zu Bett.

Auch die Gerüchte, die sich um das Pfarrhaus rankten, ließen Fronika nicht los. Auf dem Marktplatz wurde getuschelt, wenn sie kam. Manche bekreuzigten sich bei ihrem Anblick. Alle wählten ihre Worte mit Bedacht, und niemand wagte es, sie beim Einkauf zu betrügen. Das hatte Vorteile, doch Fronika hätte es begrüßt, wäre sie von den Dürnern unbefangener aufgenommen worden. Sie fühlte sich einsam. Nur das kleine, schmutzige Mädchen, dem sie den Apfel geschenkt hatte, zeigte keine Scheu vor ihr.

Im Pfarrhaus suchte Fronika unauffällig nach verborgenen Zeichen, die auf eine Verbindung ihres Großonkels mit dem Satan hindeuten konnten. Doch so sehr sie auch forschte, sie fand nichts. Abgesehen von seinem merkwürdigen Verhalten gab es keine Hinweise auf einen solchen Pakt. Und die strengen, schwefelhaltigen Dünste, die tatsächlich gelegentlich dem Krankenzimmer entwichen, hatten sicherlich nichts mit der Hölle, sondern allenfalls mit den Darmwinden des alten Pfarrers zu tun.

Eines Nachts erwachte sie mit klopfendem Herzen.

Ein böser Traum hatte sie heimgesucht und wie damals in Mainz, als ihr Unglück begann, standen ihr die Bilder auch im Wachzustand noch deutlich vor Augen: Eine große Menge Ungeziefer hatte sich vor dem Pfarrhaus versammelt. Spinnen, Wanzen, Schaben und Würmer – wohin Fronika auch blickte, überall zappelte und krabbelte es. Sie musste einen Brechreiz unterdrücken und wich vor dem Getier zurück, das sich ohne Unterlass zu vermehren schien, fast als würde es aus der Asche der Herdstelle geboren. Da! Gleich würden die Würmer Fronikas nackte Füße berühren. Sie zuckte schon bei der Vorstellung zusammen, denn sie ahnte, dass es sich um das Gezücht der Hölle handelte und dass es keinen Ausweg mehr gab, wenn das Ungeziefer sie erst einmal erreicht hatte.

Im letzten Moment änderte der lange Zug seine Richtung. Die Tür von Heinrich Ottos Zimmer öffnete sich wie von

Geisterhand, und ein grüner Lichtschein entströmte dem Raum. Das Gezücht begann ebenfalls zu leuchten und krabbelte nun zielstrebig ins Krankenzimmer, direkt auf das Bett des schlafenden Pfarrers zu. Bald schon war der magere Körper über und über von Würmern, Heuschrecken und Käfern bedeckt, ein lautes Schmatzen und Summen begann, und nach kürzester Zeit hatten die Tiere alles Fleisch von Heinrich Ottos Knochen genagt, nur noch sein Skelett war übrig und ein blanker Schädel, der Fronika angrinste.

Das Ungeziefer löste sich im grünen Lichtschein auf und verschwand. Die Knochen des Pfarrers jedoch entwickelten plötzlich ein Eigenleben, sie begannen zu tanzen, durcheinanderzupurzeln, sich neu zu formieren, und dann war es kein Skelett mehr, das auf den Kissen lag, sondern der gekreuzigte Christus selbst, deutlich zu erkennen an der Dornenkrone und den Malen an Händen und Füßen.

Fronikas Herz begann zu rasen – und das war der Moment, in dem sie erwachte.

In der Küche, in der sie geschlafen hatte, war es still. Auch hinter der Tür zu Heinrich Ottos Zimmer regte sich nichts. Doch Fronika wusste, dass sie nachsehen musste, wenn sie in dieser Nacht noch einmal Schlaf finden wollte. Leise keuchend vor Aufregung und Furcht schlich sie zum Krankenzimmer und öffnete ganz leise die Tür.

Ihr Onkel hatte die Fensterläden nicht geschlossen. Der fast volle Mond erhellte den Raum. Der alte Pfarrer schlief nicht. Mit weit aufgerissenen Augen starrte er sie an.

»Sie kommen mich holen«, wisperte er, und Fronika fror mit einem Mal entsetzlich. Hatte er das Gleiche gesehen wie sie?

Doch der alte Mann lächelte. »Die Engel des Herrn sind gekommen«, sagte er. »Bald ist es überstanden. Sie haben dich geschickt, mein Kind, damit ich dir das Geheimnis anvertraue. Du hast eine reine Seele, du wirst das Richtige tun, nicht wahr?«

Fronika hatte keine Ahnung, wovon er sprach, doch sie nickte tapfer.

»Setz dich zu mir aufs Bett, damit ich nicht so laut sprechen muss. Und halte meine Hand, das macht es leichter für mich.«

Sie tat, was er verlangte. Angst und ein Hauch von Neugier erfüllten sie.

»Weißt du, was bei der Wandlung geschieht?«, fragte Heinrich Otto unvermittelt.

Fronika nickte. Das wusste schließlich jedes Kind.

Ihr Onkel blickte sie aufmunternd an, als warte er auf eine Antwort.

»Der Priester segnet Wein und Brot«, stotterte sie. »Dabei spricht er die Worte, die das Brot in Christi Leib verwandeln und den Wein in Sein Blut.«

»Weiter«, drängte Heinrich Otto. »Was weißt du noch?«

»Bei der Wandlung offenbart sich uns Gott in fleischlicher Form, er ist leibhaftig unter uns. Nirgends sonst sind wir Ihm so nahe. Das Hochhalten des Weines und der Hostie sind die heiligsten Momente der Messe.« Sie lächelte. »In Mainz gibt es Gläubige, die gar nicht dem ganzen Gottesdienst beiwohnen, sondern von Kirche zu Kirche eilen, um möglichst oft das Hochheben der Hostie erleben zu dürfen.«

Heinrich Otto verzog angewidert das Gesicht. »Ich hörte davon«, sagte er nüchtern. »Das ist jedoch nicht im Sinne der Kirche und des Heils! Und wie ist es mit dir, mein Kind? Was glaubst du? Hältst du es für möglich, dass ein Priester allein Kraft seines Wortes den leibhaftigen Gott in ein Stück Brot und einen Kelch mit Wein befehlen kann?«

Fronika zögerte. Was sollte sie sagen? War dies eine Prüfung? Nie zuvor hatte sie über solche Fragen nachgedacht. Die Glaubensgeheimnisse der Messe waren unumstößlich. Einer ungebildeten Magd stand es nicht zu, diese Dinge infrage zu stellen. Fronika wäre auch niemals auf den Gedanken gekommen. War ihr Onkel also doch mit dem Teufel im Bunde? Wollte er sie verführen, vom rechten Weg abzuweichen?

Entschlossen nickte Fronika. »Ja«, sagte sie. »Ich glaube an die Wandlung und an die Macht der heiligen Worte.«

Heinrich Otto seufzte. »Gott sei mit dir«, sagte er. »Selig ist die Einfältigkeit! Früher habe ich sie verdammt. Nun, ich wünschte, ich hätte in der Jugend deine Kraft und deinen Glauben besessen. Wie viel wäre mir erspart geblieben!« Er lehnte sich im Bett zurück und begann zu erzählen: »Mir war es vergönnt, einige Jahre die Klosterschule zu besuchen, um später ein Leutpriester zu werden. In der Schule war ich für meine ungewöhnlichen Ideen und für meine Zweifel bekannt – später sollten mir beide zum Verhängnis werden, ebenso wie meine Ungeduld und mein Jähzorn, den ich nur unzureichend zügeln konnte. Mein Verstand sagte mir nämlich, dass es undenkbar sei, dass sich Gott von einem Wurm wie mir, von einem sündigen Menschen ohne besondere Kräfte beschwören lässt. Ich litt Höllenqualen, doch es war mir nicht möglich, an die Wandlung zu glauben.«

Der alte Pfarrer hielt inne und Fronika spürte, wie seine Hand in der ihren feucht wurde. Auch sie selbst begann zu schwitzen.

»Es geschah gleich zu Beginn meiner Zeit in Dürn«, flüsterte Heinrich Otto so leise, dass Fronika ihr Ohr seinem Mund zuwenden musste, um ihn zu verstehen. »Ich las die Messe und war wie üblich ungeduldig mit meiner Gemeinde, war zornig über ihren bedingungslosen Glauben, war wütend, als ich ihre strahlenden Gesichter sah, sobald ich die Hostie erhob. Merkten sie denn nicht, wie ich sie hinterging? Konnten sie es nicht spüren? Da war kein Gott – da waren nur ein Stück Brot, ein Kelch mit Wein und ein zweifelnder Pfaffe, der ein paar Worte vor sich hin brabbelte, an die er selbst nicht glaubte. Ich habe mich dafür gehasst, mein Kind.«

Er stockte und schwieg lange, bis Fronika meinte, er wäre eingeschlafen. Gerade wollte sie leise aufstehen und den Raum verlassen, als Heinrich Otto ihre Hand umklammerte und sich im Bett aufbäumte.

»Es war ein Wunder, das Gott selbst mir schickte, um meine Zweifel zu zerstreuen!« Er hustete. »Ich hatte den Wein bereits gesegnet, hatte die Worte gesprochen, frei von innerer Andacht, aber voller Zorn über die Unzulänglichkeit meines Glaubens, und in dieser Wut geschah es, dass ich den Kelch mit dem konsekrierten Wein umkippte, und er ergoss sich über das Korporale, das Altartuch, und vor meinen Augen, bei Gott, Fronika, vor meinen Augen …! Auf dem Korporale zeichnete sich der Gekreuzigte ab mit Dornenkrone und um ihn herum elf weitere dornengekrönte Christushäupter, aus rotem Blut waren sie entstanden, aus dem Wein, den ich verschüttet hatte, verstehst du, Kind, aus Seinem Blut!« Er hielt kurz inne, um Luft zu holen. »Ich weiß nicht mehr, wie es mir danach gelang, die Messe zu beenden. Ich war umnebelt – von Glück und Furcht gleichermaßen. *Er* hatte sich mir offenbart! Hatte mit einem großen Wunder meine Zweifel zerschlagen! Selbst in meinem Unglauben hatte ich es geschafft, ihn zu beschwören! Er war zu uns gekommen, hatte leibhaftig am Abendmahl teilgenommen. Einen kräftigeren Beweis konnte es nicht geben. – Einen ganzen Tag und eine Nacht starrte ich auf das wundermächtige Tuch, war selig und von allem Zagen befreit. Dann erst nahm die Furcht überhand. Denn … Was sollte ich mit dem Korporale anfangen? Es war für mich bestimmt, da war ich mir sicher. Wenn ich es der Welt offenbarte, musste ich auch meine Zweifel eingestehen, für die ich mich nun schämte.« Er drückte Fronikas Hand noch fester. »Verurteile mich ruhig, mein Kind. Ich war feige. Ich brachte es nicht fertig, über das Wunder zu sprechen. Ich fürchtete, es würde seine Kraft über mich verlieren, wenn ich es mit anderen teilte. Zu meiner Entschuldigung kann ich nur vorbringen, dass ich den Dürnern in den folgenden Jahrzehnten ein guter Pfarrer war. Ich habe das Korporale nie wieder angesehen, Fronika. Nie wieder! Es war nicht nötig, denn ich habe das

Wunder der Wandlung nie wieder infrage gestellt.« Er sank auf sein Kissen zurück und atmete ruhiger.

»Bring mir einen Schluck Wein«, bat er, doch als Fronika sich erhob, hielt er sie fest. »Nein, warte! Erst will ich die Geschichte zu Ende erzählen. Vielleicht finde ich später nicht mehr den Mut, dir auch den Rest zu gestehen. Als ich alt wurde, Fronika, kehrte die Angst zurück. Nicht die Zweifel, aber die Furcht vor den Konsequenzen des Wunders. War es ein Segen oder eine Strafe? Diese Frage quält mich seit vielen Jahren, Tag für Tag. Hat Gott mir eine Gunst erwiesen, indem er sich mir offenbarte? Oder hat er mich verdammt? Wollte er mir seine Macht beweisen? Werde ich einst das Heil erlangen oder in der ewigen Finsternis der Hölle schmoren? Seit Jahren sehne ich mich nach dem Tod. Doch ich konnte nicht sterben, so sehr ich es auch wünschte. Also beschloss ich, über das Wunder zu sprechen, wusste aber nicht mit wem. Keine Seele schien mir rein genug. Mein Beichtvater, der Pfarrer von Schneeberg, ist ein selbstsüchtiger Mensch. Pfarrer Gerwicus ist vor allem ehrgeizig. Schwester Anna würde mir nicht glauben – und so blieb niemand übrig, dem ich mich anvertrauen konnte. Bis *Er* dich an meine Schwelle führte. Fronika! Schon dein Name ist ein Zeichen! Weißt du, dass man die gekrönten Christushäupter, wie sie auf dem Korporale sichtbar wurden, *Veronicae* nennt? Du bist vom Glauben erfüllt und kennst keine Zweifel. Du wirst das Richtige tun, mein Kind, nicht wahr?«

Starr vor Schreck saß Fronika auf der Bettkante. *Nein,* wollte sie rufen. *Ich bin nur eine Küchenmagd. Ich habe mit alldem nichts zu tun!* Doch kein Wort kam über ihre Lippen. Stattdessen drückte sie tröstend die Hand des alten Mannes.

»Heute Nacht«, lächelte er, »sind mir die Engel des Herrn erschienen. Endlich! Nun bin ich zuversichtlich, dass ich heimkehren darf. Wie ich mich danach sehne! Meine letzte Tat auf Erden ist vollbracht. Ich habe mein Geheimnis preisgegeben. Alles Weitere liegt nun in Seiner Hand. Und in deiner, mein Kind.«

Fronika spürte, wie ihr Herz klopfte. Das war zu groß für sie, ging sie nichts an. Und doch gab es da eine Frage, die ihr keine Ruhe ließ. »Das Korporale«, flüsterte sie. »Was ist damit geschehen?«

Heinrich Ottos trübe Augen blickten sie liebevoll an. »Ich habe es noch am gleichen Tag versteckt. Hinter einem losen Stein im Altar, es ist der Dritte von oben und der Zweite von rechts. Dort liegt es bis heute.«

Er atmete nun sehr flach, und Fronika blieb bei ihm, bis der Morgen graute. Als der erste Sonnenstrahl durch das Fenster fiel, fühlte sie sich so kalt und klamm wie die Hand Heinrich Ottos. Da erst wurde ihr bewusst, dass ihr Onkel nicht mehr unter den Lebenden weilte.

6

Die folgenden Tage erlebte Fronika wie in einem nebligen Dunst. Obwohl sie nach der Nacht am Sterbebett ihres Onkels unendlich müde war, fand sie keine Ruhe – keine äußere und erst recht keine innere. Erschrocken hatte sie am Morgen nach Heinrich Ottos Tod dem Leichnam Augen und Mund verschlossen, um den bösen Blick daran zu hindern, einen Lebenden nachzuholen, und um der entwichenen Seele die Rückkehr in den toten Körper zu verwehren. Wenn das nicht rechtzeitig geschah, wurde aus dem Verstorbenen möglicherweise ein Wiedergänger. Fronika fröstelte. Hoffentlich war es für diese Schutzmaßnahme nicht bereits zu spät!

Sie wusste nicht, wie lange sie in Gedanken versunken neben dem Toten gesessen hatte, wann genau ihr Onkel sein Leben ausgehaucht hatte. Doch er hatte ein kostbares Geheimnis hinterlassen, so bestand Hoffnung, dass seine Seele den Weg in den Himmel fand.

Es war nicht nur das Wissen um das Wunder, das Fronika lähmte und in Unruhe versetzte. Sie musste sich um das Begräbnis kümmern und die Angelegenheiten ihres Onkels ordnen. Diese Aufgaben würden sicherlich zwei Wochen in Anspruch nehmen, mit Annas Hilfe vielleicht auch nur eine.

Und dann? Was würde danach aus ihr werden? Gerade erst in Dürn angekommen, wo sie außer Boppo und seiner Mutter kaum jemanden kannte, stand sie schon wieder vor einer ungewissen Zukunft. Wenn Heinrich Ottos Nachfolger eine Haushälterin mitbrachte oder eine andere Magd wählte, war sie ohne Stellung und ohne Dach über dem Kopf, gezwungen weiterzuziehen, einem unbekannten Ziel entgegen. Und diesmal wusste sie wahrlich nicht, wohin sie gehen konnte.

Boppo wurde ein weiteres Mal nach Würzburg geschickt, um Pfarrer Gerwicus über den Tod des Plebans von Dürn zu unterrichten. Es lag kein Schnee, und Boppo kehrte noch schneller zurück als beim vorherigen Ritt.

»Ihr sollt das Begräbnis in die Wege leiten«, richtete er Schwester Anna aus. »Pfarrer Gerwicus wird nach dem Rechten sehen, sobald seine vielfältigen Pflichten es erlauben.«

Fronika war dankbar, die Nonne an ihrer Seite zu haben. Die Alte wusste genau, was zu tun war, wen es zu benachrichtigen galt, was eine Seelenmesse für den Verstorbenen kostete, wer sie lesen sollte und an welcher Stelle des Gottesackers die Grablegung für Heinrich Otto vorgesehen war. Sie bezahlte ein paar alte Weiber dafür, dass sie Fürbitten und Gebete für die Seele des Verstorbenen sprachen. Sie kümmerte sich auch darum, dass der Leichnam gewaschen und gerichtet und in einen weißen Leinensack eingenäht wurde, in dem er bestattet werden konnte. Ein hölzerner Sarg war ein teurer Luxus, den sich nur die reichen Bürger und höhere Priester leisten konnten.

Fronikas Aufgabe bestand darin, zu tun, was Schwester Anna ihr auftrug. Ab und zu warf die Nonne ihr einen prüfenden Blick zu. »Du gefällst mir gar nicht, Kind«, sagte sie einmal. »Du bist so blass wie Heinrich Ottos Leichensack. Hat dir der Pfarrer am Sterbebett etwas erzählt?«

Hastig schüttelte Fronika den Kopf. Sie wollte nicht über das Geheimnis sprechen, solange sie nicht seinen Wahrheitsgehalt überprüft hatte.

Nicht gänzlich überzeugt zuckte Anna die Schultern. »Wenn du etwas weißt, was von Bedeutung ist, solltest du es mir sagen!«

Schweigend nickte Fronika. Sie wurde noch ein wenig blasser und presste die Lippen aufeinander, bis die Nonne sich abwandte.

Die Totenmesse wurde von Pfarrer Philipp Eugen gelesen. Er wünschte, Fronika nach dem Begräbnis zu sprechen. »So«, begann er und ließ seinen Blick abschätzig über ihren Busen gleiten. »Du warst also in den letzten Minuten bei ihm. Was hattest du mitten in der Nacht in seinem Zimmer zu suchen?«

Fronika dachte fieberhaft nach. Sie mochte es nicht, wie der Priester sie ansah. Seine Augen erinnerten sie an den Messdiener Hans. Außerdem kannte sie ihn kaum, wusste nicht, was für ein Mensch er war.

»Ich hörte ein lautes Stöhnen aus dem Krankenzimmer«, sagte sie, und die Lüge ließ ihre fahlen Wangen erglühen. »Da habe ich nachgesehen, ob meinem Onkel etwas fehlt.«

»Und? Habt ihr miteinander gesprochen? Hat Heinrich Otto noch etwas gesagt, bevor er starb?«

»Gar nichts«, murmelte Fronika. »Er war fiebrig und nicht mehr bei Bewusstsein.« Sie beschloss, am Abend ein zusätzliches Gebet zu sprechen und Boppos Mutter als Buße einen Korb voll Gemüse und Obst zu bringen.

Die Miene des Schneebergers blieb skeptisch. »Würdest du das auch auf die Bibel schwören?«, fragte er lauernd, und Fronika brach der kalte Schweiß aus.

»Nun, ich …«

Sie wurde aus der Zwickmühle befreit, als die Tür des Pfarrhauses aufflog und ein zierlicher Mann in prächtigen Gewändern den Raum betrat. Seine Gesichtszüge waren fein gemeißelt, seine Augen blickten warm und empfindsam, doch um den Mund trug er einen entschlossenen Zug.

Philipp Eugen warf Fronika einen eindringlichen Blick zu, dann wandte er sich an den Neuankömmling. »Pfarrer Gerwicus«, sagte er mit süßer Stimme. »Wie schön, Euch wieder einmal in Eurer Gemeinde begrüßen zu dürfen. Wann haben wir Euch zum letzten Mal in Dürn gesehen? Zum Osterfest, wenn ich mich nicht irre?«

Gerwicus zog sich unaufgefordert einen Stuhl heran und setzte sich nieder. »Höre ich einen leisen Tadel aus Euren Worten?«, fragte er lächelnd. »Ihr habt recht, Philipp Eugen! Ich vernachlässige meine Pflichten in Dürn. Doch die Gabe, mich zu zerteilen und an zwei Orten gleichzeitig zu sein, hat der Herr mir leider nicht verliehen. Bin ich in Würzburg, kommt Dürn zu kurz, bin ich jedoch in Dürn, kann ich mich nicht um die Angelegenheiten in Würzburg kümmern. Immerhin wusste ich bislang, dass ich in Dürn einen Pleban habe, auf den ich mich vollauf verlassen kann. Ein Jammer, dass er so unerwartet von uns gegangen ist.«

»Unerwartet? Nun ...« Philipp Eugen hustete und runzelte die Stirn.

»Es ist gut, Euch hier anzutreffen, Philipp Eugen«, fuhr der Würzburger Pfarrer ungerührt fort. »Das erspart mir einen Weg. Denn ich bin gekommen, um die Dinge zu regeln, bis ein neuer Leutpriester eingesetzt werden kann.« Er wandte sich an Fronika. »Bist du das Mädchen? Die Hausmagd, die mit Heinrich Otto verwandt sein will?«

Verschüchtert nickte Fronika.

Gerwicus musterte sie. »Du bist jung und kräftig. Du solltest einen kleinen Haushalt wie diesen eine Zeit lang alleine führen können. Kannst du rechnen?«

»Ja, Herr. In der erzbischöflichen Küche zu Mainz war es immer ich, die auf den Markt geschickt wurde, weil ich mich nicht so leicht betrügen lasse.«

Gerwicus lachte. »Das hört man gern. Dann wirst du bleiben und dich um das Pfarrhaus kümmern, bis Heinrich Ottos Nachfolge geklärt ist. Das kann eine gewisse Zeit dauern, denn es wird sicher wieder unschöne Verhandlungen mit Mainz geben, auf die wir gut verzichten können. Doch das muss dich nicht stören, Mädchen. Ich weiß allerdings nicht, ob du bleiben kannst, wenn der neue Leutpriester kommt. Du bist ein wenig zu hübsch fürs Pfarrhaus – du könntest den Priester in Versuchung führen.«

Schon wollte Fronika aufbegehren, doch dann besann sie sich eines Besseren. Immerhin wurde sie nicht gleich auf die Straße gesetzt, und wenn sie Glück hatte, zogen sich die Verhandlungen mit Mainz bis zum Frühjahr hin. Dann war die Welt wärmer und heller, und sie würde leichter eine neue Anstellung finden.

»Wo ist Schwester Anna?«, fragte Gerwicus, und Fronika eilte los, um sie aus der Kirche zu holen, wo sie vor dem Altar kniete.

»Deine Dienste werden nicht mehr gebraucht, Schwester«, sagte der Würzburger Pfarrer knapp. »Du warst Heinrich Otto eine gute Krankenpflegerin und hast dich hervorragend um die Pfarrei gekümmert. Wir werden uns dem Kloster Seligental gegenüber dafür erkenntlich zeigen. Du kannst schon morgen zu deinen Schwestern zurückkehren.«

Fronika erwartete, dass Anna sich über diese Nachricht freute, denn sie wusste, wie sehr sich die Nonne nach dem ruhigen Leben in Seligental sehnte. Doch zu ihrer Verwunderung blickte die Alte alles andere als glücklich drein.

»Pfarrer Gerwicus«, stammelte sie. »Noch gibt es unzählige Geschäfte zu regeln – Verträge mit den Dürnern müssen neu verhandelt werden, die Arbeit auf den Kirchenbesitzungen überwacht –«

»Das hat alles Zeit, bis Heinrich Ottos Nachfolger bestellt ist«, fiel Gerwicus ihr ins Wort. »Es ist Winter, und die Arbeit auf den Feldern liegt brach. Um die Haushaltsfragen kann sich die Magd kümmern. Philipp Eugen wird ihr zur Seite stehen, nicht wahr?«

Der Schneeberger nickte eifrig. »Selbstverständlich.«

»Freust du dich nicht über die Rückkehr ins Kloster?«, fragte Gerwicus überrascht.

»Oh doch, natürlich. Es gefällt mir nur nicht zu gehen, bevor meine Arbeit erledigt ist.«

»Deine Arbeit *ist* erledigt. Es gilt nur noch eins zu klären: Philipp Eugen, darf ich Euch bitten, im Wechsel mit dem Pfarrer von Buchen die heilige Messe in Dürn zu lesen? Die Gemeinde soll nicht ohne Gottes Wort auskommen müssen, bis ein neuer Pleban bestellt ist. Ich weiß, es ist für Euch mit großem Aufwand verbunden, doch es soll Euer Schaden nicht sein.«

Philipp Eugen senkte demütig den Kopf. »Natürlich helfe ich gerne, wo immer ich kann. Doch um meine Gesundheit ist es nicht bestens bestellt, und ich fürchte, die langen Kutschfahrten ...«

Gerwicus trommelte ungeduldig mit den Fingern auf den Tisch. »Wünscht Ihr Euch nicht schon seit Jahren ein neues Dach für Euren Kirchturm?«

»Nun, in der Tat regnet es oft hinein, und der Glöckner ...«

»Ihr sollt es haben«, sagte Gerwicus, klatschte in die Hände und erhob sich. »Dann kann ich mich auf Euch verlassen?«

»Seid unbesorgt. Die Dürner werden nicht ohne seelischen Beistand bleiben!«

»Hervorragend. Alsdann kann ich nun unbesorgt nach Amorbach zurückreisen, wo ich die Nacht im Kloster verbringen werde. Wollt Ihr mich begleiten, Philipp Eugen? Damit wir weitere Neuigkeiten austauschen können?« Er verließ mit dem Schneeberger das Pfarrhaus und drehte sich nur noch ein einziges Mal kurz um: »Der Herr sei mit euch.«

Am Abend desselben Tages erschien er ihr zum ersten Mal.

Sie war müde und von den Aufregungen der letzten Tage erschöpft. Gleich nach dem Nachtmahl wollte sie sich zur Ruhe legen. Doch vor dem Pfarrhaus jaulte ein Hund zum Gotterbarmen, und Fronika trat mit einem Kübel Wasser vor die Tür, um ihn zum Schweigen zu bringen. Es dämmerte bereits, die Kirche und der Friedhof versanken in dem rötlich-gelben, unwirklichen Licht der hereinbrechenden Nacht.

Der Hund kniff den Schwanz ein und verschwand, als er den Kübel sah. Fronika ließ ihren Blick prüfend über den Platz wandern – und da entdeckte sie ihn. Er lehnte an der Kirchentür, und eine lange, weiße Fahne erschien bei jedem Atemzug vor seinem Mund. Trotz der Kälte schien er nicht zu frieren. Er war nur mit dem dünnen Nachtgewand bekleidet, in dem sie ihn begraben hatten.

Fronika schlug die Hände vor den Mund und unterdrückte einen Schrei. Sie war unfähig, sich zu bewegen. Wie von einem mächtigen Bann gefangen starrte sie hinüber zu ihrem Onkel.

Es ging nichts Bedrohliches von ihm aus. Er wirkte entspannt und um Jahre jünger, als Fronika ihn gekannt hatte.

Bleib, wo du bist, betete sie still. *Komm mir nicht zu nahe!*

Der tote Pfarrer rührte sich nicht. Sein Blick war auf Fronika gerichtet, und fast schien es, als ob er sie beruhigend anlächelte. Dann hob er die Hand und winkte ihr zu. Nicht zum Gruß oder zum Abschied, sondern als Aufforderung, näherzukommen. Sie konnte seine Stimme hören, obwohl sich seine Lippen nicht bewegten: *Tritt heran, Kind, ich will dir etwas zeigen.*

Da löste sich ihre Starre, und sie wankte zurück ins Pfarrhaus, wo ihr der Kübel mit dem Wasser aus der Hand glitt und eine kleine Überschwemmung verursachte.

Schwester Anna, die damit beschäftigt war, ihre wenigen Habseligkeiten in einem Beutel zu verstauen, blickte missbilligend auf. »Was ist los?«, fragte sie. »Du siehst ja aus, als sei dir der Teufel höchstpersönlich erschienen.«

»Der Teufel nicht«, stammelte Fronika. »Glaube ich zumindest.« Dann riss sie sich zusammen. Sie konnte Anna schlecht erzählen, was sie gesehen hatte. »Ich habe mich nur vor dem Hund erschreckt, der plötzlich vor meine Beine sprang«, redete sie sich heraus.

Schwester Anna war zu sehr in ihre Packerei vertieft, um weiter nachzuhaken. »Ich werde heute zeitig zu Bett gehen«, erklärte sie. »Und morgen in aller Frühe aufbrechen. Du wirst dann vermutlich noch schlafen. Deshalb verabschieden wir uns besser schon jetzt. Leb wohl, Fronika. Wenn du magst, kannst du mich gerne im Kloster besuchen. Ich freue mich jederzeit, dich wiederzusehen. Du warst mir eine gelehrige Schülerin. Auch wenn du schrecklich ungebildet bist, so ist dein Verstand doch schärfer als der so mancher Novizin in Seligental.«

Fronika hatte einen Kloß im Hals. Gerne hätte sie die Nonne umarmt. Doch sie wagte es nicht. Anna war stets unnahbar geblieben, oft ein wenig unterkühlt. Sie würde die alte Frau vermissen.

Als sich Anna in ihre Stube zurückgezogen hatte, blieb Fronika nachdenklich in der Küche sitzen.

Warum war Heinrich Otto zurückgekehrt?

Nun, viele Möglichkeiten gab es nicht: Wahrscheinlich fand er keine Ruhe, solange sie seinen Auftrag nicht ausführte. Er hatte ihr zugewunken, um sie in die Kirche zu locken, wo sie nach dem Korporale suchen sollte.

Eine Welle der Angst überflutete sie. Seit Tagen schob sie diesen Moment hinaus. Vor dem Begräbnis hatte sie keine Gelegenheit gefunden, allein die Kirche aufzusuchen. Auch hatte sie jeden Gedanken an das Wunder weit weggeschoben, bis es ihr vorkam, als habe sie sich das alles nur eingebildet.

Doch es war kein Traum gewesen. Die Erscheinung Heinrich Ottos hatte es endgültig bewiesen.

Fronika atmete tief durch. Jetzt, da im Pfarrhaus Stille eingekehrt war, gab es keinen Grund mehr, die Sache noch weiter aufzuschieben. Sie musste das Altartuch suchen, schon allein, um endlich Gewissheit zu haben.

Zitternd betrat sie das verwaiste Krankenzimmer und nahm den Schlüssel zur Kirche vom Brett. Die Sonne war mittlerweile untergegangen, und die ersten Sterne erschienen am Firmament. Voller Unbehagen richtete Fronika ihren Blick auf das Eingangsportal zur Kirche. Heinrich Otto war verschwunden.

Aber der Hund war wieder da. Leise winselnd sprang er Fronika vor die Füße. Diesmal verjagte sie ihn nicht, sie war dankbar, ein Wesen aus Fleisch und Blut in ihrer Nähe zu wissen. Sie bückte sich, um ihn zu kraulen.

Niemand war um diese Stunde auf dem Kirchhof unterwegs, und so konnte keiner das leise Geräusch hören, das der Schlüssel verursachte, als er sich im Schloss drehte. Die Tür gab nach, und ein leicht modriger Geruch schlug Fronika entgegen. Sie rümpfte die Nase. Da war noch etwas anderes, ein ganz schwacher Duft, kaum wahrnehmbar – ein Geruch, der aus irgendeinem unerfindlichen Grund nicht in die Kirche passte. Doch kaum hatte ihre Nase ihn eingefangen, da strömte er auch schon wieder davon, noch bevor sie ihn festhalten und einordnen konnte.

Fronika trat ans Weihwasserbecken und bekreuzigte sich. »Herr, steh mir bei. Ich muss es tun; ich habe es am Sterbebett versprochen. Amen.«

Sie entzündete eine der teuren Kerzen und schritt mit ihr beherzt zum Altar. Wieder streifte der flüchtige Duft ihre Nase. Sie hielt inne und schnupperte, aber da war er erneut verschwunden.

Obwohl der Altar ganz im Dunkeln lag, kam es Fronika vor, als wabere ein kaum wahrnehmbarer grüner Schimmer darüber hinweg. Die Farbe erinnerte sie an ihren Traum, an das Höllengezücht, und beinahe hätte sie die Kerze fallen lassen und wäre aus der Kirche gerannt.

Das grüne Leuchten verschwand. Vielleicht war es nur ihren überreizten Sinnen entsprungen. Vorsichtig streckte Fronika ihre Hand aus und berührte den Altar. Die Steine fühlten sich kalt an, abweisend, gleichzeitig ging eine eigentümliche Spannung von ihnen aus, eine magische Kraft.

Ihre Hand begann zu zittern. Der Hund, der ihr in die Kirche gefolgt war, jaulte auf und drückte sich eng an ihre Beine, als wolle er Schutz suchen. Er würde keine Hilfe sein, wenn tatsächlich etwas Unheimliches geschah!

»Der Dritte von links und der Zweite von oben«, sagte sie laut in die Stille hinein, um sich Mut zu machen. Vielleicht war da ja gar nichts, vielleicht hatte der alte Pfarrer nur fantasiert.

Der fragliche Stein war lose, sie spürte es, sobald sie ihn berührte. Mit unsicheren Fingern schob sie ihn auf der einen Seite nach hinten, damit sie ihn vorne fassen konnte. Mühelos ließ er sich herausnehmen.

Fronika wusste, dass Verstecke im Altar keine Seltenheit waren. Häufig wurden sie dazu genutzt, kostbare Reliquien oder goldene Kelche vor Räubern zu verbergen. Der Hund winselte, als sie ihre Hand in das dunkle Loch gleiten ließ.

Der Hohlraum war nicht groß. Sie musste nicht lange suchen, bis sie ein fein gewebtes Stück Leinen ertastete. Das Herz schlug ihr bis zum Hals.

Das Tuch war mehrmals sorgsam gefaltet. Fronika breitete es im flackernden Schein der Kerze auf dem Altar aus. Ihr Atem stockte. Auf dem Stoff zeichnete sich die Gestalt des gekreuzigten Christus ab, umrahmt von elf dornengekrönten Häuptern. Einzelheiten konnte sie im schwachen Licht nicht erkennen. Doch die Figuren verströmten ein magisches Leuchten – sie waren rot wie Blut.

Der Hund bellte und fegte wie wahnsinnig geworden aus der Kirche. Am liebsten hätte Fronika es ihm gleichgetan.

Sie zitterte und starrte auf das Tuch. Die blutroten Figuren begannen vor ihren Augen zu tanzen, als wären sie lebendig. Gütiger Himmel – es war also tatsächlich ein Wunder geschehen! Es lag vor ihr, in all seiner Herrlichkeit und mit all seinem Schrecken! Was sollte sie nun tun? Wie hatte ihr Onkel sie nur mit einer solchen Bürde belasten können?

Sie sollte das Tuch einfach zurücklegen und für immer darüber schweigen. Wie es Heinrich Otto bis zu seinem Tod getan hatte.

Ein eisiger Luftzug griff nach ihr.

Nein, das ging nicht. Sie ahnte, ja, sie wusste, dass Heinrich Otto sie nicht in Ruhe lassen würde. Er würde ihr so lange erscheinen, bis sie seinen Auftrag erfüllte.

Mit spitzen Fingern faltete sie das Korporale zusammen und platzierte es nach kurzem Zögern in ihrem Ausschnitt. Ein warmes Pulsieren ging von ihm aus, vereinigte sich mit ihrem Herzschlag, verlangsamte ihn und ließ sie ruhiger atmen. Nach kurzer Zeit fühlte sie sich gestärkt, und die Furcht schwand.

Sie würde eine Lösung finden! Morgen, im hellen Sonnenschein. Oder übermorgen. Das Wundertuch hatte bereits seit vielen Jahrzehnten im Verborgenen auf sie gewartet, da kam es auf ein oder zwei Tage nicht mehr an.

Mit festem Schritt ging sie zurück zum Ausgang, blies die Kerze aus und zückte den Schlüssel, um hinter sich abzusperren. Sie spürte ein Lüftchen, hörte ein kurzes, scharfes Sirren, und schon traf ein gewaltiger Schlag ihren Hinterkopf. Ein höllischer Schmerz durchzuckte sie und warf sie zu Boden. Gerade, als die Schwärze sich vor ihren Augen breitmachen wollte, spürte sie das leise, warme Pochen ihres Herzens, das sich mit dem Vibrieren des Korporales zu einem Duett verband, zu einer belebenden Melodie, die sie ins Diesseits zurückholte.

Sie stöhnte und tastete nach ihrem Kopf. Eine dicke Beule war schon jetzt dabei zu wachsen. Neben sich auf dem Boden fand Fronika einen kahlen Ast, der offenbar von einem Baum gefallen war und sie getroffen hatte.

Sie blickte sich um. Der nächste Baum, eine knorrige Eiche, stand recht weit entfernt, doch es war eine windige Nacht, vermutlich hatte eine Böe den Ast heruntergerissen.

Fronika rappelte sich auf und stolperte Richtung Pfarrhaus, um sich eine rohe Zwiebel auf die Schwellung zu legen. Morgen würde ihr der Schädel dröhnen.

Nach wenigen Schritten hielt sie inne. Da war er wieder! Dieser merkwürdige Duft, den sie schon in der Kirche wahrgenommen hatte. Nur ganz kurz wehte er vorbei, streifte ihre Nase und verschwand in der Nacht. Doch als seien ihre Sinne besonders geschärft, gelang es ihr diesmal, ihm nachzuspüren und ihn zu benennen.

Knoblauch, dachte sie verwundert. Es ist Knoblauch.

7

Die trübe Wintersonne benötigte viele Stunden, bis sie die Dunkelheit der Nacht besiegte. Die Hähne krähten spät an jenem Morgen. Ein dichter Nebel lag über Dürn, waberte durch die Gassen, dämpfte alle Geräusche und Stimmen. Er schluckte auch den Hufschlag des Reiters, der bereits in der ersten Morgendämmerung am Miltenberger Tor Einlass in das Städtchen begehrte. Hochmütig hielt er dem Torwächter ein eng beschriebenes Pergament unter die Nase, das dieser freilich nicht lesen konnte, doch das Siegel des Erzbistums Mainz erkannte er, und so ließ er den kostbar gekleideten Mann auf seinem edlen Schimmel ohne Zaudern passieren. Unverhohlen neugierig blickte er ihm hinterher, sah, wie er vom Pferd stieg, einem kleinen, zerlumpten Mädchen etwas in die Hand drückte und eine Frage stellte. Das Kind wies zum Hügel hinauf, wo die Kirche stand, und der Fremde nickte. Dann schlug er jedoch einen anderen Weg ein, führte sein Ross die Straße hinauf, bis der Nebel ihn verschluckte. Gedämpft konnte der Torwächter aus der Ferne noch das Hämmern gegen eine Tür vernehmen und einen Mann, der laut fluchte. Es mochte die Stimme des Schankwirtes vom Ochsen sein, aber sicher war er sich nicht. Eine zweite Stimme antwortete, die Worte waren nicht zu verstehen. Dann kehrte wieder Stille ein.

Der Torwächter wandte sich ab und rieb sich die Hände über dem kleinen Kohlebecken, das er in der Stube angezündet hatte. Er dachte an seine junge Frau, die ihm das Bett wärmte, in das er bald schlüpfen konnte, wenn seine Ablösung endlich kam. Er lächelte. Niemand stieg gerne in einem Gasthaus ab. Ein freundliches Zuhause war um vieles kostbarer als der warme

Mantel, den der Fremde getragen und um den er ihn eben noch beneidet hatte.

Fronika erlebte an diesem Morgen gleich zwei Überraschungen.

Sie war in der Nacht in ihrem Kleid aufs Lager gesunken und augenblicklich in einen tiefen Schlaf gefallen. Gelegentlich wehte ein leiser Knoblauchduft durch ihre Träume, und einmal schrak sie auf, weil sie eine Gefahr zu spüren glaubte, die sich ihr näherte. Doch in der Küche, in der sie schlief, war alles still, draußen dämmerte gerade der Morgen. Beruhigend spürte sie das Korporale auf ihrer Brust, es ruhte noch immer tief in ihrem Ausschnitt, einen besseren Ort hatte sie in der Nacht nicht dafür finden können. Jetzt kam es ihr vor, als wärme es sie von innen. Sie schlief noch einmal ein.

Beim nächsten Erwachen stellte sie zu ihrer Verwunderung fest, dass ihr Hinterkopf nicht mehr schmerzte. Die Beule, die der fallende Ast ihr zugefügt hatte und die in der Nacht dick angeschwollen war, begann bereits zu heilen. Auch der pochende Druck war verschwunden. Fronika fühlte sich frisch und ausgeruht und hatte das Gefühl, ein besonderer Tag liege vor ihr. Die Erscheinung Heinrich Ottos, die Entdeckung des Korporales, die Notwendigkeit, eine Entscheidung darüber zu treffen – all das schien mit einem Mal nicht mehr beängstigend. Mit der Hand auf der Brust atmete sie tief ein. Ob sie das Wundertuch noch einmal anschauen sollte? Bei Tageslicht, bevor sie mit ihrer Arbeit begann?

Sie erschrak, als sich eine Tür öffnete. Angekleidet aber blass betrat Schwester Anna die Küche. Sie schwankte ein wenig. »Offenbar habe ich mir eine Influenza eingefangen«, sagte sie mit dünner Stimme. »In der Nacht war ich fiebrig, und am Morgen habe ich verschlafen. Nun ist es zu spät, um den Weg nach Seligental noch zu bewältigen. Meine Knochen sind ja nicht mehr die jüngsten.«

»Nein, das kommt gar nicht infrage«, nickte Fronika, »Ich lasse nicht zu, dass Ihr in diesem Zustand reist! Auf einen Tag wird es wohl nicht ankommen.«

»Nun, wenn du meinst, Kindchen. Tatsächlich fühle ich mich recht schwach.«

»Wollt Ihr Euch nicht ins Bett legen, Schwester?«

»Sicherlich nicht. Noch bin ich weit davon entfernt, von dieser Welt abzutreten. Wer sich am hellen Tag ins Bett legt, lädt den Tod zu sich ein. Aber ein wenig sitzen, ja, das will ich wohl.«

Fronika bereitete für sie beide ein verspätetes Morgenmahl zu. Hin und wieder tastete sie nach dem Korporale. In Schwester Annas Gegenwart konnte sie es nicht ansehen. Sie wollte in Ruhe nachdenken und ihre Entscheidung ohne Hast treffen. Bislang hatte sie immer auf das gehört, was andere ihr gesagt, aufgetragen oder befohlen hatten. Doch nun, das spürte sie, war es an der Zeit, ihren eigenen Empfindungen und Gedanken zu vertrauen.

»Kann ich Euch allein lassen, Schwester Anna?«, fragte sie nach Beendigung des Mahls. »Ich habe Boppo und seiner Mutter versprochen, vorbeizuschauen und das Bettleinen mitzubringen, das ich für sie gewaschen habe. Es ist das älteste aus Heinrich Ottos Besitz und schon ganz dünn, aber für Lene ist es allemal besser, wenn sie nicht direkt auf dem Stroh liegt. Wenn Ihr jedoch meine Hilfe benötigt, kann ich das auf morgen verschieben.«

»Geh nur. Ein Versprechen soll man halten. Ich brauche ein wenig Ruhe, sonst nichts.«

Leise vor sich hin summend packte Fronika das Tuch in einen Sack und warf ihn sich über die Schulter. Sie freute sich auf den kleinen Ausflug und auf einen freien Tag. Als sie Boppos Hütte am See erreichte, hatte sich der Nebel aufgelöst. Eis und Raureif glitzerten in der Sonne. Der Anblick wärmte ihr Gemüt.

»Besuch!«, rief sie vor der Kate fröhlich, um sich anzumelden. Sogleich wurde die Tür aufgerissen, und Boppo deutete eine tiefe Verbeugung an.

»Hohe Dame«, sagte er schelmisch grinsend. »Ihr seid stets willkommen in unserem bescheidenen Heim.«

»Kindskopf!« Fronika gab Boppo einen Klaps auf die Wange. Sie liebte seine Albernheiten und wäre zutiefst enttäuscht gewesen, wenn er plötzlich darauf verzichtet hätte.

Seine Mutter saß auf einem der wackeligen Hocker neben dem Feuer. Ihre Wangen glühten.

»Gut siehst du heute aus, Lene«, versicherte Fronika. »Richtig gesund.«

»Es geht mir auch gut. Ich habe Boppo gestern zum Lumpensammeln geschickt, und er hat mir ein ordentliches Bündel gebracht. Daraus kann ich zwei warme Mäntel nähen, mit denen wir gut über den Winter kommen. So bin ich beschäftigt und kann etwas Gutes für Boppo tun. Er arbeitet den ganzen Tag und umsorgt mich wie eine Glucke ihre Küken. Einen besseren Sohn kann man sich gar nicht wünschen.«

Boppo verdrehte die Augen. »Schon recht«, nuschelte er. Er hasste es, wenn seine Mutter ihn lobte.

»Auch du strahlst heute mit der Sonne um die Wette«, fuhr Lene fort. »Was ist los?«

»Ich weiß nicht recht«, gestand Fronika. »Seit dem Morgen fühle ich mich besonders tatendurstig. Die Welt ist heute so wunderbar frisch und hell. Ich könnte Bäume ausreißen!«

»Das klingt ja fast, als wärst du verliebt«, frotzelte Lene.

»Oh!«, fiel Boppo ein. »Ist es endlich so weit? Darf ich mir Hoffnungen machen?«

Fronika lachte. »Du musst erst erwachsen werden, Boppo. Dann sehen wir weiter.«

»Hast du es gehört, Mutter? Das war ein Heiratsversprechen! Ich schwöre bei allem, was mir heilig ist, dass ich so schnell erwachsen werde, wie ich nur kann.«

Lene bekreuzigte sich. »Psst!«, wies sie ihren Sohn ängstlich zurecht. »Ein Schwur ist nichts, womit man Scherze treibt! Willst du Gottes Zorn herausfordern?«

»Er wird doch wohl nicht so humorlos sein, dass er ein kleines Späßchen verurteilt?« Boppo grinste, doch als er sah, wie sich die

Miene seiner Mutter verdüsterte, wurde er ernst. »Ich sollte mein loses Mundwerk besser im Zaum halten.«

Lene seufzte. »Ich bin ein altes, krankes Weib. Manchmal mag ich allzu empfindlich reagieren. Doch ich finde, man muss sich gut mit dem Allmächtigen stellen, will man gewiss sein, das ewige Heil zu erlangen. – Habt ihr nicht Lust, die Wintersonne zu genießen? Der Nebel hat sich ganz aufgelöst. Wenn du uns ein oder zwei Fischlein fängst, Boppo, können wir deiner *Braut*«, sie zwinkerte Fronika zu, »sogar ein ordentliches Mittagsmahl vorsetzen.«

»Oh ja!«, rief Fronika vergnügt. Trotz der Kälte zog es sie nach draußen, denn die Sonne war in den vergangenen Tagen ein seltener Gast gewesen.

»Aber hütet euch vor dem Fremden!«, rief Lene ihnen noch hinterher. »Die alte Adelheid Pfeuwin hat mir heute Morgen erzählt, sie habe einen Pferdefuß unter seinem Mantel hervorlugen sehen!«

»Die alte Pfeuwin hat noch bei jedem Fremden ein Horn, ein Mal oder einen Bocksfuß gefunden! Sei unbesorgt, Mutter. Wir werden jedem Teufel aus dem Weg gehen.«

Unwillkürlich fasste sich Fronika an die Brust. Das beruhigende Gefühl verstärkte sich. Ein Teufel oder Dämon würde vergeblich bei ihr anklopfen, da war sie sich sicher. »Ein Fremder?«, fragte sie dennoch verwundert. Reisende verirrten sich nicht allzu oft nach Dürn, schon gar keine fremden.

»Er kam in der Morgendämmerung«, nickte Boppo, als sie die Hütte verlassen hatten und langsam zum Morschbach schlenderten. »Teuer gekleidet und auf einem edlen Schimmel. Er hämmerte in aller Früh an die Tür des Schankwirtes, was diesem gar nicht gefiel, wie du dir denken kannst. Der Fremde wollte eine Unterkunft beziehen, aber nicht bezahlen, bevor er sein Zimmer gesehen hatte. Darüber gerieten die beiden in heftigen Streit, der damit endete, dass unser Schankwirt dem Fremden einen Krug an den Kopf warf, woraufhin dieser den Büttel rief, der den Wirt ins Loch werfen musste. Der Fall soll in den kommenden Tagen verhandelt werden. Wundersamerweise hat das Weib des Schankwirts gegen ihren Mann gesprochen. Sie führe das Wirtshaus bis zur Gerichtsverhandlung ohne ihn, sagte sie. Nun, der Alte ist faul und gewalttätig, vermutlich ist sie froh, wenn sie ihn los ist.«

»Und der Fremde?«, hakte Fronika neugierig nach. »Weiß man, was er in Dürn zu schaffen hat?«

»Nein. Er bezog nach dem Streit seine Stube und ließ sich seither nicht mehr blicken.«

»Merkwürdig.«

»Wahrscheinlich ist er nur auf der Durchreise.«

In einem so kleinen Städtchen wie Dürn wurde jeder Fremde, der keine Verwandten im Ort hatte, argwöhnisch begutachtet. War er ein Dieb? Ein Betrüger, ein Halsabschneider?

»Komm, wir gehen zurück zum See«, wechselte Boppo das Thema. »Ich will dir zeigen, was für ein geschickter Fischer dein zukünftiger Gatte ist.« Stolz tippte er sich mit dem Daumen an die Brust. »Mit der bloßen Hand werde ich dir eine Forelle fangen!«

Fronika lachte. »Das will ich sehen!«

Boppo hob einen starken Zweig vom Boden auf. »Für alle Fälle werde ich noch einen Speer mitnehmen. Im Winter sind meine Hände nicht ganz so flink und geschickt wie im Sommer, wenn es warm ist.« Er zwinkerte ihr zu, als er den Zweig mit einem scharfen Stein bearbeitete, bis sein Ende eine Art Spitze aufwies. Dann prüfte er die Stabilität des Holzes. »Es ist noch nicht so spröde, dass es gleich abbricht, wenn ich ein bisschen Druck ausübe, aber es ist auch nicht zu weich. Natürlich hängt letztendlich alles von der richtigen Geschwindigkeit und der optimalen Stoßtechnik ab. Schau nur gut zu.«

Das Wasser des Sees war von einer silbern schimmernden Eisschicht bedeckt. Im Uferbereich glitzerten filigrane Eisgebilde in der Sonne, und der nahe Morschbach gurgelte ein leises, fröhliches Lied. Zum ersten Mal seit ihrer Flucht aus Mainz fühlte sich Fronika rundum wohl.

»Hier ist es perfekt«, rief Boppo ihr zu. Er stand an der Stelle, wo der Bach in den See floss und legte nun den Zeigefinger auf die Lippen. »Wir müssen leise sein. Und Geduld haben. Es kann eine Weile dauern, bis uns ein Fisch in die Falle geht.«

Fronika unterdrückte ein Kichern. Es war lustig, mit anzusehen, wie ernst Boppo seine Aufgabe nahm. Doch dann dachte sie nach und schämte sich. Was Boppo hier tat, hatte nichts mit seiner üblichen Aufschneiderei zu tun, sondern war schlicht überlebensnotwendig für ihn und seine Mutter. Die beiden waren Taglöhner, gehörten zu den ärmsten Leuten der Stadt. Im Winter gab es wenig oder keine Arbeit für sie. Da fehlte es an allem. Sie hatten einfach nicht die Mittel, einen Fisch oder Fleisch zu kaufen. Wenn sie nicht den ganzen Winter über Hafergrütze essen oder verhungern wollten, mussten sie einfallsreich sein und ihre Nahrung selbst suchen. Zu ihrem Glück war Amtskeller Berthold ein nachsichtiger Mann, der beide Augen zudrückte, solange die unerlaubte Fischerei kein bedenkliches Ausmaß annahm. Von Boppos Jagdglück hing also nicht nur sein Ansehen ab, sondern auch sein und Lenes voller Magen.

Fronika gab sich große Mühe, kein Geräusch zu machen und Boppo, der nun konzentriert auf das Wasser starrte, nicht abzulenken. Sie schloss die Augen und genoss die bunten Lichter, die hinter ihren Lidern tanzten. Gelegentlich raschelte ein kleines Tier im halb gefrorenen Laub, oder eine Krähe schimpfte aus der Ferne. Die meiste Zeit jedoch war es still, nur der Bach gluckste leise. Fronika hatte das Gefühl, als schliefe sie im Stehen, als schwebte sie irgendwo zwischen der Erde und dem Himmel in einer fremden Sphäre. Sie vergaß alles um sich herum, und als sie plötzlich Boppos Stimme vernahm, hätte sie nicht sagen können, wie lange sie diesem merkwürdigen Dämmerzustand verfallen war.

Boppo klang ärgerlich. »Verfluchtes Biest!«, rief er. »So etwas Gerissenes habe ich selten erlebt! Sie ist mir entwischt! Siehst du?« Er deutete auf einen langen, eleganten Schatten, der sich langsam unter der Eisschicht bewegte und schließlich verharrte, als sei das Ganze ein Spiel, das der Fisch am Ende sowieso gewinnen würde, das er aber gerne noch eine Weile fortsetzen wollte.

»Wir kreisen ihn ein«, schlug Fronika vor. »Wir treiben ihn so lange, bis er erschöpft ist und du ihm den Todesstoß versetzen kannst. Du bleibst hier, und ich versperre ihm am nächsten Eisloch den Weg.« Damit sprang sie vergnügt auf die Eisdecke des Sees, die unter ihr ächzte und kleine Risse bekam.

»Halt!«, rief Boppo. »Bist du verrückt? Das Eis ist viel zu dünn! Es wird dich nicht tragen.«

»Unsinn. So leicht und klein wie ich bin!« Fronika berührte lachend ihre Brust. Heute stand sie unter dem Schutz des Korporales. Ihr konnte gar nichts geschehen. Sie machte zwei weitere vorsichtige Schritte, um den Fisch nicht zu früh zu verschrecken. Wo war er nur geblieben? Eben hatte sie seinen Schatten noch deutlich sehen können, jetzt war er verschwunden. Ratlos drehte sie sich in alle Richtungen und bewegte sich auf die Mitte des Sees zu.

»Komm sofort zurück!«, rief Boppo aufgebracht. »Siehst du denn nicht, wie schwach das Eis dort draußen ist?«

Seine Warnung kam zu spät. Mit einem leisen Krachen brach der feste Boden unter Fronikas Füßen weg. Das eisige Wasser zog sie mit Gewalt nach unten, und als es ihre Brust erreichte, raubte ihr die Kälte den Atem. Vor ihren Augen flimmerte es, dann versank die Welt in milchigem Licht. Wie aus weiter Ferne hörte sie Boppo schreien, doch als sie ihm antworten wollte, strömte eiskaltes Wasser in ihre Lunge. Panik ergriff sie, und sie begann, wild um sich zu schlagen. Über ihr befand sich kein Himmel mehr, sondern nur noch eine starre, weiße Decke. Sie war unter dem Eis gefangen.

Die Panik hielt nicht lange an, denn bald schon ließen ihre Kräfte nach. Sie schluckte Wasser, ihre Bewegungen wurden langsamer. Die Kälte kam ihr plötzlich verlockend vor, wie ein Mantel, der sie einhüllte und ihr Schutz bot. Sie hörte auf, sich dagegen zu wehren. Wenn es Gottes Wille war, ihr Leben hier zu beenden, sollte es wohl so sein. Dann war jeder Versuch, sich aus dem Wasser zu befreien, umsonst. Sie schloss die Augen und erblickte ein Bild: Blutrot erstrahlte der gekreuzigte Christus, und um ihn herum leuchteten elf dornengekrönte Häupter.

Ein heftiger Schmerz auf der Brust war das Nächste, was sie spürte. Sie musste würgen und erbrach Wasser. Ihr Körper zitterte vor Kälte, doch als sie mühsam die Augen öffnete, war da keine Eisdecke mehr, sondern ein Stück blauer Himmel, von dem die Wintersonne strahlte, als sei nichts vorgefallen. Dann beugte sich eine dunkle Gestalt über sie und wieder durchdrang ein Schmerz ihren Oberkörper. Sie spuckte noch mehr Wasser und hustete.

»Sie braucht trockene Kleider und ein Feuer zum Wärmen«, hörte sie eine fremde Stimme sagen. »Wo wohnt sie?«

»Zu weit weg.« Das war Boppo. »Aber wir können sie in unsere Hütte bringen. Heute brennt dort ein Feuer.«

»Na, dann los. Wir sollten uns beeilen, damit sie sich nicht die Lungensucht holt.« Fronika wurde vom Boden gehoben, als wiege sie gar nichts. »Kannst du dich bewegen, Mädchen?«, fragte die fremde Stimme.

Mühsam nickte sie. Neben ihr stand ein Mann, der in prächtigen Gewändern steckte und vielleicht dreißig Lenze zählte. Eine dunkle Haarsträhne fiel ihm in die Stirn, die jetzt gerunzelt war. Er hatte ihren Arm ergriffen und passte auf, dass sie nicht wieder umfiel. »Nimm du die andere Seite«, sagte er zu Boppo, der hilflos am Seeufer stand und mit schreckgeweiteten Augen auf die Szene starrte.

»Ich könnte dich tragen«, sagte der Fremde. »Doch es ist besser, wenn du selbst läufst. Das hält dich warm. Die ersten Schritte werden aber weh tun.«

Das war untertrieben. Als Fronika ihre Füße vorsichtig aufsetzte, kam es ihr vor, als liefe sie über ein Nagelbrett. Erst nach einer ganzen Weile ließ der Schmerz nach.

»Versuche, gleichmäßig zu atmen«, sagte der Mann. »Nicht zu schnell und nicht stoßweise. Ganz ruhig. Damit deine Säfte wieder ins Gleichgewicht kommen.«

Fronika bemühte sich, seinem Ratschlag zu folgen. Doch es war nicht leicht. Sie zitterte am ganzen Leib, und das Luftholen tat weh. Sie kamen nur langsam vorwärts, weil Fronika gestützt werden musste. Zudem trug sie nur noch dünne Strümpfe, ihre Holzpantoffeln hatte sie im See verloren.

»Habt Ihr mich aus dem Wasser gezogen?«, fragte sie den Mann, der immer wieder mit der Hand fest über ihren Rücken und über die Arme rieb, um sie zu wärmen.

»Ich habe deinem Begleiter geholfen. Alleine hätte er es nicht geschafft.«

Fronika sah, wie Boppo schuldbewusst den Blick senkte. Sie wusste, dass er nicht schwimmen konnte, und vermutete, dass der Fremde sie aus dem See gefischt hatte.

»Ich danke Euch. Ihr habt mir das Leben gerettet.«

Ein wehmütiges Lächeln huschte über sein Gesicht. Es ließ ihn jünger erscheinen, und mit einem Mal kam er Fronika vage bekannt vor.

»Danke mir nicht zu früh«, sagte er. »Erst wenn du ganz warm bist und keine Lungensucht bekommst, kannst du sicher sein, dass du überlebst.«

»Verratet mir Euren Namen, Herr!«, bat sie.

»Man nennt mich Jakob von Fulda.«

Er war sicher der Fremde, der im Morgengrauen nach Dürn gekommen war. Hastig warf Fronika einen Blick auf seine Beine. Sie steckten in teuren Lederstiefeln und waren jetzt bis zu den Knien nass. Von einem Pferdefuß war nichts zu sehen.

»Eure Beinkleider sind nass und die wertvollen Stiefel ebenso«, stellte sie fest. »Es tut mir leid, dass Ihr meinetwegen Eure Garderobe verdorben habt.«

»Mach dir darüber keine Gedanken, Mädchen.« Jakob von Fulda wandte sich an Boppo. »Ist es noch weit bis zu deiner Hütte?«

»Nein, wir sind schon da.«

»Diesen Bretterverschlag nennst du eine Hütte?«

»Entschuldigt, Herr. Nennt es, wie Ihr wollt. Es ist jedoch die einzige Behausung weit und breit, und drinnen brennt ein Feuer.«

Jakob von Fulda hob zweifelnd eine Augenbraue, dann stieß er entschlossen die Tür auf und verfrachtete Fronika ins Innere der Kate. Lene, die auf ihrem Hocker saß und nähte, stieß einen heiseren Schrei aus. »Was ist passiert?«, rief sie. »Was ist mit Fronika geschehen?«

»Sie ist im Eis eingebrochen. Schnell, mach den Platz am Feuer für sie frei.« Boppo sprang aufgeregt hin und her und warf ein paar dürre Äste in die Flammen.

»Fronika«, sagte Jakob von Fulda. »So heißt du also.« Er musterte sie eingehend, bis sie den Blick senkte. Der spöttische Glanz seiner Augen verunsicherte sie. »Du musst dich ausziehen, Fronika«, sagte er. »In den nassen Kleidern holst du dir trotz des Feuers den Tod. Gibt es in dieser … Hütte«, sein Mundwinkel zuckte ein wenig abfällig, »irgendetwas Trockenes zum Anziehen?«

»Ich besitze ein zweites Paar Beinlinge und ein altes Hemd«, nickte Boppo beflissen. »Mir sind die Sachen vor Kurzem zu klein geworden, aber Fronika müssten sie passen.«

»Dann schwätze nicht lange und bring sie her!« Jakob von Fulda stand hinter Fronika und begann erneut, ihre Arme und ihren Rücken zu reiben. Jetzt, vor Lenes und Boppos Augen, war ihr das peinlich. Sie rückte zur Seite und senkte den Kopf. Die Berührungen des Fremden gefielen ihr, doch sie ahnte, dass sie nicht schicklich waren.

Der Mann hob amüsiert die Augenbraue. Sein wohlgeformter Mund verzog sich zu einem angedeuteten Lächeln. Dabei entstand ein kleines, hübsches Grübchen auf seiner Wange. »Mädchen«, sagte er, »es ist jetzt nicht die rechte Zeit für falsche Scham. Ich massiere deinen Körper, um dein Blut in Zirkulation zu versetzen. Du wirst gleich merken, wie gut dir das tut.«

»Seid Ihr ein Medicus?«, fragte Fronika neugierig.

»Das gerade nicht. Aber auf ein paar Grundkenntnisse der Heilkunst verstehe ich mich dennoch.«

Boppo hatte mittlerweile seine alten Kleider in einer Ecke der Kate gefunden. Sie waren zerknittert und alles andere als sauber. Ein unangenehmer Geruch ging von ihnen aus, und als er sie schüttelte, fiel Mäusekot von ihnen ab. Boppos Kopf wurde rot wie ein reifer Apfel. »Ich dachte nicht«, stammelte der verlegen, »dass ich sie so schnell noch einmal brauche.«

»Schon recht«, sagte Fronika. Der Gestank erinnerte sie zwar an den ungewaschenen Körper von Kuntz, dem Reliquienhändler, und sie hatte keine Lust, sie anzuziehen, doch der Fremde hatte recht: Sie brauchte trockene Wäsche. »Ich möchte, dass ihr vor die Tür geht, während ich mich umkleide.«

Nun grinsten beide Männer. Sie hatten nicht vorgehabt, die Hütte zu verlassen.

»Raus!«, donnerte Lene mit ungewohnt kräftiger Stimme. »Habt ihr denn gar keinen Anstand?«

Noch immer grinsend verließen Boppo und Jakob von Fulda die Kate.

Erst als sie mit Lene allein war, fiel Fronika das Korporale ein. Sie erschrak. Großer Gott! War es noch da? Und hatte es das unfreiwillige Bad im See unbeschadet überstanden?

Hektisch tastete sie in ihren Ausschnitt. Ja. Da steckte es. Es war ebenso nass wie alles andere, doch es war nicht verlorengegangen. Fronika wagte nicht, es aufzufalten und nachzusehen, ob das Bildnis unversehrt war. Lene beobachtete sie und hätte unbequeme Fragen gestellt. Doch wenn es tatsächlich das Blut Christi war, dann ließ es sich wohl kaum von gewöhnlichem kaltem Wasser abwaschen!

Fronika schüttelte ihr nasses Haar, bis die Tropfen durch die ganze Hütte flogen. In den Flammen zischten sie. Sie streifte ihr Kleid ab und zog stattdessen die schmutzigen Männersachen von Boppo über. Das nasse Korporale band sie sich mit einem Strick, der zum Beinkleid gehörte, um den Bauch. Zwar war es nicht angenehm, ein nasses Stück Leinen auf der Haut zu tragen, doch eine andere Möglichkeit fiel ihr nicht ein. Und trotz allem verlieh es ihr ein beruhigendes Gefühl.

»Ihr könnt hereinkommen!«, rief sie und drehte sich vor den Augen der Männer im Kreis. »Na, wie sehe ich aus?«

»Wie eine Ratte«, sagte Jakob von Fulda nüchtern. »Und so stinkst du auch.« Seine Augen glänzten spöttisch, doch da war wieder dieses Grübchen, und Fronika ahnte, dass er seine derben Worte nicht abfällig meinte.

»Hier nimm.« Er reichte ihr seinen kostbaren Umhang. »Damit kannst du dir die Haare trocken reiben, und er wird dich wärmen, wenn du nach Hause gehst. Kannst du ihr ein paar Holzschuhe leihen, Weib?«

Lene nickte. »Ja, Herr«, sagte sie unterwürfig.

»Den Umhang kann ich nicht annehmen«, wehrte Fronika ab. »Er ist zu wertvoll.«

»Ich hab nicht nur den einen. Aber tatsächlich hänge ich an diesem besonders. Wenn es dir recht ist, kannst du ihn mir in den nächsten Tagen zurückbringen. Ich habe beim Schankwirt zum Ochsen Quartier bezogen.«

Es wäre unvernünftig gewesen, ein so freundliches Angebot abzulehnen. Auch gefiel Fronika die Aussicht, den Fremden bald wiederzusehen. Sie gefiel ihr sogar ganz außerordentlich.

»Habt Dank«, sagte sie deshalb und setzte ein strahlendes Lächeln auf. »Für alles. Für den Umhang – und dafür, dass Ihr mir das Leben gerettet habt.«

Jakob von Fulda deutete eine Verneigung an, tippte sich grüßend an die Stirn und verließ ohne ein weiteres Wort die Kate am See.

8

»Widerlich!« Boppo schüttelte sich und schnitt eine Grimasse. »Hast du gesehen, wie er dich angeschmachtet hat? Seinen lüsternen Blick? Wahrscheinlich gehört er zu diesen wohlhabenden Halunken, die sich arme Mägde ins Bett nehmen, ihnen das Blaue vom Himmel herunter versprechen, ein Kind anhängen und dann auf Nimmerwiedersehen verschwinden. Soll er doch zu den Huren gehen, wo er hingehört! Na, zum Glück bist du nicht so leichtgläubig, Fronika, um auf so einen reinzufallen.«

Fronika starrte noch immer mit einem verklärten Lächeln auf die Tür, durch die Jakob von Fulda gerade verschwunden war. Ihre Wangen waren gerötet.

»Fronika!«, rief Boppo empört. »Du wirst dich doch nicht von einem dahergelaufenen Fremden blenden lassen, nur weil er kostbare Kleider trägt und dir seinen Umhang leiht?«

»Er hat mir das Leben gerettet.«

»Unsinn. Ich hatte dich schon fast mit dem Ast aus dem Wasser gefischt, als er auftauchte. Ich hätte seine Hilfe gar nicht gebraucht.«

»Ach ja? Warum wirst du dann schon wieder rot wie ein Apfel? Und warum sind deine Beine ganz trocken, während die von Jakob bis weit über die Knie nass waren?«

»Weil … weil …« Boppo kam ins Stottern. »Weil er sich eben dümmer angestellt hat als ich. Deshalb!« Trotzig hieb er mit der Faust auf den Tisch.

»Du bist ja eifersüchtig!«

»Ich? Auf einen solchen Weichling? Du hättest nur einmal seine Hände sehen sollen! Die waren manikürt wie die einer feinen Dame. Auf so einen Gecken soll ich eifersüchtig sein? Lächerlich!«

»Jawohl! Eifersüchtig wie ein Wiesel. Du spuckst ja Gift und Galle!«

»Weil es wahr ist! Wie abfällig er unsere Hütte gemustert hat! Als hätten wir die Pestilenz, nur weil wir arm sind.«

»Er ist eben anderes gewohnt, das kannst du ihm doch nicht vorwerfen.«

Boppo setzte zu einer erregten Antwort an, doch Lene klatschte entschlossen in die Hände.

»Hört auf zu zanken«, sagte sie. »Ihr macht mich ganz krank, wenn ihr so streitet! Er hat geholfen, Fronika aus dem See zu ziehen. Dafür müssen wir ihm dankbar sein. Aber auch Boppo hat recht: Er ist ein Fremder. Und obwohl ich keinen Pferdefuß an ihm entdecken konnte, wissen wir doch nicht, wer er ist und was er in Dürn will. Deshalb sollten wir Vorsicht walten lassen.« Sie wandte sich an Fronika: »Versprich mir, dass du auf dich aufpasst, ja? – Ich werde mich jetzt ein wenig hinlegen, die ganze Aufregung hat mich sehr ermüdet. Du gehst aber erst nach Hause, wenn deine Haare ganz trocken sind, hörst du?«

Schuldbewusst senkte Fronika den Kopf. Auch Boppo schwieg verstimmt, bis er an Lenes ruhigem Atem erkannte, dass sie eingeschlafen war. »Ich will doch nur, dass du dich in Acht nimmst!«, flüsterte er. »Mir ist dieser Kerl nicht geheuer. Was will er hier? Warum streift er am See und am Morschbach herum? Keiner kennt ihn! Hast du nicht bemerkt, wie komisch er dich angeschaut hat?«

»Das bildest du dir nur ein.«

»Sei vorsichtig. Das ist alles, worum ich dich bitte.«

»Schon recht. Ich gehe jetzt nach Hause. Schwester Anna ist noch nicht abgereist, weil sie fiebert. Ich sollte mich um sie kümmern und ihr eine Suppe kochen.«

»Aber dein Haar ist noch nass.«

»Na und? Ich brauche nicht lange bis zum Pfarrhaus.«

Obwohl sie wusste, dass Boppo es gut mit ihr meinte, war sie wütend. Der Fremde gefiel ihr, sein offenes Lächeln hatte sie verzaubert, und sie wollte nicht glauben, dass es falsch sein könnte. Sollte Boppo ruhig seine Zweifel hegen! Sie wollte nichts davon hören. Ohne Gruß verließ sie die Hütte.

Die Sonne schien nicht mehr so strahlend. Noch würde es eine Weile dauern, bis sie den Schatten der Nacht wich, aber der Nebel kehrte bereits zurück, er streckte seine klammen, feuchten Finger nach dem See aus und wanderte langsam den Buckel hinauf bis zum Vorderen Tor.

Trotz des Umhangs fröstelte Fronika. Das Feuer hatte sie nur äußerlich erhitzt, in ihren Knochen saß nach wie vor die eisige Kälte des Wassers. *Ich muss schneller laufen*, dachte sie, *damit mir warm wird.*

Dann blieb sie abrupt stehen.

Er ging nur ein paar Schritte vor ihr her im Nebel und verharrte nun ebenfalls. Langsam drehte er sich um. Seine Züge wirkten ruhig, aber wachsam. Er deutete ein Lächeln an und rieb sich mit beiden Händen die Arme, als Zeichen dafür, dass er die Kälte spüren konnte oder zumindest ahnte, wie sehr Fronika unter ihr litt.

Sie schluckte hart. Was wollte Heinrich Otto diesmal von ihr? Sie hatte das Korporale geborgen und seinen Willen erfüllt. Konnte er ihr nicht wenigstens einen Tag Zeit zum Nachdenken geben, bevor sie entscheiden musste, was sie unternehmen wollte?

Der tote Priester hatte auch dieses Mal nichts Beängstigendes an sich. Seine Wangen waren leicht gerötet, und der Schleier des Grauen Stars war von seinen Augen verschwunden. Sein Lächeln wirkte herzlich. Trotzdem zögerte Fronika weiterzugehen. Jedes Kind wusste, dass man den Kontakt zu Wiedergängern meiden musste. Ihr Lächeln war Blendwerk, ging es ihnen doch letztendlich nur darum, die Lebenden mit sich zu nehmen, sie ins Reich der Toten zu locken, wo furchtbare Schrecken auf sie warteten, weil sie dort nichts zu suchen hatten, bevor ihre Zeit abgelaufen war.

Heinrich Otto machte keine Anstalten, sich ihr noch weiter zu nähern.

Fronika nahm all ihren Mut zusammen. »Was willst du?«, fragte sie mit leiser, zitternder Stimme. »Geht es dir um das Wundertuch?«

Heinrich Otto sprach nicht, aber mit einem kaum wahrnehmbaren Blinzeln deutete er Zustimmung an.

»Ich … weiß noch nicht, was ich damit anfangen soll«, bekannte sie. »Kannst du mir einen Rat geben?«

Der tote Pfarrer wiegte den Kopf.

»Du meinst … ich muss die Entscheidung alleine treffen«, mutmaßte Fronika vorsichtig.

Wieder blinzelte Heinrich Otto als Zeichen der Zustimmung. Fronika kniff die Lippen zusammen. Warum, bei allen guten Geistern, erschien er ihr dann überhaupt?

Der Nebel lichtete sich ein wenig, und plötzlich hob Heinrich Otto den rechten Arm. Er deutete den Seebuckel hinunter, geradewegs auf die Hütte von Boppo und Lene, aus der Fronika gerade gekommen war, dann nickte er zweimal bekräftigend und löste sich vor ihren Augen wie ein Trugbild im Dunst auf. Zurück blieb nur ein schwacher Duft, der langsam in Fronikas Nase drang.

Weihrauch, erkannte sie.

»Hast du etwas vergessen?« Boppo wirkte erstaunt. »Du bist ja ganz blass. Ist etwas geschehen?«

Sie nickte und rückte den Schemel näher ans Feuer.

»Du siehst aus, als sei dir ein Geist erschienen«, witzelte Boppo.

Zu seinem großen Erstaunen nickte Fronika zum zweiten Mal. Sie griff nach seiner Hand und drückte sie fest. »Ich denke, ich sollte dir etwas erzählen …« Sie vergewisserte sich, dass Lene noch immer leise schnarchte. »Dreh dich um«, sagte sie und löste, nachdem Boppo sich abgewandt hatte, vorsichtig das Korporale von ihrem Bauch; es war noch immer feucht.

Behutsam breitete sie das Tuch auf dem Tisch aus. Das Blut Christi war durch das Bad im See ein klein wenig verwischt. Doch das Strahlen, der Glanz, der von ihm ausging, hatte sich nicht verändert. Fronika wurde warm und glücklich zumute, als sie auf den Gekreuzigten und die elf Christushäupter blickte.

»Jetzt kannst du schauen«, sagte sie.

Boppos Augen weiteten sich. Fasziniert und verwundert betrachtete er das Korporale. »Das ist schön! Ein bisschen unheimlich, aber schön. Es geht ein merkwürdiges ... Leuchten davon aus. Hast du das gemalt? Mit ... Blut?«

Ernst schüttelte Fronika den Kopf. »Nein. Wo denkst du hin! Ich habe es ... gefunden.«

Und dann erzählte sie ihm die ganze Geschichte, alles, was sie in den vergangenen Monaten erlebt hatte, nicht nur die wundersame Bergung des Altartuches, sondern auch ihre Flucht aus Mainz, wie es dazu gekommen war, warum es sie ausgerechnet nach Dürn verschlagen hatte und was Heinrich Otto ihr auf dem Sterbebett anvertraut hatte. Sie endete mit den seltsamen Erlebnissen der vergangenen Nacht.

»Er ist mir zweimal erschienen«, schloss sie ihren Bericht. »Ich glaube, es ist sein Wille, dass ich dir alles erzähle.« Eine Welle der Erleichterung überlief sie. Endlich musste sie ihr Wissen nicht mehr alleine tragen. Es war, als würde eine große Last von ihr genommen.

Boppo betrachtete das Tuch nachdenklich. Ganz sanft ließ er seine Finger darübergleiten. »Es ist gefährlich«, meinte er. »Du musst es so schnell wie möglich loswerden.«

»Gefährlich? Aber nein! Es ist wunderbar. Es wärmt mir Körper und Seele – und ich glaube sogar, es beschützt mich.«

»Ach ja? Bist du deshalb ins Wasser gefallen?«

»Das war meine eigene Schuld. Hätte ich auf deine Warnungen gehört, wäre nichts passiert. Aber bin ich nicht auf wundersame Weise gerettet worden?«

»Von einem dahergelaufenen Fremden mit fragwürdigen Absichten.«

»Fang nicht schon wieder damit an!«

Ihre Stimmen waren lauter geworden, doch jetzt legte Boppo den Finger auf den Mund, wies auf seine Mutter und sagte: »Psst. Willst du sie wecken? – Ich halte nicht das Tuch an sich für gefährlich. Aber ist dir noch nicht in den Sinn gekommen, wie kostbar es ist?«

»Kostbar?« Nein, darüber hatte sie bislang nicht nachgedacht.

»Nun, ein solches Wundertuch ist eine wertvolle Reliquie – noch dazu, da es sich um das leibhaftige Blut Christi handelt! Weißt du, was ein einziger Splitter vom Kreuz des Herrn wert ist? Pfarrer Philipp Eugen hat ein Vermögen dafür bezahlt. Reliquien sind teuer – sie werden oft gestohlen! Bischöfe haben Meuchelmörder dafür gedungen! Kirchen wurden geplündert und gebrandschatzt. Wenn jemand erfährt, dass du im Besitz eines solch wirkmächtigen Tuches bist, ist vielleicht dein Leben in Gefahr!«

Fronika lief bei diesen Worten ein Schauer über den Rücken. Boppo hatte recht! Sie musste an Kuntz denken und an sein prall gefülltes Geldsäckchen. Wenn die Menschen schon bereit waren, für ein Stück schmutziges Leinen oder einen Holzsplitter ihr Erspartes herzugeben, wie viel mehr würden sie dann wohl für das Korporale mit dem Blut Christi opfern? Ja, einige von ihnen wären sicherlich bereit, dafür über Leichen zu gehen.

Sie zitterte und faltete das Tuch schnell zusammen. »Wir müssen es loswerden«, sagte sie. »Kannst du nicht nach Würzburg zu Pfarrer Gerwicus reiten und es ihm bringen? Er ist der Pfarrer von Dürn, er wird wissen, was zu tun ist.«

»Langsam, Fronika. Wir sollten nichts überstürzen. Außer uns beiden – und Heinrich Otto – weiß bislang niemand von dem Wunder, oder?«

Fronika schüttelte den Kopf.

»Von mir wird niemand etwas erfahren. Von dir auch nicht. Und Heinrich Otto ist tot.«

Eine kalte Furcht kroch in Fronika hoch. »Was hast du vor?«, flüsterte sie.

»Nichts. Wir sollten nur in Ruhe nachdenken. Ein Wunder käme Pfarrer Gerwicus sicher gerade recht. Er würde es für sich nutzen, und du hättest das Nachsehen.«

»Was meinst du damit?«

»Na, überleg doch mal! Was glaubst du, was in Dürn los ist, wenn sich das Wunder erst mal herumspricht? Pilger werden das Tuch sehen wollen, sie werden von nah und fern herbeiströmen und Opfergaben mitbringen. Und nicht nur das! Diese Leute brauchen Unterkünfte, sie müssen verköstigt werden, sie wollen sich nach der Reise vielleicht im Bad vergnügen ...« Boppos Augen begannen zu glänzen.

»Ich versteh nicht, was du damit sagen willst.«

»Dieses Tuch ist wertvoll – nicht nur seiner Wunderkraft wegen. Es wird demjenigen, der es geschickt zu nutzen weiß, zu großem Reichtum verhelfen.«

»Na und? Ich habe nichts dagegen, wenn Gerwicus und die Stadt Dürn einen Nutzen aus der Sache ziehen.«

»Aber Fronika! *Du* hast das Korporale gefunden! Es gehört *dir.*«

Fronika stockte der Atem. »Du willst es zu unserem eigenen Vorteil verwenden?«, fragte sie leise.

Boppo zuckte die Achseln. »Was wäre denn dabei? Andere werden es tun, darauf kannst du dich verlassen! Warum also nicht wir, die wir es besser brauchen können als irgendwelche Pfaffen, die sowieso schon in Reichtum schwimmen?«

»Boppo!«, rief Fronika wütend. »Du solltest dich reden hören! Schämst du dich nicht? Wie ein gemeiner Halunke sprichst du! Ich kann kaum glauben, dass Heinrich Otto mich mit dem Geheimnis ausgerechnet zu dir geschickt hat. Es geht darum, das Richtige zu tun, das Gottgefälligste! Und nicht etwa das Vorteilhafteste für uns. Du redest wie ein Pfeffersack! Gott hat ein Wunder bewirkt! Das ist ein Zeichen für alle Menschen. Er hat es sicher nicht getan, um einer Küchenmagd und einem Schweinehirten zu Geld zu verhelfen. Es ist eine schwere Sünde, überhaupt nur darüber nachzudenken!«

Von ihrem Wutausbruch überrascht, senkte Boppo kleinlaut den Kopf. »Ist ja gut,« murmelte er. »Ich wollte nur sagen, dass wir nichts überstürzen sollten. Am besten, wir verstecken das Tuch an einem sicheren Ort, bis wir wissen, wem wir es anvertrauen können.«

»Das klingt schon besser«, nickte Fronika. »Leider kenne ich kein solches Versteck. Soll ich das Korporale etwa zurück in den hohlen Altar legen?«

»Besser nicht. Wenn fremde Priester in Dürn die Messe lesen, ist die Gefahr zu groß, dass sie den losen Stein entdecken. Ich habe eine bessere Idee …« Er blinzelte ihr zu. »Unsere Hütte ist zwar bescheiden und einfach. Doch den Kamin, den habe ich selbst gemauert, er ist aus Stein und mein ganzer Stolz.« Verschmitzt trat er zur Feuerstelle, reckte sich in die Höhe und löste mühelos einen Stein aus dem Aufbau, ziemlich weit oben. »Siehst du«, sagte er, »ich bin ein guter Baumeister! Ich könnte auch eine Kirche errichten. Oder zumindest einen Altar!«

»Du elender Aufschneider. Als ließe sich ein Kamin mit einer Kirche vergleichen!« Fronika lächelte, während sie ihn tadelte. Wie gut, dass Boppo immer einen Rat wusste!

»In unserer Kate wird ganz sicher niemand eine kostbare Reliquie suchen, darauf kannst du dich verlassen.« Er nahm das Korporale, faltete es noch kleiner zusammen und verbarg es in dem Hohlraum. Dann rückte er den Stein wieder an seinen Platz.

Vom Bett her regte sich etwas. Die beiden Verschwörer fuhren herum. Lene gähnte und reckte sich.

»Was treibt ihr denn da? Habt ihr schon wieder etwas ausgeheckt?«

»Nein«, sagte Boppo verlegen. »Es ist nichts. Schlaf noch eine Weile, Mutter.«

»Ich muss jetzt nach Hause«, nickte Fronika. »Allerhöchste Zeit, dass ich mich um Schwester Anna kümmere.« Sie legte sich den Umhang des Fremden um die Schulter und verließ mit ihrem nassen Kleid über dem Arm die Hütte. Diesmal begegnete ihr niemand auf dem Weg zum Pfarrhaus, kein Lebender und auch kein Toter.

Am nächsten Morgen war Schwester Anna noch immer viel zu schwach, um nach Seligental aufzubrechen. Das Fieber war gestiegen, ihre Augen schwammen in Wasser, ihre Stirn glühte. Als sie sich angekleidet am Frühstückstisch einfand, sprach Fronika ein Machtwort: »Ihr sollt Euch nicht zum Sterben hinlegen, Schwester, aber ich bestehe darauf, dass Ihr Euch ausruht! Legt Euch ins Bett, dann ist die Erkältung in wenigen Tagen auskuriert.«

Widerwillig nickte die Nonne. Sie nahm nur wenige Bissen der Hafergrütze zu sich, die Fronika mit getrocknetem Johanniskraut, Äpfeln und einer Birne gewürzt hatte, dann verschwand sie wieder in ihrer Kammer. »Wage es nicht, mich zu umsorgen!«, sagte sie noch, bevor sie die Tür schloss. »Ich habe nur den Rotz und kann mich selbst um meinen Körper und um meinen Geist kümmern, hörst du?«

Fronika runzelte die Stirn. »Es macht mir nichts aus. Ich pflege Euch gern, bis Ihr genesen seid …«

»Verschwinde! Hast du nichts Besseres zu tun?«

Fronika schluckte und schwieg. Gehörte es zu Schwester Annas Ordensregeln, jegliche Hilfe abzulehnen? Sie war ein wenig verstimmt, denn sie hatte nur das Beste im Sinn gehabt. Kurz lauschte sie an der Tür, doch es drang kein Geräusch nach außen.

Missmutig fegte sie das Pfarrhaus, reinigte die Feuerstelle und bedeckte den Topf Hafergrütze mit einem Brett. Der Brei würde auch noch für den Abend reichen, vor allem, wenn die Nonne weiterhin so zaghaft aß.

Da Schwester Anna das Haus an diesem Tag bestimmt nicht mehr verlassen würde, wagte es Fronika, ein wenig Salz vor die Tür zu streuen. Sie konnte es nicht verhindern, Heinrich Otto am See oder in der Kirche zu begegnen, aber sie wollte ihn unter keinen Umständen im Haus antreffen. Salz und Johanniskraut würden ihn wohl fernhalten.

Ein wenig wehmütig betastete sie ihren Ausschnitt. Wo gestern noch das Korporale gesteckt hatte, fühlte sie sich heute nackt und verletzlich. So schnell hatte sie sich an das beruhigende Pochen des Wundertuches gewöhnt! Auch geschlafen hatte sie nicht so selig wie in der Nacht zuvor. Sie hatte wirr geträumt, konnte sich am Morgen jedoch nicht mehr an die Bilder erinnern. Am liebsten wäre sie hinunter zum See gelaufen und hätte das Wundertuch zurückgeholt. Doch sie wusste, wie töricht das gewesen wäre. Dort, wo es nun steckte, war es vorerst gut aufgehoben.

Unwillig starrte Fronika auf einen Berg Wäsche, der vor Heinrich Ottos einstigem Krankenzimmer auf sie wartete. Das Bettlaken musste gewaschen werden, ebenso die Kleidung des Verstorbenen sowie sein Nachtgewand. Vielleicht würde der neue Pleban die Sachen übernehmen – und wenn nicht, konnte man sie verkaufen. Die schlechtesten Stücke, die nur noch aus Flicken bestanden, würde sie auf die Seite legen und Lene bringen, das war sicher im Sinne Heinrich Ottos, der stets ein strenger, aber großzügiger Mann gewesen war, wenn man den Erzählungen über ihn Glauben schenken durfte.

Ihr Blick streifte den kostbaren Umhang von Jakob, den sie sorgfältig über einem Stuhl ausgebreitet hatte. Ein Lächeln stahl sich in ihr Gesicht. Mit einem Mal wusste sie, was sie an diesem trüben Tag unternehmen konnte. Die Wäsche hatte ja keine Eile.

Eine sanfte Röte überzog ihre Wangen, als sie sich das Wiedersehen ausmalte. Sie zupfte ihr Kleid zurecht. Es war zerknittert, aber immerhin sauber. Sie kämmte ihr Haar sorgfältig und beschloss, es nicht unter einer Haube zu verstecken.

Unverheirateten Mädchen war dies gestattet, verheirateten Frauen jedoch nicht. Sie befeuchtete die Lippen mit Spucke und kniff sich in die Wangen, damit sie sich röteten. Dann machte sie sich mit klopfendem Herzen auf den Weg.

In der Wirtsstube roch es unangenehm nach menschlichen Ausdünstungen, verschüttetem Bier und Würzwein. Die Schankwirtin wischte die Tische mit einem dreckigen Tuch ab, und Fronika verzog das Gesicht, als sie sah, wie die Frau mit demselben Lappen Erbrochenes vom Boden aufputzte. Fronika hatte noch nicht oft eine Schänke von innen gesehen, und sie beschloss, dass dies auch so bleiben sollte.

»Bei Euch wohnt ein Fremder«, sagte sie zu der Wirtin, die sie ihrerseits misstrauisch musterte. »Jakob von Fulda. Ist er da?«

»Was willst du von ihm?« Die spitze Nase der Frau zielte wie eine Lanze auf Fronika. »Das hier ist kein Hurenhaus!«

»Was fällt Euch ein!«, entrüstete sich Fronika. »Ich bin Küchenmagd im Pfarrhaus! Ihr solltet mich mittlerweile kennen.«

»Du bist jung, hast ein hübsches Frätzchen und keinen Pfarrer mehr, der dir sagt, was anständig ist. Woher soll ich wissen, womit du deinen Lebensunterhalt verdienst?«

»Schau her, du unverschämtes Weib!« Fronika schwenkte den Umhang. »Dieses Kleidungsstück gehört Jakob von Fulda. Und ich will es ihm nur zurückbringen.«

Die Alte grunzte ungnädig, doch dann zeigte sie auf die Treppe. »Er hat die Stube unter dem Dach. Die letzte Tür auf der rechten Seite.«

Fronika stieg langsam nach oben. Ihr Herz pochte nicht nur von der Anstrengung des Treppensteigens. Noch einmal befeuchtete sie ihre Lippen und richtete ihr Haar. Dann schalt sie sich eine Närrin. Warum wollte sie den Fremden unbedingt beeindrucken? Sie kannte ihn doch kaum! Aber, nun ja, sie wollte sein Lächeln wiedersehen, dieses spöttische, ein wenig schiefe und doch so herzliche Lächeln, das nicht nur das hübsche Grübchen, sondern auch ein ganz besonderes Strahlen auf sein Gesicht zauberte.

Nach kurzem Zögern klopfte sie beherzt an die Tür.

»Tretet ein, und macht es Euch gemütlich, soweit das in diesem Drecksloch möglich ist. Lasst Euch von ein paar Flöhen und Wanzen nicht abschrecken! Ich bin gleich so weit.«

Ein merkwürdiger Empfang! Vorsichtig öffnete Fronika die Tür – und blieb wie angewurzelt auf der Schwelle stehen. Jakob von Fulda stand mit dem Rücken zu ihr vor einem kleinen Bottich mit Wasser, in dem er sich wusch. Dabei summte er leise vor sich hin. Sein prächtiges Gewand lag auf einem Tisch ausgebreitet. Fronika presste erschrocken und gleichzeitig ein wenig belustigt die Hand auf den Mund. Der schöne Fremde war gänzlich unbekleidet.

»Setzt Euch«, sagte er, ohne sich umzudrehen. »Aber nicht aufs Bett, wenn Ihr Euch keine Flohbisse einhandeln wollt. Nehmt lieber den Hocker.«

Seine Stimme klang unbekümmert. Fronika ahnte, dass er jemand anderen erwartete. Ein wenig verschämt nutzte sie die unverhoffte Gelegenheit und betrachtete seinen Körper.

Er war überraschend muskulös. Unter seinen kostbaren Gewändern verbarg sich nicht etwa ein schwacher, verweichlichter Mann, wie Boppo gemutmaßt hatte, sondern ein gestählter Körper, der es gewohnt war, sich zu bewegen und schwere Anstrengungen zu bewältigen. Es war kein bisschen Fett zu viel an ihm. Im Schulterbereich und an den Oberarmen zeichneten sich die Muskeln besonders deutlich ab, die kräftigen Oberschenkel verrieten den geübten Reiter. Dort, wo seine Haut häufig der Sonne ausgesetzt war, hatte sie einen sanften Bronzeschimmer angenommen, der Rest seines Körpers war hell, fast durchscheinend. Die Beine waren nur spärlich behaart.

Von dem anhaltenden Schweigen seines Besuchers irritiert, drehte Jakob von Fulda sich um. »Oh«, sagte er, als er Fronika erkannte, und zog überrascht die Augenbrauen nach oben. »Die kleine Ratte!«

Brennend stieg ihr die Röte ins Gesicht. So hatte sie sich das Wiedersehen nicht vorgestellt! Was fiel dem Fremden eigentlich ein? Von einem edlen Herrn wie ihm hätte sie mehr Höflichkeit und Anstand erwartet!

»Empfangt Ihr Euren Besuch immer in so prächtiger Aufmachung?«, fragte sie schnippisch und starrte unverhohlen auf seine wohlgeformte Männlichkeit.

»Kommt auf den Besuch an«, grinste er amüsiert. »Du hättest dich anmelden sollen, kleine Ratte. Dann hätte ich mich für dich herausgeputzt.«

Machte er sich über sie lustig? Fronika spürte, wie Tränen der Wut in ihre Augen traten. Sie stampfte mit dem Fuß auf. »Ihr seid unverschämt und schlecht erzogen. Zwar bin ich Euch zu Dank verpflichtet, aber Euer Benehmen muss ich nicht gutheißen. Hier …« Sie warf den Umhang über den Hocker. »Ich wollte Euch nur Eure Kleidung zurückbringen. Offenbar habt Ihr nichts mehr anzuziehen!«

Sie machte kehrt und hatte schon fast die Treppe erreicht, als sie ihn rufen hörte. »Warte! Ich war unhöflich. Ich freue mich über deinen Besuch, Fronika.«

Zögernd drehte sie sich um, ging zurück zur Tür. Er war noch immer unbekleidet. »Wollt Ihr Euch nicht endlich etwas überziehen?«, fragte sie besänftigt.

»Doch, natürlich. Ich bekomme nicht oft Besuch von Frauen. Vermutlich sind meine Manieren deshalb ungehobelt.« Er grinste ihr frech ins Gesicht. »Hast du noch nie einen nackten Mann gesehen?«

»Pah!« Fronika funkelte ihn an. »Öfter als Ihr Euch vorstellen könnt!«, prahlte sie und dachte dabei an Kuntz und an die Küchenjungen aus Mainz, die im Sommer unbekleidet in den Fluss gesprungen waren.

Jakobs Mund verzog sich zu dem offenen Lächeln, das ihr so gut gefiel. Sie spürte, wie ihre Wut verrauchte. Wieder kam es ihr so vor, als hätte sie ihn schon einmal gesehen, bevor er sie aus dem See gefischt hatte. Lässig zog er nun ein Unterhemd an, das sein Gemächt verbarg. Dann streifte er Beinlinge über, nestelte sie am Wams fest und legte schließlich das prächtige Oberkleid an. Sein muskulöser Körper verschwand unter einem Haufen von Leinen, Leder und teurem Samt. Die athletische Gestalt ließ sich nur noch erahnen.

»Entschuldige meine Worte«, sagte er, als er fertig war. »Du siehst heute überhaupt nicht wie eine Ratte aus, sondern wie ein hübsches Mädchen, das gerade am Erblühen ist und schon bald eine wunderschöne Frau sein wird.«

Fronika errötete vor Verlegenheit. »Spottet nicht über mich«, murmelte sie.

»Das tue ich nicht. Es ist die reine Wahrheit.« Er strahlte und nahm den Umhang an sich. »Es freut mich, dass ich dir helfen konnte und dass das eisige Bad deiner Gesundheit nicht geschadet hat.«

»Danke«, sagte Fronika und überlegte fieberhaft, was sie noch sagen könnte, um das Gespräch in die Länge zu ziehen. Ihr wollte absolut nichts einfallen. »Nun denn«, seufzte sie. »Gott zum Gruß.«

Diesmal war sie die Treppe schon zur Hälfte hinuntergestiegen, als Jakob ihr nachlief. »Warte!«, rief er. »Vielleicht … kannst du mir einen Gefallen tun?«

»Gerne.« Sie strahlte. »Wenn es in meiner Macht steht.«

»Ich werde länger in Dürn bleiben, als ich dachte«, erklärte er. »Möchtest du mir die Stadt zeigen, Fronika?«

Ihr Lächeln schwand. Sollte sie ihm gestehen, dass sie selbst erst seit wenigen Wochen in dem Ort weilte? Doch dann malte sie sich aus, wie sie mit ihm durch die Gassen schlenderte, wie sie ihn über den Marktplatz führte und ihm erklärte, wo es das beste Fleisch, die größten Äpfel und den frischesten Fisch gab. Sie nickte. »Ja«, sagte sie. »Gern.«

Er lächelte. »Fein. Dann ist es abgemacht. Komm in drei Tagen um die Mittagszeit zu mir, da passt es mir am besten.«

Als sie die Treppe nun endgültig hinunterstieg, war ihre Stimmung bedeutend besser als bei den ersten beiden Anläufen. Hoch erhobenen Hauptes durchquerte sie die Schankstube und nickte der Wirtin, die ihr misstrauisch entgegenblickte, zu. »In drei Tagen komme ich wieder«, verabschiedete sie sich hochnäsig.

»So Gott will.«

9

Annas Fieber wollte einfach nicht sinken. Fronika machte sich Sorgen und schlug vor, nach einem Medicus zu schicken oder wenigstens nach einem Bader.

»Kommt gar nicht infrage!«, krächzte die Nonne, die am Morgen wieder voll bekleidet in ihrer schwarzen Nonnentracht zum Frühstück erschienen war. Ihr Körper glühte, und die ohnehin schon schmalen Wangen wirkten eingefallen und blass. Die Leberflecke, die ihr Gesicht zierten, stachen deutlich hervor. Sie wirkte um Jahre gealtert, und erstmals fiel Fronika auf, dass sie schon weit über sechzig Lenze zählen musste. Durch den Schleier, der stets ihr Gesicht umrahmte, und die Halskrause, die alle Falten verbarg, war Anna ihr bislang merkwürdig alterslos erschienen. »Der Medicus ist zu teuer und ein Bader kommt mir nicht in dieses anständige Haus!«

»Aber wir müssen etwas unternehmen. Das Fieber zehrt Euch aus.«

»Ich verstehe selbst genug von der Heilkunst, um mir zu helfen«, sagte Schwester Anna bestimmt. »Ich muss viel Flüssigkeit zu mir nehmen. Am besten verdünnten Wein. Vielleicht kannst du mir auch einen Sud aus Beifuß kochen. Der wirkt fiebersenkend.«

»Das würde ich gern tun, aber wir haben keinen Beifuß.«

»Geh zu Konrad Waltert. Sein Onkel ist Händler in Amorbach. Er hat immer Heilkräuter vorrätig, sicher wirst du bei ihm fündig.«

Sonne und Nebel kämpften auch an diesem Tag um die Vorherrschaft, es war noch kälter geworden, und Fronika vermutete, dass der Nebel den Sieg davontragen würde. Sie warf sich ein grobes Wolltuch um die Schultern und wünschte sich fröstelnd den warmen Umhang von Jakob zurück. Der Gedanke an ihn ließ wie immer ihr Herz hüpfen.

Welche Art Geschäfte mochte ihn nach Dürn geführt haben? War er ein Kaufmann? Womit handelte er? In zwei Tagen würde sie es vielleicht erfahren, wenn sie sich traute, ihn danach zu fragen. Sie wusste so wenig über ihn. Nicht einmal, ob er ein freundlicher Mensch war oder ein hartherziger. Freilich, er hatte ihr das Leben gerettet und ihr seinen Umhang geliehen – aber gleichzeitig hatte er Lenes Hütte mit unverhohlenem Hochmut gemustert, und auch für die Schankstube hatte er nur abfällige Bemerkungen übrig gehabt.

Warum wollte sich ein wohlhabender Mann wie er ausgerechnet von einer Küchenmagd die Stadt zeigen lassen? War das nicht ein bisschen verwunderlich?

Fronika seufzte und schob die unerquicklichen Gedanken zur Seite. Sie freute sich auf den Nachmittag mit Jakob und wollte sich das schöne Gefühl nicht von sinnlosen Zweifeln verderben lassen. Schließlich würden sie nur einen Spaziergang unternehmen, sonst nichts.

Das seltsame Kribbeln in ihrem Bauch ließ sie kichern. Zum ersten Mal verstand sie ihre ehemaligen Freundinnen, die älteren vor allem, die gackernd wie die Hühner am Abend verschwunden waren, um sich auf ein kurzes Schäferstündchen mit irgendwelchen Burschen zu treffen. So fühlte sich das also an!

Unwillkürlich blickte sie prüfend an sich hinunter. Ihr Kleid war sauber, aber alles andere als schön. Es hatte auf der langen Reise nach Dürn etliche Risse und Löcher bekommen, die sie zwar sorgfältig gestopft hatte, aber nun sah das Gewand wie ein Flickenteppich aus, ärmlich und abgetragen. Sonne, Wind und Regen hatten die Farbe ausgebleicht, zudem spannte das Oberteil unangenehm über den Brüsten, die in den vergangenen Monaten beachtlich gewachsen waren. Die Heller, die Kuntz ihr zum Abschied gegeben hatte, fielen ihr ein. Sie beschloss, einen Teil des Geldes für ein neues Kleid auszugeben. Aber erst, wenn Schwester Anna abgereist war. Für Putz und Hoffart hatte die Nonne nichts übrig.

Es waren ungewöhnlich viele Menschen unterwegs. Der halbe Ort war auf der Straße versammelt. Einige Frauen nickten Fronika flüchtig zu, die Blicke vieler Männer wanderten ihr wohlwollend hinterher. Es hatte sich herumgesprochen, dass sie die Großnichte des verstorbenen Leutpfarrers war und den Haushalt weiterführte, bis ein Nachfolger einzog. Das kleine, rotznasige Mädchen, das auf der Straße zu leben schien, auf den Namen Juta hörte und Fronika besonders ins Herz geschlossen hatte, sprang vergnügt auf sie zu. »Ä Wunner is gschejhe!«, rief es. »Ä Wunner! Alli rejde davu.«

Fronika spitzte die Ohren. Noch immer klang die Sprache der Dürner fremd für sie, und sie war sich nie ganz sicher, ob sie alles richtig verstand. »Was denn für ein Wunder?«, hakte sie deshalb nach.

»Wees ich doch net! Do muscht scho die Leujt frooche! Vielleicht meene se die Gaukler.«

»Die Gaukler?«

»Ja, die kumme! Zum Weihnachtsfeschd führese ä Gribbespiel uff. Stellder des emol vor!« Die Augen der Kleinen strahlten, und sie wischte sich unbekümmert mit dem Ärmel, der schon ganz steif davon war, den Rotz von der Nase.

Fronika wunderte sich. In Mainz waren Gaukler und Spielleute eine Selbstverständlichkeit. Zu jedem bedeutenden Festtag und auch an ganz gewöhnlichen Markttagen trieben sich Bänkelsänger, Bärenführer und Pfeifer in der Stadt herum. Obwohl ihre Darbietungen immer eine willkommene Ablenkung waren, genossen die Spielleute selbst keinen guten Ruf unter den Bürgern. Sie standen im Verdacht zu stehlen, was nicht niet- und nagelfest war, und auch mit Sitte und Anstand nahmen sie es nicht allzu genau.

Nun, in Dürn waren sie offenbar selten anzutreffen. So war es nicht weiter merkwürdig, wenn sich Kinder wie Juta auf sie freuten. Aber ein Wunder? Nein, selbst in Dürn würde niemand eine Gauklertruppe als Wunder bezeichnen.

Sie ließ ihren Blick über den Platz wandern. Zu ihrer grenzenlosen Überraschung sah sie Lene inmitten einer Traube von Weibern stehen und heftig gestikulieren. Fronika hatte Boppos Mutter noch nie in der Stadt getroffen, der Weg war ihr eigentlich zu anstrengend.

Als Lene ihrer gewahr wurde, winkte sie aufgeregt und bedeutete ihr, näherzukommen. »Ein Wunder ist geschehen, Fronika!«, rief sie schon von Weitem. »Hast du es gehört?«

»Eine Teufelei!«, zischte die alte Adelheid Pfeuwin und spuckte in hohem Bogen auf den Boden. »Ich kann förmlich riechen, dass etwas nicht stimmt! Pech und Schwefel! Höllenbrut!«

»Ach, halt den Mund, alte Hexe«, fuhr die Frau des Schusters dazwischen. »Immer redest du vom Satan. Wenn wir dir glauben wollten, wäre längst der Jüngste Tag angebrochen, und wir alle schmorten in der Hölle.«

»Wartet es nur ab! Das Spotten wird euch noch vergehen! Der Gehörnte ist nicht weit, er ist mitten unter uns und versteckt seine hässliche Fratze hinter einer freundlichen und liebenswerten Maske. Aber eine Maske bleibt eine Maske. Mich kann er nicht täuschen. Mich nicht!« Adelheid Pfeuwin senkte unheilschwanger die Stimme. »Heute Morgen hat meine Kuh saure Milch gegeben! Was sagt ihr nun? Jetzt seid ihr sprachlos, was?«

Tatsächlich bekreuzigten sich einige der Weiber und begannen zu tuscheln. Auch Fronika schnappte nach Luft, doch dann entsann sie sich der Gerüchte, die Adelheid Pfeuwin über Jakob von Fulda in die Welt gesetzt hatte.

»Meinst du den Fremden?«, fragte sie laut in die Runde. »Von dem du behauptet hast, er habe einen Pferdefuß?«

»Den hat er, Mädchen. Das kannst du mir glauben!«

»Unsinn. Er hat mich vor zwei Tagen aus dem See gezogen, und ich schwöre dir, seine Füße sind so hübsch menschlich wie deine und meine.« Von ihrer Begegnung in der Schänke, wo sie sich von seiner Makellosigkeit hatte überzeugen können, schwieg sie lieber.

»Blendwerk, mein Kind. Satan hat schon immer diejenigen verführt, die schwach im Glauben sind.«

»Willst du mir etwa unterstellen, ich gehöre zu denen?« Fronika wurde wütend. »Was fällt dir –«

»Ruhe!«, rief Lene dazwischen. »An einem solchen Tag sollt ihr nicht streiten! Gott hat ein Wunder bewirkt, und nun wollen wir zu ihm beten und dafür danken.«

Bestätigendes Gemurmel setzte ein, und die alte Pfeuwin schwieg beleidigt.

»Was ist denn geschehen?«, fragte Fronika die Frau des Schusters, die neben ihr stand. Alle anderen hatten den Kopf gesenkt und beteten leise.

»Lene soll es dir selbst sagen.«

»Erzähl es uns allen noch einmal«, forderte die Frau des Gerbers Boppos Mutter auf. »Wir können es nicht oft genug hören.«

Lene lächelte verzückt und hob die Augen zum Himmel. »Ich hatte einen Traum«, begann sie. »Einen sehr lebendigen Traum, der sich wie die Wirklichkeit anfühlte. Darin erschien mir der gekreuzigte Christus, deutlich konnte ich seine Dornenkrone erkennen und die Wunden an Händen und Füßen sowie in seiner Seite. Er stand in meiner bescheidenen Hütte und hielt schützend die Hand über mich. Eine unbegreifliche Wärme ging von ihm aus, sodass ich mich nicht fürchtete. ›Herr‹, sagte ich zu ihm, ›sei mein Gast. Leider besitze ich kein Öl, um deine Füße zu salben.‹ Da sprach er zu mir: ›Sorge dich nicht um mein leibliches Wohl, Lene. Du hast mir schon viel mehr gegeben, als du ahnen magst. Du hast mir eine Zuflucht geboten in stürmischen Zeiten. Du hast mir deine Tür geöffnet und mich willkommen geheißen. Dafür sollst du reich belohnt werden. Auf Erden und erst recht im Himmelreich. Amen.‹ Daraufhin verschwand er.« Sie senkte die Stimme. »Er entwich durch den Kamin.« Lene machte eine Pause und bekreuzigte sich. »Kurz darauf bin ich erwacht. Ich war allein in der Hütte. Boppo ist den ganzen Tag in der Mühle am Kaltenbach, um dem Müller beim Verladen der schweren Mehlsäcke zu helfen. Ich fühlte mich ungewohnt frisch und brauchte eine Weile bis ich erkannte, woran das lag: Meine Brust schmerzt nicht mehr. Der Husten ist verschwunden, das Luftholen fällt mir leicht. Ich fühle mich so gesund wie seit Jahren nicht mehr.« Zum Beweis legte sie ihre linke Hand auf die Brust und sog genüsslich die kalte Dezemberluft ein.

Die umstehenden Weiber tuschelten aufgeregt.

»Als wäre das nicht schon Wunder genug, sah ich plötzlich, wie ein dünnes Rinnsal aus meinem Kamin lief. Es bahnte sich einen Weg durch die Stube und staute sich gleich rechts neben der Eingangstür. Ich betrachtete die Lache genauer und stellte fest, dass es Blut war. Blut! Auf dem Grund der Pfütze glitzerte etwas. Lange zögerte ich, doch schließlich wagte ich es, meine Hand nach dem glänzenden Gegenstand auszustrecken.« Ihre Stimme bebte. »Es war kein gewöhnliches Blut! Es war das Blut Christi, denn als ich es berührte, wich es von allein zur Seite, ohne meine Hand zu benetzen. Stattdessen lag auf dem Fußboden meiner Stube mit einem Mal das hier.« Sie hielt drei runde Münzen in die Höhe. Ein Raunen durchlief die Menschenmenge, in die sich mittlerweile auch einige Männer gemischt hatten.

»Gold«, flüsterte Heinrich Schäffer, der Hufschmied. »Mein Gott, das ist echtes Gold!«

Lene nickte. »Gott hat mich belohnt, wie sein Sohn es mir im Traum angekündigt hat. Gepriesen sei der Herr!«

Eine eigentümliche Stille folgte ihren Worten. Fronika wagte kaum zu atmen.

»Reichtum und Gold«, presste Adelheid Pfeuwin angewidert hervor. »Dinge, die niemals ins Himmelreich führen! Besitztümer sind der Beginn aller Sündhaftigkeit und Laster! Ich sage es euch, da hat der Teufel seine Finger im Spiel!«

»Das sagt die Richtige!«, knurrte die Frau des Rotfärbers verächtlich. »Hockst geizig auf deinem Hab und Gut und willst andere belehren!«

»Es ist ein Wunder!«, rief Heinrich Schäffer andächtig. »Lobet den Herrn.«

Lene beugte sich nach vorne und flüsterte: »Es ist nicht das erste Wunder, das sich in Dürn ereignet hat. Ich spüre es, hier, im Herzen! Und es wird auch nicht das letzte sein. Der Herr sei gepriesen.«

»Der Herr sei gepriesen!«, ertönte es voller Ehrfurcht aus unzähligen Kehlen.

Erst als sie die Tür des Pfarrhauses hinter sich zuzog, fielen Fronika die Kräuter wieder ein. Über den Aufregungen hatte sie völlig vergessen, Konrad Waltert einen Besuch abzustatten. Sie zog noch einmal los, besorgte die Arznei und beschloss, den Rest des Nachmittags damit zu verbringen, ihr altes Gewand mit einem Stück Leinen im Rücken zu erweitern. Die Näharbeit würde ihr vielleicht dabei helfen, ihre wirren Gedanken zu ordnen. Weder wusste sie, was sie von Lenes Wunder halten sollte, noch hatte sie die geringste Ahnung, was sie selbst unternehmen konnte. Sie wünschte, Boppo wäre da, damit sie jemanden zum Reden hätte.

Als sie die Küche betrat, fand Fronika zu ihrer Überraschung Schwester Anna mit gefalteten Händen und ernster Miene am Küchentisch sitzend vor.

»Geht es Euch besser?«, fragte sie.

Die Nonne antwortete nicht, sondern warf ihr einen unwilligen Blick zu. Es war ihre Schweige- und Andachtszeit, die sie stets einhielt. Im Kloster, hatte sie Fronika erklärt, wurde außerhalb der Gebete und bestimmter Versammlungen überhaupt nicht gesprochen.

Obwohl Fronika Annas Gelübde achtete, drängte es sie nun, über ihre Erlebnisse zu reden. »Gott hat ein Wunder vollbracht«, setzte sie zögernd an. »Habt Ihr schon davon gehört?«

»*Seine* Schöpfung ist ein einziges Wunder«, erwiderte die Nonne mit ärgerlichem Gesichtsausdruck. »Du erzählst mir nichts Neues, Kind. Und nun sei still. Es ist nicht die rechte Zeit zum Plappern.«

»Aber … ich spreche nicht von der Schöpfung. Es hat sich erst heute zugetragen.« Sie floss geradezu über vor Mitteilungsdrang. »Drei Goldstücke!«, schloss sie ihren Bericht. »Ein Vermögen. Ich habe sie selbst gesehen.«

»Und das nennst du ein Wunder?«, schnaubte Schwester Anna. »Reichtümer! Als würde Gott sich die Liebe der Menschheit erkaufen!« Fast klang sie wie die alte Pfeuwin.

Vorsichtig wagte Fronika zu widersprechen: »Wo sollten die Münzen denn sonst herkommen? Jeder weiß doch, dass Lene nicht einmal genug Geld besitzt, um sich eine Schweinshaut zum Verhängen ihrer Fenster zu kaufen.«

»Ich weiß nicht, woher sie das Geld hat. Vielleicht hat ihr Sohn es gestohlen? Von Gott stammt es aber gewiss nicht.«

»Boppo ist kein Dieb!«, fuhr Fronika auf. »Und wie erklärt Ihr Euch Lenes Traum, ihre Genesung oder das Blut?«

»Träume!« Anna verzog das Gesicht. »Der Macht nächtlicher Bilder wird viel zu viel Bedeutung beigemessen. Hast du nicht selbst schon von Gold geträumt und bist doch immer noch arm wie eine Kirchenmaus? Hast du nicht im Winter von der Sonne geträumt und dennoch hat es geschneit? Oder von einem reich gedeckten Tisch gerade dann, wenn dein Magen besonders laut knurrt? Wir erleben unsere Sehnsüchte im Traum, nicht das, was wirklich sein wird. Es ehrt deine Freundin Lene, wenn sie von Christus träumt, denn es zeigt, dass ihr Sehnen in die richtige Richtung weist. Sie sollte diese Bilder jedoch nicht für bare Münze nehmen.«

»Sie hat heute noch kein einziges Mal gehustet!«

»Na und? Sicher gab es schon häufiger Tage, an denen es ihr besser ging. Das ist der übliche Verlauf ihrer Krankheit.«

»Wie könnt Ihr so sicher sein, dass *kein* Wunder geschehen ist?«

Annas Züge verhärteten sich. »Gott ist weder ein Krämer noch ein Hausierer! Er handelt nicht mit seiner Güte. Wer das Heil erlangen will, kann dies ausschließlich durch seinen Glauben und seine Taten erreichen. Warum sollte der Herr seine Kinder auf Erden mit weltlichen Dingen belohnen, wenn am Jüngsten Tag doch viel größere Freuden auf die Gerechten warten? Warum sollte er die Taten eines guten Christen mit Gold aufwiegen, wenn es sich dabei doch um die natürlichen Pflichten eines jeden handelt? Und was hat Lene überhaupt getan, das eine solche Belohnung rechtfertigen würde?«

Fronika biss sich auf die Lippen. Diese Frage konnte sie nicht beantworten, ohne das Korporale zu erwähnen. »Vielleicht …«, sagte sie vorsichtig, »ist das Wunder größer, als wir denken?«

Anna hieb ihre Faust auf den Tisch. Von der sanften, demütigen Nonne war jetzt nicht mehr viel übrig. »Deine Freundin mag ein rechtschaffener Mensch sein«, zischte sie. »Aber sie ist dennoch von äußerst einfachem Gemüt! Auch du selbst bist schlicht im Geiste. Zumindest warst du es, als du hier angekommen bist. Ich dachte jedoch, ich hätte dir inzwischen einiges beigebracht. Offenbar habe ich mich getäuscht!« Es dauerte eine Weile, bis ihr Atmen wieder ruhiger ging. »Sieh mal: Einfache Menschen schaffen sich häufig Legenden und Mirakel, um die Lehren des Christentums zu begreifen. Es scheint ihre einzige Möglichkeit zu sein, die Geheimnisse des Glaubens zu verstehen. Magie und Aberglaube! Fehlgeleitete Frömmigkeit, die dem Heilsstreben nicht nützt, sondern schadet!«

Fronika verstand nicht ganz, was Anna meinte. »Aber … auch Jesus hat doch Wunder vollbracht.«

»Du vergleichst Gold mit Stroh, du dummes Ding. Du musst noch viel lernen! Wie kannst du die wahren Zeichen des Herrn mit den geistlosen Mirakelberichten unserer Zeit vergleichen?«

»Dann erklärt mir den Unterschied!«, forderte Fronika trotzig. »Ich hatte nie die Möglichkeit, eine Klosterschule zu besuchen und mich mit Theologie zu beschäftigen.«

»Ja«, seufzte Anna. »Das ist die Wurzel allen Übels. Ein Großteil der Menschheit lebt in Unwissenheit. Und damit meine ich nicht nur die Heiden! Hör zu: Die Wunder, die Jesus selbst vollbracht hat und die von den Evangelisten überliefert wurden, waren ein notwendiges Mittel, um ungläubige Römer und Juden zum wahren Gott zu bekehren. Wie sonst hätten sie die Wahrheit erkennen können? Jesus hat diese Wunder spärlich eingesetzt, nur dort, wo sie ihm unerlässlich erschienen. Und hat er die Menschen nicht stets um Geheimhaltung gebeten? Ohne die Evangelisten wüssten wir heute nichts darüber. Jesus sollte unser Vorbild sein, denn er hat uns den Weg gewiesen und uns gezeigt, wie wir mit unserem Handeln und Trachten einen Platz an seiner Seite finden können. Schon der heilige Augustinus hat vor vielen Jahrhunderten geschrieben, die Epoche der Wunder sei vorbei. Heute werden Mirakel vornehmlich von Predigern eingesetzt, die wenig Überzeugungskraft besitzen und statt der Lehre des wahren Glaubens lieber Mythen und Legenden verbreiten, wohl wissend, dass das Volk mit solchen heidnischen Geschichten zu ködern ist.«

»Heidnisch?«, fragte Fronika entsetzt. Sie war nicht sicher, ob sie die Nonne richtig verstanden hatte. »Aber …«, stammelte sie. »Der Papst hat doch die Wundertätigen als Heilige anerkannt –«

»Der Papst?«, unterbrach Anna. »Von welchem Papst sprichst du denn? Von Bonifazius IX. in Rom oder von Clemens VII. in Avignon? Wenn die Päpste selbst nicht wissen, wer der wahre Stellvertreter Gottes auf Erden ist, wie können wir ihnen dann trauen? Wessen Wort sollen wir denn glauben?«

Fronika schnappte nach Luft. Was die Nonne da sagte, jagte ihr Angst ein. Seit im Jahr 1378 zum ersten Mal zwei Päpste den Heiligen Stuhl für sich in Anspruch genommen hatten, nahm die Verunsicherung der Menschen zu. Selbst wenn die Bischöfe und Erzbischöfe sich für den einen oder anderen Heiligen Vater entschieden, konnte man nie ganz sicher sein, dass es der Richtige war.

Die Nonne musste ihr die Verwirrung ansehen, denn sie fuhr nun gnädiger fort: »Kind, ich weiß, dass du ein reines, gottesfürchtiges Herz hast. Siehst du nicht, wie sich die Zeiten verändert haben, seit Jesus Christus leibhaftig unter uns weilte? Heute wissen wir um den wahren Gott, und wir wissen, was wir tun müssen, um nach seinem Vorbild zu leben. Obwohl es tatsächlich genügend Pfaffen gibt, die uns mit abschreckendem Beispiel vorangehen. Die im Hurenhaus verkehren, wie Philipp Eugen aus Schneeberg, oder sich in Samt und Seide hüllen, wie Gerwicus, und das Geld der Kirche verprassen. Dennoch – es gibt genügend Aufrechte, an denen wir uns orientieren können. Ich frage dich, Fronika: Brauchst du ein Wunder, um an die Herrlichkeit Gottes zu glauben? Brauchst du Goldstücke dafür, Träume – oder einen blutenden Kamin?«

»Nun, ich ...« Fronika stockte.

Ernst und mit stechendem Blick wiederholte Anna ihre Frage. Ihre Hände zitterten und ein dünner Schweißfilm wurde auf der Oberlippe sichtbar. »Brauchst du ein Wunder, um Gott zu erkennen?«

»Nein«, murmelte Fronika. »Natürlich nicht.«

Anna atmete hörbar aus. »Siehst du. Kein wahrer Christ braucht das! Das Ziel der Kirche ist der geistige Fortschritt der Menschheit, denn dadurch unterscheidet sie sich von jedem primitiven Glauben an Magie und Zauberei.«

Fronika schwirrte der Kopf. Alles, was die Nonne gesagt hatte, war gänzlich neu für sie. Doch sie spürte, dass es wichtig war und wert, darüber nachzudenken. Ihr brannte jedoch eine Frage auf der Seele, die sie unbedingt loswerden musste: »Würdet Ihr ein Wunder auch dann leugnen«, flüsterte sie, »wenn Ihr selbst Zeuge davon wärt? Wenn Ihr es mit eigenen Augen gesehen hättet?«

»Meinst du diese lächerlichen Goldstücke? Ich versichere dir, es wird eine ganz einfache Erklärung dafür geben.«

»Nein«, sagte Fronika schnell. »Die meine ich nicht. Ich meine ein größeres Zeichen, eine ... blutende Hostie ... oder etwas Ähnliches.«

Nun stutzte die Nonne und betrachtete das Mädchen eingehend. »Möchtest du mir etwas anvertrauen, Kind?«, fragte sie. »Gibt es etwas, das dir auf dem Gewissen lastet?«

Fronika schwieg und überlegte fieberhaft, ob sie Anna ihr Geheimnis preisgeben sollte. Eine bessere Gelegenheit würde sich kaum bieten.

»Hat es etwas mit Heinrich Ottos Tod zu tun?«, hakte die Nonne nach. »Hat er dir etwas gebeichtet, am Sterbebett?«

»Nein, ich …«

»Du musst es mir sagen, Fronika! Du bist viel zu einfach im Gemüt, um eine wichtige Entscheidung allein zu treffen. Sag es mir!«

Fronika schloss erschöpft die Augen. Sofort erschien ihr das Bild ihres Großonkels. Klar und deutlich konnte sie ihn sehen. Er lag in seinem Bett und schaute sie aufmerksam an. »Ich weiß nichts«, sagte sie laut und bestimmt. »Gar nichts. Meine Frage war ganz allgemeiner Natur.«

Noch eine Weile musterte Anna sie, dann wandte sie den Blick ab. »Ich bin müde«, murmelte sie. »Wir haben genug geredet. Das Gespräch hat mich erschöpft. Ich glaube, mein Fieber ist wieder gestiegen. Du musst heute kein Abendbrot für mich richten, ich werde mich hinlegen und erst morgen wieder aufstehen, so Gott will.«

»Amen«, sagte Fronika leise und blickte nachdenklich in das prasselnde Feuer des Küchenherdes.

10

Pfarrer Philipp Eugen und die Gaukler erreichten Dürn kurz nacheinander.

Es war ein Sonntag, doch nicht die Glocke lockte die Bewohner des Städtchens vor die Tür, sondern das Rasseln von Schellen, das Schlagen kleiner Trommeln und die kehligen Gesänge der Spielleute, die in farbenprächtige, wenn auch zerschlissene Gewänder gehüllt durch das Buchener Tor in den Ort einzogen. Sie waren zu neunt: sechs Männer und drei Frauen, eine von ihnen noch sehr jung, sie drückte einen Säugling an ihre Brust. Im Gegensatz zu den anderen sang sie nicht, sondern blickte ängstlich wie ein kleiner Hund auf die umstehende Menschenmenge. Die Gaukler führten einen Wagen mit sich, auf dem sich ihr Hab und Gut befand sowie die Utensilien, die sie für das Krippenspiel benötigten. Einer der Männer pfiff auf der Flöte eine lustige Weise, die älteste der Frauen tanzte dazu und ließ ihre Röcke zum Wohlgefallen aller Männer höher fliegen, als es der Anstand erlaubte. Ihr fehlten bereits mehrere Zähne, und etliche graue Strähnen durchzogen ihren ehemals dunklen Haarschopf, doch ihr Körper wirkte gestählt und fest, nicht wie der einer fast Fünfzigjährigen, eher wie der eines jungen Mädchens. Hermann Schäffer, der Hufschmied, lief ihr lüstern hinterher und versuchte, unter ihre Röcke zu greifen. Zum großen Vergnügen der Zuschauer gelang es ihm nicht, denn die Gauklerin war schneller, flinker und drahtiger als er und versetzte ihm ihrerseits den ein oder anderen Hieb auf den Allerwertesten, was stets mit grölendem Gelächter quittiert wurde.

Auch Fronika hatte sich unter die Zuschauer gemischt. Sie hatte schlecht geschlafen und noch schlechter geträumt. Immer wieder durchwehte ein kaum wahrnehmbarer Knoblauchduft ihren Schlummer. Als sie die Musik der Gaukler vernahm, lief sie freudig auf die Gasse, den Karpfenbuckel hinunter in die Stadt. Sie klatschte in die Hände und lachte mit den anderen Dürnern, wenn der Hufschmied einen Hieb erhielt. Der Mann mit der Flöte stimmte schließlich eine ruhigere Melodie an, eine melancholische Weise, und die Stimmung änderte sich. Die Frau tanzte nicht mehr, die Truppe zog langsam weiter, Richtung Marktplatz, der leer war und eine gut einsehbare Kulisse für das bunte Treiben bot. Die Trommelschläge wurden härter und bedrohlicher.

Am Ende des Zuges lief ein Mann, der einen Bären an einer schweren Kette führte. Mit ungelenken Schritten tappte das Tier hinter seinem Führer her, gelegentlich hob es die Tatzen und hieb seitwärts aus, in die Zuschauermenge hinein. Dann erhob sich jedes Mal ein lautes, angstvolles Raunen, und die Menge wich ein paar Schritte zurück, sofern die Enge der Straße es zuließ. Auch Fronika spürte, wie ihr ein Schauer über den Rücken lief.

»Er ist harmlos«, sagte eine wohlbekannte Stimme neben ihr. Boppo war wie aus dem Nichts aufgetaucht und betrachtete den Zug mit glänzenden Augen. »Schau ihn dir an! Sie haben ihm mehr als die Hälfte seiner Zähne gezogen. In seinem Pelz leben Würmer und Maden, vermutlich ist er uralt, und sie wälzen ihn täglich im Ruß, damit er schwarz und gefährlich wirkt. Siehst du, wie er staubt, wenn der Mann ihm einen Klaps gibt?«

Boppo hatte recht. Auf den zweiten Blick erkannte Fronika, dass der Bär eher müde als angriffslustig war. Einmal brüllte er laut, doch schien dies eine eingeübte Nummer zu sein, denn der Bärenführer tätschelte daraufhin fast liebevoll den Hals des Tieres und steckte ihm verstohlen einen kleinen Brocken Fleisch zu.

»Es ist grausam, ein stolzes Tier so zu verstümmeln!«, empörte sich Fronika. »Und es ist Betrug, so zu tun, als sei er wild, obwohl er sich kaum noch auf den Beinen halten kann!«

Boppo grinste. »Das ist es, was Gaukler eben tun. Sie schaffen Trugbilder, spiegeln dir eine falsche Welt vor, um dich zu unterhalten. Dafür werden sie geliebt und bezahlt. Einen Spielmann, der nur traurige Lieder singt und nichts als die Wahrheit sagt, will keiner hören. Man würde ihn mit Fußtritten aus der Stadt verjagen!«

»Vielleicht«, gab Fronika zu. »Aber der Bär tut mir leid. Was ist das für ein Leben, das er führt? Er gehört in die Wälder zu seinen Artgenossen!«

»Dort wäre er vermutlich längst erlegt. Bei den Gauklern ist er zwar unfrei, doch immerhin lebt er, bekommt Futter und gelegentlich ein bisschen Zärtlichkeit. Das ist mehr, als mancher Mensch von sich behaupten kann.«

Fronika schüttelte den Kopf. So ganz hatte Boppo sie nicht überzeugt. Mit weit aufgerissenen Augen und verzücktem Lächeln blickte er den Gauklern hinterher. Dann griff er nach ihrer Hand und küsste sie galant: »Komm mit mir, meine Dame«, bat er augenzwinkernd. »Wir könnten uns der Truppe anschließen! Wir wären frei wie der Wind, und du wärst meine Prinzessin der staubigen Straßen. Was hältst du davon?«

Fronika lachte. Einen kurzen Augenblick war sie versucht, *ja* zu sagen und mit ihrem jungen Verehrer die Zwänge des täglichen Lebens hinter sich zu lassen. Warum nicht? Die Zukunft war ungewiss – und Boppo war ein angenehmer Gefährte. »Und was wird aus Lene?«, fragte sie stattdessen. »Hast du deine Mutter vergessen?«

Boppo senkte den Blick. »Nein«, sagte er leise. »Aber sie redet nur noch von ihrem Wunder. Ich glaube fast, sie braucht mich nicht mehr. Jetzt ist sie eine reiche Frau!« Seine Stirn umwölkte sich. »Was meinst du, » fragte er zögernd. »Ob das Ganze etwas mit dem Korporale im Kamin zu tun hat?«

»Ich hatte gehofft, *du* könntest mir das verraten! Du weißt doch sonst immer alles.«

»Fast alles!«, korrigierte er sie und lachte ein wenig gezwungen.

Die Gaukler hatten inzwischen den Marktplatz erreicht, und die Menge folgte ihnen – immer in gebührendem Abstand zu dem Bären. Der Flötenspieler pfiff nun wieder eine heitere Melodie, ein anderer Mann schlug das Rad und vollführte kunstvolle Luftsprünge. Die ältere Frau verkündete, dass die Truppe ein Krippenspiel aufführen würde, wie es die Welt noch nicht erlebt hatte und wie es selbst die Heiligen nicht besser hinbekommen konnten. Dann schwenkte sie ein letztes Mal die Röcke, und das Spektakel war fürs Erste beendet. Nach und nach zogen sich die Dürner wieder in ihre Häuser zurück.

Der Einzug von Philipp Eugen ging wesentlich unauffälliger vonstatten. Der Pfarrer erschien hoch zu Ross, seinen hageren Körper hatte er in einen kostbaren Pelzmantel gehüllt. *Wer so wenig Fett auf den Knochen hat,* dachte Fronika, *muss die schneidende Kälte des Tages noch viel unangenehmer empfinden.* Es hatte zu schneien begonnen, dünne Flocken fielen nieder. Noch waren es zu wenige, um die Stadt in ein weißes Kleid zu hüllen, aber der Himmel lastete schwer auf der Welt und verkündete weiteren Schnee.

Missmutig betrat Philipp Eugen das Pfarrhaus. Seine Gesichtszüge waren vor Ärger verzerrt, die schmalen Lippen zusammengepresst. Auf dem dunklen Pelzmantel schmolzen vereinzelte Schneeflocken; er sah dem Tanzbären verblüffend ähnlich.

»Gaukler!«, stieß er statt einer Begrüßung hervor. »Mit einem Trupp loser Gesellen und zwielichtiger Pfeifer wollt ihr das Weihnachtsfest feiern?« Er spuckte ins Herdfeuer. »Anderswo schließen sich die frommen Bürger zusammen, um ein Krippenspiel einzustudieren. Ihr hingegen lasst eine Horde Halunken in die Stadt. Wie könnt ihr es wagen!«

»Aber –«, begann Fronika, wurde jedoch unterbrochen.

»Das ist allein die Schuld von Pfarrer Heinrich Otto! Er hat die Gemeinde nie mit der strengen Hand geführt, die nötig gewesen wäre.«

»Amen«, schaltete sich Schwester Anna ein, die blass und fiebernd in der Ecke saß. Obwohl sie längst noch nicht genesen war, hatte sie es sich nicht nehmen lassen, sich für die Messe anzukleiden. »Heinrich Otto ist allerdings tot, und es war der Amtskeller Berthold persönlich, der den Gauklern Aufenthalt gewährte.«

»Ich spreche mit ihm. Er soll nicht glauben, dass er tun und lassen kann, was er will. In Dürn muss Ordnung einkehren!«

»Ach?« Die Nonne runzelte kaum merklich die Stirn. »So wie bei Euch in Schneeberg? Man hört, Ihr verbringt mehr Zeit im Badehaus als in der Kirche. Und die Bademägde sollen besonders jung und appetitlich sein.«

»Was fällt dir ein, Weib?«, donnerte Philipp Eugen. »Glaubst du, dein Schleier gibt dir das Recht, einen Diener des Herrn zu beleidigen? Was weißt du schon von der Gicht und ihren Plagen? Willst du mir etwa ein wenig Linderung im Bad verübeln?«

»Ich *weiß*, wie sich ein Sud gegen die Gicht brauen lässt und dass es dazu keine zwölfjährigen Jungfrauen braucht!«

Mit angehaltenem Atem verfolgte Fronika das Gespräch. Was war nur in Schwester Anna gefahren? Es war, als habe die Krankheit alle Zurückhaltung aus ihrem Wesen verbannt und eine streitbare Frau zurückgelassen, die kein Blatt vor den Mund nahm. Philipp Eugen sah so wütend aus, dass Fronika schon befürchtete, er würde die Nonne schlagen. Doch dann fasste er sich und wechselte das Thema.

»Man hört«, sagte er lauernd, »in Dürn sei ein Wunder geschehen. Was hat es damit auf sich? Ist den Geschichten Glauben zu schenken?«

»Natürlich nicht«, antwortete Anna. »Eine Tagelöhnerin hat Gold gefunden. Was soll daran wundersam sein? Es klingt nach Diebstahl, meint Ihr nicht?«

»Nun, es wird auch von blutenden Steinen geredet …«

Wie schnell die Nachricht nach Schneeberg gedrungen war! Fronika staunte. Das Geschehen war gerade erst einen Tag alt, und schon wusste Pfarrer Philipp Eugen darüber Bescheid.

»Ich muss die Messe lesen«, sagte er jetzt. »Wir sollten uns danach ausführlich über die Angelegenheit unterhalten.«

Die Glocken hatten an diesem Tag nicht die gleiche Wirkung wie das Rasseln der Schellen. Nur zögernd füllte sich die Kirche mit den frommen Bürgern, und viele verließen das Gotteshaus direkt nach dem Hochheben der Hostie, obwohl die Messe damit noch längst nicht beendet war.

Die Stimme Philipp Eugens klang leise und eintönig, sie hatte eine einschläfernde Wirkung. Zweimal ertappte sich Fronika dabei, wie ihr Kopf auf die Brust sank und sie kaum die Augen aufhalten konnte. Nur während der Wandlung lag etwas wie Leidenschaft in den Worten des Pfarrers.

»Hic est enim calix sanguinis mei, novi et aeterni testamenti …«, sprach er und hielt das Gefäß hoch. »Das ist der Kelch des neuen und ewigen Bundes, mein Blut, das für euch und für alle vergossen wird, zur Vergebung der Sünden.« Seine Stimme zitterte, und er schwankte leicht. Nachdem er einen Schluck getrunken hatte, fasste er sich an die Brust. Es dauerte eine Weile, bis er fortfahren konnte. Immer wieder glitt sein Blick zum Altar und blieb an einer Stelle hängen, die Fronika allzu gut kannte.

Als nach der Messe alle Gläubigen die Kirche verlassen hatten, blieb sie noch ein wenig in ihrer dunklen Ecke knien. Es war unangenehm kalt in der Kirche, doch die friedliche Stille nahm sie gefangen. Erst nach einer ganzen Weile bemerkte sie, dass sie nicht alleine war. Philipp Eugen, der sich in der Sakristei umgezogen hatte, war zurückgekehrt und machte sich am Altar zu schaffen.

Was suchte er da? Wusste er etwa …?

Hektisch tastete er die Altarsteine ab. Dann ging er in die Hocke und entzog sich Fronikas Blicken. Sie drückte sich tiefer in den Schatten und machte sich so klein wie möglich. Kannte Philipp Eugen das geheime Versteck? Offensichtlich. Aber woher? Nach allem, was Fronika beobachtet hatte, waren er und Heinrich Otto nicht gerade die engsten Vertrauten gewesen.

Ein lautes Geräusch schreckte sie auf. Ein Stein hatte sich aus dem Altar gelöst und war zu Boden gefallen. »Leer!«, rief Philipp Eugen laut. »Das … kann nicht sein!«

Fronika hörte, wie er mit einem Stock in dem Loch herumstocherte, freilich ohne etwas zu finden.

»Was wird hier gespielt?« Der Pfarrer richtete seinen Blick auf das hölzerne Kruzifix, als erwarte er von dort eine Antwort. »Gib mir eine Zeichen, verdammt nochmal!«

Erschrocken über diesen ungeheuerlichen Fluch, unterdrückte Fronika einen Hustenreiz. Es gelang ihr nicht. Obwohl sie nur ganz leise in ihr Umhangtuch röchelte, fuhr Philipp Eugen augenblicklich herum.

»Du!«, sagte er schneidend. »Die Hexe aus Mainz mit dem bösen Blick! Fronika Rißenbach! Spionierst du mir etwa nach? Was willst du hier?«

»Gar nichts«, stammelte Fronika ängstlich. Die Situation erinnerte sie allzu sehr an jene schrecklichen Ereignisse im Mainzer Dom. Wurde sie nun zum zweiten Mal das Opfer eines Missverständnisses? »Ich habe nur gebetet. Ich bin weder eine Hexe, noch habe ich den bösen Blick.«

»Aber du weißt etwas, ich kann es förmlich riechen.«

Fronika schwieg. Sie hatte mittlerweile gelernt, dass jedes Wort zu ihrem Nachteil ausgelegt werden konnte.

»Das Zeichen des Herrn war eindeutig!«, sagte Philipp Eugen mit leiser, fast einschmeichelnder Stimme. »*Er* hat mir den Weg zu dir gewiesen. Also zier dich nicht, sondern rede!«

Sie wagte nicht, ihn anzuschauen.

»Ich habe es gesehen«, fuhr der Schneeberger fort. »Während der Wandlung. Ein Stein des Altars begann zu bluten, unentwegt tropfte ein rotes Rinnsal zu Boden, bis sich eine große Lache bildete, genauso, wie die dumme Trine es beschrieben hat.«

»Lene«, korrigierte Fronika.

»Der Name tut nichts zur Sache. Nur das Wunder zählt! Verstehst du denn nicht, Mädchen? Wenn sich der Messwein vorhin durch meine Worte in Blut verwandelt hätte – in das Blut Christi – so zeigte sich uns eines der elementarsten Glaubensgeheimnisse! Es wäre mehr wert als die unzähligen Heiligengebeine, mehr als alle Kreuzessplitter zusammen, die doch nur Gegenstände sind, keine Offenbarungen.«

Fronika schluckte.

»Nein«, fuhr Philipp Eugen fort. »Natürlich begreifst du das nicht. Du bist im besten Fall ein dummes Ding ohne jeglichen Verstand, doch im schlimmsten Fall bist du eine Hexe, die es zu bekämpfen gilt. Hast du etwas mit dem Blut des Herrn zu tun?«

»Ich weiß nicht, was Ihr meint.«

»Das Blut ist verschwunden! Als ich aus der Sakristei zurückkam, war es weg! Ich konnte zwar den losen Stein im Altar finden, aus dem es geflossen ist, doch der Hohlraum ist leer. Kein Tropfen Blut und auch sonst nichts! Stattdessen finde ich dich in der Kirche, ganz allein in einer finsteren Ecke. Ist das ein Zufall?«

Fieberhaft überlegte Fronika, was sie tun sollte. Er hatte es gesehen! Ebenso wie Lene hatte er einen Stein bluten sehen, hatte eine Spur gefunden. Was bedeutete das? War Philipp Eugen doch der Auserwählte? Derjenige, dem sie das Korporale anvertrauen sollte?

»Es war in der Nacht, als Heinrich Otto starb«, begann sie schüchtern. »Ich hatte geträumt …«

Philipp Eugen rückte näher an sie heran. Plötzlich spürte sie seine kalte Hand mit den klauenartigen Fingern auf ihrem Arm.

»Vom Gezücht der Hölle habe ich geträumt«, fuhr sie fort, stockte jedoch, als sie bemerkte, wie der Pfarrer noch näher kam und seine Hand sich langsam kreisend zu ihrer Schulter hocharbeitete und von dort aus weiter zum Busen, wo sie durch den Stoff des Kleides hindurch versuchte, die zarten Knospen ihrer Brüste zu stimulieren. Sein Atem ging schnell und stoßweise.

Unbehaglich versuchte Fronika, einen Schritt zurückzutreten. Philipp Eugen folgte ihr auf dem Fuß. »Weiter!«, befahl er, ohne die Hand wegzunehmen.

»Auch von Blut habe ich geträumt«, stotterte Fronika. »Viel Blut. Es … war überall.« Am liebsten hätte sie ihn weit von sich gestoßen, doch das wagte sie nicht.

»Ja«, sagte Philipp Eugen ungeduldig. »Und dann? Was geschah in jener Nacht?« Ganz dicht war sein Gesicht nun vor dem ihren. Er öffnete den Mund und leckte sich langsam die Lippen, kam den ihren immer näher, bis er sie fast berührte.

Und da roch sie es. Ganz schwach erkannte sie ihn: den Gestank von altem Knoblauch.

»Nichts weiter«, sagte sie, und das Lügen fiel ihr plötzlich ganz leicht. »Davon bin ich aufgewacht. Den Rest kennt Ihr. Ich habe Heinrich Otto tot in seinem Bett gefunden. Was hat mein Traum zu bedeuten? Sagt es mir! Seit jener Nacht bete ich täglich um das Seelenheil meines Onkels und um mein eigenes.«

Philipp Eugen ließ von ihr ab und hieb seine geballte Faust auf die hölzerne Kirchenbank. »Du liederliche Metze! Entweder du verschweigst mir etwas, oder du bist noch dümmer, als ich dachte! Ein Traum! Ist das alles, was du zu berichten hast?«

»Aber … er war fürchterlich! Und ich frage mich, ob Gott oder der Teufel ihn geschickt –«

»Wahrscheinlich hast du zu fett gegessen. Das verursacht Blähungen und böse Visionen!«

»Aber –«

»Geh mir aus den Augen, Hexe! Aber glaub nicht, dass ich schon mit dir fertig bin! Du wirst mir die Wahrheit noch verraten, das schwöre ich dir!« Mit schnellen, wütenden Schritten verschwand er in der Sakristei, nicht ohne zuvor den losen Altarstein wieder an seinen Platz zu schieben.

Der Abend war hereingebrochen. Fronika saß müde mit Anna vor einem Napf dicker Kohlsuppe, die sie mit einem Kanten Brot auftunkte. Wie üblich schwieg die Nonne und ließ Fronika ihren trüben Gedanken nachhängen.

Der Pfarrer von Schneeberg war ihr ein einziges Rätsel. Sie spürte großes Unbehagen in seiner Nähe und hatte das Gefühl, dass er mehr über das Wunder wusste, als er zugab. Ihr Herz sagte ihr, dem Schneeberger auf keinen Fall über den Weg zu trauen – doch ihr Verstand war sich nicht so sicher. Immerhin war Philipp Eugen ein Mann der Kirche. Und hatte ihr Schwester Anna nicht mehrfach eingebläut, sie solle ihren Kopf benutzen, da der Herr ihn ihr nun einmal geschenkt hatte?

Sie zuckte zusammen, als plötzlich die Tür des Pfarrhauses ohne vorheriges Klopfen aufgerissen wurde und ein Schwall kalter Luft hereindrang. Schneeflocken wirbelten auf, und ein beißender, fauliger Geruch waberte durch die Stube. Noch bevor Fronika die Gestalt sehen konnte, die sich so dreist Einlass verschaffte, erkannte sie den späten Besucher am Gestank.

»Gott zum Gruß«, sagte Kuntz und blinzelte ihr zu. »Schön hast du es hier, kleine Hure.«

Schwester Anna, die ebenfalls erschrocken zusammengefahren war, fing sich als Erste. »Was fällt dir ein?«, fuhr sie den Alten an. »Wer bist du? Ein Bettler?«

Kuntz grinste verschlagen. »Aber nein! Wo denkt Ihr hin, Schwester! Ich bin ein rechtschaffener Händler. Und noch dazu ein guter Freund von der Kleinen hier. So ist es doch, Fronika, nicht wahr?«

Streng musterte Anna ihren Schützling. »Stimmt das?«, fragte sie scharf.

Unbehaglich rutschte Fronika auf ihrem Stuhl herum. Was wollte Kuntz in Dürn? »Nun«, sagte sie vorsichtig, »Freund scheint mir übertrieben. Ich habe einst für ihn gearbeitet.«

»Gearbeitet?« Annas Misstrauen wuchs. »Und was soll das für eine Arbeit gewesen sein?«

»Na, was wohl? Ich war seine Magd.« Fronika betrachtete den Alten näher. Seine Augen waren blutunterlaufen, und in die übelriechenden Ausdünstungen seines Atems mischte sich der Geruch von Wein. Kuntz war betrunken. Sein massiger Körper steckte wie üblich in schmutzigen Lumpen. Fronika wusste, dass er sich absichtlich so kleidete, damit niemand der Idee verfiel, irgendwelche Reichtümer bei ihm zu suchen. Sie wusste aber auch, wie er damit auf ehrbare Leute wirkte: wie ein Halsabschneider, dem man besser aus dem Weg ging. Und war er das nicht auch? »Was willst du von uns?«, fragte sie. Trotz allem brachte sie es nicht übers Herz, ihn einfach vor die Tür zu setzen. »Bist du hungrig? Es ist noch Kohlsuppe da.«

Schwerfällig ließ er sich auf den Stuhl sinken, der früher Heinrich Otto vorbehalten gewesen war. »Zu einem Süppchen sage ich niemals nein, kleine Hure.«

»Hüte deine Zunge! Wenn du mich noch einmal beleidigst, werde ich dich eigenhändig hinauswerfen!«

»Schon gut!« Kuntz nickte ergeben. »War nur ein Späßchen. Du kennst meine Art! Ich weiß doch, dass du eine ehrbare Dame bist.« Er lachte laut über seinen Scherz.

Voller Abscheu beobachtete Anna die Szene. »Ich dulde es nicht«, sagte sie schließlich, als Kuntz schlürfend zu essen begann, »dass solches Lumpenpack im Pfarrhaus verkehrt. Sobald du deine Suppe gegessen hast, Halunke, wirst du von hier verschwinden!«

»Oho!« Kuntz grinste. »Da hat jemand Haare auf den Zähnen! Hat der Kohl schon Euren Darm gebläht, Schwester, dass Ihr derart böse aus dem Mund furzt?«

»Schweig!«, schrie die Nonne erbost und schlug so hart auf den Tisch, dass die Suppe überschwappte und ein Schwall davon in Kuntz' Gesicht spritzte. Laut gackernd leckte er den Kohl aus seinen grauen Bartstoppeln.

»Verzeiht mir mein ungehobeltes Benehmen«, sagte er dann versöhnlicher. »Du weißt doch, wie ich bin, Fronika. Ich meine es nicht so, wie es klingt.«

Fronika nickte. Manchmal hatte ihr die freche Art des Reliquienhändlers sogar gefallen, und sie freute sich insgeheim, dass Kuntz der strengen Nonne so dreist begegnete. »Was führt dich zu uns?«, fragte sie. »Die Kohlsuppe wird es ja wohl kaum sein.«

»Geschäfte«, nuschelte Kuntz, und die Brühe lief ihm dabei rechts und links aus dem Mund. »Ich hatte einen größeren Auftrag für Pfarrer Philipp Eugen in Schneeberg zu erledigen. Wochenlang hat er mich auf Trab gehalten! Sonst wäre ich schon früher gekommen, Täubchen, um dich zu besuchen.«

Fronika nickte beklommen.

»Und kaum war ich fertig mit meinem Geschäft«, fuhr Kuntz fort, »da erreichte mich die Kunde, in Dürn sei ein Wunder geschehen ...«

Natürlich! Darauf hätte sie auch selbst kommen können! Wenn Philipp Eugen Bescheid wusste, konnte die Neuigkeit einem Lumpen wie Kuntz schwerlich entgehen. Er war hier, weil er eine großartige Gelegenheit für seine speziellen Talente witterte.

»Dummes Gerede«, sagte sie deshalb schnell, und die Nonne nickte bekräftigend. »Wenn du deswegen gekommen bist, war dein Weg umsonst.«

»Wir werden sehen.« Nachdenklich wiegte Kuntz den Kopf. Er wirkte mit einem Mal ganz nüchtern.

»Hast du aufgegessen?«, fragte Anna schneidend. »Dann ist es Zeit für dich zu gehen. Du bist in diesem Haus nicht willkommen.«

»Ich habe gehört, Ihr kuriert nur eine Influenza aus, um dann ins Kloster Seligental zurückzukehren.« Kuntz grinste. »Für heute werde ich die Damen jedoch verlassen. Täubchen, deine Minzpaste ist mir ausgegangen. Nun schmerzt mein bester Zahn. Vielleicht kannst du mir in den nächsten Tagen –?«

»Gott zum Gruß«, unterbrach Anna und schob den Alten zur Tür. Als er sie schon fast erreicht hatte, lief eine kleine Maus durch die Stube und fiepte laut. Kuntz zuckte zusammen und bekreuzigte sich.

»Heilige Muttergottes! Von links nach rechts!«, murmelte er und spuckte dreimal über die linke Schulter. Dann trat er hinaus in die Kälte.

»Ein widerwärtiger Geselle!«, sagte Anna. »Feine Freunde hast du da!«

Fronika erwiderte nichts. Sie stand wie angewurzelt neben der Tür. Ihr wurde schwindelig, und sie musste sich an der Wand abstützen.

Mit einem Schlag war ihr eingefallen, woher sie den Fremden kannte, der seit Tagen ihr Herz zum Singen brachte. Sie war Jakob von Fulda tatsächlich schon einmal begegnet! Und auch damals war es eine kleine Maus gewesen, die sie aufeinander aufmerksam gemacht hatte.

11

Ihre Vorfreude war gänzlich verflogen, als sich Fronika zwei Tage später zögernd dem Wirtshaus zum Ochsen näherte. Am liebsten hätte sie eine Krankheit vorgeschützt und das Treffen mit Jakob abgesagt. Sie war ihm in Mainz begegnet, jetzt erinnerte sie sich wieder ganz deutlich daran. Am Stand der dicken Agnes, an jenem entsetzlichen Tag, der mit bösen Träumen und üblen Gerüchen begonnen hatte und damit endete, dass man sie ins Loch warf. *Hast du gesehen, wie er dich angeschaut hat?*, hallte Agnes' Stimme in ihrem Gedächtnis nach. *Du hast ihm gefallen*

Konnte es purer Zufall sein, dass Jakob nach Dürn gekommen war? Aber woher wusste er, wohin sie geflohen war? Ein schrecklicher Gedanke durchzuckte sie. Hatte man etwa Mechthild gefoltert, damit sie Fronikas Aufenthaltsort preisgab? Die Vorstellung war so entsetzlich, dass sich auf ihrem gesamten Leib eine Gänsehaut bildete und die Farbe aus ihrem Gesicht wich.

Aber warum sollte sich überhaupt jemand Gedanken um ihren Aufenthaltsort machen? Sie war nur eine Küchenmagd, deren Schicksal niemanden groß interessierte. Ein einziges Rätsel! Sie beschloss, den Spaziergang mit Jakob zu nutzen, um herauszufinden, was er wirklich von ihr wollte.

Aus dem Stall neben der Schänke drang lautes Schnarchen. Neugierig warf Fronika einen Blick hinein und roch sofort die Anwesenheit von Kuntz. Er hatte es sich neben seinem Pferd im Stroh bequem gemacht, wie es seine Art war. Fronika wollte ihm nicht schon wieder begegnen und betrat hastig die schummrige Schänke, in der nur ein einziges Talglicht brannte. Die Fensterläden waren geschlossen. Fronikas Augen mussten sich erst an die Dunkelheit gewöhnen.

»Du bist pünktlich«, hörte sie Jakobs Stimme, noch bevor sie ihn sah. »Das gefällt mir. Ich mag es nicht, wenn Frauen sich zieren und endlos auf sich warten lassen, nur um sich wichtig zu machen.«

»Ein solches Verhalten mag auf edle Damen zutreffen«, erwiderte Fronika kühl. »Einfache Mägde verstehen sich nicht auf derartige Spielereien.«

»Oho! Du bist in streitbarer Laune.« Jakob lachte vergnügt. »Dann verspricht es ein amüsanter Ausflug zu werden!«

Fronika spürte, wie eine leise Wut in ihr hochkroch. Immer wieder gelang es ihm, sie mit seinem Hochmut zu reizen. Am meisten ärgerte sie sich jedoch über sich selbst. Warum reagierte sie so empfindlich auf seine Worte?

»Lass uns aufbrechen«, sagte er freundlich. »Wir haben viel vor, bevor die Sonne untergeht.«

Ein abschätziges Schnauben drang hinter dem Schanktisch hervor. Jetzt erst nahm Fronika die spitznasige Wirtin wahr, die Krüge abtrocknete. »Ich habe es schon einmal gesagt: Ich dulde keine Metzen in diesem Haus!«, zischte sie.

Jakob von Fulda war mit wenigen Schritten bei ihr. Er packte das Handgelenk der Frau so fest, dass sie leise aufstöhnte. »Wenn ich noch einmal höre, wie du eine ehrbare Frau beleidigst, werde ich dich wegen übler Nachrede vor den Richter bringen.«

»Nur zu!«, wagte die Wirtin aufzutrumpfen. »Amtskeller Berthold ist ein häufiger Gast in diesem Haus. Er wird mir sicherlich mehr Glauben schenken als einem Fremden – und wenn er noch so edel herausgeputzt ist!«

»Verlass dich nicht darauf, alte Vettel!«

Fronika lief es kalt den Rücken hinunter. Diesmal hatte Jakob sich für sie eingesetzt. Aber was, wenn sich sein Zorn beim nächsten Mal gegen sie richtete?

»Komm jetzt, Fronika. Zeig mir die Stadt. Ich will alles wissen, was du mir über Dürn erzählen kannst.«

»Warum?«, fragte Fronika ohne nachzudenken, doch kaum war das Wort heraus, bereute sie schon, es ausgesprochen zu haben. Keineswegs wollte sie neugierig erscheinen und Jakob misstrauisch stimmen.

»Du wirst es früh genug erfahren«, antwortete er knapp.

Fronika biss sich auf die Lippen. Das hatte sie gleich gründlich vermasselt!

Als sie draußen auf der Straße standen, wanderte Jakobs Blick auf ihre Holzschuhe. Er runzelte die Stirn. »Warte«, sagte er und verschwand noch einmal im Wirtshaus. Kurze Zeit später kehrte er mit einem Paar geschnürter Schuhe zurück sowie mit Trippen, die sie darunter befestigen konnte. »Wir werden eine Weile unterwegs sein«, erklärte er. »Du wirst ordentliches Schuhwerk brauchen.«

Sie lächelte still. *Wenn er wüsste,* dachte sie, *dass ich den ganzen weiten Weg von Mainz hierher in Holzschuhen gegangen bin!* Dennoch freute sie sich über seine Fürsorge. Besonders dankbar war sie für die Trippen. Es hatte die ganze Nacht geschneit, und nun lag eine saubere, weiße Decke über den Dächern der Stadt. In den Gassen allerdings hatte sich der Schnee bereits in eine tiefe Schicht aus Morast verwandelt, in dem der übliche Unrat trieb: Abfälle, Tierkadaver, der Inhalt unzähliger Nachttöpfe, der der Einfachheit halber des Morgens aus den Fenstern gekippt wurde. Dank der Trippen versank Fronika nicht mehr bis zu den Knöcheln im Schmutz.

Erwartungsvoll sah Jakob sie an.

»Wir … sind nun mitten in der Stadt«, begann sie schüchtern. Es kam ihr äußerst seltsam vor, einem anderen Menschen den Ort zu zeigen, den sie erst so kurze Zeit kannte. Doch Boppo hatte ihr viel über Dürn erzählt, und so fühlte sie sich einigermaßen gerüstet. »Das hier ist die breiteste Straße in Dürn. Sie wird durch die beiden großen Stadttore begrenzt, die Ihr mittlerweile kennt: auf der südlichen Seite das Vordere, Buchener Tor und auf der nördlichen Seite das Untere, Miltenberger Tor. Dahinter erstreckt sich das Morschbachtal mit seinen Mühlen; die größte davon ist die Borchardtsmühle.«

»Dann lass uns dorthin gehen«, bat Jakob. »Ich möchte den Müller kennenlernen.«

»Oh. Das ist weit!«

»Na und? Du hast jetzt gute Schuhe.«

Fronika hatte nichts gegen einen Spaziergang außerhalb der Stadtmauern einzuwenden, doch fragte sie sich, was Jakob wohl von einem Müller wollte. Weder hatte er Getreide zu mahlen, noch war die Müllerei ein hoch angesehenes Handwerk, im Gegenteil, jeder wusste, dass die Müller arge Betrüger waren und stets Mehl in ihre eigenen Truhen mahlten.

»Erzähl mir etwas von den Dürner Bürgern«, fuhr Jakob unbekümmert fort.

»Die reichsten Kaufleute wohnen entlang der großen Straße: die Familien Merklin, Ruethel, Tucher und Turemann. Sie stellen auch die Schöffen vor Gericht. Unser Amtskeller ist Berthold von Dürn. Außerdem gibt es viele Handwerksleute, die nebenbei noch Landwirtschaft betreiben. Wenn Ihr wollt, führe ich Euch durch ihre Viertel.«

Jakob nickte, und Fronika bog nach rechts ab, wo ein heilloses Gassengewirr auf sie wartete. »Hier kann man sich leicht verlaufen«, warnte sie.

Die Gerüche wurden intensiver, je weiter sie vordrangen. Es wurde gehämmert, gewalkt und geschleift. Trotz der kalten Jahreszeit standen die Türen zu den Häusern offen und erlaubten den Blick auf schmale Treppen und überfüllte Wohnstuben. Nicht nur die Gassen waren eng, auch die Häuser boten wenig Platz. Das Leben spielte sich gleichermaßen drinnen wie draußen ab. Fronikas kleine Freundin, die rotznasige Juta, eine der acht Töchter des Flickschusters Friedrich Schwarz, wie sie inzwischen herausgefunden hatte, winkte ihr freudig zu. Doch der vornehme Fremde schüchterte sie ein, sodass sie lieber in den Hauseingang flüchtete und die beiden aus sicherem Abstand begutachtete.

»Aufgepasst!«, ertönte eine Stimme aus dem oberen Geschoss eines verwinkelten Holzhauses, und gleich darauf folgte ein

Schwall übelriechender Flüssigkeit, in der kleine Bröckchen schwammen. Fronika und Jakob konnten sich gerade noch in Sicherheit bringen.

Unwillig wischte sich Jakob einen Tropfen vom Mantel. »Die Handwerksviertel sind in allen Städten gleich«, konstatierte er mit einer gewissen Abscheu. »Schmutzig, eng und laut. Ich denke, ich habe genug davon gesehen.«

Fronika zuckte die Achseln. Sie selbst mochte die quirlige Lebendigkeit dieser Stadtteile, und sie mochte die Leute, die trotz ihrer Armut meist gute Laune hatten.

An einem Platz nahe der Stadtmauer verharrte sie zögernd. Drei Häuser standen hier, denen deutlich anzusehen war, dass sie einmal bessere Tage erlebt hatten. Die einst prächtigen Fassaden waren stellenweise verfallen, Löcher klafften in den Dächern.

»Welch eine Verschwendung!«, wunderte sich Jakob. »Wohnt denn niemand in diesen Häusern?«

Fronika senkte die Stimme. »Der Ort ist verflucht«, wisperte sie. »Hier lebten früher reiche Juden. Doch als die Pest nach Dürn kam, hat man sie verjagt. Sie haben kleine Säckchen mit Gift im Brunnen versenkt! Man hat sie dabei beobachtet und zwei von ihnen totgeschlagen. Seither will niemand mehr hier wohnen – nur ein paar Krüppel und Bettler suchen manchmal in den Häusern Unterschlupf. Von Zeit zu Zeit kann man des Nachts seltsame Schreie hören. Sie hallen aus der Hölle herüber, heißt es, denn die Juden schlachten bei ihren Ritualen Christenkinder!«

Jakob von Fulda knetete seine Hände, bis die Knöchel ganz weiß wurden. Es fiel ihm sichtbar schwer, ruhig zu bleiben. »Überall glaubt man diesen Unfug!« Er stieß laut den Atem aus. »Glaubst du das auch, Fronika?« Er blickte sie so intensiv an, dass ihr ganz schwindelig wurde.

»Ich weiß nicht«, stotterte sie. »Ich kenne keine Juden. Aber wenn man sie bei ihren Untaten gesehen hat …«

»*Wer* hat sie denn beobachtet?«

»Nun, die alte Pfeuwin sagt …«

»Ist sie glaubwürdig?«

»Sie gehört einer alteingesessenen Dürner Familie an. Wenn sie auch ein wenig seltsam geworden ist, seit ihr Mann mit einer jungen Hure davongelaufen ist und sie mit einem Berg Schulden hat sitzenlassen.«

»Ist das nicht dieselbe alte Vettel, die behauptet, ich hätte einen Pferdefuß unter meinem Gewand?«

»Ihr wisst davon?«, fragte Fronika verblüfft.

»Es ist immer hilfreich zu hören, was die Leute über einen reden.«

»Aber …«

»Und, Fronika? Du hast mich gesehen, wie der Herr mich geschaffen hat. Habe ich einen Pferdefuß?«

»Nein, natürlich –«

»Dann hat sie sich also geirrt, die alte Pfeuwin?«

»Sie redet manchmal ein wenig wirr daher.«

»Kann sie sich dann nicht auch bei den Juden geirrt haben?«

Fronika schwieg. Was hätte sie auch sagen sollen? Die alte Pfeuwin war tatsächlich keine Person, der man uneingeschränkt Glauben schenken durfte. Normalerweise tat das auch niemand. Warum hatten die Leute bei den Juden eine Ausnahme gemacht? *Die Not,* schoss es ihr durch den Kopf. *Sie haben es getan, weil sie in ihrer Not einen Sündenbock brauchten, und da kamen ihnen die Gerüchte und die Geschichten der Adelheid Pfeuwin gerade recht.*

»Es ist wichtig, sich ein eigenes Bild zu machen«, sagte Jakob, und seine Stimme klang erschöpft. »Nicht auf das Gerede der anderen zu hören. Verstehst du das, Fronika? Es ist wichtiger als alles andere auf der Welt!«

Sie schwiegen beide, als sie in der Nähe des Seetores durch einen schmalen Mauerdurchlass, der für nächtliche Boten bestimmt war, die Stadt verließen. Nachdenklich schritt Fronika neben Jakob auf dem Fußpfad einher, der den Morschbach säumte.

Breit war er, der Bach, im Winter! Boppo hatte erzählt, dass er im Sommer weit weniger Wasser führte. Die Eisschicht war dicker geworden, obenauf lag Neuschnee. Fronika drückte sich enger an Jakob. Die Wärme, die sein Körper ausstrahlte, gefiel ihr. Am liebsten wäre sie noch näher gerückt, hätte ihren Arm um seinen muskulösen Körper geschlungen, seine nackte Haut gespürt, vielleicht seine Lippen … Sie erschrak. Was waren das für Gedanken? Sie wollte ihm doch auf den Zahn fühlen, herausfinden, wer er wirklich war!

Seine Worte gingen ihr nicht aus dem Sinn: sich ein eigenes Bild von der Welt machen. Ach, wenn das so einfach wäre! Solange sie denken konnte, hatten andere ihr gesagt, was sie tun und glauben sollte: Mechthild, der Pfarrer, der Koch, der es vom Hofmarschall wusste, der es wiederum vom Erzbischof persönlich erfuhr. Erst seit sie Mainz verlassen hatte, war sie plötzlich auf ihr eigenes Urteil angewiesen. In den vergangenen drei Monaten war ihr gesamtes Weltbild durcheinandergeraten, sie wusste einfach nicht mehr, was gut und richtig und was falsch war.

Ein Mann wie Kuntz war böse, und doch hatte er sie stets gut behandelt. Ein Pfaffe wie Philipp Eugen hingegen war ein Mann der Kirche. Dennoch wusste nicht nur ganz Schneeberg, dass gerade er sich selten nach Gottes Geboten richtete. Und Jakob? Bei ihm versagte ihre Urteilskraft vollends. Er war manchmal freundlich, oft hochmütig. Vieles von dem, was er sagte, klang klug – doch war es auch richtig? Ihr Verstand riet ihr zur Vorsicht. Doch ihr Herz sprach eine ganz andere Sprache. Wem sollte sie trauen? Ihrem argwöhnischen Verstand oder ihrem liebevollen Herzen?

»Was hat dich in ein kaltes Städtchen wie Dürn verschlagen?«, unterbrach er ihre Gedanken. »Ich kann hören, dass du nicht von hier kommst. Du sprichst nicht diesen merkwürdigen Dialekt.«

Vorsichtig überlegte sie ihre Antwort. Jetzt durfte sie keinen Fehler machen. »Verwandtschaft«, sagte sie unbestimmt. »Ich bin vor etwa zwei Jahren hergekommen.« Sie errötete. Lügen war ihr noch nie leicht gefallen.

»So. Vor zwei Jahren. Dann hast du sicher noch den alten Amtskeller gekannt?«

Zögernd nickte sie und hoffte, er würde keine weiteren Fragen dazu stellen. Zu ihrem Glück wurden sie abgelenkt, als eine Schar Enten aufgeregt vor ihnen flüchtete.

»Ist es noch weit bis zur Mühle?«, wechselte Jakob das Thema.

»Nein. Wir sind gleich da.«

Tatsächlich tauchte das große Gebäude kurze Zeit später hinter einer Kehre des Baches auf. Ein tiefer Frieden lag über dem Ort. Das Mühlrad drehte sich nicht, der Schnee lag wie eine weiche Decke auf den Wiesen und Wäldern ringsum. Aus dem Schornstein quoll Rauch.

Jakob klopfte an die Tür.

»Wer begehrt Einlass?«, rief eine tiefe, brummende Stimme.

»Ein Fremder und seine Damenbegleitung. Wir kommen in friedlicher Absicht.«

»Dann seid ihr willkommen. Tretet ein.«

Jakob öffnete die Tür, und eine wohlige Wärme schlug ihnen entgegen. Der Müller saß auf einer Bank neben dem Ofen und flickte Säcke. Er trug einen dichten, weißen Bart und schnaufte lautstark. Bei jedem Atemzug rasselte es. *Wie bei Mechthild,* fuhr es Fronika durch den Kopf. Sie hatte den Müller bislang nicht kennengelernt und hoffte, dass er nicht versehentlich ihre Lüge entlarvte. Doch er beachtete sie kaum und wandte sich an Jakob. »Heute wird nicht gemahlen. Was wollt Ihr also, Fremder?«

Jakob nannte seinen Namen und musterte den Müller aufmerksam. Dann berührte er mit dem kleinen Finger der rechten Hand seine Lippen, die Stirn und den Daumen der Linken. »Wir wollen nichts weiter als plaudern«, sagte er leise.

»Hoho!« Der Müller stieß ein dröhnendes Lachen aus. Er zupfte sich ausgiebig an beiden Ohrläppchen. »Das passiert mir selten! Ein Besucher, der zum *Reden* vorbeikommt! Nun, mir soll's recht sein. Gegen ein angenehmes Gespräch habe ich nichts einzuwenden. Mögt Ihr einen Schluck Würzbier mit mir trinken?«

Er wartete keine Antwort ab, sondern stellte seinen Besuchern je einen Krug vor die Nase. Bald waren die Männer in ein angeregtes Gespräch vertieft. Jakob stellte Fragen über die Bauern der Umgebung: Wer von ihnen der reichste war, wer der ärmste, wer der geizigste. Der Müller gab bereitwillig Auskunft. Soweit Fronika wusste, war sein Weib erst vor Kurzem verstorben, und sein einziger Sohn befand sich auf Wanderschaft, sodass es jetzt, im Winter, recht einsam in der entlegenen Mühle sein musste.

Nach nicht allzu langer Zeit hatte Jakob dennoch genug von dem Gespräch. Er erhob sich und sagte: »Wir müssen weiter. Die Sonne geht früh unter in diesen Tagen. Habt Dank für das Bier und die Unterhaltung. Ich hoffe, wir können das wiederholen.«

»War mir ein Vergnügen! Kommt ruhig wieder, wenn Euch nach Gesellschaft ist.«

Gut gelaunt schloss der Müller hinter ihnen die Tür. Auch Jakob wirkte zufrieden. »Ein freundlicher Mann«, stellte er fest. »Und so mitteilsam.«

»Warum habt Ihr ihn ausgefragt?«, wollte Fronika wissen.

Er strich sich eine Haarsträhne aus der Stirn. »Es ist besser, wenn du das nicht weißt.« Dann wandte er sich ab und stapfte ein paar Schritte voraus durch den Schnee. »Komm, wir haben noch längst nicht alles gesehen.«

Fronika folgte ihm mit klopfendem Herzen. »Wohin gehen wir?«, fragte sie zaghaft.

»Ich will zurück in die Stadt. Den Weg bestimmst du, kleine Ratte.«

Sie wählte den Auerberg.

Ihre Fußspuren waren die Ersten, die an jenem Tag die Schneedecke berührten, und obwohl es so kalt war, dass sich bei jedem Atemzug eine dichte Dunstwolke bildete, besserte sich Fronikas Stimmung mit jedem Schritt. Als sie den Hügel erklommen hatten, war sie bester Laune. Ihre Wangen leuchteten rot – ob von der Kälte oder von der Anstrengung ließ sich nicht bestimmen. Auch Jakob atmete heftig, doch er lachte und zeigte sein Grübchen.

Fronika deutete auf einen schmalen Weg, der unter der Schneedecke kaum noch sichtbar war. »Hier geht es nach Amorbach«, erklärte sie. »Dort gibt es ein bedeutendes Kloster; vielleicht habt Ihr schon davon gehört?« Sie erzählte ihm, was sie wusste. Mittlerweile fand sie Gefallen an ihrer Rolle als Fremdenführerin, und es bereitete ihr Freude, ihre Geschichten mit allerlei Anekdoten zu würzen, die sie von Boppo kannte. Immer wieder brachte sie Jakob damit zum Lachen.

Sie wanderten zurück nach Dürn, blieben aber vor dem Falltor stehen. Fronika zwinkerte: »Der Türmer des Falltores ist besonders wichtig! Er läutet nämlich die Weinglocke. Wenn sie erklingt, dürfen die Wirte nichts mehr ausschenken.«

Links von ihnen ging es zur Kirche und zum Pfarrhaus, rechts lag die alte Burg, deren Ummauerung bröckelte. »Seit über hundert Jahren wird sie nicht mehr bewohnt«, sagte Fronika bedauernd. »Die Ritter von Dürn haben sie mitsamt der Stadt verkauft.«

»An den Mainzer Erzbischof Gerhard II. von Eppstein«, ergänzte Jakob zu ihrer Überraschung. »Seither verfällt sie und wird von den Dürnern als Steinbruch benutzt.«

»Woher wisst Ihr …?«

»Das habe ich aufgeschnappt. Schließlich bin ich schon seit fast einer Woche hier.«

»Dürn gehört bis heute dem Mainzer Erzstift. Die Kirche jedoch –«

»Das Patronatsrecht ist strittig«, unterbrach Jakob nickend. »Dürn liegt auf Mainzer Gebiet, doch die Kirche wurde rechtmäßig an die Diözese Würzburg verkauft. Eine ärgerliche und komplizierte Konstellation für alle Beteiligten.«

»Wofür braucht Ihr mich, wenn Ihr sowieso schon alles wisst?«, fragte Fronika schnippisch. Da war er wieder, der Argwohn.

»Was kannst du mir über den Amtskeller erzählen?«, fragte Jakob, ohne auf ihre Bemerkung einzugehen.

»Er heißt Berthold von Dürn und spricht gern dem Würzwein zu. Er wohnt in dem großen Haus dort drüben, seht Ihr? Gleich hinter dem Tor, am Buckel hinunter zur Stadt.«

»Ist er beliebt bei den Bürgern?«

»Er ist ein umgänglicher Mann, der sich gern in den Schänken zeigt. Auch ist er ein umsichtiger Richter und setzt sich für die Belange der Dürner ein.«

»Inwiefern?«

»Davon verstehe ich nicht viel. Es gibt Streitigkeiten um die Abgaben, die Dürn an Mainz zu zahlen hat. Die Böden hier sind karg, und die Dürner sind nicht sonderlich reich, doch sie gehören einem Bund an –«

»Dem Neun-Städte-Bund«, nickte Jakob. »Als Konrad II. von Weinsberg im letzten Jahr zum Mainzer Erzbischof gewählt wurde, hat er eine besondere Landsteuer erhoben. Darüber kam es zum Streit innerhalb des Bundes. Konrad entschied, dass die zu leistende Steuer von den jeweiligen Städten durch eine eidliche Selbsteinschätzung zu bestimmen sei.«

Fronika presste die Lippen aufeinander. Woher wusste Jakob das alles? Sie selbst hatte kaum verstanden, worum es ging, als Schwester Anna es ihr erklärt hatte. Doch da die Kirche über Land verfügte, das sich auf Mainzer Territorium befand, betrafen die Steuern auch die Pfarrei.

Sie erschrak, als Jakob sie plötzlich berührte. Er strich ihr flüchtig mit dem Handrücken über die Wange. »Warum so verkniffen, kleine Ratte?«, fragte er und lächelte ein wenig schuldbewusst. »Stört es dich, wenn ich mich mit dem Steuerwesen auskenne? Hältst du mich jetzt für einen Spitzel?«

»Nein«, sagte Fronika zögernd. »Natürlich nicht.«

Jakob lachte. »Du bist eine miserable Lügnerin! Man sieht es dir an der Nasenspitze an, wenn du die Unwahrheit sagst.«

Sie errötete und wandte sich ab.

»Komm schon, kleine Ratte! Zeig mir noch den Marktplatz!«

»Den kennt Ihr längst. Außerdem sollt Ihr mich nicht *Ratte* nennen.«

»Oh, du bist beleidigt.«

»Ich mag es nicht, wenn man sich über mich lustig macht.«

»Das tue ich nicht. Wie kommst du darauf?«

»Ihr wisst alles über Dürn, aber Ihr verratet mir nicht, woher.«

»Es ist nicht schwer für einen Mann, die wichtigsten Dinge über einen Ort in der Schänke zu erfahren. Aber alles, was ich über die Bewohner Dürns weiß, hast du mir erzählt.«

»Und wozu wollt Ihr das alles wissen?«

Jakob seufzte. »Vielleicht bin ich ein Bänkelsänger und möchte neue Lieder dichten?«

»Ihr spottet schon wieder über mich!«

»Aber nein ... kleine Ratte.« Kaum hatte er das Wort ausgesprochen, da landete eine Ladung Schnee in seinem Gesicht, drang ihm in Nase und Mund, sodass es ihm kurzfristig den Atem verschlug. »Was, zum Henker ...«, rief er, doch dann sah er, wie Fronika kicherte und bereits die nächste Kugel in den Händen formte.

»Wehe«, rief sie, »wenn Ihr mich noch einmal so nennt!«

Jakob sah sie an, ohne eine Miene zu verziehen. Dann erschien das Grübchen auf seiner Wange. »Du drohst mir?«, fragte er. »Du drohst mir, kleine Ratte?«

Der zweite Schneeball verfehlte sein Ziel, denn Jakob duckte sich blitzschnell zur Seite. Rasch formte er selbst eine Kugel, und ehe sie sich versah, hatte Fronika kalten, nassen Schnee im Gesicht und japste, während sie Jakob lachen hörte. »Na komm schon«, rief er. »Komm, zeig was du kannst!«

Fronika ließ sich nicht bitten, und es dauerte nicht lange, bis sie beide nass waren, der Schnee hing ihnen in den Haaren, ihre Kleidung war zerzaust. Fronika war die geschicktere Werferin, doch Jakob war schneller und kräftiger, und schließlich lag sie prustend auf dem Boden, atemlos, doch voller Feuer, und er kniete siegessicher grinsend über ihr. »Na?«, fragte er. »Gibst du auf?«

»Ja«, kicherte sie. »Du hast gewonnen.« Dann schlug sie sich die Hand auf den Mund und sah ihn erschrocken an. »Verzeiht. Ich habe meine gute Erziehung vergessen und Euch einfach geduzt, wie einen Bauern …«

Er legte ihr den Zeigefinger auf den Mund. »Ich werde darüber hinwegsehen – aber nur unter einer Bedingung!«

»Und die wäre?«

»Dass wir diesen Tag bald wiederholen. *Kleine Ratte!*«

Mit einem Ruck befreite sich Fronika und warf ihm eine weitere Ladung Schnee auf die Nase. Die Schlacht begann von vorn.

Beide zitterten vor Nässe und Kälte, als sie endlich den Marktplatz unterhalb der Kirche erreichten. Dennoch war Fronika warm ums Gemüt. Nachdem sie erschöpft ihre Schneeballschlacht beendet hatten, waren sie plötzlich ganz dicht beieinandergestanden, und es fehlte nicht viel, dass ihre Lippen sich berührten. Fronikas Herz schlug bis zum Halse, und sie wünschte sich, von Jakob in die Arme genommen zu werden. Doch mit einem Mal überkam sie eine merkwürdige Verlegenheit, und ihm schien es ähnlich zu ergehen. Beide traten einen Schritt zur Seite, und die Magie des Augenblicks verflog. Vom Falltor her ertönten ein Pfiff und leises Gelächter. Mein Gott, der Türmer musste sie die ganze Zeit beobachtet haben!

Fronika errötete, doch zum Glück fiel das nicht weiter auf, da ihre Wangen sowieso glühten. Auf dem kurzen Weg hinab in die Stadt sprachen sie kein Wort.

Auf dem Marktplatz herrschte reges Treiben, obwohl die trübe Wintersonne schon sehr tief stand und bald der Nacht weichen würde. Viele Dürner hatten sich versammelt, um den Kunststücken der Gauklertruppe zuzusehen. Einer der Männer verschluckte gerade ein langes, geschliffenes Schwert. Sein Gesicht spiegelte sich im Schein des Feuers, das man auf dem

Platz entfacht hatte. Die Klänge einer Trommel und einer Schalmei begleiteten das Geschehen.

Fronika konnte kaum hinsehen, als das Schwert tiefer und tiefer im Schlund des Akrobaten verschwand. Bei allen Dämonen! Er musste sich doch den Leib von innen zerschneiden! *Aufhören*, wollte sie rufen, doch natürlich schwieg sie und starrte weiter wie gebannt.

Die anderen Gaukler hatten sich unter das Publikum gemischt, in ihren bunten Gewändern tanzten sie von einem zum anderen und hielten ihre Geldsäckchen auf. Bedauernd schüttelte Fronika den Kopf. Gerne hätte sie etwas in den Beutel getan, doch sie trug kein Geld bei sich. Jakob hingegen nahm zwei Münzen aus seiner Geldkatze, und Fronika sah an den leuchtenden Augen der Gauklerin, dass es ein erklecklicher Betrag sein musste. Dann entdeckte sie Boppo nur wenige Schritte vor sich in der Menge und rief ihm eine freudige Begrüßung zu. Er drehte sich um und strahlte, als er sie erkannte. Doch seine Miene verdüsterte sich rasch, als sein Blick auf Jakob fiel. »Gott zum Gruß«, sagte er steif und wandte sich an Fronika. »Endlich bist du da! Das Beste hast du schon verpasst. Den Tanzbären! Er war großartig, hätte dir auch gefallen. Ich habe dich gesucht. Wo hast du nur gesteckt, den ganzen Tag?«

»Sie war mit mir unterwegs«, sagte Jakob.

»Aha.« Boppo presste die Lippen aufeinander. »Könnt Ihr nicht besser auf sie aufpassen, Herr? Sie ist ja schon wieder ganz nass!«

Jakob runzelte die Stirn. »Im Aufpassen bist du wohl geübter als ich«, erwiderte er spöttisch.

Boppo biss die Zähne zusammen. »Wollt Ihr damit etwa sagen, es sei meine Schuld gewesen, dass sie in den See gefallen ist?«, knurrte er. Sein Humor hatte sich in Luft aufgelöst.

»Ich will nichts behaupten. Aber wenn du es so auffasst …«

»Seht Euch vor! Ich weiß, Ihr seid ein edler Herr – zumindest tut Ihr so. Aber ich lasse mir nicht alles gefallen, versteht Ihr?

Wenn Ihr Euch mit mir messen wollt, könnt Ihr das gerne im Faustkampf tun!«

»Boppo!«, rief Fronika entsetzt. »Hast du den Verstand verloren?«

»Du forderst mich zum Kampf heraus?« Jakobs Augen sprühten Funken. »Da grunzen ja die Schweine!«

»Ihr traut Euch wohl nicht? Habt Ihr Angst, Euch vor einem Tagelöhner zu blamieren?«

»Pass auf, was du sagst! Am Ende nehme ich deine Herausforderung noch an.« Er versetzte Boppo einen leichten Stoß vor die Brust, nicht fest, doch Fronika konnte erkennen, dass der Junge Feuer gefangen hatte und zurückschlagen würde, wenn sie nichts unternahm.

»Aufhören!«, rief sie und stellte sich zwischen die Streithähne. »Seid ihr beide verrückt geworden?« Sie wandte sich an Boppo: »Hast du vergessen, wer du bist?« Dann drehte sie sich wütend zu Jakob um. »Und Ihr«, sagte sie herausfordernd, »Euch hätte ich auch mehr Verstand zugetraut! Wollt Ihr Euch von einem Hitzkopf wie ihm aufwiegeln lassen?«

Jakobs Unterkiefer begann zu mahlen. »Nein«, zischte er schließlich. »Du hast recht. Das Ganze ist es nicht wert, sich zu prügeln wie ein Gassenjunge. Ich wünsche euch einen guten Abend.«

Fronika war versucht, ihm nachzulaufen. Doch ihre Wut war noch nicht verraucht. Welch ein hässliches Ende für einen so schönen Tag!

»Was ist los mit euch?«, fragte Lene, die plötzlich neben ihnen stand. »Habt ihr euch etwa gezankt?«

»Nein«, nuschelte Boppo. »Natürlich nicht.«

»Gut«, sagte Lene. »Denn das würde ich nicht dulden. Nicht an einem Tag wie diesem.«

Fronika sah sie fragend an.

»Du hast es noch nicht gehört?« Lenes Gesichtszüge bekamen etwas Verzücktes. »Es ist ein weiteres Wunder geschehen!

Ihr kennt doch Lies, die Frau des Bäckers. Seit sie im Herbst von der Treppe gestürzt ist, hat sie ein lahmes Bein. Nun, heute Nachmittag hat sie mich besucht und, stellt euch vor, als ich sie bat, Holz aufs Feuer zu legen, da ging sie ohne ihren Stock zum Kamin! ›Ich kann wieder schmerzfrei gehen!‹, rief sie und schlug das Kreuz. ›Dem Himmel sei Dank, ich kann wieder laufen. Es ist wie ein Wunder.‹« Erwartungsvoll sah Lene ihrem Sohn und Fronika in die Augen, doch dort las sie nicht die erhoffte Zustimmung.

»Ich habe Lies in den vergangenen Wochen mehrfach ohne ihre Krücken gesehen«, sagte Boppo mürrisch. »Das Wunder hält sich in Grenzen.«

»Aber versteht ihr denn nicht?«, fragte Lene empört. »Ihre Schmerzen verschwanden, als sie sich unserem *Kamin* näherte!«

»Was meinst du?«, hakte Fronika alarmiert nach.

»Es war …« Lene senkte ehrfurchtsvoll die Stimme. »Es war das Wundertuch. Ich spüre es.«

Fronika war fassungslos. »Woher weißt du …?«

Lenes Augen leuchteten. »An jenem Tag, als du in den See gefallen bist, hatte ich einen Traum. Ich konnte euch reden hören, dich und Boppo. Seltsame Dinge habt ihr besprochen. Von Wundern, dem Blut Christi und einem mächtigen Altartuch. Ich habe geträumt, Boppo hätte das Tuch in unserem Kamin versteckt, hinter einem losen Stein. Am nächsten Morgen konnte ich mich kaum noch an den Traum erinnern, erst als ich das Blut sah und das Gold fand, fiel er mir wieder ein. Ich folgte der Spur zum Kamin, löste den Stein und …« Ihre Stimme war nun so leise, dass Fronika sich zu ihr hinbeugen musste: »Dort fand ich es.«

»Was hast du damit gemacht?«, fragte Boppo scharf.

»Ich habe es berührt«, seufzte Lene. »Eine unglaubliche Kraft durchströmte mich. Ich fühlte mich gesund und stark und voller Tatendrang. Dies war das eigentliche Wunder – nicht das Gold, das auf meiner Schwelle lag.«

»Was hast du mit dem Korporale gemacht?«

»Ich küsste es, faltete es zusammen und verbarg es wieder im Kamin.«

»Hast du mit jemandem darüber gesprochen?« Fronika war außer sich.

»Und nun ist bereits das zweite Wunder geschehen«, fuhr Lene fort, ohne auf ihre Frage einzugehen. »Ich kann das Geheimnis nicht für mich behalten! Es ist zu groß und zu herrlich! Es ist für uns alle da, der Herr sei gepriesen.«

»Mit wem hast du darüber gesprochen?« Boppo wurde ungeduldig.

»Mit niemandem«, sagte Lene, und Fronika wollte schon aufatmen. »Nur mit einer einzigen Person, die sich von jetzt an um alles kümmern wird.«

»Wer, Lene, wer ist es?«

»Das«, sagte Lene bestimmt, »darf ich noch nicht verraten. Ich habe es versprochen. Aber ihr könnt mir vertrauen, ich weiß, dass ich das Richtige tue. Amen.«

12

Der Weihnachtsmorgen zog ebenso trüb herauf wie Fronikas Laune. Als sie erwachte, war das Feuer in der Küche weit heruntergebrannt, und in ihrem Hals kratzte es unangenehm. *Nur jetzt keine Influenza,* betete sie. Sie brauchte ihre ganze Kraft, um endlich eine Entscheidung zu treffen.

Das Wundertuch! Lene wollte einfach nicht offenlegen, wem sie das Geheimnis anvertraut hatte. Vor zwei Tagen waren sie im Streit darüber auseinandergegangen, doch als sich Fronikas erster Unmut gelegt hatte, verspürte sie eine große Erleichterung. Nun war es nicht mehr ihre Sorge! Sollte sich ruhig Lene mit dem Korporale herumärgern und entscheiden, was damit geschah.

Leider hielt das Hochgefühl nicht lange an. In der gleichen Nacht plagten Fronika böse Träume, auch glaubte sie, Schritte vor dem Pfarrhaus zu hören. Ein Blick aus dem Fenster zeigte einen hageren Schatten, der sich langsam entfernte.

Zitternd schlich Fronika zurück zu ihrem Lager. Es war noch nicht vorbei! Ihr toter Onkel ließ ihr nach wie vor keine Ruhe.

Zu allem Übel hatte sie sich mit nahezu allen Menschen zerstritten, die ihr in Dürn nahestanden. Mit Lene und mit Boppo, der ihr nach wie vor zürnte, weil sie einen ganzen Tag mit Jakob verbracht hatte, ohne ihm etwas davon zu sagen.

Und mit Jakob. Ihr Herz zog sich zusammen, wenn sie an ihn dachte. Auch er war nicht friedlich von ihr geschieden. Während des Ausflugs hatte sie das Gefühl genossen, dass zwischen ihnen etwas schwang wie die Saite einer Laute, ein leiser Ton, den nur sie beide hören konnten. Doch dann hatte Jakob sich von Boppo reizen lassen – und so schnell klein beigegeben, dass es schon fast einer Beleidigung gleichkam. Hatte sie sich das süße Lied nur eingebildet, das der Wind ihnen gesungen hatte?

Die einzige gute Nachricht des Tages war, dass es Schwester Anna deutlich besser ging. Sie hatte kein Fieber mehr und verkündete beim Morgenmahl, dass sie nach dem Festgottesdienst endlich nach Seligental aufbrechen würde.

»Seid ihr dazu nicht noch zu schwach?«, fragte Fronika besorgt, doch die Nonne winkte ab.

»Ich gehe den Weg in zwei Etappen«, sagte sie. »Unterwegs kann ich bei einer Base in Rinschheim nächtigen. Es ist nichts weiter als ein kleiner Spaziergang, der mir gut tun wird.«

»Wie Ihr meint«, antwortete Fronika traurig. Sie würde den Weihnachtsabend also einsam im Pfarrhaus verbringen müssen.

»Die Messe von Pfarrer Gerwicus will ich jedoch noch hören.« Die Ordensfrau drückte Fronikas Hand, als habe sie ihre düsteren Gedanken erraten.

Das Kirchlein war zum Bersten gefüllt. Pfarrer Gerwicus war ein seltener Gast in seiner eigenen Pfarrei. Mehr noch als der Gottesdienst lockte jedoch die Aussicht auf das Krippenspiel.

Fronika blickte sich nach Lene und Boppo um, doch sie konnte die beiden in der Menge nicht entdecken. Jakob hingegen stand erhobenen Hauptes weit vorne bei den reichen Kaufmännern der Stadt. Seine kostbaren Gewänder ließen ihn erhaben aussehen, seine hochmütige Miene wirkte jedoch ein wenig aufgesetzt. Fronika wünschte, er sähe sich nach ihr um und schenkte ihr ein Lächeln, doch diesen Gefallen tat er ihr nicht. Aufmerksam lauschte er dem Pfarrer und hob nur hin und wieder missmutig die linke Augenbraue. Natürlich, ein Mann wie er beherrschte das Lateinische ausreichend, um den Worten folgen zu können. Fronika hingegen verstand gar nichts. Pfarrer Gerwicus sprach feurig, doch der Inhalt seiner Rede blieb ihr verborgen. Sie bemerkte, wie Schwester Anna neben ihr schwankte. Sie stützte die alte Frau, damit sie nicht umfiel.

»Überlegt es Euch noch einmal«, wisperte sie besorgt, doch die Nonne zischte nur »Psst« und warf ihr einen strengen Blick zu. Nach der Messe strömten die Menschen hinunter zum Marktplatz, wo es nach Pasteten, würzigem Fladenbrot, Nussküchlein und Bratäpfeln roch. Schwester Anna nickte Fronika noch einmal zu, drückte ihre Hand und sagte knapp: »Leb wohl.« Fronika sah ihr nach, bis sie in der Menge verschwand.

Die Gaukler hatten vor ihrem Wagen eine Bühne errichtet, die an den Stall zu Bethlehem erinnern sollte. Man hatte Stroh aufgeschüttet und von den Bauern der Umgebung eine Futterkrippe geliehen. Niemand wollte jedoch einen Ochsen oder einen Esel für das Krippenspiel hergeben, sodass sich die Spielleute anders behelfen mussten. Staunend betrachtete Fronika den Tanzbären, der neben der Krippe angebunden war. Man hatte ihm ein paar Hörner aufgesetzt und einen Ring durch die Nase gezogen. Müde stampfte er mit den Beinen, als sei ihm kalt. Einem Ochsen sah er in seiner Verkleidung ebenso wenig ähnlich wie einem gefährlichen Raubtier, doch Fronika hielt sich wie alle anderen lieber in gebührendem Abstand.

Plötzlich jagte ein kleiner Hund durch die Menge und jaulte zum Gotterbarmen. Er steckte in einem grauen, grob geschnittenen Kostüm, seine Ohren waren grotesk lang. Halb von Sinnen warf er sich auf den Rücken, wälzte sich in Schnee und Morast und versuchte, sein Gewand loszuwerden. Alle lachten, als sie erkannten, dass der Hund sich vom Seil losgerissen hatte und den Esel darstellen sollte. Einen reichlich lädierten Esel allerdings, denn ein Ohr hatte er bereits verloren und sein graues Kostüm war mittlerweile schlammfarben und stank nach Kot und fauligem Fisch.

Fronika wich ihm geschickt aus, als er auf sie zurannte. Die kleine Juta hatte weniger Berührungsängste und nahm das Tier trotz seiner Schmutzkruste auf den Arm, um es zu liebkosen. Wie immer lief ihr der Rotz aus der Nase. Fronika lächelte und spürte, wie ihre düstere Stimmung sich ein wenig aufhellte.

Dann begann die Vorführung. Die älteste der Gauklerinnen spielte auf einer Laute, die Jüngere blies eine leise Melodie auf der Flöte. Schwer keuchend näherten sich Maria und Josef dem Stall.

Die Zuschauer raunten. Maria wurde von einem älteren Mann dargestellt, der sich ein Paar üppige Brüste und einen sehr dicken Bauch unter sein Weibergewand gestopft hatte. Es galt als unheilbringend, wenn sich Frauen am Schauspiel beteiligten, deshalb war es nichts Besonderes, eine männliche Muttergottes zu sehen, doch was *diese* Maria so einzigartig machte, war der dichte Bart, der ihr Gesicht zierte.

»Puh!«, rief Hermann Schäffer, der Hufschmied. »Habt ihr keine Jüngere? Eine mit echtem Holz vor der Tür?« Die anderen brachten ihn schnell zum Schweigen, und die alte Pfeuwin warf ihm einen bösen Blick zu.

»Schnell«, krächzte die bärtige Gottesmutter. »Richte mir ein Lager, Josef. Das Kind will raus. Ich muss wohl im Stall niederkommen, wenn uns keiner eine Herberge gibt.« Der Schausteller wandte sich an sein Publikum: »Ist eine Hebamme anwesend?«

Die Menge schubste lachend die alte Affra auf die Bühne, die in Dürn schon so manchen Säugling zur Welt gebracht hatte. Mit wachsender Verwunderung beobachtete Fronika, wie sich die echte Hebamme unter den Röcken der falschen Maria zu schaffen machte. Nach einigem Geruckel und Gezerre ertönte ein kräftiger Schrei, und die Alte hielt triumphierend ein lebendiges Kind in die Höhe, das splitternackt war und laut brüllte. Die Menge grölte vor Begeisterung, als Affra es in Stroh wickelte und vorsichtig in die Futterkrippe legte. Nur Fronika schüttelte missbilligend den Kopf. Was für ein Leichtsinn, ein Neugeborenes zum Vergnügen der Masse dieser Winterkälte auszusetzen! Und wie leicht hätte das Kind unter den Röcken der falschen Maria ersticken können!

Sie blickte sich unter den Zuschauern um. Die Augen der Dürner strahlten, sie genossen das Spektakel. Fronika konnte

Lene und Boppo immer noch nicht unter den Beobachtern des Schauspiels entdecken. Auch Jakob war verschwunden.

Das Krippenspiel legte indes an Fahrt zu. Die drei Weisen aus dem Morgenland näherten sich, voraus schritt der Mohr. Er hatte sich die Haut mit Ruß pechschwarz gefärbt, und die Kinder drängten enger an die Röcke ihrer Mütter, vor allem, als er seine Zähne fletschte wie ein Tier und grunzende Laute ausstieß. Er wirkte keineswegs wie ein heiliger König, eher wie ein Ungeheuer, das direkt der Hölle entsprungen war. Während sich die drei Gestalten in ihren bunten Gewändern, Turbanen und Umhängen auf den Stall zu bewegten, spielten die beiden Frauen auf der Laute und auf der Flöte immer beschwingtere Weisen. Fronikas Füße machten sich selbstständig, sie begannen zu wippen und zu tanzen, bald wogte die ganze Menge fröhlich zur Musik. Die ältere Gauklerin ließ sogar ihren Rock fliegen, was besonders den Hufschmied beglückte; er begann auf den Fingern zu pfeifen und die Spielleute anzufeuern.

In der Unruhe, die nur noch wenig mit einem frommen Weihnachtsspiel gemein hatte, achtete niemand auf den Tanzbären, der nach wie vor als trauriger Ochse verkleidet hinter der Futterkrippe festgebunden war. Die Musik und die wogende Menschenmenge versetzten ihn in Aufregung. Er kannte die Klänge und wusste, was er zu tun hatte. Gewohnheitsgemäß erhob er sich auf die Hinterbeine und ruderte mit den Tatzen in der Luft. Seinen schweren Kopf bewegte er sachte zu den Rhythmen. Doch der Strick um den Hals behinderte seinen Tanz. Immer wieder versuchte er sich in den gewohnten Bewegungen, aber das Seil würgte ihn, sobald er sich aufrichtete. Außerdem war sein Führer nirgends zu sehen. Diese ungewohnte Situation versetzte ihn nach und nach in Panik. Schließlich begann er nervös zu brummen und stärker am Seil zu zerren.

Der Hufschmied bemerkte es als Erster. Mitten im Tanz hielt er inne und starrte zur Futterkrippe hinüber, in der das »Jesuskind« leise vor sich hin wimmerte. Der Strick baumelte lose und ausgefranst daneben. Von dem falschen Ochsen fehlte jede Spur. Fronika folgte dem Blick des Schmiedes und wurde blass. Dann sahen es auch die anderen.

»Der Bär ist los!«, schrie eine junge Frau. »Rettet euch, wenn euch euer Leben lieb ist!«

Fronika erinnerte sich an Boppos Worte: Der Tanzbär war alt und müde – aber machte ihn das auch weniger gefährlich?

Der Weg zum Pfarrhaus war ihr durch die Menschentraube verwehrt, also flüchtete sie auf die breite Gasse, obwohl sie auch hier nur langsam vorwärtskam.

»Heilige Muttergottes! Da ist er!« Eine angsterfüllte Stimme, ganz in ihrer Nähe. Fronika vernahm ein tiefes Brummen und spürte einen heißen, stinkenden Atemzug in ihrem Nacken.

Zeit zum Umdrehen blieb ihr nicht. Aufgebracht, wie das Tier war, genügte ein einziger Hieb, um ihr Lebenslicht auszulöschen. Der Rückweg war ihr durch die vielen Menschen abgeschnitten, und auf der engen Straße gab es keine Ausweichmöglichkeiten. Die Flucht nach vorne war ebenso aussichtslos, denn der Bär konnte sie mühelos einholen. Was sollte sie tun?

Ihr Blick fiel auf die Schänke zum Ochsen, zu ihrer Linken. Vielleicht hatte die geldgierige Wirtin trotz des Feiertages geöffnet. Sie musste es versuchen! Wieder hörte sie hinter sich das Brummen und die schweren Tritte des Bären. Die Menschenmenge war zurückgeblieben und beobachtete mit angehaltenem Atem das Spektakel, das sich ihr bot. Erleichterung machte sich breit: Sie waren noch einmal davongekommen, das Unglück hatte eine andere getroffen.

Mit zitternden Händen tastete Fronika nach der Türklinke des Ochsen. Der Bär brummte drohend. Beim zweiten Versuch gab die Klinke nach. Fronika schlüpfte in den düsteren Raum und stieß die Tür hinter sich zu. Sie spürte, wie der Bär sich mit seinem ganzen Gewicht dagegenwarf und das schwere Eichenholz in der Verankerung ächzte. Doch die Tür hielt. Endlich entfernte sich das aufgebrachte Tier.

Schwer atmend sank Fronika auf einen Hocker. Sie war gerettet.

»Du schon wieder!«, ertönte die grantige Stimme der spitznasigen Wirtin. »Immer, wenn du auftauchst, gibt es Ärger! Was ist dort draußen los?«

»Der Bär hat sich befreit«, stammelte Fronika. Ihr war noch ganz schlecht vor Schreck.

»Und da hast du nichts Besseres zu tun, als ihn in mein Wirtshaus zu locken? Stell dir nur den Schaden vor, den er angerichtet hätte, wenn die Tür weniger robust gewesen wäre! Den hättest du mir bezahlt, Mädel, das kannst du mir glauben!«

»Halt den Mund, böses Weib!«, fuhr Fronika ihr zornig ins Wort. »Bring mir lieber einen Krug Würzbier, damit ich meinen Schrecken hinunterspülen kann!« Zu ihrer eigenen Überraschung schwieg die Wirtin und tat, wie ihr geheißen.

Es dauerte einige Zeit, bis Fronikas Herzschlag sich wieder beruhigte. Erst als sie den ganzen Krug leergetrunken hatte, hörten ihre Hände auf zu zittern. Das Bier schmeckte hervorragend. Die Ochsenwirtin mochte ein Drache sein, aber brauen konnte sie! Nach und nach kehrten Fronikas Lebensgeister zurück.

War es ein Zufall? Oder ein Zeichen? Da saß sie nun im Ochsen – und Jakob von Fulda, der Mann, der ihr mehr bedeutete als jeder andere, dem sie bislang begegnet war, wohnte in einer Stube direkt über ihr. Ihr Stolz und ihre unbestimmte Angst hätten sie sicherlich daran gehindert, noch einmal freiwillig hierherzukommen. Doch nun lagen die Dinge anders. Der Bär hatte sie hergejagt – und vielleicht hatte er ihr damit einen guten Dienst erwiesen.

Fronika trommelte mit den Fingerspitzen auf den Tisch. Das starke Würzbier machte ihr Mut. Sie hatte genug davon, immer nur abzuwarten! Jetzt würde sie die Sache selbst in die Hand nehmen, würde an seine Tür klopfen und Jakob geradeheraus fragen, wer er war und was er von ihr wollte!

Die Wirtin war in der Küche verschwunden, und Fronika hörte sie mit Töpfen und Pfannen hantieren. Umso besser. Beherzt stieg sie schmale Treppe zu den Schlafräumen hinauf.

Hinter seiner Tür erklangen leise Stimmen. Er war nicht allein.

Fronikas Herz sank. Was nützte da ihre ganze Entschlossenheit? Wenn Jakob Besuch hatte, konnte sie nicht mit ihm sprechen. Sie sah, dass die Tür nur angelehnt war. Zwei Männer redeten sehr leise, Fronika konnte Jakobs Stimme erkennen, und auch die des anderen kam ihr vage bekannt vor, obgleich sie sie nicht zuordnen konnte.

Sie wollte gerade zur Treppe zurückschleichen, als sie plötzlich ihren Namen hörte. Schnell kehrte sie um und postierte sich vorsichtig neben der Tür. Das Wagnis musste sie eingehen! Hier bot sich eine Gelegenheit, endlich die Wahrheit zu erfahren.

»... ob diese Fronika etwas weiß?«, sagte der unbekannte Mann gerade.

»Sicher. Sie steckt ständig mit den beiden zusammen. Sie muss etwas wissen!«

»Hast du keine Möglichkeit, es herauszufinden?« Der Unbekannte kicherte. »Hast du nicht den Blick gesehen, mit dem sie dich betrachtet, Bruder? Ich wüsste, wie ich sie zum Reden bringe! Im Stroh hat noch jede Frau gezwitschert, wenn der Mann seinen Prügel geschickt schwingt.«

Jakob von Fulda schwieg eine Weile. »Das ist nicht meine Art«, sagte er dann.

»Hast du einen besseren Vorschlag? Schließlich ist es für unsere Sache enorm wichtig, die Wahrheit herauszufinden.«

»Wir müssen vorsichtig sein, Bruder. Sehr vorsichtig! Vergiss nicht, dass ich auch einen offiziellen Auftrag zu erfüllen habe, den ich sehr ernst nehme. Ich bin Erzbischof Konrad II. von Weinsberg zu großem Dank verpflichtet.«

»Ich verstehe dich nicht, Jakob! Konrad von Weinsberg gehört zu unseren Feinden! Er steht auf der Seite des Papstes, er verkörpert alles, was wir bekämpfen.«

»Falsch!«, entgegnete Jakob scharf. »Ich kämpfe *für* meine Überzeugung, nicht *gegen* meine Feinde. Ich kämpfe für die *Sache*, verstehst du?«

»Du bist ein seltsamer Mensch.« Der Mann hustete rau. Mit einem Mal erkannte Fronika ihn: Es war der Müller aus dem Borchardtsgrund, den sie zwei Tage zuvor besucht hatten. Ihr Kopf schwirrte. Warum redeten die beiden so vertraut miteinander? Bei ihrem Aufenthalt in der Mühle hatte sie nicht den Eindruck gehabt, dass sich die Männer kannten.

»Wie wird sich Amtskeller Berthold verhalten?«, fragte Jakob nun.

»Er wird abwarten. Nichts unternehmen, solange die Sache nicht entschieden ist. So ist er eben. Die Dürner mögen ihn darum und die Würzburger ebenso. Den Mainzern erweist er mit seinem Verhalten allerdings keinen guten Dienst.«

»Ich werde mich darum kümmern.«

»Was hast du mit der kleinen Küchenmagd vor, Bruder?«

»Sie vertraut mir. Früher oder später wird sie mir verraten, was sie weiß.«

»Und wenn sie mitsamt ihrem Geheimnis aus Dürn verschwindet?«

»Das wird sie nicht. Wohin sollte sie gehen? Nach Mainz kann sie nicht zurück. Dort wartet nur der Tod auf sie. Sie ist des Reliquiendiebstahls beschuldigt.«

Fronika fuhr vor der Tür der Schreck in die Glieder. Er hatte sie erkannt!

Der Müller lachte tief und rau auf. »Ein guter Scherz!«, sagte er. »Dieses kleine, verschreckte Vögelchen soll eine durchtriebene Diebin sein?«

»Oh!«, erwiderte Jakob scharf. »Unterschätze sie nicht, Müller! Sie ist gerissener, als es scheint!«

»Hat sie etwas mit dem *Wunder* zu tun?«

Fronika hörte, wie Jakobs Kleidung raschelte und die Bodendielen knarrten. Schnell drückte sie sich in eine dunkle Ecke, bereit zur Flucht, falls jemand den Raum verließ. Doch Jakob von Fulda schritt im Zimmer auf und ab, ohne sich der Tür zu nähern. »Ich fürchte«, sagte er zerknirscht, »ich bin selbst für einen Teil des *Wunders* verantwortlich.«

»Wie das?«

»Die kranke Frau tat mir leid. Obwohl sie nichts besitzt, ist sie gastfreundlich und hilfsbereit. Ihr Sohn opfert sich für sie auf. Deshalb habe ich ihr die drei Goldstücke auf die Schwelle gelegt.«

Wieder lachte der Müller rau. »Damit hast du unserer Sache keinen guten Dienst erwiesen!«

»Woher sollte ich wissen, dass die Frau ein Wunder daraus macht? Sie hätte das Geld stillschweigend nehmen können, ohne jemandem davon zu erzählen.«

»Hat sie aber nicht. Was hat es mit den Blutstropfen auf sich?«

»Wenn ich das wüsste!«

»Irgendetwas stimmt nicht, Jakob! Ich kenne die Dürner. Da ist etwas faul an der ganzen Angelegenheit.«

»Ich werde herausfinden, was es ist.«

»Sei vorsichtig! Jeder einzelne von uns, den sie erwischen, schadet der ganzen Bruderschaft. Sie sind unerbittlich hinter uns her!«

»Glaubst du, das weiß ich nicht? Keine Angst, Müller! Mein Leben ist mir lieb! Denkst du, ich will als Ketzer verbrannt werden?«

Fronika zitterte am ganzen Leib. Das Gespräch hatte eine Wendung genommen, die ihr Angstschauer über den Rücken jagte. Sie wagte nicht, noch länger zuzuhören, und schlich auf Zehenspitzen die Treppe hinunter.

»Wo treibst du dich schon wieder herum?«, herrschte die Wirtin sie an. »Willst wohl die Zeche prellen, was?«

Wortlos warf Fronika einen Pfennig auf den Tresen und verließ die Schänke.

Draußen war alles still, der Bär vermutlich längst wieder eingefangen. Nur aus dem Stall drang das laute Schnarchen von

Kuntz. Er musste am Vorabend einen gewaltigen Rausch gehabt haben, wenn nicht einmal der Tumult ihn geweckt hatte. Durch den knöcheltiefen Schnee stapfte Fronika hinauf zum Pfarrhaus. Jetzt war sie froh, dass Schwester Anna abgereist war. So konnte sie ungestört nachdenken.

Vor der Haustür zögerte sie. Ihr war, als lauere ein dunkler Schatten hinter der Schwelle. Sie konnte nichts sehen, aber sie fror und spürte eine tiefe Beklemmung. Sie hatte am Morgen vergessen, Salz zu streuen.

Jakob von Fulda – war er doch der Leibhaftige, wie Adelheid Pfeuwin vermutete? Zwar hatte er keinen Pferdefuß, doch was hieß das schon? Der Teufel war ein Meister der Verstellung.

Sie schüttelte den Kopf. Nein, Jakob war nicht der Satan in Menschengestalt. Sonst hätte er nicht aus Mitleid Geld auf Lenes Türschwelle gelegt.

Fronika biss sich auf die Lippen. Er kannte ihre Vergangenheit! Vielleicht war es besser, aus Dürn zu verschwinden, bevor es zu spät war. Sie konnte sich den Gauklern anschließen, wie Boppo vorgeschlagen hatte …

Ein scharfer Windzug holte sie in die Gegenwart zurück. Noch immer stand sie im Freien, ein paar Schritte von der Tür zum Pfarrhaus entfernt. Ihr Unbehagen wuchs. Was, wenn kein Geist im Haus auf sie wartete, sondern ein Feind aus Fleisch und Blut? Vor der Eingangstür war der Schnee zertrampelt, aber das hatte nichts zu heißen, es waren heute schon ein paar Leute ein- und ausgegangen, allen voran Schwester Anna. Kurz entschlossen bog Fronika nach links ab und näherte sich dem Pfarrhaus von der Rückseite. Die Hintertür ließ sich nur schwer öffnen, sie wurde von einer Schneeverwehung blockiert. Fronika rüttelte so lange daran, bis sie durch einen schmalen Spalt hineinschlüpfen konnte.

Im Haus herrschte Stille. Langsam schlich Fronika vorwärts, öffnete die Verbindungstür zur Wohnung, die ein scharrendes Geräusch von sich gab. Bange hielt sie die Luft an. Es regte sich nichts.

Ihre Unruhe ließ nach, sie spürte, wie ihr Atem sich regulierte, die Anspannung sich löste. Sie betrat die Küche und war sich mit einem Mal ganz sicher, dass niemand im Haus war. Kein Freund und auch kein Feind. Und dennoch ... stimmte etwas nicht.

Dann hörte sie ein leises Geräusch. Es kam von der Eingangstür und klang wie ein Kratzen am Holz. Ein leises Winseln folgte. Fronika erinnerte sich an den Hund, der schon mehrmals ums Haus gestrichen und ihr in die Kirche gefolgt war. Heute würde sie ihn hereinlassen, beschloss sie, schließlich war Weihnachten. Von innen entriegelte sie die Tür – und dann ging alles ganz schnell: Ein zischendes Geräusch drang an ihr Ohr, der Hund jaulte in Todesangst auf und verstummte ebenso plötzlich wieder. Sein Kopf rollte, sauber vom Leib getrennt, durch den Flur und blieb schließlich vor der Küche liegen. Die Zunge hing ihm aus dem Maul, und die toten Augen starrten Fronika mit einem verwunderten Ausdruck an. Schnell bildete sich eine Blutlache.

Starr vor Schreck stand sie da, unfähig sich zu bewegen, unfähig sogar, einen Schrei auszustoßen. Sie sah die scharfe Sense, die auf den Hund niedergesaust war – und sah sie doch nicht. Ihr Verstand weigerte sich, die grässliche Szene zu begreifen. Erst als die Kälte sie zittern ließ, löste sich ihre Starre. Von Furcht und Ekel getrieben packte sie den Kopf und schmiss ihn vor die Tür, die sie danach zuwarf, als sei die Wilde Jagd hinter ihr her.

Wasser! In blinder Panik griff sie nach dem Eimer, der zum Kochen bereitstand, und schrubbte das Blut vom Boden. Als sie damit fertig war, zitterte sie noch immer.

Jemand hatte die Sense so befestigt, dass sie mit großer Wucht auf denjenigen herabfallen musste, der die Tür von außen öffnete. Und wer sonst sollte das sein, wenn nicht sie selbst?

13

Fronika verbrachte die Nacht wachend am Herdfeuer. Der Schlaf wollte einfach nicht kommen. Sie starrte in die Flammen, als wären diese in der Lage, all das Böse, Hinterlistige und Grausame, das in ihr Leben gedrungen war, zu einem Häufchen Asche zu verbrennen. Manchmal sank ihr Kopf erschöpft auf die Brust, doch dann sah sie den erstaunten Blick des toten Hundes und schreckte sofort wieder hoch. Sobald das Feuer ein wenig herunterbrannte, legte sie Holz nach, eine sinnlose Vergeudung, doch es ging nicht anders, denn eine unerträgliche Kälte hatte sich ihrer bemächtigt, die sich nicht anders vertreiben ließ. Bei jedem Geräusch zuckte sie zusammen, obwohl es meist nur ein Holzscheit war, der sich im Feuer bewegte. Selbst die tanzenden Schatten, die von den Flammen an die Wand geworfen wurden, jagten ihr Angst ein.

Sie hatte dem Tod schon mehrmals ins Auge geblickt. In Mainz, während ihrer Kerkerhaft. Bei ihrem Sturz in den eisigen See. Auf der Reise mit Kuntz, als sie von den Wegelagerern bedroht wurden. Und erst am Vortag, als der Bär hinter ihr her war. Aber stets war die Gefahr greifbar gewesen, hatte sich ihr gezeigt, hatte ihr die Gelegenheit geboten, für ihre Sünden um Vergebung zu bitten und ihren Frieden mit Gott zu machen. Gestern jedoch hatte sich der Tod feige von hinten angeschlichen, gemein und unsichtbar, wie eine Schlange, die im hohen Gras lauerte und plötzlich zubiss, ohne jede Vorwarnung.

Wer trachtete ihr nach dem Leben? Wer war boshaft genug, sich eine Falle wie die Sense über der Tür auszudenken? Zweifellos war das Beil für sie bestimmt gewesen, aber es hätte ebenso gut jeden anderen treffen können, der unbedarft das Pfarrhaus betrat. Der Mörder musste das gewusst und in Kauf genommen haben.

Im Grunde kam fast jeder in Betracht. Selbst Jakob. Er hätte sich während des Krippenspiels wegschleichen und die Konstruktion anbringen können. Aber … das *wollte* sie einfach nicht glauben!

Die Frage nach dem Warum drängte sich auf. Warum wollte jemand sie aus dem Weg räumen? Was für einen Grund gab es, sie zu töten?

Das Korporale, erkannte sie. *Der Mörder will das Wundertuch und kann keine Mitwisser brauchen.*

Aber, das ergab keinen Sinn! Niemand wusste davon! Oder … etwa doch?

Fronika dachte angestrengt nach. Sie hatte nur mit Boppo über ihre Entdeckung gesprochen. Und Lene hatte im Halbschlaf mit angehört, wie sie das Tuch versteckten. Lene hatte sich wiederum jemandem anvertraut, dessen Namen sie nicht nennen wollte. Und dieser Jemand hatte vielleicht …

Sie seufzte. In Mainz sickerte ein Geheimnis nicht so schnell durch. Aber Dürn war viel kleiner. Inzwischen flüsterte vielleicht der halbe Ort hinter vorgehaltener Hand über die kostbare Reliquie und ihre Macht. Über ein Altartuch, das Heinrich Otto am Sterbebett seiner Magd Fronika anvertraut hatte. Über die *Wunder*, die es vollbringen konnte.

Oder hatte das Korporale sich selbst verraten? Es besaß eine unerklärliche Kraft. Philipp Eugen hatte den Altarstein bluten sehen, hinter dem das Tuch lange Zeit versteckt gewesen war. Und als sie selbst das Bildnis unter ihrem Kleid, dicht am Herzen getragen hatte, war sie sich seiner Macht und Stärke bewusst geworden. Sie hatte ein Glücksgefühl empfunden, wie sie es nie zuvor gekannt hatte. Schwester Anna behauptete, es gäbe gar keine Wunder. Aber das konnte nicht sein! Sie hatte es selbst gespürt, ganz deutlich: das beruhigende Pochen auf ihrer

Brust, die Wärme und den tiefen Frieden, die von dem Tuch ausgingen.

Fronika fröstelte. Nein, sie durfte niemandem vertrauen! Und sie konnte nicht länger in Dürn bleiben! Der Mörder würde es gewiss ein zweites Mal versuchen, wenn er sah, dass sein Vorhaben gescheitert war. Sie wusste sowohl von Kuntz als auch von Boppo, wie kostbar diese Reliquie war.

Kuntz! Ihr stockte der Atem. An den Alten hatte sie gar nicht mehr gedacht! Steckte er mit dem Schneeberger unter einer Decke? War das Wundertuch die große Beute, auf die der Alte seit Jahren wartete, der letzte Fischzug, nach dem er sich endlich zur Ruhe setzen und den Rest seines kümmerlichen Daseins ohne Geldsorgen mit seinem geliebten Branntwein verbringen konnte?

Möglich war es.

Ein Hahn krähte, und Fronika zuckte zusammen. Die Nacht neigte sich dem Ende zu. Sie stand auf, legte sich ihren wollenen Umhang um die Schultern und streifte die guten Schuhe über, die Jakob ihr gegeben hatte.

Worauf sollte sie noch warten? Sie musste weg, bevor der Mörder entdeckte, dass sie am Leben war.

Die angstvolle Starre der Nacht fiel von ihr ab. Ein letztes Mal blickte sie sich im Pfarrhaus um. Sie wollte nichts mitnehmen, nicht als Diebin aus Dürn verschwinden. Sie war gern hier gewesen und würde das Städtchen vermissen. Doch gehen musste sie, so viel stand fest, wenn ihr das Leben lieb war.

Als die ersten hellen Schlieren des neuen Morgens am Horizont erschienen, tauchte die Gestalt wie aus dem Nichts vor dem Pfarrhaus auf. Sie näherte sich der Tür, wo sie zögernd stehen blieb, als könne sie sich nicht entscheiden, ob sie wirklich eintreten solle. Mit traurigem Blick musterte sie den Hundekadaver, der mittlerweile steif gefroren war und alle Viere von sich streckte.

Dreimal umrundete die Gestalt das Pfarrhaus, langsam, gemessenen Schrittes. Die Kälte schien ihr nichts auszumachen, und ihre Füße hinterließen keine Spuren auf der weißen Schneedecke. Ein Blick durch das Fenster blieb unbemerkt.

Nach der dritten Umrundung zog sich die Gestalt zurück, suchte im Schatten des Kirchturms ein dunkles Plätzchen, von wo aus die Tür zum Pfarrhaus gut einsehbar war. Kurze Zeit später öffnete sich diese, und die junge Küchenmagd trat heraus. Sie war in einen wollenen Umhang gehüllt. Als sie die Tür hinter sich verschlossen hatte, blieb sie kurz neben dem toten Hund stehen. Sie bückte sich, streichelte das vereiste Fell des Tieres, bekreuzigte sich und ging dann schnell davon. Sie schlug den Weg zur Burgruine ein, wo sie sich dicht an der Mauer hielt. Sie drehte sich kein einziges Mal um.

Die Gestalt wartete so lange, bis die Magd fast außer Sichtweite war, dann löste sie sich aus dem Schatten des Kirchturms und nahm die Verfolgung auf. Ihre merkwürdig alterslosen Gesichtszüge trugen einen besorgten Ausdruck.

Fronika achtete darauf, dass niemand sie sah. Der Meuchelmörder würde sein Opfer suchen. Darum galt es, keine Spuren zu hinterlassen.

Am liebsten hätte sie sofort einen großen Abstand zwischen sich und den Ort des Schreckens gelegt, aber so einfach ging es nicht. Sie war auf Hilfe angewiesen, wenn sie überleben wollte. Als alleinreisende Frau war sie auf der Straße Freiwild für alle, die ihr begegneten. Die Wälder musste sie meiden, wollte sie nicht Gefahr laufen, zu erfrieren oder ein Opfer der Wölfe zu werden.

Ihre Möglichkeiten waren begrenzt. Der Meuchelmörder musste vermuten, dass sie die Stadt verließ. Also würde er zuerst die Straßen abklappern. Fronika blieb nur die Hoffnung, ihn auszutricksen. Doch dazu brauchte sie einen Komplizen. Sie brauchte Boppo.

Ob er ihr noch zürnte? Und hatte er den Vorschlag kürzlich auf dem Marktplatz überhaupt ernst gemeint? Würde er wirklich gemeinsam mit ihr Dürn verlassen, um sich den Gauklern anzuschließen? Sie musste es herausfinden.

Mit angespannten Nerven schlich Fronika zum Seebuckel. Eine eigentümliche Stille lag über Dürn. Am Feiertag hatten die Leute nicht nur gut gegessen, sondern auch den einen oder anderen Tropfen Wein und Starkbier getrunken. Sie schliefen wohl noch selig. Als Fronika in gebührendem Abstand am Vorderen Tor vorbeihuschte, spielte sie einen kurzen Moment mit dem Gedanken, ihren Plan über Bord zu werfen und sich stattdessen dem Mann anzuvertrauen, der ihr Herz beherrschte. Doch das wäre töricht gewesen, nach allem, was sie am Vortag belauscht hatte. Jakob von Fulda hatte sie belogen, sie wusste nicht einmal, wer er wirklich war. Es war besser, ihn nie wieder zu sehen.

Sie zog den Umhang fester um die Schultern. Nur nicht zurückblicken! Sie musste nach vorne schauen und auf die eigene Urteilskraft zu vertrauen. Nur auf sich selbst durfte man bauen – und auf Gott, das hatte sie immerhin gelernt.

Während sie den Seebuckel hinabschlitterte, beruhigte sich ihr Herzschlag. Sie tat das Richtige. Sie würde Lene bitten, das Altartuch Pfarrer Gerwicus zu übergeben. Sollte er sich damit herumschlagen! Das Korporale mochte Wunder vollbringen – ihr selbst hatte es bislang nur Kummer bereitet. Fast verspürte Fronika etwas wie Unmut gegenüber ihrem verstorbenen Großonkel. Warum hatte Heinrich Otto ausgerechnet sie mit einem so gefährlichen Geheimnis belastet? Warum …

Sie zuckte zusammen. Aus den Augenwinkeln hatte sie eine Bewegung wahrgenommen. Ruckartig drehte sie sich um, doch da war nichts. Kein Mensch, kein Tier, kein Geräusch. Auf der weißen Schneedecke nur ihre eigenen Fußabdrücke. Sie blieb stehen und lauschte.

Nichts.

Schließlich ging sie weiter, wachsamer nun, denn das Gefühl, beobachtet und verfolgt zu werden, verschwand nicht. Es wuchs mit jedem Schritt, mit dem sie sich Boppos und Lenes Kate näherte.

Auch dort war alles ruhig. Aus dem Schornstein drang kein Rauch. Die beiden konnten es sich nicht leisten, täglich ein Feuer zu entfachen, dazu fand sich im Winter zu wenig trockenes Holz. Verwundert stellte Fronika fest, dass die Schweinshaut, die sich Lene von ihrem neuen Reichtum geleistet und vor das Fenster gespannt hatte, einen großen Riss aufwies. Das sah Boppo gar nicht ähnlich! Seit sie ihn kannte, hatte er sich immer um das ärmliche Haus gekümmert, als sei es ein Palast. Und seiner Mutter hatte er das Leben so angenehm wie möglich gemacht. Fronika warf durch den Schlitz einen Blick in die Hütte, doch es war zu dunkel, um etwas zu erkennen. Ein unangenehmer Geruch lag in der Luft.

Sie hatte gehofft, Boppo wach vorzufinden, denn was sie ihm zu sagen hatte, sollte Lene nicht mithören.

»Ich will an deiner Seite leben«, flüsterte sie leise zu sich selbst. »Wie eine Frau mit ihrem Mann. Und wenn du alt genug bist, Boppo, können wir heiraten. Du musst wissen, dass ich dich von ganzem Herzen liebe. Nicht wie eine Frau ihren Mann, da will ich ehrlich sein. Aber ich liebe dich, wie eine Schwester ihren Bruder. Ich schätze dich, dein Gemüt, deine Klugheit, deinen Humor. Ich will mit dir zu den Gauklern gehen. Alles andere wird sich finden. Willst du mich, Boppo?«

Sie öffnete die Tür nur einen Spaltbreit, da sie wusste, wie sehr sie quietschte. Dann zwängte sie sich in den kalten Raum. Der üble Geruch, den sie schon vor dem Fenster wahrgenommen hatte, wurde stärker, es stank nach Rost und Asche.

Sie musste auch mit Lene reden, doch zuerst war Boppo an der Reihe. Auf Zehenspitzen schlich sie zu seinem Lager. Trotz der eingerissenen Schweinshaut war es so düster in der Hütte, dass sie sich ganz auf ihren Tastsinn verlassen musste.

»Boppo«, flüsterte sie, als sie die Ecke erreicht hatte, in der ihr Freund schlief. Sie wollte ihn bei den Schultern packen und wachrütteln – doch das Lager war leer.

Wohin war Boppo so früh gegangen?

Ein Schatten fiel auf das Fenster, und Fronika erschrak. Es war jedoch nichts zu sehen. Nur die Schweinshaut flatterte sacht im Wind.

»Lene«, murmelte sie. »Entschuldige, wenn ich dich störe, aber …« Dann stockte sie. Auch auf Lenes Bettstatt regte sich nichts. Es war unnatürlich still in der Hütte, kein Atemzug, kein Schnaufen, nichts. Wieder fiel Fronika der scharfe Geruch auf.

Im stärker werdenden Licht des Morgens konnte sie den Körper ihrer Freundin auf dem Bett erkennen. Die Decke war zu Boden gerutscht, und die Tagelöhnerin lag schutzlos der Kälte ausgeliefert. Fronika spürte, wie eine Gänsehaut ihren Körper überlief. Etwas stimmte nicht.

»Lene?«, versuchte sie es noch einmal mit unsicherer, dünner Stimme. Sie trat einen Schritt näher, berührte ihre Freundin an der Schulter und rüttelte sie sanft. Der Körper, der bislang seitlich auf dem Stroh gelegen hatte, bewegte sich unter ihrer Berührung wie von selbst und drehte sich auf den Rücken.

Lenes Gesicht war zu einer grausamen Grimasse verzerrt. Ihre Augen starrten weit aufgerissen zur Decke, die Zunge hing schwarz aus dem Mund. Die Gurgel war mit einem scharfen Messer durchtrennt worden, der Schnitt zog sich quer über den Hals, von einem Ohr bis zum anderen. Das ganze Bett war besudelt von rostbraunen und schwarzen, eingetrockneten Blutflecken.

Keuchend vor Grauen trat Fronika einen Schritt zurück – und stolperte über ein großes Hindernis, das auf dem Boden lag.

»Nein«, stammelte sie. »Bitte nicht.«

Langsam ließ sie ihren Blick nach unten gleiten.

Die zweite Leiche lag auf dem Bauch und bis zur Hüfte in der kalten Asche. Der Körper war bis zu den Beinen verkohlt und schwarz wie ein verbranntes Stück Holz. Fronika erkannte Boppo an den Schuhen und an einem Fetzen seiner Beinlinge, der von den Flammen verschont geblieben war.

Sie stürzte aus der Hütte, presste die Hände auf den Bauch und übergab sich direkt vor der Tür.

14

Zum ersten Mal seit vielen Tagen zeigte sich die Sonne ohne Wolkenhülle am Himmel. Der Schnee funkelte wie ein Meer aus Edelsteinen, und am Seeufer glitzerten die Eiskristalle im hellen Licht. Das Wasser des Morschbaches gurgelte, als wolle es ein Freudenlied anstimmen. Selbst die Vögel zwitscherten dem noch weit entfernten Frühjahr entgegen. Fast war es, als verhöhne der heraufziehende Tag das Grauen, das sich in der Hütte abgespielt hatte.

Fronika kauerte am Boden und wartete, bis ihr Magen sich endlich beruhigte. Mit einer Handvoll Schnee wusch sie sich das Gesicht, doch die Bilder, die sie gesehen hatte, wollten sich nicht wegwischen lassen. Sie nahm den Schnee in den Mund, um den bitteren Geschmack loszuwerden. Die Kristalle schmolzen kribbelnd auf ihrer Zunge.

Einen Steinwurf von ihr entfernt trat eine Gestalt ins Licht, blieb reglos stehen und warf ihr einen mitfühlenden, unendlich traurigen Blick zu.

Fronika überkam eine unbändige Wut. Die Furcht, die sie bislang vor der Erscheinung ihres toten Großonkels verspürt hatte, war wie weggeblasen. Warum sollte sie die Toten fürchten, wenn die Lebenden so viel grausamer waren? Der Mord in Boppos Hütte war mit Sicherheit nicht von einem Geist verübt worden!

»Verschwinde!«, rief sie der Gestalt zu und ballte die Hände zu Fäusten. »Was willst du noch von mir?« Sie deutete zur Kate. »Ich habe getan, was du von mir verlangt hast – und nun sieh, wohin es geführt hat! Meine Freunde sind tot! Und warum? Kannst du mir das sagen?«

Heinrich Otto rührte sich nicht. Eine Träne lief über seine Wange, sie glitzerte im Sonnenschein.

»Hat man sie wegen der drei Goldstücke hingeschlachtet, die Lene auf ihrer Schwelle gefunden hat? Wurden sie das Opfer eines Räubers? Na los, sag es mir, Onkel! Oder willst du mich nur erschrecken? Mir Angst einjagen? Das wird dir nicht gelingen. Jetzt nicht mehr. Komm mich ruhig holen, wenn du deshalb zurückgekehrt bist aus dem Reich der Toten!« Sie stand auf, stützte die Arme in die Seiten und blickte der Gestalt herausfordernd in die tiefen, bodenlosen Augen. »Worauf wartest du denn noch?«

Fast unmerklich schüttelte Heinrich Otto den Kopf.

Sie schnaufte schwer. Ihre Wut wich der Hoffnungslosigkeit. »Dann zeige mir einen Weg.« Ihre Stimme klang dünn, brach schließlich ab.

Mit einer vagen Kopfbewegung wies die Erscheinung zur Eingangstür der Kate.

»Oh nein!« Entschlossen schüttelte Fronika den Kopf. »Ganz sicher nicht. Diese Hütte werde ich nicht noch einmal betreten.«

Heinrich Otto kam einen Schritt näher. Er lächelte ihr ermutigend zu. Fronika wich zurück und hob abwehrend die Hände. »Geh zurück ins Jenseits, wo du hingehörst!«

Heinrich Otto trat noch einen Schritt näher.

»Bleib stehen!«, rief Fronika. »Warum fährst du nicht in den Himmel auf, wenn du ein gottgefälliges Leben geführt hast? Kannst du mich nicht endlich in Ruhe lassen?«

Wieder deutete die Erscheinung mit dem Kopf zur Tür.

»Was soll ich dort drinnen? Ich kann ihnen nicht mehr helfen.« Eine leise Beklemmung beschlich Fronika, als Heinrich Otto einen dritten Schritt tat. All ihren Worten zum Trotz wäre sie am liebsten vor ihm davongelaufen. Er stand nun so nahe, dass sie ein eigentümliches Strahlen um ihn herum wahrnehmen konnte. Seine Haut schimmerte weiß, und die Pupillen seiner Augen zogen sie in ihren Bann. Sie waren schwärzer als alles, was sie bislang gesehen hatte. Schwärzer als Ruß, schwärzer als das Moor, schwärzer als die dunkelste Nacht. Sie übten einen unerklärlichen Sog auf sie aus. Es war, als könne man in diese Löcher hineinstürzen und für immer darin versinken. Fronika schauderte. Zum ersten Mal im Leben bekam sie eine vage Vorstellung von der Unendlichkeit.

Dann schloss Heinrich Otto die Lider und entließ sie aus dem rätselhaften Sog. Fronika verlor das Gleichgewicht und musste sich am Boden abstützen, um nicht in den Schnee zu fallen. Ihr toter Onkel wies noch einmal zur Tür, energischer diesmal. Sie wagte nicht länger, sich zu widersetzen.

»Das Korporale«, flüsterte sie. »Ich weiß schon. Ich soll es holen.«

Ihr Herz klopfte, als wolle es durch den Hals heraushüpfen. Sie stieß die Hüttentür auf. Der Gestank war schlimmer als in ihrer Erinnerung. Ihr Magen begann erneut zu flattern, doch er hatte bereits alles von sich gegeben und ließ sich mit kräftigem Schlucken wieder beruhigen.

Fronika bemühte sich, ihren Blick starr auf den Kamin zu richten. Es gelang ihr nicht. Immer wieder wanderten ihre Augen auf den Boden, wo die verkohlte Leiche Boppos lag. Sie konnte die Tränen nicht zurückhalten.

Aus dem fröhlichen, klugen und warmherzigen Jungen würde nun niemals mehr ein starker Mann werden. Er würde niemals Kinder zeugen, weder ihre, Fronikas, noch die irgendeiner anderen Frau. Seine Träume von einem besseren, freieren Leben würden für immer Träume bleiben, und bald würde die Zeit sie davonwehen wie der Wind eine Wolke am Himmel. Dann würde nur noch sie selbst darum wissen und vielleicht die Heiligen, zu denen Boppo gebetet hatte.

Fronika hatte in seiner Gegenwart nie das Gleiche verspürt wie in der von Jakob. Nie hatte ihr Körper gebebt, wenn sie ihren jungen Freund sah. Nie hatten ihre Augen geleuchtet wie die Sonne. Aber immer hatte sie sich geborgen und geachtet gefühlt, wenn sie mit ihm zusammen war. Ja, sie hätte ihn heiraten können. Achtung und Wärme waren nicht die schlechtesten Voraussetzungen für eine Ehe.

Fronika blieb stehen. Die Tränen verschleierten ihren Blick. Ein beunruhigender Gedanke drängte sich ihr auf: Auch Lene und Boppo waren ohne Beichte, ohne Absolution für ihre Sünden aus dem Leben geschieden. Und der Mörder hatte sich bestimmt nicht die Mühe gemacht, ihre Münder zu verschließen, um die Seelen im Körper einzusperren. Vielleicht waren auch sie nun dazu verdammt, als Wiedergänger unter den Lebenden herumzustreifen? Zumindest, bis der Mord an ihnen gesühnt war.

Fronika fröstelte. Es war zu spät, etwas daran zu ändern. Sie konnte nur hoffen, dass die Toten nicht sie, sondern ihren Mörder verfolgen würden. Sie biss die Zähne zusammen und stieg über den Leichnam hinweg auf den Kamin zu. War es nicht zum Verrücktwerden? Sie wünschte nichts sehnlicher, als das Korporale zurückzulassen, endlich von der Last der Verantwortung befreit zu sein, und sah sich doch gezwungen, es wieder an sich zu nehmen.

Den richtigen Stein erkannte sie sofort. Vom häufigen Herauslösen war er mittlerweile blank gescheuert, während alle anderen von einer dünnen Rußschicht überzogen waren. Er glitt leicht in ihre Hände. Sie stellte sich auf die Zehenspitzen und tastete nach dem Wundertuch. Doch sie fand es nicht. Der Hohlraum war leer.

»Das Korporale ist verschwunden«, murmelte sie, als sie wieder im Freien stand. »Hast du das nicht gewusst?«

Die Gestalt stand noch immer dort, wo Fronika sie verlassen hatte.

»Warum musste ich noch einmal in die Kate? Willst du mich quälen?«

Heinrich Otto reagierte nicht, und Fronika wusste, dass sie unrecht hatte. Zwar würde sie die schrecklichen Bilder, die sie gesehen hatte, nicht vergessen, doch immerhin hatte sie beim zweiten Mal in der Hütte Abschied von Boppo und Lene nehmen können. Es war nur ein schwacher Trost, dennoch wollte sie ihn nicht missen.

Wo steckte das Altartuch? Der Mörder musste es mitgenommen haben. Er hatte Lene und Boppo getötet, damit sie ihn nicht verraten konnten.

Fronikas Atem ging schneller. Sie musste verschwinden! Mehr denn je schwebte sie in Lebensgefahr. »Wohin soll ich nur gehen?«, fragte sie verzweifelt. »Wirst du mir helfen, Onkel ...?«

Sie wandte sich um und stockte. Die Erscheinung war verschwunden. Nicht einmal eine Fußspur deutete darauf hin, dass sie eben noch hier gestanden hatte. Die Tränen, die kaum versiegt waren, stürzten ihr erneut in die Augen. »Hau doch ab!«, heulte sie wütend. »Du bist ja sowieso zu nichts nütze! Wenn man dich wirklich braucht ...« Erschrocken schlug sie sich die Hand auf den Mund. Was tat sie da? Sie war drauf und dran gewesen, Heinrich Otto zu verfluchen. Was alles andere als klug wäre. Mit den Toten legte man sich nicht an.

»Verzeih mir«, stammelte sie. »Bitte verzeih! Du wirst schon deine Gründe haben. Wer bin ich, darüber zu urteilen?« Erschöpft lehnte sie sich an die Hauswand.

Es blieb die Frage zu klären, wohin sie jetzt noch gehen konnte.

Die Gaukler schieden aus. Ohne Boppos Vermittlung konnte sie nicht mit ihnen ziehen. Sie kannte keinen von ihnen, und es gab keinen Grund für die Artisten, eine nutzlose Küchenmagd durch den Winter zu füttern. Bei genauerem Hinsehen gab es nur einen einzigen Ort, der jetzt noch als Zuflucht infrage kam. Sie musste nach Seligental gelangen! Die Nonnen durften sie nicht vor die Tür setzen, wenn sie in Not war. Schwester Anna hatte sie zu einem Besuch aufgefordert – auch wenn sie vermutlich nicht damit rechnete, dass Fronika die Einladung so bald annehmen würde. Es war keine Lösung für lange, das wusste sie, aber fürs Erste war sie hinter den dicken Klostermauern wenigstens vor dem Meuchelmörder sicher.

Ein weiteres Problem tat sich auf, als sie sich auf den Weg machen wollte: Wo lag das Kloster Seligental überhaupt? Sie hatte Schwester Anna nie danach gefragt.

Die Nonne hatte Dürn durch das Vordere Tor verlassen. Damit stand die ungefähre Richtung fest. Und hatte Anna nicht von einer Verwandten in Rinschheim gesprochen, bei der sie einen Zwischenhalt einlegen wollte? Davon hatte sie immerhin schon gehört.

Fronika schöpfte neuen Mut. So schwer konnte es nicht sein, das Kloster zu finden! Es konnte ja nicht weiter als ein Tagesmarsch entfernt liegen. Entschlossen zog sie ihren warmen Umhang fester um die Schultern und wandte sich von der Kate ab. Noch war sie nicht bereit aufzugeben!

Die Straße lag unter einer Schneedecke verborgen, nur ein paar Abdrücke von Rädern, Pferdehufen und Füßen ließen ihren Verlauf erkennen. Fronika musste sie meiden. Hier würde man zuerst nach ihr suchen und sie schnell einholen. Sie durfte sich aber auch nicht allzu weit von ihr entfernen, sonst verirrte sie sich hoffnungslos und kam niemals ans Ziel. Auch musste sie sich hüten, verräterische Fußspuren zu hinterlassen. Der Schnee war von nun an ihr Feind. Selbst die Sonne hatte sich gegen sie verschworen – hell wie sie strahlte. Fronika hätte trübes Wetter und eine dichte Wolkendecke bevorzugt, in deren Schutz sie untertauchen konnte.

Sie dankte Gott für ihre Gesundheit und die körperliche Kraft, die sie nicht zuletzt ihrer langen Reise mit Kuntz zu verdanken hatte. Wie gerne wäre sie auch diesmal in seiner Obhut gereist, aber mittlerweile traute sie dem Alten nicht mehr über den Weg. Er war hinter dem Wundertuch her. Wie weit würde er gehen, um es zu bekommen?

Mit schnellem Schritt machte sie sich auf den Weg, wachsam nach hinten blickend, um nicht von einem Verfolger überrascht zu werden. Bald keuchte sie trotz der klirrenden Kälte, die von der Wintersonne nicht vertrieben wurde.

Als die Türme von Dürn kleiner wurden, blieb sie stehen. Der Weg, den sie beschritt, war Neuland. Nie zuvor hatte sie die Stadt in dieser Richtung verlassen. Sie kannte sich nicht aus, wusste aber, dass die Straße nach Buchen führte. Schwester Anna hatte jedoch von Rinschheim gesprochen – und dieses Dorf lag südöstlich von Buchen, wenn ihre Erinnerung sie nicht trog. Boppo hatte hin und wieder von den Dörfern der Umgebung erzählt, wo er während der Erntezeit den Bauern zur Hand ging. Fronika wünschte, sie hätte ihm aufmerksamer zugehört.

Nach Südosten also. Oder doch nicht? »Heilige Muttergottes«, betete sie. »Heilige Veronika, die du meine besondere Schutzpatronin bist. Gebt mir ein Zeichen, ob ich das Richtige tue.«

Eine unnatürliche Stille senkte sich auf die Winterlandschaft. Minutenlang stand Fronika reglos da und lauschte. Dann ertönten der Flügelschlag und das laute Krächzen einer Krähe, die dicht über ihren Kopf hinwegflog, nach links auf den Waldrand zu. In südöstliche Richtung.

Fronika schickte ein Dankgebet zum Himmel und lächelte. Sie war nicht allein, solange sie die Zeichen nur richtig deutete!

Rechter Hand rückten die Bäume dicht an die Straße heran, doch nach links musste sie zunächst eine breite Wiesenfläche überwinden, bis sie den Saum des Waldes erreichte. Sie brach von einem Nadelbaum einen Ast ab und verließ die Straße. Ihre Füße hinterließen tiefe Spuren im Schnee. Fronika drehte sich um und verwischte sie mit den Tannenwedeln, so gut es ging. Das kostete viel Zeit, doch sie hatte keine andere Wahl. Nach kurzer Zeit schwitzte sie, während ihre Füße trotz der guten Schuhe nass und eiskalt waren. Sie hielt nicht inne, arbeitete sich mit den Zweigen zum Waldrand hin. Als sie endlich im Schutz der Bäume ankam, sank sie erschöpft in den Schnee und gönnte sich eine kurze Verschnaufpause. Sie musste ihre Kräfte einteilen, denn der Weg zum Kloster hatte gerade erst begonnen.

Der Schlaf, der sie in der Nacht am Herdfeuer so kläglich im Stich gelassen hatte, wollte über sie kommen. Sie durfte ihm jedoch nicht nachgeben, sonst erfror sie, noch bevor sie Dürn wirklich hinter sich gelassen hatte. Ihr Kopf sank auf die Brust, ihr Atem wurde ruhiger, sie schloss die Augen … und schrak zusammen.

Von der Straße her ertönte Hufgetrappel. Ein Reiter hatte es eilig, Fronika hörte, wie er sein Pferd antrieb. Die kehlige Stimme kam ihr bekannt vor. Vorsichtig, um sich nicht durch das Bewegen oder Rascheln von Zweigen zu verraten, lugte sie aus dem Gebüsch. Sie sah den Reiter nur von hinten, doch sie erkannte ihn sofort.

Kuntz!

Er blickte weder nach rechts noch nach links, aber der Wind trug seine gotteslästerlichen Flüche an ihr Ohr. War der Reliquienhändler der erbarmungslose Meuchelmörder, vor dem sie auf der Flucht war? Sie hatte nicht vor, es jetzt herauszufinden, und schlug sich tiefer in die Büsche.

Im Wald kam sie schneller voran. Der Schnee behinderte sie nun nicht mehr, allerdings lief sie Gefahr, die Orientierung zu verlieren. Die Sonne leitete sie schließlich zu einem schmalen Pfad, der linker Hand nach Dürn zurückführen musste. Sie folgte ihm nach rechts, hielt sich aber stets im Gebüsch, um sich jederzeit wegducken zu können, falls ein Verfolger auftauchte. Ihre nassen Füße schmerzten in den ungewohnten Schuhen. Sie sehnte sich nach ihren Holzpantoffeln. Was nützte das edle Schuhwerk, wenn es weder die Nässe abhielt, noch die Steine am Weg, die sich gnadenlos in die dünne Sohle bohrten?

In ihrem Bauch rumorte es. Seit über einem Tag hatte sie nichts gegessen, am gestrigen Abend nicht, und am Morgen war keine Zeit dafür geblieben. Nun zog sich ihr leerer Magen schmerzhaft zusammen. Fronika lutschte eine Handvoll Schnee, der ihr zumindest das Gefühl vermittelte, etwas in den Bauch zu bekommen. Doch er war zu kalt und verursachte nur weitere Krämpfe.

Nach nicht allzu langer Zeit gabelte sich der Pfad. Was nun?

Wieder rief Fronika ihre Schutzpatronin an, doch diesmal schwieg die heilige Veronika. Fronika ballte die Hände zu

Fäusten: »Ich werde den Meuchelmörder finden! Ich bin es Lene und Boppo schuldig!« Sie schloss die Augen und beschwor das Bild des Korporales herauf. Der Gekreuzigte, der gestorben war für ihre Sünden! Der das größtmögliche Leid auf sich genommen hatte, um die Menschen zu erlösen. In ihrem Körper breitete sich die gleiche Wärme aus wie damals, als sie das Tuch am Herzen getragen hatte. »Ich werde auch das Korporale finden!«, versprach sie feierlich. »So wahr mir Gott helfe.«

Dann nahm sie den linken Weg und spürte, dass es der Richtige war.

Schwester Anna hatte sie gelehrt, auf ihren Verstand zu vertrauen und auf ihren Glauben. Nun, was den Glauben anging, so stand dieser außer Frage, doch der Verstand war zuweilen ein trügerischer Ratgeber. Wenn er allzu kühl und nüchtern war, fehlte ihm das Entscheidende: das Gefühl für Recht und Unrecht. Fronika beschloss, fortan beides einzusetzen: Herz und Verstand. Nur im Verbund waren beide stark genug, den Weg zu weisen.

Die Sonne stand schon hoch am Himmel, als der Weg sich erneut verzweigte.

Fronika konnte sich kaum noch auf den Beinen halten. Ihr Magen gab grässliche Geräusche von sich, und sie war schrecklich müde. *Ein Stündchen nur,* dachte sie. *Ein klein wenig ausruhen, dann wird es wieder gehen.*

Längst hatte sie alle Vorsicht fahren lassen und wanderte direkt auf dem Pfad, nicht am Wegesrand. Die Kraft, auf die sie am Morgen noch so stolz gewesen war, reichte nicht mehr aus, um sich durch das Unterholz zu schlagen. Bislang war ihr auf dem schmalen Weg noch keine Menschenseele begegnet.

Zum Ausruhen zog sie sich auf einer kleinen Lichtung ins dichte Gebüsch zurück, wo sie nicht nur vor den Blicken Reisender, sondern auch vor der grimmigsten Kälte geschützt war. *Ich darf auf keinen Fall einschlafen,* war ihr letzter Gedanke, bevor die Welt um sie herum versank.

Der traurige Klang einer Schalmei weckte sie. *Wo bin ich?* Die Kälte hielt sie so fest umklammert, dass sie sich kaum rühren konnte. Der Magen knurrte noch immer. *Ich bin auf der Flucht,* fiel es ihr wieder ein. *Und beinahe wäre ich erfroren.*

Langsam begann sie, ihre Finger und die eisigen Füße zu bewegen. Sie schmerzten wie von hundert Nadelstichen malträtiert. Die Musik kam näher. Jetzt erst nahm Fronika sie bewusst wahr. Musik? Inmitten der Wälder?

Sie duckte sich tiefer ins Gestrüpp, legte jedoch ein kleines Guckloch frei, durch das sie den Weg beobachten konnte.

Zunächst sah sie gar nichts. Die Sonne war deutlich tiefer gesunken. Sie musste länger geschlafen haben als vermutet. Die Schalmei verstummte, und leises Stimmengewirr wurde vernehmbar. Aus dem Wald schob sich ein bunter Wagen. Fronika erkannt ihn sofort: der Wagen der Gaukler! Einer der Männer lenkte ihn, die anderen Artisten kamen zu Fuß hinterher. Sie redeten miteinander, aber nicht so ausgelassen wie in Dürn auf dem Marktplatz, sondern ernst, ein wenig grimmig. Als sie näherkamen, konnte Fronika einzelne Gesprächsfetzen verstehen: »… ein großes Unglück! Ich sage dir, Matthis, wir sollten die Gegend meiden und weiterziehen in den Süden, wo die Menschen gern lachen und tanzen. Wo ihnen die Geldkatze locker sitzt und das Herz am rechten Fleck!«

»Immer bist du am Unken! Es ist nicht das erste Unglück, das uns trifft – und es wird auch nicht das letzte sein. Trotzdem müssen wir weiterziehen, was bleibt uns anderes übrig?«

»Mir gefällt es hier nicht. Ich will an den Rhein oder an den großen See im Süden.«

»Im Frühjahr. Wir wären dumm, wenn wir nicht nach Burgheim* zögen. Dort findet zum Jahreswechsel ein großes Spectaculum statt. Mit ein bisschen Glück können wir uns ein Polster für den Rest des Winters verdienen.«

* Osterburken

»Wir haben aber zurzeit kein Glück.«

»Hör auf zu klagen. Sonst werde ich noch …«

Die beiden entfernten sich, und Fronika konnte nichts mehr verstehen. Der Schalmeispieler setzte zu einem neuen, traurigen Lied an. Mit Unbehagen sah Fronika, wie der Bärenführer sich ihrem Gebüsch näherte. Konnte das Tier sie riechen? Doch der Bär blickte nicht einmal in ihre Richtung. Ergeben trottete er neben seinem Herrn her, von einem Strick gehalten, den er jederzeit hätte zerreißen können, wenn er nur gewollt hätte.

Der kleine Hund, den man beim Krippenspiel als Esel verkleidet hatte, war neugieriger. Er wuselte durchs Gestrüpp, fand Fronika und beschnüffelte sie von allen Seiten. Beruhigend kraulte sie sein Fell. Das schien ihm zu gefallen, denn er wälzte sich wohlig im Schnee, legte sich auf den Rücken und streckte ihr genussvoll den Bauch entgegen. Als er genug Streicheleinheiten bekommen hatte, kläffte er kurz und sprang dem Wagen hinterher.

Ganz am Ende des Zuges ging das junge Mädchen mit dem Säugling im Arm. Sie war diesmal nicht allein. Fronika stockte der Atem: Neben ihr ging, den Arm um ihre Schultern gelegt, niemand anderes als – Boppo!

Sie keuchte. Er war zurückgekehrt! Genau wie Heinrich Otto fand er den Weg ins Reich der Toten nicht. Aber warum zog sein Geist mit den Gauklern? Weil das im Leben sein Traum gewesen war? Oder weil er den Meuchelmörder verfolgte?

Fronika konnte nicht erkennen, ob das Mädchen die Erscheinung an ihrer Seite wahrnehmen konnte. Sie hatte sich das Kind im Gehen an die Brust gelegt, wo es selig trank. Für etwas anderes hatte sie keinen Blick. Das Bild strahlte tiefen Frieden aus.

Fronika musste sich die Hand auf den Mund pressen, um Boppo nicht beim Namen zu rufen. Doch sie wollte keinesfalls seine Aufmerksamkeit erregen. Ein Schatten reichte ihr zur Genüge. Als der tote Boppo an ihr vorbeizog, schien er zu stocken. Sein Blick wanderte direkt zu dem Gebüsch, hinter dem sie sich verbarg, und sie hielt den Atem an. Er wusste, dass sie dort steckte, ohne Zweifel! Doch er lächelte nur traurig und zog dann mit dem Mädchen an seiner Seite weiter.

Fronika wartete, bis alle verschwunden waren, die Menschen und der Spuk. Die Gaukler zogen nach Burgheim, hatte der Mann namens Matthis gesagt. Das Kloster Seligental lag nicht weit von diesem Ort entfernt. Von nun an musste Fronika ihren Weg nicht mehr mühsam suchen, es genügte, den Spuren der Gaukler zu folgen.

Als das Tageslicht schwand, war sie so erschöpft, dass sie alle paar Schritte stehen bleiben musste, um Luft zu holen. Und noch immer war kein Ziel in Sicht. Seit einiger Zeit führte der Weg an einem gefrorenen Bachlauf entlang. Automatisch setzte Fronika einen Fuß vor den anderen, versuchte, den Schmerz, die Müdigkeit und den Hunger zu übergehen. Mehrmals hatte sie einen weiten Bogen schlagen müssen, wenn der Pfad ein Dorf oder eine Ansiedlung durchquerte. Niemand hatte sie gesehen, seit sie Dürn verlassen hatte – und so sollte es auch bleiben.

Die Gaukler mussten mittlerweile weit weg sein – anfangs hatte Fronika noch ihre Musik vernommen, jetzt schon lange nicht mehr. Mit dem Einbruch der Nacht kehrte die Angst zurück. Die Angst vor dem, was hinter ihr lag, und die Angst vor der ungewissen Zukunft. Lange würde sie nicht mehr durchhalten.

Dem strahlenden Tag folgte eine dunkle Nacht. Zwar prangten Sterne am Himmel, doch es war Neumond, und unter den Bäumen kam das Licht nicht an. Als ihre Zehen schmerzhaft an einen großen Stein stießen, erkannte Fronika, dass sie den Weg verloren hatte. Sie kniete nieder, um die Spuren der Gaukler zu suchen, doch da war nichts, genau genommen nicht einmal ein Pfad. Sie befand sich irgendwo im Wald, und sie hatte keine Ahnung, wie weit es noch bis zum Kloster war.

In der Ferne heulte ein Wolf.

Bei allen Heiligen! War alles umsonst gewesen? In welche Richtung musste sie gehen?

Sie stolperte über eine Wurzel und fiel zu Boden. Konnte der Verlockung kaum widerstehen, einfach liegen zu bleiben. Die Kälte machte ihr auf einmal nichts mehr aus. Wenn sie die Augen schloss, konnte sie sich ein prasselndes Feuer vorstellen und den Duft von gebratenem Speck. Ihr wurde warm, und die gefrorene Erde war so weich wie ein frisches Strohlager. Wozu weitergehen, wenn sie die Nacht ebenso gut im warmen Wald, gemütlich auf dem weichen Boden verbringen konnte?

Der Atem eines Tieres an ihrem Ohr ließ sie zusammenzucken. *Wölfe!,* dachte sie, doch das Tier war kleiner und schreckhaft. Ein buschiger Schwanz, vielleicht von einem Fuchs, streifte ihr Gesicht, dann war das Tier verschwunden.

Wieder heulte ein Wolf, bedeutend näher als beim ersten Mal.

Taumelnd erhob sich Fronika. War sie von Sinnen gewesen? Niemals durfte man sich in der Kälte hinlegen! Sie musste dem Füchslein dankbar sein, vermutlich hatte es ihr das Leben gerettet. Rechts knackte ein Zweig. Ihr war, als höre sie leises Getrappel. Ein drittes Mal Wolfsgeheul. Beängstigend nahe.

Die Furcht verlieh ihr neue Kräfte. »Na kommt doch«, zischte sie und hob einen dicken Ast vom Boden auf. »Wollt ihr meine Keule spüren?«

Nichts geschah. Das Geheul erklang wieder, es war nun weiter entfernt. Trotzdem hielt Fronika den Ast fest umklammert. Wölfe waren heimtückische Jäger. Sie blickte sich um. Man sagte, ihre Augen leuchteten im Dunkeln.

Dort! War da nicht ein Licht gewesen? Ein flackerndes Licht, wie von einer Fackel?

Fronika blinzelte. Nein, da war nichts. Sie musste sich getäuscht haben. Dennoch konnte es nicht schaden, in dieser Richtung weiterzugehen. Es war letztendlich egal, wohin sie sich wandte.

Plötzlich sah sie es wieder. Ein kurzes Flackern, als bewege sich eine Flamme im Wind.

Wo Licht war, da waren auch Menschen! Sie lief schneller. *Großer Gott,* betete sie. *Gib, dass es keine Wegelagerer oder Strauchdiebe sind!*

Abrupt endete der Wald, und Fronika stand auf einer schneebedeckten Ebene. Die Sterne spendeten hier genügend Licht, um grobe Umrisse erkennen zu können. Es war tatsächlich eine Fackel. Sie steckte in einer Halterung und beleuchtete ein eisernes Gitter in einer weiß gekalkten Mauer. Durch die Stäbe konnte Fronika einige dunkle Gebäude erkennen. Außer der Fackel gab es kein weiteres Licht und keine Geräusche.

»Hilfe!«, wimmerte sie dennoch. »Lasst mich ein! Die Wölfe sind hinter mir her.«

Sie konnte jetzt mehrere gelbe Punkte am Waldrand sehen. Noch zögerten die Tiere, die schützenden Bäume zu verlassen. Aber lange würden sie nicht mehr warten.

»Hilfe!«, rief sie, diesmal aus Leibeskräften. »Wölfe!«

Sie schrie noch immer, als eine erschrockene junge Frau das Tor öffnete.

»Beruhige dich«, sagte eine fremde Stimme und jemand tätschelte ihre Wange. »Jetzt bist du in Sicherheit.«

»Wo bin ich?« Fronika weinte und klammerte sich an das fremde Mädchen.

»Du bist im Kloster Seligental.«

15

Nie zuvor war Fronika eine harte Pritsche so verlockend erschienen!

Die Nonnen stellten ihr keine Fragen. Die meisten von ihnen ruhten bereits, die Komplet, das Nachtgebet, war vorüber. Die junge Frau, die ihr die Tür geöffnet hatte, eine Novizin, führte sie ohne Umschweife in ein Gebäude, das offenbar als Hospital diente. Eine groß gewachsene, schlanke Nonne nahm sich Fronikas an. Sie befühlte Hände, Füße und Stirn.

»Fieber hast du keines«, sagte sie. »Aber du bist unterkühlt. Wir werden dir heiße Steine ins Bett legen. Hast du Schmerzen?«

Fronika schüttelte den Kopf. Zum Sprechen war sie zu erschöpft.

»Wann hast du zum letzten Mal gegessen?«

Sie zuckte die Achseln. War es wirklich erst gestern gewesen? Oder vor zwei Wochen?

»Dachte ich's mir«, nickte die Nonne. Dann brachte sie einen Becher heißen Wein und eine Schale mit dickem Eintopf. »Du musst versuchen, langsam zu essen. Und nicht zu viel. Sonst kannst du es nicht bei dir behalten.«

Am liebsten hätte Fronika die Mahlzeit hinuntergeschlungen, doch unter den strengen Augen der Nonne bemühte sie sich, kleine Bissen zu nehmen und gut zu kauen. Die Novizin brachte einen zweiten Becher Wein, und Fronika sah, wie die hagere Nonne ein braunes Pulver hineinrührte. »Mohnsamen«, lächelte sie. »Sie werden dir schöne Träume bescheren.« Fronika trank den Wein in einem Zug leer und genoss die Wärme, die er in ihrem ausgekühlten Körper hinterließ.

»Gibt es irgendetwas, was du uns erzählen musst und wofür es sich lohnt, die Mutter Äbtissin zu wecken?«, fragte die Schwester. »Oder hat deine Geschichte Zeit bis morgen?«

Fronika antwortete nicht. Sie hatte sich auf der Pritsche ausgestreckt und war eingeschlafen.

Im Traum sah sie Boppo, wie er mit einem Wolf kämpfte. Es war ein riesiges Tier mit prachtvollem Fell und stolzer Haltung. Die Kontrahenten umkreisten sich wachsam, jederzeit bereit, den Angriff des anderen zu parieren oder ihm auszuweichen, um sich einen Vorteil zu verschaffen. Während sich der Wolf selbstbewusst auf seine Körperkraft verließ, hielt Boppo ein Messer in der Hand, dessen Klinge im Mondlicht funkelte. Breitbeinig nach vorne gebeugt zeigte er dem Tier seine Kampfbereitschaft.

Boppo griff als Erster an. Blitzschnell sprang er auf seinen Gegner zu und stieß ihm die Klinge ins Fleisch. Der Wolf heulte auf. Zwar war er zurückgewichen, doch das Messer hatte seinen Hinterlauf erwischt und eine stark blutende Wunde hinterlassen. Boppo tänzelte weiter voller Kampfeslust um das verwundete Tier herum, das sich sein Bein leckte. Kaum senkte es den Kopf, als Boppo erneut zustieß. Diesmal ritzte er den Hals des Tieres.

Der Wolf brach in schauriges Geheul aus. Die Wunde war nicht tief, doch sie versetzte die Bestie in gierige Wut. Zum ersten Mal funkelte Mordlust in ihren gelben Augen. So jäh, dass Boppo keine Gelegenheit zum Ausweichen fand, stürzte sich das Tier auf den Gegner, warf ihn zu Boden und biss ihm in die Wange. Den Hals und die Hauptschlagader verfehlte es um Haaresbreite.

Das Blut färbte Boppos Kleider rot. Ein Stück Haut hing wie ein Fetzen von seinem Gesicht. Taumelnd erhob er sich, doch er hatte sein Messer verloren, und das Blut trübte seinen Blick.

Der Wolf betrachtete ihn nun wieder lauernd, machte jedoch keine Anstalten, erneut anzugreifen. Aufrecht und selbstbewusst wich er ein paar Schritte zurück. Fast sah es aus, als sei er des

Kampfes schon müde. Da fand Boppo sein Messer wieder und warf sich blind vor Hass auf das Tier. Wie ein Rasender stach er um sich. Doch sein Angriff war unkontrolliert, und seine Attacken trafen nur die Luft. Noch immer zögerte der Wolf. Boppo setzte zu einem mächtigen, tödlichen Stoß an, der die Bestie zwischen die Augen getroffen hätte, wäre nicht endlich Bewegung in das Tier gekommen. Mit einer Leichtigkeit, die jedem Vogel Ehre gemacht hätte, sprang der Wolf seinem Gegner an die Gurgel und biss zu. Blut spritzte auf, Boppo röchelte und brach zusammen. Der Wolf stand über ihm und leckte sich den Hinterlauf. Fronika sah zu ihrem Entsetzen, dass sein Gesicht menschliche Züge trug. Es war das Antlitz Jakobs von Fulda.

Man ließ sie am nächsten Morgen ausschlafen. Die Sonne stand schon hoch am Himmel, als Fronika von einem leisen Summen erwachte. Die Novizin, die ihr das Tor geöffnet hatte, fegte den Raum mit einem Reisigbesen und trällerte ein Lied. Als sie bemerkte, dass die Patientin sie beobachtete, verstummte sie ertappt. Fronika erinnerte sich an das strenge Gelübde der Zisterzienserinnen. Sicherlich war es dem Mädchen nicht erlaubt, während der Arbeit zu singen.

»Du bist wach«, stellte die Kleine verlegen fest. »Geht es dir besser?«

Fronikas Kopf fühlte sich schwer an, und in der linken Schläfe pochte ein leiser, penetranter Schmerz. Ihr Magen knurrt. Trotzdem nickte sie.

»Gut. Wenn du dich kräftig genug fühlst, soll ich dich zur Mutter Äbtissin bringen.«

Ein Frühstücksmahl wäre nicht schlecht, dachte Fronika, doch sie wollte nicht undankbar erscheinen und sprach es nicht aus.

»Natürlich musst du vorher etwas essen«, lächelte die Novizin. »Du warst ganz ausgehungert, als du hier angekommen bist. Sicherlich hast du einen weiten Weg hinter dir?« Wie alle jungen Mädchen war sie neugierig.

Fronika zuckte die Achseln. Dürn war nur eine Tagesreise entfernt, doch es kam ihr vor, als lägen Hunderte von Meilen zwischen dem Jetzt und dem Gestern.

»Hast du ein Schweigegelübde abgelegt?«, fragte das Mädchen.

»Nein.« Fronika schüttelte belustigt den Kopf. Ihre Stimme klang ungewohnt rau, wie das Krächzen einer heiseren Krähe. »Mein Kopf schmerzt.«

»Oh je, du Arme. Und ich plappere wie ein kleines Kind! Warte, ich bringe dir dein Frühstück.«

Während das Mädchen in die Küche verschwand, erhob sich Fronika von der Pritsche. In einer Ecke des großen Raumes fand sie einen Bottich mit frischem Wasser. Dankbar säuberte sie Gesicht und Hände. Jetzt ein Badehaus aufsuchen und sich einen Tag lang dem Genuss von heißem Wasser, Aufgüssen und der Behandlung mit Weidenruten hingeben! Ihr Kleid war verschmutzt und zerrissen, doch daran konnte sie nichts ändern. Sie tastete nach dem Rocksaum. Gott sei Dank. Der nutzlose Ring, der ihr dennoch ans Herz gewachsen war und der immerhin ihren gesamten Besitz darstellte, war noch da.

Notdürftig richtete Fronika auch ihr Haar, indem sie es mit den Fingern kämmte. Es fühlte sich zerzaust und klebrig an.

»Wie hübsch du bist!«, sagte die Novizin bewundernd, als sie mit Wein, Wasser, Brot und Käse zurückkehrte. »Wenn Mutter Apollonia es erlaubt, werde ich dir später ein Bad bereiten. Schwester Barbara – das ist die Nonne, die dich gestern untersucht hat – meinte, du brauchst Wärme, um dich von der Auszehrung zu erholen.«

»Gelobt sei Schwester Barbara!« Fronika wusste, dass Nonnenklöster auch Orte der Heilkunst waren. Die frommen Frauen durften sich zwar nicht als Ärztinnen betätigen, doch sie übernahmen Pflegedienste und hatten sich auf diese Weise ein großes Wissen, vor allem auf dem Gebiet der Kräuterheilkunde, angeeignet. Häufig gingen arme Bauern und Handwerker mit ihren

Krankheiten lieber zu den Nonnen als zum Medicus oder zum Bader, denn die Schwestern verlangten keine Bezahlung für ihre Dienste.

Fronika aß und trank in Maßen, damit ihr Magen sich langsam an die Nahrung gewöhnen konnte. Der pochende Schmerz in der Schläfe ließ nach. Nun war sie bereit, der Äbtissin unter die Augen zu treten. Ein paar Tage wenigstens, so hoffte sie, würde sie wohl im Kloster bleiben können.

Die Novizin führte sie aus dem Hospital in die gleißende Sonne, die den Schnee erstrahlen ließ und Fronika zum Blinzeln zwang. Zum ersten Mal sah sie das Kloster bei Tag. Es war größer, als sie erwartet hatte.

Das Mädchen führte sie an mehreren Wirtschaftsgebäuden vorbei zu einem Steinhaus, in dem sich die Wohnräume der Äbtissin befanden. Sie nahmen einen Weg durch einen schönen, mit bunten Bildern bemalten Kreuzgang, in den sich einige Nonnen zum Gebet und zur Meditation zurückgezogen hatten. Zu ihrer großen Freude entdeckte Fronika Schwester Anna unter ihnen. Ohne lange nachzudenken, rief sie laut: »Schwester Anna! Ich bin es! Wie schön, Euch zu sehen!«

Alle Köpfe wandten sich mit empörten Blicken zu ihr um. Nur Anna wandelte weiter und beachtete sie nicht. Die Nonnen starrten sie mit offenen Mündern an, und erst da wurde sich Fronika ihres Frevels bewusst. Die Gebetszeiten! Die Zisterzienserinnen während der Andacht zu stören war ein unerhörtes Vergehen, das ihr mit Sicherheit einen Tadel der Äbtissin einbringen würde!

Sie errötete und folgte der Novizin, die ihr mit gerunzelter Stirn die Tür zum Haus der Äbtissin öffnete. »Lautes Sprechen ist bei uns während der Gebetszeiten untersagt«, erklärte sie flüsternd.

Fronika nickte kleinlaut.

Das Gemach der Äbtissin war nüchtern eingerichtet: ein Tisch, zwei Stühle, ein dreibeiniger Hocker, eine Truhe und ein Bett. Auf dem Tisch lagen einige Bögen Pergament, mit kleinen

Schriftzeichen übersät. Weil Pergament so teuer war, bemühten sich die Nonnen, so eng wie möglich zu schreiben.

Mutter Apollonia saß hinter dem Tisch und betrachtete die beiden Frauen streng. Ungeniert starrte Fronika zurück. Die Äbtissin trug ein eigentümliches Drahtgestell auf der Nase, in das zwei Linsen eingelassen waren. Es mussten Augengläser sein! Fronika hatte schon von dieser Erfindung gehört; gesehen hatte sie jedoch noch nie welche. Mutter Apollonia sah mit den unnatürlich vergrößerten, umrandeten Augen wie eine Eule aus.

»Danke, Ursel«, sagte sie zu der Novizin, die sich schweigend zurückzog. Ihre Stimme klang befehlsgewohnt, hatte jedoch einen sanften Unterton. Sie nahm die Augengläser ab und legte sie auf die Pergamentbögen. Fronikas Herz begann härter zu schlagen. Nun würde sich ihr Schicksal entscheiden!

»Wer bist du?«, fragte Mutter Apollonia ohne Umschweife.

»Mein Name ist Fronika Rißenbach. Ich komme aus Dürn …, um Schwester Anna einen Besuch abzustatten.«

»Schwester Anna? Nun, das ist verwunderlich. Sie ist ja selbst erst gestern um die Mittagszeit ins Kloster zurückgekehrt. Du musst einen guten Grund haben, sie sehen zu wollen.«

»Den habe ich. Ich bin aus Dürn geflohen.«

Die Äbtissin runzelte die Stirn. »Hast du etwas verbrochen? Ich warne dich: Wir gewähren Diebinnen keine Zuflucht!«

»Oh, nein! Ihr missversteht mich. Ich selbst wurde beinahe das Opfer eines Verbrechens. Man hat versucht, mich zu ermorden.« Sie erzählte der Äbtissin, die aufmerksam lauschte, von der Sense über der Tür, von dem geköpften Hund und schließlich von ihrem grausamen Fund in Boppos Kate. Es fiel ihr nicht leicht, all diese Dinge auszusprechen, doch nachdem sie davon berichtet hatte, fühlte sie sich ein wenig erleichtert. Als habe allein das Erzählen einen Teil der Last von ihren Schultern genommen. Das Korporale erwähnte sie jedoch nicht.

Mutter Apollonia schwieg lange. »Eine merkwürdige Geschichte, die du da erlebt haben willst!«, sagte sie schließlich.

»Und du hast wirklich keine Ahnung, warum dir jemand nach dem Leben trachtet?«

Kleinlaut schüttelte Fronika den Kopf. Die Äbtissin glaubte ihr nicht, das war offensichtlich.

»Nun gut. Ich muss eine Entscheidung fällen.« Mutter Apollonia seufzte. »Ich bin sicher, dass du mir etwas verschweigst. Aber vielleicht hast du gute Gründe dafür. Ich kann sehen, dass deine Angst echt ist, ebenso wie die Trauer um deine Freunde. Ich bin nicht ohne Mitgefühl für dein Schicksal, muss mich aber vor allem um das Wohlergehen unseres Klosters kümmern. Da ich nicht weiß, ob deine Anwesenheit uns schadet, kann ich dir nicht gestatten zu bleiben.«

Fronika lauschte den Worten mit sinkendem Mut. »Bitte«, flehte sie. »Ich bin Küchenmagd. Ich könnte –«

»Schweig! Was fällt dir ein, mir ins Wort zu fallen!« Die Äbtissin feuerte einen ungehaltenen Blick auf Fronika ab. »Schwester Barbara«, fuhr sie ruhiger fort, »die für das Hospital zuständig ist, sagt, du leidest unter Auszehrung. Sie braucht eine Woche, um dir die nötige Pflege angedeihen zu lassen. Du kannst zwar nicht im Kloster bleiben, aber natürlich schicken wir dich nicht weg, solange du nicht gesund bist. Wir werden dich bis zu deiner vollständigen Genesung versorgen, so wie wir uns um alle Patienten kümmern, die zu uns kommen. Amen.«

Dankbar wollte Fronika aufspringen, um die Hand der Klostervorsteherin zu küssen. Doch diese verscheuchte sie unwillig. »Geh zurück ins Hospital. Ich habe jetzt zu tun.«

Erst am späten Nachmittag fand Schwester Anna den Weg ins Hospital. Zuvor hatte Ursel ihr Versprechen eingelöst und Fronika ein Bad bereitet. Immer wieder schüttete sie heißes Wasser nach, bis Fronikas Haut schimmerte und faltig war wie die eines Säuglings. Danach fühlte sie sich frisch und erholt.

Sie ahnte, dass Schwester Barbara es gut mit ihr meinte. Eine ganze Woche Ruhe war weit mehr, als sie benötigte. Nachdem sie nun ausgeschlafen, gebadet, gegessen und getrunken hatte, war Fronika so gesund und kraftvoll wie eh und je.

Schwester Anna blickte reichlich besorgt drein. »Was ist passiert?«, fragte sie. »Du hast mit deinem nächtlichen Auftritt das ganze Kloster in Aufruhr versetzt! Ich musste Mutter Apollonia Rede und Antwort stehen und bestätigen, dass ich dich kenne.«

Zaghaft erzählte Fronika zum zweiten Mal von dem grausamen Mord und dem geköpften Hund. »Ich bin geflohen, weil ich um mein Leben bange«, schloss sie.

»Du hast recht daran getan, hierher zu kommen«, nickte die Nonne. »Ich werde mich für dich einsetzen und sehen, ob du länger bei uns bleiben kannst. Gräme dich nicht und sieh zu, dass du bald wieder zu Kräften kommst.« Mit diesen Worten verließ sie das Hospital, wobei ihre Tracht rauschte wie die Flügel einer Krähe.

Das Klosterleben gefiel Fronika. Die eintönige Abfolge von Andacht, Gebet, Arbeit und Essen beruhigten Körper und Geist. Sie hatte es sich nicht nehmen lassen, schon am zweiten Tag in der Küche mitzuhelfen, da sie sich sonst allzu nutzlos vorgekommen wäre. Nach anfänglichem Zögern nahmen die Schwestern ihr Angebot dankbar an. Die Arbeit wurde weitgehend schweigend verrichtet, nur in wichtigen Fragen ein paar Worte gewechselt. Anfangs fiel Fronika diese ungewohnte Ruhe schwer, doch sie gewöhnte sich schneller daran, als sie für möglich gehalten hätte.

Mit Ursel, der Novizin, fand sich gelegentlich Zeit zum Plaudern. Das Mädchen war sehr jung nach Seligental gekommen und konnte sich an die Welt vor den Klostermauern nur vage erinnern. Sie bestürmte Fronika mit Fragen: »Was tragen die vornehmen Frauen heutzutage? Wie frisieren sie sich? Ist es wahr, dass in Burgheim ein Ritterturnier abgehalten wird?« Meistens drehte sich ihr Interesse aber um ein ganz bestimmtes Thema: »Hat dich schon einmal ein Mann geküsst?«

Wehmütig dachte Fronika an Jakob und an den Tag mit ihm, als sie sich mit Schnee beworfen und am Ende in den Armen gelegen hatten. Fast hätten sie sich geküsst. Fast.

Nun kam ihr diese Zeit so fern und unbeschwert vor! Aber die Erinnerung an Jakobs Nähe, an seinen würzigen Duft, an das wunderbare Prickeln, das sie in seinen Armen verspürt hatte, war nicht verblasst.

Ursel verstand. »Oh! Es gibt einen Mann, den du liebst, nicht wahr?« Ihre Augen funkelten neugierig. »Bist du ihm schon beigelegen?«

»Nein! Mein Herz gehört ihm, das stimmt – aber sonst nichts! Es ist eine unmögliche, verbotene Liebe. Ich bin froh, dass ich ihn nie wiedersehen werde.« Den letzten Satz fügte sie nur halbherzig hinzu.

»Eine verbotene Liebe! Was für ein aufregendes Leben du führen musst!« Ursel klang neidisch, doch Fronika hätte ihr unstetes Leben gerne gegen ein ruhigeres eingetauscht.

»Erzähle mir vom Kloster«, forderte sie die Novizin auf.

»Das ist langweilig«, behauptete Ursel, doch Fronika war nicht ihrer Meinung. Staunend beobachtete sie die Nonnen bei der Arbeit – besonders wenn sie im Hospital Patienten pflegten oder wenn sie Schreibarbeiten ausführten. Das war eine völlig neue Welt für sie, da sie zuvor keine einzige Frau gekannt hatte, die lesen oder schreiben konnte. Auch die festen Gebetsstunden mochte sie, obwohl man von ihr nicht erwartete, dass sie in der Früh um halb vier zur Matutin aufstand. Sie liebte es, mit Einbruch der Dunkelheit zu Bett zu gehen. Nie zuvor in ihrem Leben hatte Fronika so viel geschlafen.

Nachdem eine Woche vergangen war, forderte niemand sie auf, das Kloster zu verlassen.

»Unsere Küchenschwester ist an einem schweren Fieber erkrankt«, sagte Mutter Apollonia tags darauf zu ihr. »Willst du ihre Arbeit übernehmen, bis sie wieder genesen ist? Du könntest in unserer Besucherzelle schlafen.«

Fronika war für den Aufschub mehr als dankbar. Obwohl sie sich bestens erholt hatte, war ihr bislang keine Idee gekommen, wohin sie gehen könnte. Das Frühjahr war noch fern, und solange Kälte und Schnee die Welt fest im Griff hatten, gab es nicht viele Möglichkeiten. »Herzlich gerne«, sagte sie und drückte die Hand der Äbtissin.

In der Mitte der zweiten Woche geschah jedoch etwas, was ihr empfindliches Gleichgewicht ins Wanken brachte. Kurz nach der Laudes, dem ersten Gebet des Tages zu Sonnenaufgang, erschien Ursel in der Küche und winkte Fronika zu sich. Sie wirkte aufgeregt, wartete mit dem Sprechen indes, bis sie beide alleine waren. »Komm mit«, wisperte sie.

»Was gibt es? Ich habe jetzt keine Zeit. Das Huhn muss geschlachtet und gerupft werden, im Kessel köchelt eine Kohlsuppe, die –«

Ursel legte lächelnd den Zeigefinger auf die Lippen. »Das Essen muss warten«, sagte sie bedeutungsschwanger. »Du hast Besuch.«

Verwirrt folgte Fronika der Novizin zu einem Zimmer, das als Empfangsraum für Gäste diente. Was hatte das zu bedeuten? Niemand wusste, wo sie war! Oder hatten ihre Spuren im Schnee den Mörder doch noch zu ihr geführt?

Sie war froh, dass Ursel ihre Hand hielt. Die Novizin stieß die Tür auf, und ein triumphierendes Lächeln zeichnete sich auf ihrem Gesicht ab. »Dein Besucher«, sagte sie und zwinkerte verstohlen.

Am Fenster stand – mit dem Rücken zu Fronika, aber dennoch unverkennbar – Jakob von Fulda.

16

Langsam drehte er sich zu ihr um. Sein Gesicht war von der Kälte gerötet, besonders die Nasenspitze. Kleine Eisperlen glitzerten in seinen Augenbrauen. Mit den Händen, die in dicken Fäustlingen steckten, wischte er sich einige Tropfen Tauwasser von der Nase. Seine Miene war starr, ohne jede Regung. Er betrachtete Fronika von Kopf bis Fuß.

Beklommen wurde ihr bewusst, wie sie vor ihm stand: Ihre Hände schmutzig von der Arbeit in der Küche, ebenso das Gesicht. Die Ärmel ihres Kleides hatte sie hochgekrempelt, das Haar unter einer hässlichen, wenn auch praktischen Haube verborgen. In einem Gürtel um ihren Bauch steckte das scharfe Hackbeil, mit dem sie gerade einem Huhn den Kopf hatte abschlagen wollen. Sie musste schrecklich aussehen! Wie das gewöhnlichste und gröbste Bauernweib. Dennoch hielt sie seinem Blick stand. Nun war es also so weit: Er musste seine Maske fallen lassen und offenbaren, wer er wirklich war.

Seine Gesichtszüge tauten nach und nach auf. Die Augen wurden weicher, die Lippen verzogen sich zu einem Lächeln. Sofort erschien das Grübchen und verwandelte sein Gesicht in das Antlitz, von dem Fronika Nacht für Nacht träumte. Ihre Knie zitterten, und im Bauch spürte sie jenes vertraute Flattern, als schlüge dort ein Vogel mit den Flügeln.

»Dem Himmel sei Dank«, sagte er. »Du lebst, kleine Ratte!«

Sie öffnete den Mund, doch ihr wollte keine passende Erwiderung einfallen.

Ein leises Räuspern ließ sie herumfahren. Mutter Apollonia stand in einer Ecke des Raumes und beobachtete alles. »Deine

Arbeit kann heute Schwester Magda verrichten«, sagte sie. »Wir erwarten dich jedoch nach der Sext im Refektorium. Ihr könntet einen Spaziergang unternehmen.« Sie nickte beiden zu und verließ den Raum.

Befangen blieb Fronika allein mit Jakob zurück. »Wie ... habt Ihr mich gefunden?«, fragte sie schließlich, als sie das Schweigen nicht länger ertragen konnte.

»Wie ein Vogel sein Nest. Es war nicht schwer, deinen Aufenthaltsort zu erraten. Du hattest keine große Wahl: In der Umgebung kennst du niemanden. Auch kannst du dich im Winter nicht allein durch die Wälder schlagen. Also blieb nur das Kloster. Jeder, der sich die Mühe macht, darüber nachzudenken, wird zu diesem Schluss kommen.«

»Oh!« So leicht war es also, sie zu finden! »Wollt Ihr mir verraten, warum Ihr Euch die Mühe gemacht habt, über meinen Verbleib nachzudenken?«

Jakob seufzte. »Liegt das nicht auf der Hand?«

»Für Euch vielleicht. Für mich jedoch nicht.«

»Warum bist du so förmlich? Wir hatten eine Abmachung, weißt du nicht mehr?«

»Eine Abmachung?« Verwirrt versuchte Fronika, sich zu erinnern.

»Du sollst nicht mit mir sprechen wie eine Magd mit ihrem Herrn, sondern wie eine Frau mit einem Mann, der ihr gleichgestellt ist.«

»Seither hat sich vieles verändert. Damals dachte ich, wir seien *Freunde*. Wie dumm ich war! Ihr müsst herzhaft über mich gelacht haben.«

»Was ist vorgefallen, dass du an meiner Zuneigung zweifelst?«

»Mein Herr, vielleicht kann ich meinem Verstand nicht immer trauen. Aber meinem Gehör durchaus. Meine Ohren waren gezwungen, ein Gespräch zu belauschen, das mir die

Augen geöffnet hat. Ihr seid sicher nicht mein Freund, Jakob von Fulda!«

Er runzelte die Stirn. »Welches Gespräch meinst du?«

»Am Weihnachtstag riss sich der Bär der Gaukler los. Ich konnte vor ihm in den Ochsen fliehen. Welch glückliche Fügung, dachte ich mir. Dann kann ich mich mit meinem *Freund* versöhnen, der mir zürnt. Also näherte ich mich Eurer Tür. Doch mein *Freund* war nicht alleine. Er hatte Besuch von dem Müller aus dem Borchardtsgrund!«

Jakob zuckte zusammen. »Du hast an der Tür gelauscht?«

»Ich habe meinen Namen vernommen! Jeder hätte an meiner Stelle zugehört!«

»Ich verstehe.« Ein sorgenvoller Ausdruck trat in Jakobs Gesicht. »Da hast du natürlich deine Schlüsse gezogen.«

Fronika war wütend und zugleich verwundert. Eigentlich hatte sie erwartet, Jakob würde das Gespräch leugnen. Stattdessen kratzte er sich am Kopf und lief im Zimmer auf und ab.

»Fronika«, sagte er schließlich. »Hör zu, ich verstehe dein Misstrauen. Ich bin sogar erleichtert darüber. Bislang habe ich nämlich befürchtet, du seist allzu leichtgläubig. Aber es ist wichtig, dass wir miteinander reden. Lass uns den Vorschlag der Äbtissin annehmen und einen Spaziergang unternehmen. Draußen sind wir ungestört – und müssen keine Lauscher an der Tür befürchten.« Er lächelte ein wenig gequält.

Fronikas Widerstand verebbte. Reden! Oh ja. Vielleicht würde sie dann endlich die Wahrheit erfahren. Sie hoffte noch immer, es möge eine harmlose Erklärung für das belauschte Gespräch im Ochsen geben.

»An mir soll es nicht liegen«, antwortete sie schnippischer als beabsichtigt. »Ich habe Euch niemals belogen!« Sie errötete, als ihr bewusst wurde, dass das nicht stimmte. Sie holte den warmen Umhang aus der Kammer, in der sie schlief. Im hellen Sonnenschein wirkten das Kloster und die hügelige, bewaldete

Landschaft sehr friedlich. Aus den Wirtschaftsgebäuden drangen die Geräusche der täglichen Arbeit, gelegentlich krächzte eine Krähe. Fronika wusste, wie trügerisch diese Stille war. Mit Schaudern dachte sie an die Wölfe.

Sie schlugen einen schmalen Fußpfad in Richtung Wald ein. Als Seligental ihren Blicken entschwunden war, blieb Fronika stehen. »Sprecht endlich«, sagte sie. »Ich habe nicht den ganzen Tag Zeit. Ihr habt gehört, was Mutter Apollonia sagte: Zum Mittagsmahl erwartet man mich zurück.«

Jakob fasste sich an die Nasenspitze und sah ein wenig unbehaglich drein. »Wenn ich nur wüsste, wo ich anfangen soll.«

»Wie wäre es, wenn Ihr mir endlich verraten würdet, wer Ihr seid?«

Er nickte. »Ja. Das hätte ich längst tun sollen. Aber mein Auftrag ist geheim, und so habe ich geschwiegen. Ich fühlte mich an die Weisungen meines Herrn gebunden. Zumal –«

»Redet nicht um den heißen Brei herum! Wer seid Ihr, Jakob von Fulda?«

Prüfend musterte er sie, zögerte erneut. Dann gab er sich einen Ruck: »Ich bin ein Abgesandter von Konrad II. von Weinsberg. Dem Erzbischof von Mainz.«

Fronikas Herzschlag setzte für den Bruchteil einer Sekunde aus. Ihr wurde schwindelig, und ihre Stimme versagte. Der Erzbischof von Mainz! Hatte er Jakob beauftragt, sie einzufangen und ihrer Strafe zuzuführen? War sie in Gefahr?

Verstohlen griff sie unter dem Umhang nach dem Hackbeil an ihrem Gürtel. »Seid Ihr … meinetwegen nach Dürn gekommen?«, fragte sie heiser.

Jetzt grinste Jakob. »Der Erzbischof vergeudet seine Zeit nicht mit der Jagd nach einer unschuldigen Küchenmagd.«

Fronika hörte nur ein einziges Wort heraus: »Woher wollt Ihr wissen, dass ich unschuldig bin?«

»Nun, ich war Zeuge deiner Anklage.«

»Das kann nicht sein! In der Kirche waren ausschließlich …« Sie stockte.

»Du wirst mich nicht gesehen haben. Ich stand im Schatten. Ich gehörte der Delegation aus Fulda an, die im Herbst Mainz besuchte. – Genau genommen weiß ich nicht, ob du die Reliquie gestohlen hast. Aber man lobt meine gute Menschenkenntnis. Man sagt, ich habe einen scharfen Blick für das Wesentliche. Und wenn ich in diesem Fall nicht gänzlich danebenliege, waren deine Entrüstung und dein Leugnen echt – während der Messdiener, der dich beschuldigt hat, etwas Verschlagenes an sich hatte. Ich würde ihm nicht über den Weg trauen.«

Er war da gewesen! Er hatte alles gesehen! Aber warum hatte er …

»Warum habt Ihr mich dann nicht verteidigt? Ich hätte Eure Unterstützung wahrlich brauchen können!« Sie erinnerte sich an den verzweifelten Versuch, die Leute in der Kirche auf ihre Seite zu bringen. Alle hatten geschwiegen. Alle.

»Es ging nicht um Schuld oder Unschuld. Es ging darum, einen hübschen Schauprozess für unsere Delegation anzustrengen. Meine Fürsprache hätte dir nichts genützt.«

»Ihr hättet es wenigstens versuchen können!« Voller Grimm dachte sie an die schreckliche Nacht im Kerker zurück, als sie vor die Wahl gestellt war, die Folter über sich ergehen zu lassen oder der Verstümmelung ins Auge zu sehen.

»Nun, du bist entkommen, oder nicht?«

»Oh ja! Das war aber nicht Euer Verdienst!« Wütend stapfte Fronika durch den kniehohen Schnee. »Warum seid Ihr mir nach Dürn gefolgt?« Sie umklammerte den Griff des Hackbeils fester.

»Das bin ich nicht! Was glaubst du, wie überrascht ich war, als ich dich aus dem See gezogen habe.«

»Wollt Ihr mir einreden, es sei reiner Zufall gewesen, dass Ihr mich wiedergetroffen habt?«

»Zufall? Vielleicht. Die meisten Menschen würden es Vorsehung nennen.«

Fronika schwieg verblüfft. Sollte es so einfach sein? Keine Verfolgung, keine böse Absicht – nur ein Streich des Schicksals? War es tatsächlich eine Art Vorbestimmung, dass sie einander zum zweiten Mal begegnet waren? Aber …

»Was *hat* Euch denn nach Dürn geführt, wenn ich es nicht war?«

»Ich sagte bereits, es ist eine geheime Mission. Kannst du schweigen, wenn ich es dir verrate?«

»Ich weiß nicht. Es kommt darauf an, worum es geht.«

»Nun, wenigstens bist du ehrlich. – Na schön, ich fange am besten mit meiner Herkunft an, denn ich will keine Geheimnisse mehr vor dir haben: Ich komme aus einfachen Verhältnissen, Fronika, genau wie du. Ich bin nur der Sohn eines Schusters. Doch ich hatte das Glück, in der Klosterschule von Fulda aufgenommen zu werden, und dort fand ich im Abt einen Gönner, der meine Talente erkannte. Der mir einen scharfen Verstand und große Beobachtungsgabe bescheinigte. Er hätte es gern gesehen, wenn ich dem Orden beigetreten wäre, doch das wollte ich aus den unterschiedlichsten Gründen keinesfalls. Einer davon …«, er betrachtete Fronika wehmütig, »war meine Liebe zu einer Frau.«

Fronika schluckte hart, sagte jedoch nichts.

»Sie war es nicht wert, aber immerhin wusste ich durch sie, wie es sich anfühlt, in den Armen einer Frau zu liegen. Ich habe dem Abt bis an sein Lebensende gute Dienste als weltlicher Berater erwiesen. Und es hat sich für mich gelohnt, wie du siehst. Ich bin kein armer Mann mehr. Auch ohne Adelstitel oder kaufmännisches Geschick habe ich es zu bescheidenem Wohlstand gebracht.« Genussvoll betrachtete er seine edlen Kleider.

Er ist eitel, erkannte Fronika und freute sich, eine Schwäche an ihm entdeckt zu haben.

»Vor einem knappen Jahr starb der Abt. Mit seinem Nachfolger kam ich nicht zurecht. Ein skrupelloser Mann, der meine Dienste einforderte, meinen Rat jedoch selten befolgte. Also habe ich mich in Mainz kurzerhand entschlossen, das Angebot von Erzbischof Konrad anzunehmen. Er hatte von mir gehört und war auf der Suche nach einem loyalen und unbestechlichen Mann, den er als eine Art Kundschafter an die Ränder des Bistums schicken konnte, um dort nach dem Rechten zu sehen.«

»Als Kundschafter? In Dürn?«

»Machtdemonstration und Kräftemessen! Dürns unglückliche Konstellation – zwischen Mainz und Würzburg – macht die Stadt und den hinteren Odenwald zu einem ständigen Unruheherd.«

»Und Eure Aufgabe?«

»Die Augen aufhalten, Bericht erstatten, den Amtskeller überprüfen. Handelt er im Sinne Konrads? Ist er gerecht? Bestechlich?«

»Deshalb habt Ihr mich so ausgefragt, als wir unseren Spaziergang unternahmen!« Fronika war froh, zumindest für diesen Punkt eine einfache und einleuchtende Erklärung gefunden zu haben.

Jakob nickte. »Wie die Vorsehung – oder der Zufall – es wollten, kam ich zu einer bewegten Zeit nach Dürn. Euer Pleban war gerade verstorben, ein Mann aus Mainz, dem der Erzbischof gewogen war, nicht zuletzt, weil er sein Amt ein halbes Jahrhundert oder länger zu dessen Zufriedenheit ausgeübt hat. Ich quartierte mich im Ochsen ein, um die weitere Entwicklung zu beobachten und notfalls im Sinne meines Herrn einzugreifen. Aber noch etwas anderes erregte meine Aufmerksamkeit: In der Stadt war angeblich ein Wunder geschehen, und es herrschte eine angespannte, aufgeladene Stimmung. Jeder tuschelte, keiner wusste etwas Genaues. Ich wollte, ja ich *musste* mir ansehen, was daraus entstand.«

»Aber …«

Jakob lächelte ein wenig schief. »Ich spreche nicht von den Goldstücken! Wenn du mich belauscht hast, weißt du ja, wie sie auf Lenes Schwelle gelangt sind. Nein, ich spreche von … dem *Wundertuch.*«

Fronika verschlug es den Atem. »Woher wisst Ihr …? Hat Lene es Euch verraten?«

»Nein. Gewiss nicht. Aber die Spatzen pfeifen es schon von den Dächern. Die alte Pfeuwin behauptet, Heinrich Otto sei einen Pakt mit dem Teufel eingegangen und du hättest sein Erbe angetreten. Aber die meisten Dürner glauben nicht an ihr Geschwafel. Sie mutmaßen, dass der alte Pfarrer irgendwie in den Besitz einer wirkmächtigen Reliquie gelangt ist – eines Stücks vom Grabtuch Christi vielleicht – und dass er sie dir am Sterbebett übergeben hat. Und nun, heißt es, bringt das Wundertuch jedem, der es berührt, Glück, Gesundheit und Reichtum.«

Beklommen lauschte Fronika seinen Worten. So war das also gewesen! Während sie ihr Geheimnis sicher wähnte, hatte der ganze Ort hinter ihrem Rücken getuschelt und abenteuerliche Mutmaßungen angestellt! Und das bedeutete, dass nahezu jeder Dürner, der skrupellos genug war, als Meuchelmörder in Betracht kam. Vielleicht hatte man sie nur töten wollen, um ungestört das Pfarrhaus nach der kostbaren Reliquie zu durchsuchen!

»Und Ihr?« Fronika sah Jakob lauernd an. »Glaubt Ihr auch an dieses Geschwätz?«

»Ich glaube nicht an Wunder.«

»Ach nein? Und warum interessiert Ihr Euch dann so für das Tuch?«

Erst Schwester Anna und nun er! Noch vor Kurzem hätte Fronika es für undenkbar gehalten, dass jemand die Kraft göttlicher Mirakel anzweifeln könnte.

»Ich glaube nicht an Wunder – wohl aber an die Macht, die eine kostbare Reliquie auf habgierige Menschen ausübt! Begreifst du denn nicht, wie schädlich diese Gerüchte für den Frieden in Dürn sind? Solange die Existenz und die Besitzrechte des Tuches nicht geklärt sind, wird es immer wieder zu Aufruhr kommen.«

»Ich traue Euch nicht, Jakob. Nennt mir einen einzigen plausiblen Grund dafür, warum ich Euch das alles glauben sollte!«

»Weil ich dich –«

»Nein! Sprecht es bloß nicht aus! Eure Zunge ist falsch und einschmeichelnd! Ich bin nicht so dumm, wie Ihr denkt!«

»Wieso glaubst du, dass ich dich für dumm halte? Du bist –«

»Schweigt! Ihr lügt nur wieder. Ich habe genug davon! Ihr werdet mir jetzt endlich die Wahrheit sagen, habt Ihr mich verstanden?« Wütend zog sie das Hackbeil aus dem Gürtel und schwang es drohend vor Jakobs Gesicht.

Er wich zwei Schritte zurück. »Himmel, Fronika! Steck das weg! Ich sage dir auch ohne Waffengewalt die Wahrheit.«

»Gut. Fangen wir damit an: Woher kennt Ihr den Müller aus dem Borchardtsgrund?«

»Von unserem gemeinsamen Besuch. Ich habe ihn vorher nie gesehen.«

»Sprecht Ihr mit jedem Fremden so vertraut?«

»Natürlich nicht. Aber ... ich hatte einen Hinweis bekommen, dass wir beide derselben geheimen Bruderschaft angehören. Wir haben uns an einem verborgenen Zeichen erkannt. Es ist das Symbol unserer Gemeinschaft.« Er wich einen weiteren Schritt zurück.

Fronika erinnerte sich an Jakobs merkwürdige Handbewegungen, die ihr in der Mühle aufgefallen waren: Wie er mit dem kleinen Finger seine Lippen, die Stirn und den Daumen der Linken berührt hatte. Und der Müller hatte geantwortet, indem er an seinen Ohrläppchen zupfte.

»Was will diese Bruderschaft von *mir*?«

»Gar nichts. Bei Gott, Fronika, es ging bei unserem Gespräch nicht um dich, sondern um das Wunder!«

Fronikas Arm begannen zu schmerzen, doch die Wut gab ihr die Kraft, das Hackbeil weiterhin hochzuhalten. Jakob trat noch weiter zurück, stolperte über eine Wurzel, taumelte und stürzte mit einem leisen Aufschrei zu Boden. Blitzschnell war Fronika über ihm.

»Warum seid Ihr dann nach Seligental gekommen?«, fragte sie schneidend. »Was wollt Ihr von mir?«

»Ist das wirklich so schwer zu erraten?«

»Keine Lügen mehr, ich warne Euch!«

»Ich wollte sehen, ob es dir gut geht, ob du in Sicherheit bist. Ich konnte kaum schlafen, seit man Lenes und Boppos Leichen entdeckt hat. Es lag auf der Hand, dass auch du in Gefahr bist! Dazu musste ich nicht erst die Sense und den geköpften Hund vor dem Pfarrhaus finden. Aber diese Entdeckung hat meine Sorgen bestätigt. Bei Gott, nimm endlich das Hackbeil weg!«

Fronikas Spannung ließ ein wenig nach, und Jakob nutzte diesen Umstand, um sich aufzurappeln.

»Sorgen?«, wiederholte sie mit leiser Stimme und spürte, wie ihre Wut verrauchte. »Welchen Grund solltet Ihr haben, Euch Sorgen um mich zu machen?«

»Das, Fronika, ist mit Abstand die einfachste Frage, die du mir bislang gestellt hast. Was glaubst du wohl?«

»Sag es mir.«

»Weil ich mich zu meiner eigenen Verwunderung und ganz gegen meinen Willen in das herzhafte Lachen, die strahlenden Augen, den wissbegierigen Geist, die frische, offene Seele, den wachen Verstand und die einzigartige Stupsnase einer kleinen Ratte verliebt habe!«

Fronika ließ das Hackbeil sinken.

»Auch wenn mir nie zuvor eine Frau ein Liebesbekenntnis mit dem Schlachtmesser entlockt hat!«

Seine Worte waren süß, zu süß, um ihre Wirkung zu verfehlen. Sie *wollte* glauben, was er sagte. Ihr Herz pochte laut, und eine warme Welle durchlief ihren Körper.

»Wirst du mir das Genick brechen, wenn ich dich küsse?« Jakob trat lächelnd einen Schritt näher.

Sie sah ihm in die Augen, und ihr Widerstand erlosch. »Schon eher, wenn du es nicht tust.«

Er küsste sie sanft, fast schüchtern, während er mit den Händen vorsichtig ihren Körper erforschte. *Tu es nicht,* wisperte eine leise Stimme in Fronikas Kopf. *Es sind noch so viele Fragen offen. Er verzaubert dich, um seine Ziele zu erreichen. Er will …*

Dann verstummte die Stimme endgültig.

Als Fronikas anfängliche Unsicherheit nach und nach einer leidenschaftlichen Ungeduld wich, wurden auch Jakobs Bewegungen fordernder, und Fronikas Haut brannte, als stünde sie in Flammen.

»Warte«, sagte sie und löste sich aus seiner Umarmung. »Nicht hier! Ich kenne eine Hütte, ganz in der Nähe. Dort sind wir ungestört.« Sie fühlte sich leicht und schön wie ein Marienkäfer im Frühling.

»Hier sind wir.«

Das Innere der Hütte war leer und schmutzig, aber weitgehend trocken. Ein wenig widerwillig blickte Jakob auf den Dreck, dann auf seine edle Kleidung.

Fronika lachte. »Jetzt kannst du mir beweisen, wie ernst es dir ist! Bist du bereit, für mich deine kostbaren Gewänder zu beschmutzen?«

Jakob ließ sich auf den Boden nieder und zog Fronika zu sich. »Na komm schon, kleine Ratte!«

Später saßen sie schmutzig und erhitzt eng nebeneinander auf dem Boden, dessen Kälte sie nicht spürten. Die Sext war längst vorüber, aber Fronika war es egal, ob man im Kloster nach ihr suchte. Die Welt erstrahlte in einem goldenen Licht, und sie wünschte, dieser Tag möge niemals enden.

»Ich werde dich in Sicherheit bringen«, versprach Jakob und drückte ihre Hand. »So bald wie möglich.«

»Bin ich denn im Kloster nicht sicher?«

»Wenn *ich* dich hier finden kann, können andere es auch.«

»Der Meuchelmörder hatte Zeit genug, mich aufzuspüren. Er hat es nicht getan.«

Jakob musterte sie mit einem eigentümlichen Blick. »Ich spreche nicht von dem Mörder. Zumindest nicht nur.«

»Von wem denn sonst?«

Betreten starrte er zu Boden. »Du weißt es nicht«, erkannte er. »Natürlich nicht.«

Er machte ihr Angst. »Was ist los? Was verschweigst du mir?«

»Du wirst gesucht. Amtskeller Berthold hat ein Kopfgeld auf deine Ergreifung ausgesetzt. Man beschuldigt dich des Mordes an Boppo und Lene.«

»Aber … das ist lächerlich!«

»Du bist am selben Tag verschwunden, an dem der Mord entdeckt wurde. Das spricht gegen dich.«

»Welchen Grund sollte ich gehabt haben, den beiden etwas anzutun? Jeder weiß, wie eng wir befreundet …« Sie stockte. Ein schrecklicher Gedanke kam ihr.

»Das Gold«, sagte Jakob traurig. »Die verbliebenen zwei Goldstücke sind verschwunden. Mein Gott, wenn ich geahnt hätte, welches Unheil ich damit anrichte!«

Fronika stand auf. Plötzlich zitterte sie und nahm die Kälte wieder deutlich wahr. »Hört das denn nie auf?«, fragte sie, erst tonlos, dann noch einmal, lauter und zornig. »Werde ich den Rest meines Lebens auf der Flucht sein, obwohl ich gar nichts verbrochen habe?« Sie strich sich die Kleider und die Haare glatt. »Nein!«, rief sie. »Das muss ein Ende haben! Ich werde mich stellen, jetzt sofort. Ich werde nach Dürn zurückkehren und die Wahrheit erzählen! Wenn es ein bisschen Gerechtigkeit auf dieser Welt gibt, wird man mir glauben. Und wenn nicht – nun, dann ist es wohl Gottes Wille, dass ich verurteilt werde. Ich muss –«

»Fronika, hör mir zu!« Auch Jakob war aufgesprungen. »Du darfst nicht zurück nach Dürn! Nicht jetzt! Die Gemüter sind erhitzt, die Leute wollen einen Schuldigen baumeln sehen. In solchen Zeiten gibt es keinen fruchtbaren Boden für die Gerechtigkeit. Du musst warten, bis sich die Aufregung legt. Erst dann hören die Leute dir wieder zu. Und am besten wäre es, wir wüssten bis dahin, wer der wahre Mörder ist!«

»Aber wohin soll ich fliehen?« Fronika spürte, wie die Verzweiflung sie erfasste. »Wenn ich nicht einmal im Kloster Zuflucht finden kann?«

»Du musst mir vertrauen. Ich schütze dich.«

»Kannst du das, Jakob?«

»Ich muss noch einmal zurück nach Dürn, damit mein überstürzter Aufbruch keine Fragen aufwirft. Sonst können sie allzu leicht erraten, was wir ausgeheckt haben.«

»Wann kommst du zurück? Morgen? In einer Woche? Einem Monat?«

»In zwei Tagen. Bis dahin kann ich alles regeln.«

Fronika atmete tief durch. Jakobs Worte beruhigten sie nicht ganz. Aber wenigstens war sie nicht mehr allein. »Nimm mich in den Arm«, bat sie.

Eng umschlungen traten sie den Rückweg an. Welch traurige Wendung hatte der Tag genommen! Dennoch verspürte sie hinter all dem Kummer auch einen Hauch Zuversicht. Jakob liebte sie. Mit dieser Gewissheit war alles andere erträglich.

Im Schatten der Klostermauer drückte er sie fest an sich. »Ich werde dir ein Zeichen schicken, wenn ich dich hole. Es wäre nicht klug, mich dann bei der Äbtissin zu melden. Sei wachsam, hörst du?« Er küsste sie, bevor er in Richtung des Stalles davonging, wo sein Schimmel ihn erwartete. Kurz vor dem Tor fiel ihm noch etwas ein, und er kehrte zurück. »Vielleicht solltest du mir das Wundertuch anvertrauen. Es könnte dich in Gefahr bringen.«

Fronika zuckte die Achseln. »Ich habe es nicht mehr. Es ist verschwunden.«

Jakob nickte, als habe er diese Antwort erwartet. »Pass gut auf dich auf. Ich liebe dich, kleine Ratte.«

17

Das versprochene Zeichen kam mitten in der Nacht.

Nachdem sie den ganzen Tag über vergeblich darauf gewartet hatte, fand sie zunächst keine Ruhe. War Jakob etwas zugestoßen? Irgendwann schlief sie doch ein, erwachte aber, als alles um sie herum auf einmal schwankte. Großer Gott, bebte etwa die Erde?

Nein. Jemand rüttelte sie an den Schultern. »Aufstehen«, flüsterte eine fremde, männliche Stimme. »Und sei still, beim Henker!«

Es war so weit. Fronika setzte sich hastig auf und erkannte den Mann, der sie rüttelte, im fahlen Mondlicht. Es war einer der Knechte, die tagsüber im Stall aushalfen. Nachts war ihm der Zutritt zum Kloster untersagt. Wenn man ihn erwischte, war er seine Stellung los und musste obendrein mit einer harten Bestrafung rechnen.

»Ich soll dich zu ihm bringen«, wisperte er. »Aber sei verdammt noch mal leise!«

Natürlich, Jakob wollte kein Risiko eingehen. Er musste dem Knecht Geld gegeben haben, um seine Dienste zu kaufen. Auf diese Weise konnte er sicher sein, dass keine der Nonnen den Verfolgern einen Hinweis auf Fronikas Verbleib liefern konnte.

»Warte«, wisperte sie. »Ich bin gleich so weit.« Sie hatte sich nicht entkleidet, um für alle Fälle gerüstet zu sein. So steckte sie nur schnell den Käse und das Brot ein, die sie vorsorglich gerichtet hatte.

Vorsichtig schlich sie hinter dem Knecht aus dem Gebäude, in dem das Hospital untergebracht war. Sie hörte den rasselnden Atem der einzigen Patientin im Krankenzimmer. Draußen fragte sie den Knecht: »Wo wartet er? Du kannst nach Hause gehen. Wir brauchen deine Dienste nicht mehr.«

Er warf ihr einen rätselhaften Blick zu. »Ich habe die Anweisung bekommen, dich persönlich abzuliefern, also tue ich das auch.«

Er liebt mich wirklich, dachte Fronika voller Wärme. *Er sorgt sich um mich.*

Es war ihr schwergefallen, in den vergangenen zwei Tagen ihr Glück vor den Nonnen zu verbergen. Bei Ursel war es ihr nicht ganz gelungen. Immer wieder hatte die Novizin ihr verschwörerische Blicke zugeworfen und auf eine Gelegenheit gelauert, sie auszufragen.

Als sie sich dem Waldrand näherten, stutzte Fronika. »Wo ist Jakob? Warum nimmt er nicht die Straße?«

Der Knecht zuckte desinteressiert die Schultern. Man hatte ihn bezahlt, damit er schwieg.

Ein scharfer Geruch drang in Fronikas Nase. Sie zuckte zurück. Hier stimmte etwas nicht!

Warum hatte sie nicht daran gedacht, mit Jakob eine Parole zu vereinbaren oder ein Pfand, das es auszulösen galt? War sie dabei, in eine Falle zu tappen?

Ihre Bedenken kamen zu spät. Als sie ihren Irrtum bemerkte, traf sie ein harter Schlag auf den Hinterkopf und beförderte sie ins Reich der Dunkelheit.

Plopp. Plong. Plopp. Wie kleine Hammerschläge trafen die Geräusche ihren schmerzenden Schädel. Unerbittlich drosch der Lärm auf sie ein: Plopp.

Eine kurze Pause entstand, und Fronika seufzte dankbar. In Ruhe schlafen, sich nicht bewegen, und auf keinen Fall die Augen öffnen! Zurückkehren in die Finsternis, die sie gerade erst für einen kurzen Moment verlassen hatte.

Plopp.

Was mochte das sein? Sie konnte sich keinen Reim darauf machen. Warum arbeitete ihr Kopf nicht, warum kamen die Gedanken nur im Schneckentempo?

Plong.

Eine Schmiede? Vielleicht wurde ein Pferd beschlagen?

Fronika stöhnte leise. Gab es keine Möglichkeit, dem quälenden Geräusch zu entfliehen?

Plopp.

Sie hatte Durst. Ihre Kehle war ausgetrocknet, und die Zunge klebte am Gaumen. Neben ihrem Lager stand normalerweise eine Schale Wasser für die Nacht. Doch um sie zu erreichen, musste sie sich bewegen, und allein die Vorstellung war eine Qual.

Plong.

Warum war es so kalt? Sie konnte keine Decke auf ihrem Körper spüren. Vom Boden stieg ihr der Frost in die Knochen.

Schlagartig fiel ihr alles wieder ein. Jakob war gekommen, um sie zu holen! Er hatte den Pferdeknecht geschickt, der sie zum Waldrand geführt hatte. Doch irgendetwas war schiefgelaufen. Was war es nur gewesen? Was war geschehen?

Plong.

Wassertropfen! Das Geräusch stammte von Tropfen, die auf den Boden klatschten. Keine Hammerschläge, keine Schmiede. Warum waren sie so laut?

Fronika stöhnte erneut, als ein stechender Schmerz ihren Kopf durchzuckte. Sie musste bewusstlos gewesen sein! War da nicht ein Schlag gewesen? Ein scharfer Geruch? Zaghaft öffnete sie die Augen. Das Sonnenlicht schnitt in ihre Stirn wie ein Messer. Dabei war es alles andere als hell, eher trüb, fast schon düster.

Sie befand sich in einem kleinen, schmutzigen Raum, der ihr vertraut vorkam. Doch ihr Kopf tat weh, und das Denken fiel schwer. Sie lag auf dem Boden. Durch ein Fenster drang Tageslicht herein, nicht viel, denn das Haus stand offenbar im Wald, war von dichten Nadelbäumen umgeben.

Es war kalt, aber nicht ganz so eisig wie in den vergangenen Tagen. Tauwetter. Die Wassertropfen stammten vom Schnee auf den Bäumen oder vom Dach der Hütte.

Eine Hütte? Fronika dachte angestrengt nach. Eine dunkle Erinnerung stieg in ihr auf. War da nicht erst kürzlich eine Hütte gewesen? Eine ganz besondere Hütte, in der sie mit Jakob ...?

Sie zwang sich, die Augen noch weiter zu öffnen. Ja. Es war dieselbe Hütte. Was war nur geschehen?

Sie versuchte, sich aufzusetzen. Es ging nicht, denn ihre Hände waren auf dem Rücken gebunden. Panik stieg in ihr hoch und vertrieb für kurze Zeit den Schmerz. Der Schlag auf den Hinterkopf! Sie war in eine Falle geraten, und man hatte sie verschleppt!

Plötzlich arbeitete ihr Kopf wieder. Sie blickte sich in der Hütte um. Alles sah aus wie zwei Tage zuvor – sogar die Stelle am Boden, wo Jakob sie genommen hatte, war noch blank gescheuert von ihrem Liebesspiel.

Sie war allein. Erneut versuchte sie, sich aufzurappeln. Diesmal gelang es, indem sie sich mit dem Ellbogen abstützte und allen Schwung in die Aufwärtsbewegung legte. Sie taumelte, als ein Schwindel sie erfasste.

Leise, ermahnte sie sich. Ihr einziger Vorteil lag in der Überraschung. Wenn sie es schaffte, unbemerkt aus der Hütte zu entkommen, konnte sie vielleicht schon weit genug weg sein, bis jemand ihre Flucht bemerkte.

Die Tür war nur angelehnt. Sie schlich entschlossen auf den Ausgang zu, holte tief Luft, stieß die Tür mit dem Fuß auf – und landete direkt in den Armen eines stinkenden, breit gebauten Mannes mit den schlechtesten Zähnen der Welt.

Kuntz grinste verschlagen, und ein Schwall seines fauligen Atems traf Fronika wie eine Keule. Sie schwankte zurück und stürzte zu Boden, da sie sich mit den Händen nicht abfangen konnte.

»Guten Morgen, Täubchen! Ausgeschlafen?« Er kratzte sich genüsslich die paar verbliebenen, fettigen Haare und rülpste laut. Mit dem Fingernagel knackte er eine Laus, die er auf seinem ungewaschenen Kopf gefunden hatte. Er genoss seinen Auftritt. »Wohin willst du, hm? Du kannst mich doch nicht schon wieder verlassen, kleine Hure! Wo wir uns gerade erst wiedergefunden haben!«

Fronika wich zurück.

»Ich hoffe, ich habe dir nicht allzu weh getan! In meiner Willkommensfreude ist die Begrüßung wohl ein wenig rauer ausgefallen, als dein süßes Köpfchen vertragen konnte.« Er lachte wiehernd über seinen Witz, und Fronika musste mit Schaudern an den Wegelagerer denken, den er einst auf dieselbe Art niedergestreckt hatte.

»Leider kann ich dir die Fesseln nicht lösen, Täubchen. Mein Kumpan will kein Risiko eingehen. Und vermutlich hat er recht: Am Ende bist du uns gar nicht dankbar für unsere Gastfreundschaft!« Grinsend angelte er eine zweite Laus aus seinem dünnen Haar. »Was ist los? Hat es dir die Sprache verschlagen?« Seine Schweinsäuglein funkelten, als er sein scharfes Messer zog. »Willst du deinen alten Freund nicht endlich begrüßen?« Er fuhr sich mit der Klinge über die Bartstoppeln. »Auch nicht, wenn ich dich freundlich darum bitte?«

Fronika erstickte ein leises Wimmern. Auf ihrer gemeinsamen Reise war Kuntz niemals grob mit ihr umgesprungen. Warum tat er es jetzt?

Wenn nur der Schmerz endlich nachließe! Sie wollte gerne etwas Beschwichtigendes sagen, dem Alten das Gefühl geben, er habe die Lage im Griff. Doch das einzige, was sie über die zitternden Lippen brachte, war ein leise gehauchtes: »Wo ist Jakob?«

Das Grinsen verschwand aus Kuntz' Gesicht. Seine Züge verzerrten sich, die Klinge des Messers ritzte sein Kinn, und ein dünner Blutstrahl tropfte auf sein Hemd. *»Wo ist Jakob«*, äffte er sie bösartig nach. »Ja, wo ist er denn, dein edler Retter? Hat er dich etwa vergessen, der eitle Geck? Vielleicht ist ihm wieder eingefallen, dass du nur eine dumme Küchenmagd bist und eine Hure obendrein!«

Fassungslos beobachtete Fronika die Veränderung, die mit dem Alten vor sich ging. Sein Gesicht rötete sich, seine Aussprache wurde feuchter. Konnte es möglich sein, dass …? Aber das war absurd! Und doch, je länger sie darüber nachdachte, desto plausibler erschien es ihr: Kuntz war eifersüchtig!

Es war nicht nur absurd, es war grotesk! Er konnte doch nicht ernsthaft glauben … Dann kam ihr ein weiterer Gedanke: »Hast du ihm etwas angetan?«, fragte sie und konnte die Angst in ihrer Stimme nicht ganz verbergen.

»Wozu?«, lächelte Kuntz grausam. »Dein *Ritter* sitzt im Ochsen vor einem Fass Bier und denkt überhaupt nicht daran, seine Bequemlichkeit für eine Hure aufzugeben! Er hat dich doch schon bestiegen, nicht wahr? Nun, so gut kann es nicht gewesen sein, wenn er dich kein zweites Mal reiten will!«

Die eisige Klinge des Zweifels fuhr Fronika wie ein Messer in die Eingeweide. Das konnte nicht wahr sein! Kuntz belog sie. »Oh, du stinkender, alter Bock! Das sagst du nur, weil … weil …«

Der Alte lachte hämisch.

»Weil … du glaubst, du selbst könntest mich haben! Hast du vergessen, dass dein pusteliger Wurm nur traurig in der Hose hängt? Niemals wieder wirst du mich berühren!«

Kuntz hob die Hand, holte zum Schlag aus. Er keuchte. Der bestialische Gestank aus seinem Mund traf Fronika mit voller Wucht. Doch dann ließ er die Hand wieder sinken. Kraftlos sagte er: »Wenn ich eine Hure haben will, bekomme ich sie auch. Alles eine Frage des Preises.«

»Ich bin keine –«

»Vielleicht warst du es bislang nicht. Jetzt bist du es! Du hast dich selbst zur Dirne gemacht – mit einem Mann, dem es nur darum ging, deine Unschuld auszunutzen!«

»Das ist nicht wahr …«

»Was denkst du, woher ich von deinem Plan weiß? Wer wird mir wohl zugeflüstert haben, wie ich dich fangen kann, Täubchen? Wer wohl?«

Seine Worte waren spitzer als jeder Speer. Sie bohrten sich in ihr Herz. Es *durfte* nicht sein. Wenn Jakob sie verraten hatte, konnte sie nie wieder einem Menschen trauen. »Du lügst!«

»Hat er dich nicht nach dem Wundertuch gefragt, von dem in Dürn alle reden?«

Das hatte er. Fronika fröstelte.

»Was weißt du über deinen Geliebten, Täubchen? Was hat er dir erzählt?«

»Alles! Er ist ein Gesandter des Erzbischofs von Mainz!«

Kuntz lachte boshaft. »Ja, vielleicht. Doch der Schein könnte trügen. Was hat er dir über den Borchardtsmüller erzählt?«

Fronika zauderte. *Nicht viel,* dachte sie. *Nicht viel.* »Sie gehören einer geheimen Bruderschaft an.«

»Aha. Und was ist das für eine Bruderschaft?«

»Ich weiß es nicht. Es ist mir auch egal.«

»Sollte es aber nicht! Hast du schon einmal von den *Brüdern und Schwestern des freien Geistes* gehört?«

»Nein, niemals.«

»Aber von den *Katharern* sicherlich schon?«

»Nur vage Gerüchte. Das sind …. Ketzer!«

»So ist es, Täubchen. Genau so ist es.« Kuntz lächelte, strich sich über den Bauch und ließ einen Furz fahren, der mit Sicherheit direkt aus der Hölle stammte. Zufrieden blickte er Fronika in die Augen.

Draußen tropfte noch immer der Schnee von den Bäumen, die Sonne schien, das Tauwetter hielt an. In Fronikas Brust jedoch wuchs ein dicker Eispanzer. Was, wenn er recht hatte? Wenn Jakob tatsächlich ein Ketzer und Verräter war? Wenn er sie nur benutzt hatte, um zu erfahren, wo das Wundertuch steckte? Waren das nicht auch die Worte des Müllers gewesen: *Im Stroh hat noch jede Frau gezwitschert, wenn der Mann seinen Prügel geschickt genug schwingt?*

Fronika wurde übel.

»Mach dir nichts daraus, Täubchen.« Kuntz' Stimme klang nun deutlich sanfter. »So sind wir Männer eben. Du darfst uns niemals trauen. Hat dich das deine Muhme nicht gelehrt?«

Mit großem Getöse rutschte eine Lawine vom schrägen Dach der Hütte. Kuntz schlurfte zur Tür, warf einen prüfenden Blick hinaus, beruhigte sein Pferd, das an einem Baum angebunden war, und kehrte zurück. »Du wirst ihn vergessen. Du bist ja nicht allein. Du hast einen Freund, Täubchen.« Er tippte sich mit dem dreckgeränderten Daumennagel, der zuvor die Laus geknackt hatte, an die Brust. »Mich, kleine Hure. Du hast mich.«

Sie konnte die Tränen nicht länger zurückhalten. Wie die Lawine, die vom Dach gerutscht war, bahnten sie sich ihren Weg. Fronika weinte um ihre Gutgläubigkeit, um die Sonne, die für kurze Zeit ihr Gemüt erwärmt hatte, um das Lächeln und um Jakobs Grübchen, das sie nie wiedersehen würde. Sie weinte um das Glück, das sie hätte haben können – wenn es nicht wie ein Regentropfen beim Aufprall auf dem Boden zerplatzt wäre.

»Armes Mädchen.« Kuntz setzte sich zu ihr, rückte näher, nahm sie in den Arm und wiegte sie wie ein kleines Kind. Sein Gestank nahm ihr den Atem, dennoch ließ sie es geschehen. Immerhin schenkte er ihr einen Hauch Trost, eine leise Ahnung von Mitgefühl.

»Was weißt du über Jakob und diese *Brüder und Schwestern des freien Geistes*?«, schluchzte sie schließlich. »Du musst es mir sagen, Kuntz. Wenn dir wirklich etwas an mir liegt! Ich kann nicht weiterleben, ohne die Wahrheit zu kennen.«

»Viel weiß ich nicht«, räumte der Alte ein. »Nur was man als Reliquienhändler eben so aufschnappt. – Die Bruderschaft steht den *Katharern* nahe, die man als Teufelsbund entlarvt hat. Man sagt, sie opfern dem Satan lebendige Kinder und essen Menschenfleisch.«

Eine eisige Furcht umklammerte Fronika. Doch dann schluckte sie und überlegte. »Das sagt man auch den Juden nach«, erwiderte sie und dachte an ihr Gespräch mit Jakob. »Hast du es jemals *gesehen,* Kuntz?«

»Natürlich nicht. Sonst säße ich jetzt nicht hier. Die Teufelsanbeter hätten mir die Haut abgezogen und bei lebendigem Leib mein Herz aus der Brust gerissen.«

»Aber was weißt du wirklich?«

»Die *Brüder und Schwestern des freien Geistes* halten sich für etwas ganz Besonderes! Sie lesen viel und versuchen, außergewöhnlich geistreich und moralisch zu sein. Den Eifrigsten unter ihnen gelingt es, schon zu Lebzeiten eine enge Verbindung mit Gott einzugehen. Ihre Seelen sind dann so rein, dass sie keine Sünden mehr begehen können. Und das bedeutet, dass sie sich auch nicht mehr nach den irdischen Gesetzen richten müssen. Klingt gut, Täubchen, nicht wahr? Man sagt ihnen nach, dass sie den Zustand der Nacktheit verherrlichen.« Seine dicken Lippen verzogen sich zu einem Grinsen. »Nette Vorstellung!«

»Was noch, Kuntz?«

»Na, du kannst dir wohl denken, dass diese Einstellung ihren Gegnern nicht sonderlich gefällt. Die Pfaffen behaupten, die *Brüder und Schwestern des freien Geistes* seien in Wahrheit dem Leibhaftigen verfallen. Da sie sich über Recht und Ordnung hinwegsetzen, sind Tür und Tor für Diebstahl, Raub, Mord und Hurerei geöffnet.«

»Aber was wollen sie wirklich, Kuntz? Weißt du es?«

»Sie machen viel Aufhebens um die Moral. Jeder, der sich darum bemüht, sagen sie, kann Gott nahe sein. Dazu braucht man weder die Pfaffen noch Sakramente. Sie lehnen den Reichtum und die Macht der Kirche ab.«

»Ist das alles? Viele Menschen denken so – auch wenn die wenigsten es auszusprechen wagen.«

»Nun, die Bruderschaft geht noch weiter. Sie behauptet, selbst der einfachste Tagelöhner könne zu den Auserwählten gehören.

Sie wollen allen Menschen das Lesen und Schreiben beibringen, damit jeder die Möglichkeit hat, sich ein eigenes Urteil zu bilden. Und sie wollen die Bibel aus dem Lateinischen übersetzen, damit auch Leute wie du und ich sie lesen können.«

Fronika schnappte nach Luft. Das war freilich unerhört! Das würde ja bedeuten ... »Aber ... wozu bräuchten wir dann überhaupt noch Priester und gelehrte Männer, die uns sagen, was wir tun müssen, um das Heil zu erlangen?«

Kuntz zwinkerte. »Kluges Kind.«

»Woher weißt du das alles?« Mit einem Mal war sie misstrauisch. »Sie sind ein Geheimbund. Sie werden ihre Grundsätze nicht jedem dahergelaufenen Reliquienhändler auf die Nase binden.«

Der Alte zuckte die Achseln. »Ich habe viel erlebt und gesehen, Täubchen. Eine Zeit lang war ich einer von ihnen. Aber nicht lange. Sie haben mich verjagt, weil ich sie bestohlen habe. So weit ging ihr freier Geist nun doch nicht! Was soll ich sagen? Ich kann eben nicht aus meiner Haut. Ich habe mein Leben lang gestohlen. Es ist mir sozusagen eine liebe Gewohnheit geworden.« Sein wieherndes Gelächter erfüllte die Hütte. »Aber ihre Ideen haben mir gefallen, das kann ich nicht leugnen.«

Fronika staunte. In dem Alten steckten mehr Facetten, als seine abstoßende Hülle ahnen ließ. Eine weitere Frage brannte ihr unter den Nägeln: »Warum wollen die Brüder und Schwestern das Wundertuch?«

»Ich schätze, sie wollen es verbrennen.«

»Verbrennen?« Fronika schluckte. »Aber warum?«

»Sie glauben nicht an Wunder. Ein gerechter Gott, sagen sie, greift nicht zu Taschenspielertricks. Nur der eigene Verstand, gute Taten und ein reines Gewissen können einen Menschen zum Heil führen.«

Fronika nickte. Das hatte auch Schwester Anna behauptet. Die war jedoch eine Nonne, keine Ketzerin.

»Wenn du mich fragst, Täubchen, so bin ich froh, nicht mehr bei ihnen zu sein. All das Gerede von Moral und edlem

Gemüt – davon ist mir ganz schlecht geworden. Ich pfeife auf das Heil und erst recht auf das Jenseits! Ein gutes Leben ist es, was ich mir wünsche! Wer weiß schon, was danach kommt?«

Kuntz strich ihr über das Haar, berührte ihre Wange. Seine Schweinsäuglein funkelten. »Gib mir das Wundertuch, Fronika! Verrate mir das Versteck. Was willst du schon damit? *Ich* kann es vergolden, Täubchen! Wir hätten ausgesorgt, du und ich.« Er lächelte. »Wenn wir gemeinsame Sache machen, soll es dein Schaden nicht sein! Mein Kumpan braucht gar nichts davon zu wissen. Ich werde dich beschützen. Und ich bin nicht geizig, das weißt du.«

»Niemals«, zischte Fronika. »Du musst verrückt sein, wenn du glaubst, ich ließe mich darauf ein.«

»Warum? Weil ich alt und hässlich bin?« Kuntz spuckte grünen Schleim auf den Boden. »Verfluchtes Miststück! Habe ich dir jemals etwas angetan? Nein! Ich biete dir Reichtum, Schutz und ein festes Dach über dem Kopf. Du musst nicht arbeiten, solange ich lebe – und das kann noch einige Jahre dauern, zäh wie ich bin! Und dafür verlange ich fast gar nichts von dir. Du wirst es gut bei mir haben. Wenn …« Sein Blick wanderte beinahe schüchtern zu ihrem Ausschnitt. »Wenn du mich ab und zu deine Brüste berühren lässt.«

Seine Stimme war zuerst laut gewesen, zornig, dann war sie immer leiser geworden und am Ende flüsterte er nur noch. Seine Ohren flammten rot, und seine Hand, die auf Fronikas Arm lag, zitterte.

Er meint es ernst, erkannte sie. *Und er muss lange darüber nachgedacht haben.*

Der Eispanzer in ihrer Brust bekam einen winzigen Riss. Hier tat sich eine Möglichkeit auf, nicht die beste aller Möglichkeiten, nicht einmal die zweitbeste, aber immerhin ein Ausweg aus ihrer hoffnungslosen Lage. »Ich … danke dir für dein Angebot. Aber ich kann nicht an der Seite eines Diebes und Totschlägers leben.«

Kuntz wandte sich abrupt ab. Seine Stimme bebte, als er weitersprach: »Du Närrin! Er wird dich töten, so wie er auch deine Freunde getötet hat! Ist es das wert? Gib mir das Wundertuch! Ich zahle dafür. Du musst nicht mit mir leben. Es war nur der dumme Gedanke eines einsamen, alten Irren.« Er schneuzte geräuschvoll auf den Boden.

»Ich kann es dir nicht geben, Kuntz. Selbst wenn ich es wollte. Ich habe es nicht mehr.«

»Was sagst du da?«

»Es ist weg.«

Er kratzte seine Bartstoppeln. Schüttelte den Kopf. Rülpste. Sah sie prüfend an. Schüttelte noch einmal den Kopf. »Ich muss gänzlich verrückt sein, aber ich glaube dir.«

»Bitte Kuntz, lass mich frei. Wenn du mich auch nur ein bisschen magst, dann lass mich gehen.«

»Er wird dich umbringen, Täubchen, wenn er dich findet. Er ist ein Teufel. Ich weiß nicht, wie er es angestellt hat, deine Freunde zu töten. Er leugnet es. Aber ich weiß, dass er dahintersteckt! Wer soll es sonst gewesen sein? Wenn ich dich laufen lasse, musst du aus dieser Gegend verschwinden, so schnell du kannst.«

»Von wem redest du, Kuntz?«

Ein dünner Schatten fiel in die Hütte. Die Eingangstür wurde von einer hageren, dunklen Gestalt versperrt. Unmöglich zu sagen, wie lange sie schon dort stand.

»Ich vermute, er spricht von mir.«

Philipp Eugen trat ein. Er zog seine Fäustlinge von den Händen und massierte seine knochigen Finger, bis sie krachten. Ein süßliches Duftwasser verbarg nur notdürftig den Geruch, der darunter lauerte: den Gestank von altem, abgestandenem Knoblauch.

»Du kannst jetzt gehen«, sagte er in schneidendem Ton zu Kuntz. »Ich brauche deine Dienste nicht mehr. Deinen Lohn erhältst du, sobald ich das Korporale habe.«

Kuntz blickte von dem Schneeberger zu Fronika und zuckte bedauernd die Schultern. *Tut mir leid,* schien er zu sagen. *Ich hätte dir geholfen. Jetzt ist es zu spät.* Wortlos verließ er die Hütte.

Philipp Eugen ließ sich Zeit. Wie ein Pfahl ragte er in der Mitte des kleinen Raumes auf, ein Pfahl, an dem es kein Vorbeikommen gab. Seine Spinnenfinger würden sie packen und an der Flucht hindern, wenn sie es versuchte.

Noch immer schmerzte Fronikas Kopf. Die Freiheit hatte ihr bereits zugewunken, nun war sie wieder in unerreichbare Ferne gerückt. Mit Philipp Eugen konnte es keinen Handel geben.

Mit schnarrender, einschmeichelnder Stimme begann er zu sprechen: »Ich kann verstehen, dass du es nicht hergeben willst. Schon gar nicht einem ungehobelten, widerwärtigen Menschen wie Kuntz.« Er spie den Namen aus wie einen fauligen Fisch. »Deshalb bin ich selbst gekommen. Ich bin sicher, wir werden uns einigen.« Er trat einen Schritt näher und blickte auf Fronika herab, die zitternd vor Angst auf dem kalten Boden kauerte. »Ist es schön, Fronika? Ich habe es noch nicht gesehen, weißt du, zumindest nicht in der Realität, nur in meinen Träumen. Wenn ich die Augen schließe, kann ich seinen Glanz erahnen. So nah war ich daran, es zu finden – damals, als ich die Messe las und der Altar zu bluten begann. Aber du bist mir zuvorgekommen, du verfluchtes Biest!« Ein gefährliches Funkeln trat in seine Augen. Fronika drückte sich enger an die Wand.

»Bist du wegen des Wundertuches nach Dürn gekommen? Bist du eine Hexe mit seherischen Fähigkeiten?« Grob fasste er ihr ans Kinn, riss ihren Kopf nach oben. Erst als er ihre Angst sah, beruhigte er sich wieder. »Nein, eine Hexe bist du vermutlich nicht. Aber deinen Onkel hast du dennoch verzaubert, nicht wahr? Was hast du getan, um ihm das Geheimnis zu entlocken? Hast du ihm Gift gegeben? Dich von ihm besteigen lassen?«

Fronika schüttelte fast unmerklich den Kopf.

»Viele Monate lang habe ich versucht, aus dem Alten etwas herauszubekommen. Ich wusste, dass er ein Geheimnis hütet.

Schwester Anna ließ mich mehrmals zur letzten Ölung holen, doch er wollte einfach nicht sterben, der sture Bock, ums Verrecken nicht! Manchmal, im Fieberwahn, redete er wirres Zeug, dabei gab er Dinge preis, die ich mir nach und nach zusammenreimte. So habe ich von dem Wunder erfahren. Keine Einzelheiten, aber doch genug, um seine Großartigkeit zu erkennen. Gott musste sich dem Alten im Moment der Wandlung offenbart haben! Häufig stammelte Heinrich Otto von einem Korporale …« Philipp Eugen unterbrach seine Rede und stach seinen spitzen Zeigefinger in Fronikas Brust. »Wo ist es, das Wundertuch?«

Sie schwieg voller Furcht und versuchte nachzudenken. *Er weiß es nicht,* begriff sie. *Er ahnt nicht, dass das Tuch verschwunden ist.* Sie durfte es ihm keinesfalls sagen! Solange er glaubte, sie allein kenne das Versteck, würde er sie nicht umbringen. Wenn er aber erfuhr, dass sie nicht die geringste Vermutung hatte, wo das Korporale steckte, gab es für ihn keinen Grund mehr, sie am Leben zu lassen. »Was werdet Ihr damit anfangen, wenn ich es Euch gebe?«, fragte sie.

Er lächelte, und sein Blick wanderte verklärt in die Ferne. »Du scheinst Vernunft anzunehmen. Kannst du dir vorstellen, was es für eine Kirche bedeutet, eine so mächtige Reliquie zu besitzen? Die Schneeberger Kirche wird erblühen, Pilger werden herbeiströmen, die Stadt wird über die Grenzen des Bistums hinaus einen Namen haben. Und der Pfarrer, dem all dies zu verdanken ist, nun, den werden sie wie einen Heiligen verehren. Es wird ihn reich machen – reich an Geld und Macht.«

»Ihr sprecht von Heinrich Otto!«, sagte Fronika.

Wütend holte Philipp Eugen aus und schlug ihr ins Gesicht. »Hüte deine Zunge! Niemand soll jemals behaupten, es sei nicht *ich* gewesen!«

Er würde sie töten, sobald er in den Besitz des Korporales gelangt war, das stand außer Frage. »Warum mussten Lene und Boppo sterben?«

Philipp Eugen zuckte mit den Achseln. »Deine Schuld, Fronika. Allein deine Schuld! Jeder wusste, dass die beiden mit dir unter einer Decke stecken – spätestens seit das Weib von einem Wunder sprach. Allerdings habe ich sie nicht umgebracht. Dein alter Freund, der Halsabschneider Kuntz, ist mir zuvorgekommen. Er hat freundlicherweise die Drecksarbeit erledigt. Als ich die Kate am See besuchte, war das Pack schon tot.«

Fronika stutzte. Hatte Kuntz nicht vor wenigen Minuten das Gegenteil behauptet? Schöne Genossen waren die beiden! Keiner traute dem anderen über den Weg, jeder war auf den eigenen Vorteil bedacht, belog und betrog den anderen, wo er nur konnte. Aber wer von beiden sprach die Wahrheit? Wussten sie tatsächlich nicht, wo das Wundertuch steckte? Aber wer hatte es dann?

»Hast du es berührt, Fronika?« Philipp Eugen beugte sich zu ihr hinunter. »Seine Kraft gespürt?« Sein Gesicht war jetzt ganz dicht vor ihrem, sie konnte seinen Knoblauchatem riechen. »Es fällt dir schwer, dich davon zu trennen, nicht wahr?« Mit seinen Fingernägeln fuhr er über ihre Wange. Leise hauchte er in ihr Ohr: »Ich werde dir sehr weh tun, wenn du mir nicht verrätst, wo es steckt!«

Ihr Herz schlug bis zum Hals, und sie zweifelte keinen Moment an seinen Worten. *Halte ihn am Reden,* beschwor sie sich. »Was … gebt Ihr mir, wenn ich Euch zu dem Versteck führe?«

Blitzschnell krallten sich die Spinnenfinger des Schneebergers in ihren Haarschopf. »Du willst mit mir handeln, Hexe? Bildest du dir ein, du hättest eine Wahl? Du *wirst* mir das Versteck verraten! Und wenn ich zufrieden bin und es mir beliebt – vielleicht werde ich dir dann dein Leben schenken.« Er ließ seine Finger über ihr Gesicht gleiten, über ihre Schultern, ihren Hals – und mit einem einzigen, raschen, unvorhersehbaren Griff riss er ihr das Oberteil ihres Kleides vom Leib. Sein Atem ging schneller, als er ihre Brüste betrachtete. In seinen Mundwinkeln sammelte sich Speichel. »Du wirst reden!«, sagte er und ließ von Fronika ab, um seinen Gürtel zu lösen. »Und du wirst um Gnade winseln, bevor ich mit dir fertig bin.«

Fronika wusste, dass sie verloren hatte. Sie konnte sich nicht gegen den Schneeberger wehren, konnte ihn nicht einmal kratzen oder schlagen, solange ihre Hände gebunden waren. Ein bitterer Geschmack machte sich in ihrem Mund breit. Sollte ihr Leben hier enden, in eben jener Hütte, in der sie zwei Tage zuvor die süßesten Momente des Glücks gekostet hatte?

Sie schloss die Augen. Die Bitternis ergriff den ganzen Körper. Sie hatte alle Menschen verloren, die ihr jemals etwas bedeutet hatten: Mechthild, Heinrich Otto, Lene, Boppo. Und Jakob. Den Mann, den sie hätte lieben können. War der Tod nicht besser als ein Leben in Schmerz und Einsamkeit?

Noch immer nestelte Philipp Eugen an seiner Unterbekleidung herum. Sie hörte ihn keuchen. Dann vernahm sie ein dumpfes Geräusch, ein leises Stöhnen, drei harte Schläge. Sie roch den fauligen Atem des Reliquienhändlers und öffnete vorsichtig die Augen.

Mit einem schweren, dicken Ast, von dem nun Blut tropfte, hatte Kuntz den Schädel des Schneebergers zertrümmert.

18

Mit einem einzigen Schnitt seines Messers löste er Fronikas Fesseln.

»Verschwinde«, lispelte er und versuchte nicht einmal, die Tränen zurückzuhalten, die über seine schmutzigen Wangen liefen. »Und komm mir nie wieder unter die Augen, hörst du?«

Zitternd rappelte sich Fronika auf. Sie bemühte sich, nicht auf Philipp Eugens Leichnam zu starren. »Du hast ihn erschlagen«, stammelte sie leise, doch sie konnte kein Bedauern spüren. »Umgebracht.« Nein, es war eher ein Triumph.

Kuntz legte ihr behutsam den Mantel des Schneebergers um die Schultern. Sein Blick wanderte zu ihrem zerfetzten Kleid, den nackten Brüsten. Dann wandte er sich brüsk ab. »Er hat es verdient. Er war ein aufgeblähter, kleiner Furz. Kein Mann darf eine Frau anfassen, wenn sie es nicht erlaubt.«

Fronika schloss die Augen. »Ich habe nichts, womit ich dir danken könnte. Das Korporale ist verschwunden. Wenn du es nicht genommen hast und Philipp Eugen auch nicht, ist es wohl für immer verloren.« Zögernd ließ sie den Mantel von den Schultern gleiten. »Das einzige, was ich dir geben kann …« Sie atmete tief durch. »Willst du sie noch einmal berühren?«

Kuntz ließ seine Augen über ihre Brüste gleiten, in seinem Blick lagen Sehnsucht und Wehmut. Kurz zögerte er, dann machte er auf dem Absatz kehrt und stapfte zur Tür hinaus. »Verschwinde endlich!«, wiederholte er. »Bevor ich es mir anders überlege.«

Der Weg zurück zum Kloster erschien ihr doppelt so lange wie vor zwei Tagen. Sie stolperte und stürzte mehrmals, ihr Kopf schmerzte, bald war ihre Kleidung vom tauenden Schnee durchnässt.

Seligental bot ihr keine Zuflucht mehr, nun, da Jakob ihr Versteck kannte und es verraten hatte. Und doch musste sie noch einmal dorthin zurück. Sie konnte sich nicht mit einem zerfetzten Kleid auf den Weg machen.

Trotzig reckte sie ihr Kinn nach vorne. In ihrem ganzen Leben hatte sie noch nie etwas gestohlen, nicht einmal einen Apfel aus der Küche – doch nun blieb ihr keine andere Wahl. An der Mauer blieb sie stehen. Dem Sonnenstand nach musste es kurz vor der Terz sein. Sobald sich alle Schwestern in die Kirche begeben hatten, war sie für einige Zeit sicher. Frierend tänzelte sie von einem Bein auf das andere. Konnte sie Ursel ins Vertrauen ziehen? Schwester Anna?

Nein. Es war besser, mit gar niemandem zu sprechen. Die Welt war voller Verrat.

Endlich läuteten die Glocken zur Gebetsstunde, und die Nonnen marschierten schweigend in die Kirche. Fronikas Ziel war das Dormitorium, der große Schlafsaal. Direkt dahinter befand sich eine kleine Wäschekammer.

Wie ein Schatten huschte sie über den Hof, erreichte ungesehen das große Gebäude am Rand des Klosterbezirks. Die Türen waren unverschlossen. Sie streifte ihr Kleid ab und schlüpfte in eine Nonnentracht, die sich kühl und rau anfühlte. Es bereitete ihr Mühe, den Schleier anzulegen, da sie nicht genau wusste, wie man ihn handhabte. Er kratzte am Hals und saß schief auf ihrem Kopf, doch fürs Erste musste es so genügen.

Vorsichtig lugte sie zur Tür hinaus. Der schwere Stoff lag unbequem rau auf ihrer Haut, doch Fronika wusste, dass ihr der Habit auf der Straße wenigstens ein klein wenig Schutz bieten würde. Ihr eigenes Kleid trug sie zusammengeknüllt darunter.

Ein heftiger Schmerz durchzuckte ihren Hinterkopf wie eine bösartige Schlange. Mitten auf dem Hof blieb sie stehen. Noch war Zeit … In der kleinen Apotheke im Hospital bewahrte

Schwester Barbara Mohnblumensaft auf sowie eine Salbe, die Schmerzen linderte. Der Gedanke daran war verlockend, und so kehrte Fronika kurz vor der Mauer um.

Lautlos schlich sie die Treppe hinauf ins Obergeschoss. Sie schlüpfte in die Apotheke und schloss die Tür hinter sich. Ihr Herz klopfte. Niemand durfte sie sehen, niemand sollte wissen, dass sie sich als Nonne verkleidet hatte.

»Du hast den Schleier genommen, wie ich sehe?«

Die Stimme kam von rechts. Wie vom Donner gerührt fuhr Fronika herum.

Schwester Anna zerrieb mit einem Mörser getrocknete Kräuter in einer Schüssel. »Warum bestiehlst du uns?«, fragte sie, ohne ihre Arbeit zu unterbrechen. »Ist das der Dank für unsere Gastfreundschaft?«

»Ich kann es erklären«, wisperte Fronika. »Bitte, verratet mich nicht!«

Warum, bei allen Heiligen, war die Alte nicht bei der Andacht? Für die Nonnen war es Pflicht, an den Stundengebeten teilzunehmen – und Anna verletzte ihre Pflichten nie.

»Ich will die Wahrheit hören, Kind.«

Fronikas Kopf schmerzte höllisch, doch sie nickte. Vielleicht würde Anna Stillschweigen bewahren, wenn sie ihr alles erzählte. »Ich … weiß jetzt, warum man versucht hat, mich zu töten«, flüsterte sie.

Schwester Anna zog fragend die Augenbrauen nach oben.

»Es geht um ein kostbares Wundertuch. Man will mich zum Schweigen bringen.« Nachdem der erste Satz ausgesprochen war, ließ sich der Rest der Geschichte leicht und schnell erzählen. Fronika warf dabei nervöse Blicke aus dem Fenster, da sie verschwinden wollte, bevor das Stundengebet beendet war. »Lasst Ihr mich gehen?«, fragte sie schließlich hoffnungsvoll.

Annas Augen verengten sich zu Schlitzen. »Du erzählst mir schon wieder von Wundern! Habe ich dir den Aberglauben nicht ein für allemal ausgetrieben?«

»Ihr habt das Korporale nicht gesehen, Schwester Anna! Seinen Glanz, sein Leuchten. Es strahlt etwas aus, das sich nicht in Worte fassen lässt.«

»Du siehst, was du sehen *willst.* So wie alle Kleingläubigen und Magiebesessenen.« Ihre Stimme klang traurig. »Ich dachte, ich hätte dich eines Besseren belehrt. Wo ist denn dieses wundertätige Korporale? Hast du es bei dir?«

Fronika warf einen ungeduldigen Blick nach draußen. Sie hörte die Nonnen singen. Bald würde das Gebet beendet sein. Warum ließ Schwester Anna sie nicht endlich gehen? »Nein«, gestand sie leise. »Ich habe es nicht mehr. Es ist verschwunden.«

Zum ersten Mal verzog sich Schwester Annas Mund zu einem Lächeln. »Verschwunden, aha …« Nachdenklich wiegte sie den Kopf. »Was wirst du tun, wenn du das Kloster verlassen hast?«

»Weit weg gehen, irgendwohin, wo mich niemand erkennt. Vielleicht in den Süden, wo die Menschen lustig sind und großzügig, wo viel getanzt und gelacht wird. Wo ich eine Arbeit als Küchenmagd finden kann.« In Wahrheit hatte sie keine Ahnung, was sie tun sollte. Sie plapperte nur die Worte der Gaukler nach, die sie im Wald belauscht hatte.

»Nun, vielleicht kann ich dir helfen, Kind. Die Cellerarin des Klosters Wald am Bodensee ist meine Nichte. Wenn ich dir ein Schreiben für sie mitgebe, wird sie dich möglicherweise als Novizin aufnehmen. Versprechen kann ich es freilich nicht, denn du bist mittellos und kannst keine Mitgift zahlen. Möglich, dass meine Nichte eine Ausnahme macht, wenn ich sie bitte. Und falls nicht, wird sie dir zumindest bei der Suche nach einer Arbeit behilflich sein.«

Fronikas Augen begannen zu leuchten. War es möglich, dass sich alles doch noch zum Guten fügte? »Habt Dank, Schwester«, sagte sie und nahm Annas Hand, um sie zu küssen. Doch die Nonne entzog sich ihr.

»Ich gebe dir das Schreiben nur unter einer Bedingung.«

Fragend blickte Fronika zu ihr auf.

»Du wirst nie mehr im Leben über dieses alberne Wunder sprechen – und niemals hierher zurückkehren. Verstanden?«

Erleichtert nickte Fronika. Das war nicht schwer zu versprechen.

»Schwörst du es bei allen Heiligen?«

»Ich schwöre.«

»Gut. Reiche mir die Feder und das Stück Pergament, das dort neben dir liegt. Wir müssen uns beeilen, damit wir vor der Terz fertig sind. Dann kannst du während der Andacht ungesehen verschwinden.«

Vor der Terz? Fronika stutzte. Der Gesang der Nonnen drang noch immer zum Fenster herein. Schwester Anna musste ihn ebenso hören wie sie!

Die Ordensfrau sah an ihrem verblüfften Gesichtsausdruck, dass etwas nicht stimmte. Sie folgte Fronikas Blick zum Fenster und hinüber zur Kirche. Dann begriff sie, und Bestürzung machte sich auf ihrem Gesicht breit. »Sie sind schon bei der Terz?«, fragte sie leise.

Fronika nickte. Wie konnte es möglich sein, dass die Alte die Glocke überhört hatte?

Anna zuckte bedauernd die Schultern. »Ich bin fast taub«, erklärte sie mit einem traurigen Lächeln. »Meine Ohren sind geschwollen und schmerzen seit Jahren. Ich habe gelernt, den Menschen die Worte von den Lippen abzulesen. Das funktioniert recht gut – wenn mein Gesprächspartner mir gegenübersitzt. Es funktioniert jedoch nicht bei Glocken.«

Fronika dachte an ihren ersten Tag in Seligental zurück. Im Kreuzgang hatte sie laut gerufen, und alle Köpfe waren zu ihr herumgefahren – nur nicht der von Schwester Anna.

Mit mildem Blick deutete die Nonne auf die Schüssel, die vor ihr stand. »Gegen den Schmerz mische ich mir eine Salbe, die ich des Nachts auftrage.« Sie rührte in der Paste. Und plötzlich, als sie darauf achtete und die Gedanken an ihre bevorstehende

Flucht kurz in den Hintergrund traten, roch Fronika es: frisch zerstampften, mit Kräutern vermischten Knoblauch. Kein alter, abgestandener wie in Philipp Eugens schlechtem Atem. Es war exakt der Duft, den sie schon mehrmals gerochen hatte, damals in der Kirche und später, als der schwere Ast auf ihren Kopf niedergekracht war.

Fronika schloss die Augen. Die Erkenntnis traf sie wie eine Naturgewalt. Plötzlich ergab alles einen Sinn: Die Gedankenfetzen, die wie ein unfertiges Bild in ihrem Kopf existiert hatten, fügten sich zusammen und erzählten eine Geschichte, die alles erklärte, was bislang rätselhaft erschienen war: Schwester Anna, die zwei Jahre lang argwöhnisch Heinrich Ottos Haushalt geführt und als Erste erkannt hatte, dass der alte Pfarrer ein Geheimnis hütete.

Schwester Anna, die eine unerbittliche Streiterin für den wahren Glauben war und mit Nachdruck alles ablehnte, was auch nur im Entferntesten nach Magie roch. Die sich von der sanften Nonne zur streitbaren Furie wandelte, wenn jemand Salz vor die Tür streute, um Dämonen fernzuhalten.

Schwester Anna, die die Existenz von Wundern leugnete und um das Seelenheil der Menschheit bangte.

War sie bereit, für ihre Mission auch zu töten? War sie Fronika in jener Nacht in die Kirche gefolgt und hatte gesehen, wie diese das Korporale hinter dem losen Stein fand?

Der Ast, der Fronika getroffen hatte – war das gar kein Unfall gewesen? Was wäre geschehen, wenn sie tatsächlich das Bewusstsein verloren hätte, wenn das warme Pulsieren des Wundertuches ihr nicht eine solch ungeahnte Stärke verliehen hätte?

Und – Fronika bebte bei dem Gedanken – war es wirklich bloßer Zufall, dass Schwester Anna ausgerechnet an dem Tag aus Dürn abgereist war, an dem Lene und Boppo ermordet wurden und eine Sense über dem Pfarrhaus einen unschuldigen Hund köpfte?

Langsam, ganz langsam nahm Fronika das Pergament, das neben ihr auf dem Tisch lag. Sie durfte jetzt keinen Fehler machen. Sie musste so tun, als hege sie keinerlei Verdacht, musste das Schreiben dankbar annehmen und die Apotheke verlassen. Wenn sie erst einmal draußen war, nun, dann ... Sie konnte zur Äbtissin gehen, ja, Mutter Apollonia war eine kluge Frau, die immer wusste, was zu tun war.

Fronika griff nach der Feder und dem Tintenfässchen, das neben dem Pergament stand. Ihre Hände zitterten so sehr, dass sie ein wenig Tinte verschüttete. Ein dunkler Fleck bildete sich auf dem Boden.

»Entschuldigt«, stammelte sie. »Ich bin ungeschickt. Das muss die Aufregung sein. Die Angst vor meiner Reise.«

Die Nonne nickte. Sie nahm Feder, Tinte und Pergament entgegen, stellte alles neben die Schüssel mit der Knoblauchpaste und schlurfte dann schwerfällig hinüber zur Tür. An einer Kordel um ihre Hüfte trug sie mehrere Schlüssel, einen davon steckte sie nun ins Schloss und versperrte die Tür dreifach. Noch bevor Fronika begriff, was geschah, nahm sie die Kordel ab und warf sie mitsamt den Schlüsseln aus dem Fenster. Sie landeten auf dem Dach des Nachbargebäudes, einer Scheune, wo sie in der Sonne aufblitzten.

»Je schlechter ich höre, desto besser sehe ich«, sagte Anna mit leisem Bedauern in der Stimme. »Womit habe ich mich verraten, Kindchen?«

Fronikas Blick wanderte zu der Salbe. »Ich habe eine feine Nase, sagt man.«

Anna begriff. »Ich hätte besser aufpassen sollen. Wie dumm von mir.«

Entsetzt beobachtete Fronika, wie die Nonne ein Fläschchen mit einer klaren Flüssigkeit aus dem Regal nahm. Schwefelgeruch machte sich breit, als sie es entkorkte. Dann griff sie nach einer brennenden Kerze.

»Was habt Ihr vor?«, fragte Fronika. Hatte die Alte nun endgültig den Verstand verloren?

»Ich bereite dem Spuk ein Ende. Es ist höchste Zeit.«

»Indem Ihr uns beide … verbrennt? Was ist damit gewonnen?«

»Es muss sein. Das unselige Geheimnis, das *Wunder*, wird mit uns sterben, und niemand wird jemals davon erfahren.« Ihr Mund lächelte, die Augen jedoch nicht. »So hat auch der Tod einen Sinn.« Sie faltete die Hände zum Gebet und begann, leise vor sich hin zu murmeln, Worte, die Fronika nicht verstehen konnte. Ihre Haltung hatte etwas Verzücktes, und sie verdrehte die Augen, bis nur noch das Weiße darin sichtbar war.

Der Gesang aus der Kirche war inzwischen verklungen. Fronika hörte leise Schritte und spähte unauffällig zum Fenster hinaus. Die Schwestern waren schweigend auf dem Weg zum Refektorium. Sobald sie dort angekommen waren, befanden sie sich außerhalb ihrer Hörweite und waren für Fronika unerreichbar.

»Hilfe!«, schrie sie, so laut sie konnte. »Hierher, zur Apotheke! Helft mir …«

Schwester Annas Hand legte sich auf ihren Mund. Mit ungeahnter Kraft hinderte die Alte sie daran weiterzurufen. Fronika wand sich wie eine Schlange unter dem harten Griff. Vergebens. Der Wahnsinn verlieh übernatürliche Kräfte, sagte man.

Sie sah, wie Anna lächelnd aus dem Fenster winkte, um die Schwestern zu beruhigen. »Ich hatte eine besonders schwierige Salbe zu mixen, darüber habe ich die Terz verpasst. Nun bin erschrocken, als mir eine Phiole mit Schwefelwasser aus der Hand fiel.«

Eine magere Ausrede – und doch genügte sie. Die Schritte entfernten sich, und Anna gab Fronikas Mund frei. »Nun schrei!«, sagte sie höhnisch und griff erneut zu der brennenden Kerze.

»Nein!«, rief Fronika verzweifelt. »Es … es nützt nichts, wenn Ihr uns beide verbrennt.«

Anna zögerte. »Welche Lügen willst du mir jetzt wieder auftischen? Womit glaubst du dein Leben retten zu können?« Doch ihre Neugier siegte, und sie stellte die Kerze zurück auf das Pult.

»Nun … das Korporale«, stotterte Fronika und hoffte inständig, ihr würde schnell etwas einfallen, womit sie die Nonne hinhalten konnte. »Ich … habe Euch belogen. Das Wundertuch ist gar nicht verschwunden. Ich … habe es Jakob von Fulda gegeben. Dem Fremden in Dürn, Ihr erinnert Euch? Wir haben uns ein paarmal getroffen, und ich vertraue ihm. Er bringt das Wundertuch zu Pfarrer Gerwicus.«

Annas Gesicht verzerrte sich vor Wut. »Verfluchte Hure!«, schimpfte sie. »Warum habe ich mich nur vom Mitleid und von meinen mütterlichen Gefühlen dir gegenüber verleiten lassen? Ich hätte dich gleich am ersten Abend mit dem Ast erschlagen und das Tuch verbrennen sollen! Mein weiches Herz hat mir nur Ärger eingebrockt. Manchmal ist der tödliche Weg der einzig richtige!«

»Eine Sense über der Tür, meint Ihr? Oder ein Messer an der Kehle?« Das Bild von Lenes schwarzem, verkrustetem Hals ließ Fronika würgen.

»Glaubst du, ich habe das gern getan?« Anna spuckte die Worte regelrecht aus. »Du bist mir ans Herz gewachsen, Kind. Du warst mir wie eine Tochter. Gelehrig und fügsam. Mit ein wenig Zeit hättest du verstanden, worauf es ankommt, hättest das Korporale selbst verbrannt und auf den rechten Pfad gefunden. Deshalb habe ich so lange gezögert, das zu tun, was getan werden muss. Zu lange habe ich gewartet! Gott zu dienen ist das Herrlichste und Grausamste zugleich. Abraham musste seinen Sohn opfern. Und auch ich muss ein Opfer bringen.«

Fronika trat ans Fenster und schnappte nach Luft. Wie konnte die Welt dort draußen nur so friedlich wirken, während in der Apotheke der Teufel sein wahres Gesicht zeigte? »Der Mord an mir fällt Euch also schwer.« Sie stand mit dem Rücken zum Fenster, damit Anna ihren Mund sehen und sie verstehen konnte. »Mit Lene und Boppo hattet Ihr weniger Mitleid.«

Die Alte presste die Lippen zusammen. »Gott prüft die, die er liebt, am härtesten«, stieß sie hervor. »*Er* hat von mir verlangt, den falschen Wunderglauben auszurotten, und ich habe getan, was er forderte.«

»Ihr glaubt, Gott habe Euch zu einem *Mord* gezwungen?« Ungläubig starrte Fronika die Ordensfrau an. Auf welch verschlungenen Pfaden wanderten die Gedanken der Alten? Seit wie vielen Jahren war sie diesem Wahn schon verfallen? Wann war sie zu der Überzeugung gelangt, es sei ihre Aufgabe, mit allen Mitteln gegen Wunderglauben und Magie zu kämpfen?

»Gott hat sie zu mir geschickt«, sagte Anna, und Fronika wusste zunächst nicht, wen sie meinte. »Da erkannte ich, dass ich sie töten musste.«

Lene, sie sprach von Lene.

»Die Tagelöhnerin hat sich mir anvertraut, hat von dem Wundertuch erzählt, das sie im Kamin gefunden hat. Sie war gefährlich, verstehst du? Sie hat sich auf den Marktplatz gestellt und vor allen Leuten darüber geredet! Ich konnte sehen, wie die Saat aufging. Irgendjemand musste handeln.«

Fronika widerstand dem Impuls, die Augen zu schließen. Dennoch drängten sich mit aller Macht die Bilder auf, die sie in Boppos Kate gesehen hatte.

»Erst habe ich Boppo erstochen«, erzählte Anna tonlos. »Es war leichter, als ich dachte. Ich habe ihn überrascht und von hinten das Messer in den Rücken gestoßen. Er fiel in die Flammen, die ihr Übriges taten.«

»Ich will es nicht hören.«

»Lene lag auf dem Stroh. Ihre Krankheit war zurückgekehrt, sie hustete wieder Blut. Oh ja, das *Wunder* hat versagt! Ich habe ihr in die Augen geblickt, während ich das Messer führte.«

Es ist eine Beichte, begriff Fronika. Schwester Anna wollte ihre Tat gestehen, bevor sie in den Flammen starb.

»Aber das Korporale war nicht mehr da. Der Hohlraum im Kamin war leer.« Die Alte umklammerte die Kerze. »Du hast es genommen, nicht wahr?«

»Ja«, log Fronika. »In … der Nacht zuvor. Ich dachte, es sei nicht mehr sicher in seinem Versteck.«

»Dennoch war es gut, zwei Mitwisser getötet zu haben, die den Mund nicht halten konnten. Bevor ich Dürn verließ, habe ich das Fallbeil über der Tür des Pfarrhauses angebracht. Es gab zwei Möglichkeiten: Entweder die Sense tötet dich. Oder du entkommst. Dann würdest du erkennen, dass dein Leben in Gefahr ist. Du würdest fliehen. Und wohin solltest du gehen, da du hier niemanden kennst? Zu deiner mütterlichen Freundin ins Kloster. Und ich hätte dich wieder unter meiner Aufsicht.« Sie lächelte. »Du siehst, mein Plan ging auf! Beinahe hätten dieser nichtsnutzige Pfaffe und dein sauberer Freund Kuntz mir die Arbeit abgenommen, dich zum Schweigen zu bringen. Aber du hast neun Leben, wie eine Katze!«

»Ihr wolltet mich zu Eurer Nichte ins Kloster Wald am Bodensee schicken. Welche Falle habt Ihr Euch dabei für mich ausgedacht?«

»Gar keine. Ich hätte dich gehen lassen.«

»Aber ich habe gelogen. Das Tuch ist nicht weg. Es ist in guten Händen.« Fronika wünschte sehnlichst, es wäre wirklich so.

»Du bist durchtriebener, als ich dachte.« Die Alte spuckte auf den Boden. »Diesmal wird es mir leichter fallen, dich aus dem Weg zu räumen. Du hast es verdient.«

»Ihr könnt uns nicht verbrennen! Das Wunder wird trotzdem ans Tageslicht kommen, und dann waren all Eure Verbrechen umsonst!«

Anna stellte die Kerze, die sie in der Hand hielt, bedächtig zurück auf das Pult. »*Meine* Mission ist tatsächlich noch nicht beendet. Ich muss mich um deinen Freund Jakob kümmern, nun, da ich alles weiß. Dir wird das jedoch nichts mehr nützen, denn *dein* Leben ist verwirkt.«

19

Schwester Anna zog ein großes, scharfes Messer unter ihrem Habit hervor, ein Messer, an dem noch Blut vom letzten Mord klebte.

Die Angst vertrieb Fronikas pochende Kopfschmerzen. Plötzlich war sie wach und bereit, bis zum Äußersten zu kämpfen. Sie hatte genug davon, von allen immer nur für dumm und willenlos gehalten zu werden. *Ich werde dir zeigen, wie stark ich bin,* redete sie sich Mut zu. *Ich gebe nicht auf! Du bist im Unrecht und ich im Recht.*

Sie blickte sich nach einem Gegenstand um, den sie als Waffe benutzen konnte. In der Apotheke gab es ein Regal mit Phiolen und Glasfläschchen, ein paar Behälter mit getrockneten Kräutern sowie ein Pult zum Mischen der Rezepturen. Es gab auch ein Messer, mit dem die Nonnen frische Zutaten hackten, doch das war nirgends zu sehen.

Anna näherte sich ihr mit kleinen, tänzelnden Schritten, und Fronika wich zurück, ohne die Alte aus den Augen zu lassen. Sie achtete darauf, das Pult zwischen sich und der Nonne zu haben, damit Anna nicht unvermittelt zustoßen konnte.

Ich bin nicht krank und schwach wie Lene, beschwor sie sich, *und ich drehe dir auch nicht den Rücken zu, wie Boppo es tat.* Sie griff sich aus dem Regal mit den Arzneien die größte Flasche, derer sie habhaft werden konnte, und zertrümmerte sie am Pult. Eine farblose Flüssigkeit ergoss sich auf den Boden, wo sie zischte und dampfte. Der scharfe Geruch, der sich augenblicklich ausbreitete, stach schmerzhaft in Fronikas Nase.

Anna erschrak und blieb für einen Moment stehen. Sie starrte auf den scharfkantigen Flaschenhals, den Fronika wie eine Waffe gegen sie richtete, dann auf den Fleck, der sich am Boden ausbreitete.

Fronikas Nase begann zu bluten, und ihre Hand brannte wie Feuer, dort, wo sie die Flüssigkeit berührt hatte, doch sie beachtete es nicht.

Jetzt! Fronika setzte zu einer blitzschnellen Bewegung an. Mit der zerbrochenen Flasche schlug sie der Alten das Messer aus der Hand. Es fiel zu Boden und rutschte bis zur Tür.

Die Nonne blutete stark, Fronika musste eine wichtige Ader getroffen haben. Ein kleiner Vorteil nur, er würde nicht genügen. Erneut erhob sie den Flaschenhals und hieb ihn der schutzlosen Nonne in Gesicht. Einmal, zweimal.

Anna schrie nicht, doch sie presste die Hände auf die Augen, aus denen nun ebenfalls Blut strömte, und gab leise Töne von sich. Sie klangen wie das Zischen einer Schlange. »Ich krieg dich«, stieß sie zwischen den Zähnen hervor. »Glaub nicht, du hättest mich besiegt! Der Schmerz ist meine Weihe, dein Widerstand mein Antrieb. Du bist tot, weil Gott es so will.« Sie ließ sich zu Boden gleiten und tastete nach dem Messer.

Mit zwei Sätzen war Fronika bei der Tür und hob es auf. Anna tastete weiter. Ihre tauben Ohren hatten die Bewegung nicht gehört, die vom Blut blinden Augen nichts gesehen.

Fronika hielt das Messer mit beiden Händen und näherte sich der Alten, die noch immer ihr Gift versprühte: »… entkommst mir nicht. Meine Mission wird erfüllt. … wirst sterben.«

Endlos lange stand Fronika so da, betrachtete die Nonne auf dem Boden, ihr hasserfülltes Gesicht. Dann ließ sie das Messer sinken.

Ich kann es nicht. Sie weiß ja nicht, was sie tut. Sie ist besessen.

Das Messer behielt sie in der Hand, als sie sich zum Fenster wandte. Es drohte ihr keine unmittelbare Gefahr. Und doch war sie mit Anna eingeschlossen und konnte erst auf Hilfe hoffen, wenn die Nonnen aus dem Refektorium zurückkehrten. Es sei denn, es gab eine Möglichkeit, aus dem Fenster zu klettern.

Die Apotheke lag im zweiten Geschoss, doch die Räume des Hospitals waren zu hoch, um zu springen. Die Steine, aus denen das Gebäude errichtet war, waren nur grob behauen. Ein geübter Kletterer konnte dort Halt finden und an der Außenmauer hinabsteigen. Sie seufzte. Sie war keine geübte Kletterin.

Zwei Dinge geschahen gleichzeitig: Mit einem lauten Krachen fiel das Pult hinter ihr um.

Unten im Hof ertönten die Hufe eines Pferdes.

Fronika fuhr herum. Sie sah, dass die Nonne unter dem Pult eingeklemmt war. Die Kerze lag neben ihr, und die Flamme erfasste bereits ihre Robe. Ein kurzes Schwelen ging abrupt in eine Explosion aus Feuer über, als eine kleine Feuerzunge den Fleck am Boden erreichte, den die Flüssigkeit aus Fronikas Flasche verursacht hatte. Binnen kürzester Zeit brannte der Habit der Alten lichterloh.

Anna lachte und erhob sich vom Boden. Wie ein gefallener Engel stand sie da, mit ausgebreiteten Armen, flammenden Flügeln gleich.

Fronika blieb nicht viel Zeit zum Nachdenken. Schon erfasste das Feuer den Schleier der Nonne, fraß sich ins Gewebe, erreichte schließlich ihren Körper. Das irre Gelächter ging in ein Wimmern über, dann begann Anna zu stöhnen, leise zuerst, bald immer lauter.

Ratsch! Mit dem Messer zerschnitt Fronika den brennenden Habit und riss ihn Anna vom Leib. An vielen Stellen schmorte die Haut, es roch nach geröstetem Fleisch. Fronikas Hände glühten und schmerzten, als sie die Alte zu Boden warf, hin und her wälzte und versuchte, auch die letzten Flammen zu löschen. Verbrennen war der grausamste Tod, den sie sich vorstellen konnte. *So ist Boppo gestorben,* fuhr es ihr durch den Kopf. Niemandem wünschte sie solche Schmerzen, auch nicht Anna.

Sie zog die Alte aus der unmittelbaren Gefahrenzone und ließ sie wimmernd liegen, mit versengter Haut und blutendem Gesicht.

Der Brand breitete sich weiter aus. Nun leckten die Flammen an dem umgestürzten Pult. Der beißende Rauch nahm Fronika den Atem. Sie riss sich den Schleier vom Kopf und band ihn sich vor Mund und Nase. Dann stieg sie aus ihrem Gewand und schlug damit auf die Flammen ein.

Es war ein aussichtsloser Kampf. Sobald das Feuer an einer Stelle nachließ, züngelten anderswo gierige Flammen empor, wie Schlangen aus der Hölle, unersättliches Getier, das alles verschlang, was ihm zu nahe kam. Fronikas Augen tränten, und der Qualm fand seinen Weg durch das Gewebe des Schleiers in ihre Lungen. Erst als sie keine Luft mehr bekam und einsehen musste, dass sie es nicht schaffen würde, dem Feuer den Garaus zu machen, fiel Fronika das Hufgetrappel im Hof wieder ein. Bei Gott! Dort draußen war vielleicht die Hilfe, nach der sie gerufen hatte! Sie tastete sich zum Fenster. Der Rauch war so dicht, dass sie kaum noch etwas sah und das Fenster nur erahnen konnte.

Der Reiter im Hof musste den Qualm doch bemerken! »Hilfe!«, rief Fronika hinunter. Ihre Stimme war nur ein heiseres Krächzen. »Wir sind hier oben.« Ihre tränenden Augen nahmen den Umriss einer menschlichen Gestalt und eines Pferdes wahr. Hatte der Reiter sie überhaupt gehört?

»Wir sind eingeschlossen«, röchelte sie. »Der Schlüssel liegt auf dem Dach der Scheune.« Sie deutete dorthin, wo sie die Kordel vermutete. Ihre Augen brannten, und sie sah nichts mehr, auch nicht, ob der Reiter Anstalten machte, das Dach zu erklimmen. Ihre Füße gaben unter ihr nach, und sie sank bewusstlos zu Boden.

Wie ein böser Traum kamen ihr die folgenden Minuten später vor. Sie schwebte in einem unbestimmten Zustand zwischen Ohnmacht und verschärfter Wachsamkeit. Etwas Ähnliches hatte sie erst einmal erlebt, unter dem Eis des Dürner Sees.

Das Prasseln und Zischen der Flammen klang bedrohlich nahe. Der Rauch verstopfte ihr Mund und Nase, verätzte die Lunge und versetzte sie in eine Art Rauschzustand. Zwei starke Arme packten sie und hoben sie hoch. Sie versuchte zu lächeln, war sich aber nicht sicher, ob die Geste nicht zur Grimasse verkam.

Die Luft wurde allmählich klarer. Ein Teil davon strömte in ihre Lungen. Im gleichen Maß, in dem das Atmen leichter fiel, nahmen die Schmerzen im Gesicht und an den Händen zu. Fronika hustete, bis Sterne vor ihren Augen tanzten. Irgendjemand wusch sie. Eine sanfte, leise Stimme redete unaufhörlich auf sie ein. Es klang wie der Gesang von Engeln.

Sie schrak hoch, als eine eisige Kälte ihre Hände ergriff. Unwillig schlug sie um sich, doch etwas hielt sie fest, und die Kälte verschwand nicht.

»Sehr gut«, vernahm sie eine weibliche, vage vertraute Stimme. »Sie hat ein Gefühl für den Schnee. Die Verbrennungen sind nicht so schlimm. Sie werden verheilen.«

Ein kehliges Brummen folgte, und Fronika musste an den Tanzbären denken. Sie stellte sich vor, wie er neben ihrem Bett saß und seine Tatzen über ihr Haar gleiten ließ. Erstaunlicherweise beruhigte sie das, und sie nickte ein.

Im Traum begann der Bär ein Wiegenlied zu singen, bis er sich schließlich erhob und sachte zu den Tönen tanzte. Er sah wunderschön aus, und Fronika wäre gerne aufgestanden, um es ihm gleichzutun, aber etwas hielt sie fest, ermöglichte keine Bewegung. Das Wiegenlied veränderte sich. Jetzt war es nur noch ein eintöniges Stöhnen, hatte nichts mehr von Lust und Freude, sondern zeugte von Schmerz und Leid.

Fronika erwachte. Das Stöhnen kam von links. Um sie herum war alles dunkel. Bis auf … Sie erschrak. Da hing eine Fackel an der Wand! Der flackernde Schein der Flamme versetzte sie in Todesangst.

»Schscht«, ertönte eine Stimme von rechts. »Alles ist gut. Schlaf noch ein wenig, dann wird der Morgen dich bei klarem Bewusstsein finden.« Man hielt ihr einen Becher mit einer süßen Flüssigkeit an die Lippen, und sie trank begierig.

Das mitleiderregende Stöhnen hielt unvermindert an, bis sie das nächste Mal die Augen aufschlug. Die Fackel, die ihr solche

Angst eingejagt hatte, war heruntergebrannt. Stattdessen fiel Tageslicht durch ein Fenster.

Fronika kannte den Raum, aber sie wusste nicht, woher. Sie lag auf einer Pritsche, die man mit einer kostbaren Daunendecke gepolstert hatte. Neben ihr saß die Novizin Ursel auf einem Hocker und schnarchte leise.

Das Stöhnen kam von der anderen Seite. Vorsichtig hob Fronika den Kopf, er war leicht wie eine Feder. *Mohnsamen,* dachte sie. *Das süße Getränk der Nacht* ... Die Schmerzen waren verschwunden, ihre Hände mit sauberen Leinenstreifen verbunden. Versuchsweise setzte sich Fronika im Bett auf, tastete mit den nackten Füßen nach dem Boden.

Alles war gut. Kein Schwindel, nichts tat weh, nirgends drohte Gefahr. Sie war gerettet.

Nun erkannte sie auch den Raum: Es war das Privatgemach der Äbtissin. Den Tisch und die Truhe hatte man an die Wand gerückt, um Platz für ein zweites Bett zu schaffen. Vorn dort kam das schauerliche Stöhnen.

Leise, um Ursel nicht zu wecken, schlich Fronika hinüber. Der Anblick, der sich ihr bot, erschütterte sie bis ins Mark. Auf der Pritsche lag Anna. Es musste die Nonne sein, wer sonst? Zu erkennen war sie indes kaum: Das Gesicht lag unter grauem Leinen verborgen, wie Fronikas Hände, nur Mund und Nasenlöcher blieben zum Atmen frei. Der Schädel war kahl wie der eines alten Mannes. Der Leib lag nackt und unbedeckt auf dem Bett. Die Haut glänzte in allen erdenklichen Rot- und Brauntönen, bis hinein ins Schwarze. An manchen Stellen warf sie gewaltige Blasen auf, an anderen hing sie in Fetzen. Dort, wo sich das Feuer besonders tief eingebrannt hatte, gab es nur noch nacktes Fleisch. Ein strenger Geruch ging von dem geschundenen Körper aus, er ließ Fronikas Gallensäfte rumoren.

Schwester Anna war auf der Pritsche festgebunden, damit sie sich nicht bewegen konnte. Unaufhörlich zuckten ihre Hände. Sie hätten die Wunden aufgekratzt, wenn man sie gelassen hätte. Sie musste Schmerzen leiden, gegen die alle Mohnsamen der Welt machtlos waren.

»Sie ringt mit dem Tod.« Schwester Barbara war unbemerkt hinter Fronika getreten und legte ihr eine Hand auf die Schulter. »Bei solch schweren Verbrennungen sind die Überlebensaussichten gering. Doch ihr Wille ist stark. Noch weiß niemand, wie der Kampf ausgehen wird.«

Ursel schreckte aus dem Schlaf hoch. Sie lächelte, als sie Fronika erblickte.

»Du selbst hast Glück gehabt«, fuhr Schwester Barbara fort. »Bist mit dem Schrecken und einer leichten Rauchvergiftung davongekommen. Deine Hände werden vollständig verheilen.« Sie seufzte. »So viel Glück wird Schwester Anna nicht haben. Selbst wenn sie überlebt, können wir ihr Augenlicht nicht retten. Sie wird bis an ihr Lebensende blind sein.«

Blind und taub, dachte Fronika. *Wie furchtbar.*

»Was ist geschehen, dort oben in der Apotheke?« Barbara musterte Fronika mit einem prüfenden Blick, in dem nicht nur Neugier, sondern auch ein Quäntchen Argwohn mitschwang.

»Das«, krächzte Fronika heiser, »ist eine lange Geschichte.«

»Höchste Zeit, dass du sie erzählst!«, brummte eine Stimme von der Tür her. Der Tanzbär aus ihrem Traum! Noch bevor sie sich umdrehte, wusste Fronika, dass Jakob hinter ihr stand.

Ursel brachte warme Ziegenmilch, Honigkuchen und Haferkekse in das Besucherzimmer. Gar zu gerne hätte sie dem Gespräch beigewohnt, das konnte Fronika an ihrer Miene ablesen, doch die Äbtissin scheuchte sie hinaus.

Fronika trug wieder eine Nonnentracht, ihr eigenes Kleid war in der Apotheke verbrannt. Auf den Schleier hatte sie jedoch verzichtet. Mutter Apollonia saß ihr gegenüber, während Jakob neben ihr Platz genommen hatte. Sie konnte seine Wärme spüren, wagte es aber nicht, ihn vor den strengen Augen der Äbtissin zu berühren.

»Schwester Anna ist die Mörderin von Boppo und Lene«, begann sie, und dann sprudelte alles, was im Wald und im Hospital vorgefallen war, wie ein Wasserfall aus ihr heraus. Erst nachdem sie geendet hatte, nahm sie einen großen Schluck von der Milch, die mittlerweile kalt geworden war.

»Hast du einen Beweis für deine Anschuldigungen?«, fragte Mutter Apollonia nachdenklich.

»Anna hat die Tat gestanden!«

»Dafür gibt es keine Zeugen. Außer dir.«

»Glaubt Ihr mir nicht, ehrwürdige Mutter?« Fassungslos starrte Fronika sie an.

»Das ist nicht die Frage, Kindchen. Wir haben Schwester Anna nach ihrer Rückkehr aus Dürn … nun, sagen wir, seltsam verändert vorgefunden. Sie war immer eine strenge, unbarmherzige Frau mit unerschütterlichem Glauben und kompromisslosen Ansichten. Zu unnachgiebig, wie einige von uns finden. Auch Güte und Nachsicht sind christliche Tugenden, die es zu pflegen gilt. Ich weiß nicht, was in den drei Jahren, in denen sie Pfarrer Heinrich Otto in Dürn pflegte, mit ihr geschehen ist. Vielleicht konnte sie das weltliche Leben mit seinen Irrungen und Wirrungen nicht mehr ertragen. Immerhin hat sie den Großteil ihres Daseins hinter Klostermauern verbracht, in einer Welt, die sich gehörig von der draußen unterscheidet. Vielleicht hat es ihre Unerbittlichkeit bis in den Wahn gesteigert, das sündige und lasterhafte Treiben zu erleben. Schon immer hat sie gegen Aberglauben, Blasphemie und Gotteslästerung gekämpft. Alles, was du mir erzählt hast, passt vollkommen in dieses Bild. Ich zweifle daher nicht an deiner Geschichte, Fronika. Doch wenn du Schwester Anna öffentlich anklagen willst, wirst du mehr als das brauchen. Du brauchst Beweise.«

Hilfesuchend blickte sich Fronika nach Jakob um. Er saß mit sorgenvoller Miene da und nickte, um zu bekräftigen, dass er Mutter Apollonias Einschätzung teilte.

»Das Korporale«, murmelte Fronika entmutigt. »Ich bräuchte das Korporale, nicht wahr?«

»Du weißt wirklich nicht, wo es steckt?«

Tränen traten ihr in die Augen. Sie schüttelte den Kopf. Es war eine traurige Vorstellung, das glanzvolle Wundertuch für immer verloren zu haben. »Ich war mir sicher, der Mörder von Boppo und Lene hätte es genommen«, bekannte sie. »Doch Schwester Anna hatte es nicht. Sie weiß nicht einmal, wo es geblieben ist. Dasselbe gilt für Kuntz und Philipp Eugen. Sie hätten doch nicht versucht, mir das Versteck zu entlocken, wenn sie es gekannt hätten! Nein, ich fürchte, wir werden dieses Geheimnis niemals lüften.«

Aus dem Nebenraum drang Schwester Annas unaufhörliches Stöhnen.

Fronikas Blick schweifte in die Ferne. »Ist es denn notwendig, sie vor Gericht zu stellen?«, fragte sie leise. »Vielleicht steht sie früher vor ihrem Richter, als wir glauben.«

»Und wenn nicht? Sie könnte überleben.«

»Dann ist es *Sein* Urteilsspruch. Wusstet Ihr, dass sie taub ist? Nein? Nun, sie liest seit Jahren den Menschen die Worte vom Mund ab. Wenn sie überlebt, wird sie zusätzlich blind sein. Glaubt Ihr, dann kann sie noch jemandem Schaden zufügen? Ohne Augenlicht und ohne Gehör? Mit tauben, verbrannten Gliedern? Sie wird ein kaltes, einsames Dasein führen, grausamer als jede Strafe eines weltlichen Gerichtes sein könnte.«

»Du hast ein mildes Herz, Fronika. Gott segne dich dafür.« Mutter Apollonia runzelte die Stirn. »Eine Sache vergisst du jedoch: Solange der Mörder nicht überführt ist, bleibst du verdächtig. Du kannst nicht nach Dürn zurück.«

Fronika schauderte. »Nichts auf der Welt bringt mich noch einmal an diesen Ort des Schreckens. Ich will ihn nie wiedersehen.«

Von links kam ein Räuspern. »Da habe auch ich ein Wörtchen mitzureden.« Jakob fing Fronikas Blick ein. Seine Pupillen waren tief und unergründlich, wie ein Brunnen, fast so tief wie die von Heinrich Otto, aber lebendiger, nicht so *ewig*.

Die Äbtissin erhob sich. »Was ihr euch zu sagen habt, ist nicht Angelegenheit meines Klosters. Ihr werdet mich also entschuldigen, ich habe zu tun.«

Schon einmal war Fronika mit Jakob alleine im Gästezimmer gewesen. Und wie damals fühlte sie sich auch jetzt befangen.

»Tu das nie wieder!«, sagte Jakob mit zusammengebissenen Zähnen. »Ich meine es ernst: nie wieder, verstanden?«

»Was … meinst du?«

»Dich in Lebensgefahr bringen! Bislang habe ich dich immer retten können. Aber wer garantiert mir, dass es auch beim nächsten Mal gelingt?«

Er stand auf und sie tat es ihm gleich. In der Mitte des Raumes sanken sie einander in die Arme. »Kleine Ratte«, flüsterte er in ihr Ohr. »Geliebte, kleine Ratte.«

»Wo warst du nur?«, schluchzte sie, während ihre verbundenen Hände seinen Rücken streichelten. »Warum bist du nicht gekommen?«

Jakob schnaubte wie ein Pferd. »Weil ich ein Narr bin! Ich habe mich übertölpeln lassen wie ein armseliges Huhn von einem schlauen Fuchs! Dein alter Freund Kuntz …« Er verzog angewidert das Gesicht. »Er muss mir gefolgt sein, hierher zum Kloster, als wir uns trafen. So hat er von unserem Plan Wind bekommen. Zurück in Dürn lockte er mich unter einem Vorwand in den hinteren Teil des Kellers der Schänke. Dort schlug er mich nieder, fesselte mich und ließ mich einfach liegen. Dieser Hurensohn! Es war mir unmöglich, mich zu befreien! Ich wäre verdurstet oder erfroren, wenn nicht …« Er schluckte. »Gestern am Vormittag kehrte der Bastard zurück und ließ mich frei. Ohne ein Wort der Erklärung! Ich bin sofort hierhergekommen – und genau zum richtigen Zeitpunkt, wie sich zeigte. Wenn mir dieser Halsabschneider noch einmal unter die Finger kommt –«

»Er hat mir das Leben gerettet«, unterbrach Fronika. *Es ist Kuntz nie in erster Linie um das Wundertuch gegangen,* erkannte sie. *Es ging ihm immer nur um mich.* Er hatte Jakob aus dem Weg räumen wollen, weil er in ihm einen Rivalen sah. Armer alter Mann! »Kuntz … hat mir einiges über deine Bruderschaft erzählt«, sagte sie zögernd. »Ist es wahr? Bist du wirklich … ein Ketzer?«

Jakob ließ sie los und fuhr sich durchs Haar. Er begann, im Zimmer auf und ab zu laufen, wie er es immer tat, wenn er erregt war. »Ja«, sagte er schließlich. »Und nein.«

»Ein bisschen genauer wirst du es mir schon erklären müssen.«

Er seufzte. »Was, glaubst du, ist ein Ketzer?«

»Nun, ein Mann, der den rechten Glauben verleugnet.«

»Falsch! Ketzer sind Menschen, die von der Kirche dazu erklärt werden. Nicht immer handeln sie gegen den wahren Glauben. Im Gegenteil! Oft kommen sie nur den Interessen der Kirche in die Quere.«

»Also bist du tatsächlich einer.«

»Die Inquisition hat unsere Bruderschaft der Ketzerei bezichtigt, insofern bin ich einer, ja. Doch andererseits kämpfe ich nur gegen die Korruption der Kirche – nicht gegen den Glauben. Also bin ich keiner.«

»Wie kannst du deine Arbeit für Erzbischof Konrad mit diesen Ansichten vereinbaren?«

»Das ist ganz einfach. Ich kämpfe auf unterschiedlichen Schlachtfeldern für die gleiche Sache: Ich versuche, Konrad in meinem Sinne zu beeinflussen. Und als Mitglied der Bruderschaft kläre ich das Volk auf, versuche, ihm die Augen zu öffnen.«

»Mit welchem Ziel, Jakob?«

»Wir wollen, dass alle Menschen die Möglichkeit erhalten, ihren Geist zu schulen und der Spiritualität zu öffnen. Bauern, Taglöhner und Knechte. Jeder soll die Möglichkeit haben, Lesen und Schreiben zu lernen. Schau mich an: Durch die Klosterschule hat sich mir eine neue Welt eröffnet. Ohne sie säße ich heute in Fulda und würde Schuhe flicken.«

»Dann hätten wir uns nie kennengelernt.«

Jakob strich ihr sacht durchs Haar. »Wer weiß, ob die Vorsehung nicht doch einen Weg gefunden hätte!«

»Was ist an Schulen so ketzerisch?«

»Nichts. Aber wir möchten die Bibel übersetzen. Einige mutige Männer arbeiten bereits daran. Wir wollen die Kirche als Vermittler zu Gott überflüssig machen. Und wir bekämpfen den Magie- und Hexenglauben, der von der Unwissenheit der Menschen herrührt.«

»Du redest wie Schwester Anna.« Fronika schauderte.

»Ja, es ist eigentümlich! Die Nonne und ich, wir verfolgen ähnliche Ziele. Wenn auch mit gänzlich unterschiedlichen Mitteln.«

»Deine Bruderschaft – tötet sie nicht?«

»Nein, gewiss nicht. Unsere Waffen sind Aufklärung, Bildung, Meditation und das Gespräch.«

»Woher wisst ihr, was das Richtige ist?« Sie dachte an all die Entscheidungen, die sie seit ihrem Aufbruch aus Mainz hatte treffen müssen – und wie schwer ihr das gefallen war.

»Wir wissen es nicht, Fronika. Doch wir wollen jedem Menschen das Rüstzeug mitgeben, es selbst herauszufinden. Und das geht nur, wenn alle in der Lage sind, die Möglichkeiten für ihr Handeln abzuschätzen.«

Fronika war sich nicht sicher, ob sie seine Meinung teilte. Sie selbst war mehr als dankbar, wenn ihr gelegentlich eine Entscheidung abgenommen wurde. »Warum wolltet ihr das Korporale? Wolltet ihr es verbrennen, wie Schwester Anna?«

»Nein. Wir wollten es den Menschen zeigen, wie es wirklich ist: Ein Altartuch mit Weinflecken. Sie sollen mit den *Augen sehen* und mit dem *Herzen glauben*. Nicht umgekehrt! Dann wird man sie nicht mehr so leicht täuschen können. Niemand wird mehr Juden ermorden, nur weil dumme Geschichten erzählt werden. Der Glaube wird wieder so rein sein, wie er bei den ersten Christen war, die als Märtyrer gestorben sind.«

»Wie kannst du behaupten, das Korporale sei nur ein Tuch mit Weinflecken? Hast du es je gesehen?«

»Nein, natürlich nicht.«

»Dann sprich nicht über Dinge, von denen du nichts verstehst!«

»Fronika, du siehst, was du sehen willst! Du hast ein Wunder erwartet, also ist es dir begegnet. Begreifst du das denn nicht?«

»Soll ich etwas leugnen, was ich mit eigenen Augen gesehen habe?«

Jakob seufzte. »Lass uns nicht streiten. Nicht jetzt, da ich so froh bin, dich lebendig wiederzuhaben! Vielleicht hast du recht. Ich sollte nicht über das Korporale urteilen, ohne es gesehen zu haben.«

Fronika atmete schwer. »Es ist weg. Wir können das Rätsel nicht lösen.« Sie ließ den Kopf auf seine Schulter sinken. Sobald sie ihn spüren konnte, waren alle Zweifel dahin. *Genau wie bei dem Korporale. Auch das entfaltet seine Kraft nur, wenn man es berührt.*

Jakob drückte sie fest an sich. »Willst du bei mir bleiben, Fronika? Als meine Frau?«

Sie schloss die Augen. Von diesen Worten hatte sie geträumt, seit sie ihn kannte. Ihn heiraten, ihn jeden Tag sehen, mit ihm reden, scherzen, lachen, für ihn sorgen und des Nachts in seinen Armen liegen, seine Wärme spüren. Seine Kinder zur Welt bringen und großziehen. So stellte sie sich den Himmel auf Erden vor. Und dennoch …

»Ich kann nicht, Jakob. Mein Herz sagt ja, es schreit geradezu danach, mit dir zu gehen. Doch mein Verstand … Wie kann ich einen Mann heiraten, der mich schutzlos den Häschern des Gerichtes überlassen hat, damals in Mainz? Du hast mich noch nicht gekannt, natürlich, aber du warst deinen eigenen Worten zufolge von meiner Unschuld überzeugt. Und doch hast du nichts unternommen!« Sie zitterte. »Das hast du nun davon«, schluchzte sie zornig. »Das kommt dabei heraus, wenn ich meinen Verstand benutze!«

Zu ihrer großen Verwunderung begann Jakob zu grinsen. Sein Gesicht nahm den verschmitzten Ausdruck eines Lausbuben an, und er wirkte mit einem Mal sehr knabenhaft. »Sind das alle Bedenken, die du vorzubringen hast?«, fragte er.

»Sie sind schwerwiegend! Mach dich nicht darüber lustig! Dieser Zweifel würde immer wie ein dunkler Schatten zwischen uns stehen. Er würde nach und nach unsere Liebe vergiften.«

»Du bist aus dem Kerker entkommen, nicht wahr?«

»Ja, meine Ziehmutter hat einen Söldner gedungen, der mich befreite. Sie muss ihr gesamtes Erspartes für ihn ausgegeben haben.«

»Woher hatte sie so viel Geld?«

»Ich weiß es nicht.« Oft hatte sie sich den Kopf darüber zerbrochen, war aber nie zu einem Ergebnis gekommen.

»Es gab keinen Söldner, Fronika.«

»Aber ja! Wie sonst hätte ich –« Sie riss die Augen auf, als sie begriff.

»Es war die einzige Möglichkeit, dich zu retten. Wie du dich auch verhalten hättest, sie hätten dich verurteilt. Also schlich ich mich bei Nacht und Nebel in den Kerker und riskierte Leib und Leben. Ich konnte nur hoffen, dass du geschickt genug vorgehen würdest, damit deine Flucht gelingen möge. Erst als ich dich aus dem Dürner See zog, nass wie eine Ratte, konnte ich mir da sicher sein.«

Fronika verschlug es die Sprache.

»Und falls du mir nicht glaubst …« Jakob zog seine Geldkatze hervor. »Dein Retter hat dir einen Ring zugesteckt, nicht wahr?«

Fronika nickte schweigend.

»Sah er aus wie dieser hier?«

Er drückte ihr einen kleinen Gegenstand in die Hand, der Fronika sehr vertraut vorkam. Er glich dem Ring, den sie in den Rocksaum ihres Kleides eingenäht und in den Flammen verloren hatte, wie ein Ei dem anderen.

Jakob fing ihren Blick ein. »Spricht noch etwas dagegen, meine Frau zu werden?«

»Nein«, wisperte sie. »Gar nichts.«

20

ENDE MAI 1393, EINEINHALB JAHRE SPÄTER

Es war ein kleiner, schmutziger Ort mit engen, verwinkelten Gassen, dessen einzige Bedeutung offenbar darin bestand, an der Straße von Mainz nach Nürnberg zu liegen. Aus diesem Grund gab es dort gleich mehrere Schänken, jede Menge Huren und Badehäuser. Es empfahl sich, seine Geldkatze unter dem Wams zu verstecken und auf der Straße bei niemandem länger stehen zu bleiben als unbedingt nötig. Überall lauerten Diebe und Beutelschneider.

Das Wirtshaus, in dem Jakob und Fronika abgestiegen waren, war leidlich sauber, ihr Zimmer frisch gefegt und mit einem Fenster ausgestattet, durch das frische Luft in die Stube drang. Sie vertrieb für ein paar Stunden die Übelkeit.

»Das ist normal in deinem Zustand«, hatte Mechthild erklärt. »Die ersten drei Monate sind häufig die schlimmsten. Vor allem am Morgen.« Trotzdem blickte sie besorgt drein, als Fronika darauf bestand, Jakob unter allen Umständen auf seiner Reise zu begleiten.

Der Wirt jagte Fronika Angst ein. Auf seinem aufgedunsenen Doppelkinn wuchsen schwarze Warzen, und dort, wo sein linkes Auge hätte sitzen sollen, klaffte nur eine dunkle, leere Höhle. Der Anblick war furchterregend, und doch zog er Fronikas Blicke magisch an. Ihr Magen rumorte.

»Alles in Ordnung?«, fragte Jakob besorgt. Ihm entging nicht die leiseste Regung in ihrem Gesicht, und seit sie sein Kind trug, hatten sich seine Sinne noch geschärft.

Sie bemühte sich, ihn anzulächeln. »Mir geht es gut«, versicherte sie. In Wahrheit wäre sie am liebsten umgekehrt und nach Mainz zurückgeritten.

Sei nicht albern, schalt sie sich. *Die Übelkeit verschwindet in ein, zwei Stunden, und dann wirst du glücklich sein, neben Jakob durch die Sonne zu reiten.*

Eine andere, nagende Stimme widersprach: *In ein paar Stunden wirst du in Dürn sein und dich deinen Gespenstern stellen müssen.* Ihr Blick fiel auf Jakob, der ein Stück Brot in seine warme Ziegenmilch tunkte und mit gesundem Appetit aß. Er trug ein Lederwams über einfachen Beinlingen aus ungefärbtem Leinen. Seine kostbaren Gewänder steckten in den Satteltaschen, sie hätten nur die Beutelschneider angelockt. Unter dem Hemd zeichnete sich sein muskulöser Körper ab, und das Leder ließ ihn verwegener aussehen als sonst. Fronika konnte kaum den Blick von ihm abwenden. Sie liebte ihn wie am ersten Tag.

»Du könntest hierbleiben, kleine Ratte«, sagte er. »In drei Tagen komme ich wieder, und wir reisen gemeinsam zurück nach Mainz.« Er deutete auf den Wirt. »Lass dich von seinem abstoßenden Äußeren nicht täuschen. Er ist eine ehrliche Haut und würde gut auf dich aufpassen.«

Die Vorstellung war verlockend.

»Nein«, sagte sie bestimmt. »Ich komme mit. Es ist die einzige Möglichkeit, meine Alpträume loszuwerden.«

Jakob nickte. Er hatte keine andere Antwort erwartet.

Seit sie nach Mainz zurückgekehrt waren, trübte nur eine einzige, hartnäckige Wolke den Himmel ihres Glücks: Fronikas Träume, in denen sie immer und immer wieder die grausam zugerichteten Leichen ihrer Freunde sah, über denen glänzend und blutrot der Gekreuzigte schwebte, umrahmt von elf dornengekrönten Christushäuptern.

»Was, glaubst du, kannst du in Dürn ausrichten?«, hatte Mechthild gefragt, die keineswegs vom Sinn dieser Reise überzeugt war.

»Ich weiß es nicht«, bekannte Fronika. »Aber Herz und Verstand sind sich ausnahmsweise einig: Ich muss noch einmal dorthin zurück.«

Wenigstens hatte sie keine Anklage mehr zu befürchten. Vor einigen Monaten hatte Jakob vom Amtskeller aus Dürn Nachricht erhalten, dass man bei einem Herumtreiber aus Buchen zwei verdächtige Goldstücke gefunden, den armen Kerl kurzerhand des Raubmordes an Lene und Boppo angeklagt und gehenkt habe.

Normalerweise befolgte Fronika Mechthilds Rat gerne, doch in diesem Fall blieb sie starrsinnig. Sie strich ihrer Ziehmutter über die Wange und lächelte ihr beruhigend zu.

Jeden Morgen dankte sie Gott dafür, dass sich alles so gut gefügt hatte. Es hätte ja auch anders kommen können! Als sie eineinhalb Jahre zuvor aus dem Kloster Seligental abgereist waren, wussten sie nicht, wohin sie gehen konnten. »Ich bringe dich nach Fulda«, beschloss Jakob. »Dort bist du sicher – und ich kann nach Mainz reisen, um herauszufinden, wie die Dinge für dich stehen.«

Bereits drei Wochen später kehrte er strahlend zurück. »Gestern durfte ich einem Prozess beiwohnen«, erzählte er. »Ein Mann wurde dabei ertappt, wie er auf dem Altar des Doms einer ehrbaren Bürgerin Gewalt antat. In seinem Beutel fand sich zudem ein goldener Kelch, den er offenbar dem Kirchenschatz entwendet hatte. Genauere Überprüfungen ergaben, dass weitere kostbare Stücke fehlten.«

»Ein bedauerliches Schicksal«, sagte Fronika. »Doch was geht es mich an?«

»Viel!«, grinste Jakob. »Der Übeltäter war niemand anderes als der Messdiener Hans! Unter der Folter gab er zu, seit Jahren die Kirche bestohlen zu haben. Kein Mensch wird jetzt noch auf die Idee kommen, dich vor den Richter zu zerren. Du bist frei, Fronika! Wir können nach Mainz zurückkehren.«

Das Wiedersehen mit Mechthild war ergreifend gewesen. Ihre Muhme drückte und herzte Fronika, bis sie keine Luft mehr bekam. Dabei sprudelten die Freudentränen wie ein Brunnen, der gar nicht mehr versiegen wollte. »Dass ich dich wiederhabe!«, weinte Mechthild. »Dass ich dich nur endlich wiederhabe!«

Sie packten Mechthilds wenige Habseligkeiten zusammen und richteten ihr ein großes Zimmer in ihrem neuen Haus ein.

Die Träume begannen erst, als sich die Umzugsanstrengungen legten. Zunächst schreckte Fronika nur gelegentlich schweißgebadet aus dem Schlaf, bebend und im Ungewissen darüber, was sie eigentlich geweckt hatte. In Jakobs Armen fand sie schnell wieder Ruhe. Doch die Träume wurden häufiger, die Bilder schärfer, der Schrecken, der von ihnen ausging, größer. Als sie nach einem guten Jahr schwanger wurde, träumte sie bereits jede Nacht. Tagsüber war sie blass und müde. Heiße Bäder, Arzneien, Würzwein – nichts davon half. Jakob machte sich Sorgen, Mechthild nicht minder.

»Ich muss in den Odenwald reisen«, erklärte Jakob eines Tages. »Eine Versammlung des Neun-Städte-Bundes erfordert meine Anwesenheit. Ich werde Erzbischof Konrad vertreten.«

»Ich komme mit.« Fronika musste nicht lange überlegen. Sie hätte nicht sagen können, was sie in Dürn wollte. Doch sie war sich sicher, dass sie hin musste. Und so hatte es keine weiteren Diskussionen darüber gegeben.

Bei mildem Frühsommerwetter waren sie schnell vorangekommen. Dürn war jetzt nur noch eine halbe Tagesreise entfernt.

»Lass uns aufbrechen, kleine Ratte«, sagte Jakob und erhob sich vom Frühstückstisch. »Es verspricht ein sonniger Tag zu werden.«

Auf dem Pferderücken verlor sich Fronikas Übelkeit schnell. Anfangs hatte sie befürchtet, es könne umgekehrt sein, doch sie ritt gern und mochte den Geruch, den ihre sanfte, braune Stute verströmte. Das Tier wusste immer genau, was seine Reiterin gerade wünschte. Es lief langsam, wenn Fronika sich nach Ruhe sehnte, warf leise wiehernd den Kopf in den Nacken, ließ die Mähne flattern und verfiel in einen leichten Galopp, wenn es Fronika nach Bewegung drängte. Jakob hatte ihr die Stute geschenkt, sie hörte auf den Namen Fee.

»Ihr seid wie füreinander geschaffen.« Jakob trieb seinen Wallach an Fronikas Seite. »Fast könnte ich eifersüchtig werden.«

Fronika warf ihrem Mann einen anzüglichen Blick zu. »Kein Grund zur Sorge«, zwinkerte sie. »Fee ist nur mein zweitliebstes Reittier …«

Auf einer bunten Blumenwiese legten sie eine Rast ein. Die Landschaft erschien Fronika gänzlich verändert. Spätherbst und Winter waren ihr im Hinteren Odenwald bedrückend, ja schwer und düster vorgekommen. Jetzt gefielen ihr die sanften Hügel und die lichtdurchfluteten Wälder. Vielleicht genügte es ja, Dürn im Sonnenschein zu sehen, um die Gespenster zu vertreiben!

Sie biss herzhaft in einen Apfel, doch bereits beim dritten Bissen kehrte die Übelkeit zurück, und sie musste sich beeilen, ein Gebüsch zu finden. Sie hasste es, wenn Jakob sie beim Würgen und Spucken beobachtete.

Ein leises Zischen drang aus dem Strauch. Es folgte ein Rascheln, und Fronika blieb wie angewurzelt stehen. Im Sonnenlicht funkelte der geschmeidige Leib einer Schlange.

Aber – eine solche Art hatte Fronika noch nie gesehen! Die Schuppen des Reptils glänzten in allen Farben des Regenbogens, und seine Augen wiesen nicht den gelb-schwarzen Schlitz typischer Schlangenaugen auf, sondern waren rot und loderten wie Feuer.

Kalter Schweiß trat auf Fronikas Stirn. Reglos belauerten sie sich eine Zeit lang. Dann richtete die Schlange sich auf, ihre gespaltene Zunge vollführte einen zunächst lautlosen Tanz, gefolgt von einer zischenden Melodie.

»Was sagst du?«, flüsterte Fronika. »Ich kann dich nicht verstehen.«

Die Schlange begann, sich im Wind zu wiegen. Sie wurde länger und schlanker, auf ihrem Regenbogenkörper spiegelten sich die Schäfchenwolken des Himmels.

»Willst du mich warnen?« Zeigte sich eine Schlange auf einer Reise, das war bekannt, kündigte sie in aller Regel einen Unfall an, eine Krankheit oder eine Feuersbrunst. Die roten Augen verursachten Fronika einen leisen Schwindel. »Verschwinde!«, rief sie laut. »Was immer du willst, ich kann es nicht verstehen. Geh weg!«

Mit schnellen Schritten war Jakob bei ihr. »Mit wem sprichst du?«

Sie sank zitternd in seine Arme. »Dort …«

Doch im Gebüsch war nichts. Über einem Ast hing eine vertrocknete, graue Haut, auf der zwei runde, blutrote Flecken glänzten.

»Du hast dir das nur eingebildet.« Auf Jakobs Stirn hatte sich eine steile Falte eingegraben. »Hast die Haut mit einer lebenden Schlange verwechselt. Sonne und Schatten haben dir einen Streich gespielt.«

Fronika schüttelte den Kopf. »Ich muss sie mitnehmen«, sagte sie zum wiederholten Male. »Sie wird mich beschützen.«

Jakobs Falte vertiefte sich. Er seufzte. »Werde ich dir jemals deinen Aberglauben austreiben können?«

»Und ich? Werde ich dich jemals von den göttlichen Zeichen überzeugen können?«

Dann sahen sie einander an und lächelten.

»Vielleicht hast du recht«, gab Fronika nach. »Vielleicht habe ich am hellen Tag geträumt. Schwangeren Frauen sagt man nach, sie litten unter Visionen.«

»Auch ich könnte mich irren«, brummte Jakob. »Obwohl ich nicht daran glaube, so weiß ich doch nicht, welche Wunder zwischen Himmel und Erde möglich sind.«

Fronika warf ihm einen dankbaren Blick zu. Wie sehr sie ihn liebte! Die wenigsten Männer hätten die Größe besessen, einen Satz wie diesen auszusprechen. Sie stopfte die Schlangenhaut in den Ausschnitt ihres Kleides und schwang sich auf Fees Rücken. Die Stute fiel in einen leichten Trab, während Jakobs Wallach langsam hinterhertrottete.

Nicht mehr lange, dachte Fronika. *Bald sind wir da – und alles wird sich entscheiden.*

Je näher sie Dürn kamen, desto größer wurde ihre Unruhe. Sie übertrug sich auch auf Fee, die schreckhafter als üblich war und schneller scheute. »Ganz ruhig«, flüsterte Fronika ihr ins Ohr, doch klang es nicht recht überzeugend, da ihre eigene Stimme vor Aufregung bebte. Irgendetwas würde in Dürn geschehen. Etwas Gutes oder etwas Böses?

Als die Sonne am höchsten stand, erreichten sie ein Wäldchen. Fronika war weit vorausgeritten. Genau wie ihre Stute konnte sie eine langsame Gangart heute nicht ertragen. Die Straße machte einen scharfen Knick, und da hörte sie es wieder: ein leises Zischen von links. Dann bewegte sich blitzschnell ein schmaler, geschmeidiger Schlangenkörper über den Weg. Zwei rote Augen funkelten in der Sonne. So schnell wie es aufgetaucht war, verschwand das Tier im Gestrüpp.

Fee wieherte angstvoll, stellte sich auf die Hinterbeine und ruderte mit den Vorderhufen in der Luft. Nur mit Mühe konnte sich Fronika auf ihrem Rücken halten. Kaum hatte sie wieder mit allen Vieren festen Boden unter den Füßen, da preschte die Stute los, in heilloser Panik, galoppierte zunächst die Straße entlang und dann, als das Wäldchen sich lichtete, quer über eine Wiese, weiter, immer weiter, mit fliegender Mähne.

»Anhalten«, rief Fronika verzweifelt. »Es ist nichts passiert, so bleib doch stehen!«

Diesmal hörte Fee nicht auf ihre Reiterin. Sie lief, als sei der Leibhaftige hinter ihr her.

Es gelang Fronika nicht, sich umzusehen. Von Jakob war ohnehin keine Hilfe zu erwarten, er war viel zu weit zurückgefallen. Das Unglück hatte sich hinter einer Straßenbiegung zugetragen – Jakob glaubte vermutlich noch immer, Fronika trabe friedlich vor ihm her.

Nach einer Zeit, die Fronika endlos erschien, verlangsamte Fee ihr Höllentempo von alleine. Sie wieherte, und es klang nicht mehr panisch. Schließlich verfiel sie in einen leichten Schritt, und endlich gelang es Fronika, sie zum Stehen zu bringen.

Die Straße war weit weg. Ross und Reiterin standen auf einer blühenden Wiese, durch die ein kleiner Bach gurgelte. Vogelgezwitscher lag in der Luft, Grillen zirpten. Es roch nach warmer Sonne, Brennnesseln und wilder Kamille.

Fronika und Fee waren nicht alleine.

Sie musste in einem ihrer Träume gelandet sein! Auch wenn diesmal kein Schrecken darin lauerte, so waren die Bilder ähnlich unwirklich: Im hohen Gras lagen zwei Menschen, ein Mann und eine Frau, die gerade erst dem Mädchenalter entwachsen war. Fronika kannte ihr Gesicht. Es war die junge Gauklerin, die einst den Säugling an ihre Brust gedrückt hatte. Mittlerweile konnte der Kleine laufen und stolperte über die Wiese, in der Absicht, einen bunten Schmetterling zu fangen. In der Ferne entdeckte Fronika den Wagen der Gauklertruppe. An einem Baum festgebunden brummte der Tanzbär und starrte zu Fronika und Fee hinüber.

Der Mann, der neben dem Mädchen auf der Wiese lag, kaute auf einem Grashalm und hielt die Augen geschlossen. Sein rotblondes Haar leuchtete, und sein Gesicht war über und über mit Sommersprossen bedeckt.

Fronikas Herz machte einen Sprung. Es war Boppo.

Seit eineinhalb Jahren hatte Fronika keine Erscheinung mehr gehabt. Heinrich Otto zeigte sich nicht mehr – und Boppo war ihr nur das eine Mal im Wald zwischen Dürn und Seligental begegnet. Warum jetzt, warum hier? Und warum wieder bei der Gauklertruppe?

Fee wieherte leise. Mit dem Schweif vertrieb sie ein paar Fliegen. Beide, Boppo und das Mädchen, wendeten Fronika den Blick zu. Ihre Reaktionen waren jedoch völlig unterschiedlich. Während das Mädchen verwundert dreinsah, sprang Boppo auf, keuchte und drückte sich die Hand an die Brust. Seine blauen Augen blickten völlig ungläubig zu ihr hinüber. Er musste niesen, dreimal hintereinander.

Hatte man je von einem Geist gehört, der die Influenza bekam? Nein, das hier war kein Wiedergänger, sondern ein Mensch aus Fleisch und Blut! Es war Boppo – und er lebte!

Aber – sie hatte mit eigenen Augen seinen Leichnam gesehen! *Wie ist das möglich?*, versuchte sie zu sagen, doch kein Wort drang über ihre Lippen. Sie war schlicht sprachlos.

»Bist du es wirklich?« Boppos Stimme klang tiefer als vor eineinhalb Jahren, aber es war doch zweifelsfrei die seine.

Fronika konnte nur nicken.

Das Mädchen stand nun ebenfalls auf und legte ihrem Begleiter eine Hand auf die Schulter. Sie flüsterte ihm etwas ins Ohr, und er nickte. Dann nahm sie das Kind auf den Arm und verschwand Richtung Lagerplatz.

»Dich schickt der Himmel«, sagte Boppo und lächelte zaghaft. »Anders kann ich es mir nicht erklären. Dass wir uns hier begegnen ... ist kein Zufall.«

Nein, an Zufälle dieser Art glaubte auch Fronika nicht. »Wie kommt es ...« Ihre Stimme erstarb.

»... dass ich lebe?« Boppo sah auf einmal unglücklich aus. »Komm näher, Fronika. Endlich kann ich dir alles erzählen!«

Mit Fee am Zügel trat Fronika zu ihrem alten Freund. Das Pferd schnupperte neugierig an seiner Hand, die er ihm entgegenstreckte. Schließlich strich er dem Tier sanft über die Nüstern. Das war der endgültige Beweis! Niemals würde sich die Stute von einem Gespenst liebkosen lassen.

Verlegen senkte Boppo den Kopf. »Wie oft habe ich davon geträumt, dir noch einmal zu begegnen! Dir zu sagen, dass ich lebe. Dass es mir gut geht!«

»Aber wie ...?« Noch immer war Fronika zu keinem zusammenhängenden Satz in der Lage.

»Ach, Prinzessin, das ist ein traurige Geschichte.«

Fronika band Fee an einem Haselbusch fest. Wenn Jakob sie suchte, würde er das Pferd von der Straße aus sehen.

Sie ließ sich ins warme Gras sinken. Boppo setzte sich ihr gegenüber. Eine ganze Weile schwiegen sie, mussten sich an das unwahrscheinliche Zusammentreffen erst einmal gewöhnen. Dann begann Boppo zu erzählen: »Ich war so schrecklich eifersüchtig!« Er grinste und errötete dabei. »Auf diesen eitlen Geck. Diesen ...«

»Jakob von Fulda.«

»Hmhm. Ich konnte sehen, wie sehr du ihn liebtest. Mir wurde ganz schlecht davon. An jenem Tag, als ich mich fast mit ihm geprügelt hätte, wurde mir klar, dass du *mich* niemals so ansehen würdest wie ihn. Nicht mit diesem Blick, nicht mit diesem verklärten Lächeln. Das war keine schöne Erkenntnis, Prinzessin!« Seine Hände spielten nervös an einem Grashalm. »In jener Nacht habe ich einen Entschluss gefasst: Meine Mutter brauchte mich nicht mehr so nötig wie früher. Sie hatte dank der drei Goldstücke genug zum Leben – und ihre Krankheit schien sich zu bessern. Es war an der Zeit, an mich selbst zu denken. Mit Lorenz, dem Bärenführer, hatte ich mich in den zwei Tagen zuvor angefreundet. ›Komm mit uns‹, sagte er immer wieder. ›Du bist geschickt und kannst sicherlich lernen, wie man mit Bällen jongliert.‹« Boppo blinzelte Fronika zu. »Tatsächlich habe ich dafür ein besonderes Talent entwickelt. Willst du es sehen?«

»Später«, sagte Fronika. »Erzähl weiter.«

»Noch in derselben Nacht schlich ich mich davon. Ich elender Feigling! Ich hatte nicht den Mut, es meiner Mutter zu sagen. Und dir auch nicht, Fronika, verzeih mir.«

Sie suchte seine Hand und drückte sie. Wer wusste schon, ob sie selbst an seiner Stelle anders gehandelt hätte?

»Die kleine Greth brauchte einen männlichen Begleiter«, fuhr Boppo fort. »Sie zählte erst dreizehn Lenze, doch sie hatte schon ein Kind. Ich mochte sie vom ersten Moment an. Sie war schüchtern und schweigsam, ganz anders als du – aber sie hat den Mut einer Löwin! Für ihren kleinen Jungen würde sie ihr Leben geben. Sie hat nie jemandem erzählt, von wem das Kind ist, auch mir nicht. Doch ich vermute, sie hat es nicht freiwillig empfangen. – Nun, mögen es am Anfang vor allem Trotz und Kummer gewesen sein, die mich in ihre Arme trieben, heute kann ich mit ruhigem Gewissen sagen, dass ich sie liebe. Vielleicht nicht so stürmisch und glühend, wie ich dich einst verehrt habe, Prinzessin, aber das spielt keine Rolle. Meine Gefühle für Greth sind ehrlich und warm – und darauf kommt es an.«

»Ich freue mich für dich.« Fronika gönnte allen Menschen der Welt ein ähnliches Glück, wie sie es mit Jakob erlebte.

»Jetzt kommt der traurige Teil der Geschichte. Es … fällt mir bis heute schwer, darüber zu reden. Ich komme nicht gut dabei weg, aber ich will trotzdem ehrlich sein. Ich war nicht mutig genug, meiner Mutter noch einmal unter die Augen zu treten. Dennoch sollte sie wissen, wohin ich verschwunden bin. Also habe ich Walther zu ihr geschickt, einen meiner neuen Gauklerfreunde.« Seine Stimme zitterte. »Ich weiß nicht, was an jenem Abend in der Hütte vorgefallen ist, aber ich vermute, es war ein Raubmord. Die ganze Stadt wusste schließlich von den

Goldstücken! Mutter hätte nie darüber sprechen dürfen! Der Mörder muss Walther von hinten getötet haben und dann erst meine wehrlose Mutter.«

Fronika nickte und drückte Boppos Hand fester.

»Ich bin schuld an ihrem Tod! Damit muss ich den Rest meiner Tage leben. Wenn ich selbst ein letztes Mal zu ihr gegangen wäre …«

»Dann wärst *du* jetzt tot. Wer kennt schon die Wege der Vorsehung?«

Boppo holte tief Luft. »Ich hatte Walther für diesen Freundschaftsdienst meine Stiefel geschenkt. So kam es, dass die Dürner bis heute glauben, ich sei in den Flammen des Herdfeuers gestorben.«

Fronika schloss die Augen. Sofort erschien das grausige Bild, das sich in allen Einzelheiten in ihr Gedächtnis eingebrannt hatte. Ja, das Einzige, was an der männlichen Leiche noch deutlich erkennbar gewesen war, waren die Stiefel.

»Am Weihnachtstag, während alle in der Kirche waren, haben wir Matthias losgeschickt, um nach Walther zu sehen. Er kam leichenblass zurück und erzählte von dem gemeinen Meuchelmord.«

»Sie wussten davon? Und haben doch geschwiegen?«

»Hätten sie es nicht getan, hätte man sie gehängt! Es sind Gaukler, Prinzessin! Die Sündenböcke für alles! Dass es einen der ihren getroffen hat, spielte dabei keine Rolle. Nein, natürlich haben sie geschwiegen. Ich hielt mich im Wagen versteckt. Ich bin nicht stolz auf mein Verhalten, Fronika, das kannst du mir glauben! Doch wir haben gemeinsam entschieden, es sei besser so. Nach dem Krippenspiel haben wir unsere Sachen gepackt und sind vor die Tore der Stadt gezogen. Am nächsten Morgen verschwanden wir aus der Gegend.«

»Ich habe euch gesehen. Im Wald, als ich ins Kloster floh. Ich hielt dich für einen Geist.«

Nun war es an Boppo, verwundert dreinzuschauen.

»Wusstest du«, fragte Fronika, »dass man mich des Mordes an dir und Lene verdächtigt hat?«

»Dich? Aber – das ist ja völlig absurd!«

»Es war Schwester Anna.«

Boppo riss die Augen auf. »Die alte Nonne? Das ist genauso absurd! Was sollte sie mit zwei Goldstücken …?«

»Es ging nicht um das Gold. Es ging um das Korporale.«

Eine Kröte quakte in der Ferne, und der Wind strich leise durch die Gräser. Ein paar Löwenzahnschirmchen verfingen sich in Fronikas Haar. Boppo keuchte. »Das Wundertuch!«, presste er zwischen den Zähnen hervor. »Es ist verflucht, dieses elende Korporale, wenn du mich fragst. Verflucht!« Seine Stimme klang wütend.

»Es ist verschwunden«, sagte Fronika sanft. »Keiner weiß, wo es geblieben ist.«

»Verschwunden?« Boppo lachte bitter auf. »Glaubst du etwa, es hätte sich in Luft aufgelöst?« Er kramte in einem Beutel herum, den er um den Hals trug. »Hier ist es! Ich habe es mitgenommen! Ich wusste doch, dass es im Kamin nicht mehr sicher war, nachdem meine Mutter allen davon erzählt hat!« Er zog ein zerknittertes, nicht mehr ganz sauberes Tuch aus seinem Beutel und warf es Fronika vor die Füße. »Da hast du es! Ich bin froh, wenn ich es endlich los bin!«

Fronikas Herzschlag setzte aus. Sie musste das Tuch nicht einmal anfassen, um sich von seiner Echtheit zu überzeugen. Sie konnte die Kraft spüren, das leise Pochen, die Wärme, die von ihm ausging.

»Er hat mir keine Ruhe gelassen!« Boppo klang aufgebracht. »Seit eineinhalb Jahren sehe ich ihn jeden Tag. Oh, er tut mir nichts! Er ist einfach nur da. In der Ecke des Wagens, im Publikum, wenn wir auftreten. Manchmal lehnt er stundenlang an einem Baum. Eine einzige Anklage, Fronika! Und seine Augen! Die sind das Schlimmste. Als könne man für immer darin versinken – ein Sturz ohne Ende.«

Heinrich Otto. Natürlich, deshalb hatte sie ihn nie wiedergesehen! Er war nicht ihr, sondern dem Korporale gefolgt.

»Nimm es, Fronika, bitte! Du wirst wissen, was damit zu tun ist. Ich will es nur loswerden. Die Vorsehung muss dich geschickt haben, ehrlich!«

Vorsichtig hob Fronika das Tuch auf. Ein tiefer Friede breitete sich in ihr aus. Sie ließ es in ihren Ausschnitt gleiten, ohne das Bildnis anzusehen. »Ich bin zurückgekehrt, um meine Gespenster loszuwerden«, gestand sie. »Nun sieht es so aus, als hätte ich stattdessen ein neues hinzugewonnen.« Doch sie lächelte, als sich die Wärme des Tuches in ihr ausbreitete.

»Und ich bin zurückgekommen, um das Korporale endlich loszuwerden. Ich habe es nicht mehr ausgehalten. Ich wollte es zurück in den Altar stopfen. Aber … jetzt bin ich froh, dass du es hast!«

Fronika nickte. Sie konnte deutlich spüren, wie sich der Herzschlag des Tuches mit ihrem eigenen vereinigte.

Boppo lachte, von einer großen Last befreit. »Komm mit mir zum Lagerplatz!«, schlug er vor. »Damit ich dir meine Freunde vorstellen kann. Und Greth.«

Sie schüttelte den Kopf. »Nein, Boppo. Du musst wissen, dass ich nicht alleine unterwegs bin. Mein … Mann wird mich inzwischen suchen.«

Boppo starrte sie an – und verstand. »Er ist hier? Der eitle –«

»Jakob. Wir sind verheiratet. Ich erwarte sein Kind.«

Ein tiefes Schweigen senkte sich über das Tal. Sie sahen sich an und begriffen, dass das, was sie eben noch für ein Wiedersehen gehalten hatten, in Wahrheit ein Abschied war. Es gab nichts mehr zu sagen. Ihre Wege hatten sich gekreuzt, waren eine Zeit lang nebeneinander verlaufen und hatten sich wieder getrennt. Dieses Treffen war nur eine letzte Laune des Schicksals; von nun an würden ihre Pfade in unterschiedliche Richtungen weisen, und nur Gott wusste, ob sie sich noch einmal begegneten.

Schließlich umarmten sie sich, inniger als jemals zuvor.

»Ich hoffe, er passt gut auf dich auf, Prinzessin. Und ich bin froh, dass wir noch einmal miteinander reden konnten. Du wirst immer einen Platz in meinem Herzen haben.«

Fronika nickte. Ihre Augen waren feucht, und ihre Stimme versagte erneut.

Erst als sie mit Fee die Straße erreichte, fiel ihr ein, dass sie ihn nicht einmal hatte jonglieren sehen.

Vorsichtig fischte sie das kostbare Tuch aus ihrem Ausschnitt und breitete es auf dem Tisch aus.

Sie waren im Ochsen abgestiegen, bewohnten aber ein größeres Zimmer als Jakob vor eineinhalb Jahren. Die spitznasige Wirtin hatte Fronika mit skeptischem Blick gemustert, jedoch ihr böses Mundwerk gehalten.

»Was siehst du, Jakob?«, flüsterte Fronika und starrte gebannt auf den Glanz des Blutes.

Er betrachtete das Tuch lange und von allen Seiten. Dann seufzte er. »Willst du es wirklich wissen?«

»Natürlich.«

»Ich sehe ein altes Altartuch mit eingetrockneten Weinflecken. Sie sind deutlich sichtbar, es muss ein starker Roter gewesen sein. In der Mitte ist ein länglicher Fleck, der sich verzweigt. Mit viel Vorstellungskraft könnte man den Gekreuzigten darin erkennen. Darum herum gibt es elf weitere Flecken.«

»Ist das alles?«

»Das ist alles.«

»Und was *spürst* du, Jakob, wenn du es betrachtest?«

»Unbehagen. Weil es so viel Kummer verbreitet hat. – Außerdem kann ich einen leisen Windhauch spüren, weil dieses Zimmer ein elendes Zugloch ist und völlig überteuert obendrein.«

Fronika erstarrte. Warum konnte er es nicht sehen? Nicht fühlen?

Weil ihm etwas fehlt, flüsterte eine Stimme in ihrem Innern. *Das Wunder zeigt sich nur dem, der daran glaubt.*

»Was siehst *du*, kleine Ratte?«

Frieden und Kraft. Gottes Segen. Die ganze Herrlichkeit der Schöpfung.

Sie sprach es nicht aus.

»Und nun, Fronika? Was hast du damit vor?«

»Soll ich es verbrennen?«

Jakob sann ernsthaft über ihre Frage nach. Dann schüttelte er den Kopf. »Man kann die Menschen nicht zwingen, etwas zu glauben. Und man kann sie noch weniger zwingen, etwas *nicht* zu glauben. Eine schwere Lektion für mich! Unsere Bruderschaft will vielleicht zu viel erreichen. Möglich, dass die Zeit für unsere Ziele noch nicht reif ist. Wenn es den Menschen hilft, an ein Wunder zu glauben, nun, dann kann ich nichts Schlechtes darin sehen.«

»Der Borchardtsmüller würde anders darüber denken!«

Jakob verzog amüsiert seinen Mund. »Wir werden hitzig über diese Frage diskutieren, in seiner Mühle, wo uns niemand hören kann. Ich freue mich schon darauf!« Dann wurde er ernst. »Was wirst du mit dem Korporale anfangen?«, wiederholte er seine Frage.

»Ich muss darüber schlafen«, seufzte Fronika, faltete das Tuch zusammen und stopfte es zurück in ihren Ausschnitt.

Zögernd stand sie zwei Tage später vor der Pfarrhaustür. *Glück und Unglück, Freude und Leid,* dachte sie. *Alles habe ich hier erlebt. Meistens war ich gern hier.*

Mit einem Schaudern blickte sie nach oben, um sich zu vergewissern, dass keine Sense über ihr schwebte. Erst beim dritten Anlauf wagte sie es, an die Tür zu klopfen.

Der neue Pleban war jung. Conrad Smelzysen war sein Name, wie Fronika in Erfahrung gebracht hatte. Die Dürner mochten ihn. Seine braunen Augen strahlten Güte aus, und sein Gesicht wirke sanftmütig. Fronika fühlte sich sofort wohl in seiner Nähe.

»Gott segne dich«, begrüßte er sie. »Was kann ich für dich tun?«

»Ich habe Euch etwas mitgebracht, Herr Pfarrer. Darf ich eintreten?«

Er führte sie in die Stube, in der Schwester Anna gewohnt hatte. Fronika legte das Korporale auf den Tisch und strich es sorgsam glatt. Schweigend betrachtete sie es. Jedes der elf Christushäupter zeigte einen anderen Gesichtsausdruck: Freude, Schmerz, Wut, Trauer, Wohlgefallen und Verzückung. Die ganze Welt lag darin verborgen.

Auch Conrad Smelzysen starrte auf das Bild. Seine Augen glänzten, bald schwammen sie in Tränen. Schließlich sank er auf die Knie, faltete die Hände und begann zu beten.

Fronika verließ den Raum, um ihn nicht zu stören. In der Küche wartete sie auf ihn.

Als die Tür klapperte, wandte sie sich um. Doch ihr Besucher war nicht der Pleban.

Heinrich Otto blieb an der Schwelle stehen und lächelte. Sie konnte deutlich das Strahlen seines Körpers sehen, das sich in den letzten eineinhalb Jahren verstärkt hatte. Den Blick in seine bodenlosen Augen mied sie, doch sein Lächeln sog sie tief in sich ein.

Er nickte dreimal und löste sich auf, leicht wie eine Wolke am Sommerhimmel.

Fronika wusste, dass sie ihre Gespenster für immer los war. Sie erhob sich und trat hinaus auf den Kirchplatz. Es war an der Zeit, mit Jakob nach Hause zu reiten.

NACHWORT

Oft legt man weite Wege zurück, um das Naheliegende zu entdecken. So erging es auch mir: Erst nachdem ich aus meiner Heimatstadt Walldürn weggezogen war, offenbarten sich mir ihr besonderer Charme und ihre von der Wallfahrt geprägte Geschichte. Das Interesse an Letzterer weckte vor allem Prof. Dr. Peter Assion, bei dem ich in den Jahren 1991 bis 1993 in Freiburg Volkskunde studierte. Schon damals spielte ich mit dem Gedanken, irgendwann einmal das Walldürner Spätmittelalter sowie die Anfänge der Wallfahrt in einem historischen Roman lebendig werden zu lassen.

Fast zwanzig Jahre vergingen, bis ich die Idee in die Tat umsetzte.

Bei meinen Recherche-Spaziergängen durch Walldürn fiel mir vor allem eines auf: Wie klein die mittelalterliche Stadt doch war! Im Jahr 1391, in dem der Roman spielt, lebten in Dürn vermutlich gerade einmal 300 Menschen. Fernab der großen Straßen und Handelswege gelegen, hatte Dürn keine nennenswerte wirtschaftliche Bedeutung.

Eine geschlossene Mauer umgab seit dem 13. Jahrhundert den Ort, ihre Reste sind an einigen Stellen noch sichtbar. Etwa dort, wo heute die Manggasse auf die Hauptstraße trifft, erhob sich bis 1827 der Untere (Miltenberger) Torturm, durch den die Magd Fronika zum ersten Mal das Städtchen betritt. Im Norden, am anderen Ende der Hauptstraße, stand ein zweiter Turm – er war der prächtigere von beiden und blieb bis 1844 erhalten.

Die mittelalterliche Stadt befand sich dort, wo heute »Klein-Frankreich« liegt. Der Marktplatz erstreckte sich damals zwischen dem heutigen Kirchenbezirk und dem Platz des 1448 errichteten Rathauses.

Burg und Zwinger boten 1391 einen eher trostlosen Anblick: Die Burg stand seit hundert Jahren leer, sie verfiel und wurde von den Dürnern als Steinbruch benutzt. Erst 1492 wurde sie zur Mainzer Kellerei aus- und umgebaut.

Auch die kleine gotische Kirche hatte wenig mit der prächtigen Basilika von heute gemein. Es existieren keine detaillierten Beschreibungen oder Bilder aus jener Zeit, man weiß jedoch, dass der Chorturm um 1330 errichtet bzw. erneuert wurde. Direkt bei der Kirche lag, wie zu jener Zeit üblich, der Friedhof.

Wo die Quellen versiegen, ist die Fantasie gefragt. Fronika verschlägt es im Roman mehrfach in die Schänke »Zum Ochsen«. Das war seinerzeit ein gängiger Name für Gasthäuser, es ist also durchaus denkbar (wenn auch keinesfalls nachweisbar), dass es in Dürn ein solches gegeben hat.

Ebenfalls ein Geheimnis der Geschichte bleibt die genaue Entstehungszeit des Sees. Alle Recherchen hierzu verliefen im Dunkeln, und so habe ich mir erlaubt, seine Existenz für das Jahr 1391 einfach anzunehmen.

Als die Stadtgründer, die Herren von Dürn, in der zweiten Hälfte des 13. Jahrhunderts mehr und mehr in finanzielle Schwierigkeiten gerieten, wurde Dürn wiederholt verpfändet und verkauft: 1275 erstmals von Boppo II. von Dürn-Dilsberg an den Bischof von Würzburg und 1294 endgültig von Ruprecht II. von Dürn-Forchtenberg an den Mainzer Erzbischof. So kam eine schwierige Situation zustande, die dem Städtchen bis zur Lösung des Konflikts im Jahr 1656 viele Probleme und Streitigkeiten bescherte: Die weltliche Macht hatte Mainz inne, während Würzburg seit 1277 das Patronatsrecht für die Kirche von Dürn besaß.

Diese komplizierte Konstellation habe ich mir im Roman zunutze gemacht, um eine Erklärung für die Tatsache zu liefern, dass Pfarrer Heinrich Otto, dem der Legende zufolge 1330 das Blutwunder widerfahren ist, in keiner einzigen schriftlichen Quelle genannt wird.

Stadtpfarrer in Dürn könnte 1391 ein gewisser Gerwicus gewesen sein – er wird zumindest in einer Akte aus dem Jahr 1394 als solcher erwähnt. Es kam tatsächlich vor, dass sich ein höhergestellter Priester in seiner Gemeinde von einem Pleban, einem »Leutpriester«, vertreten ließ, der die Seelsorge vor Ort übernahm. Solche Leutpriester waren oft Geistliche von einfacher Herkunft und ohne herausragende Bildung.

Schon die Kleinsten kennen in Walldürn natürlich die Geschichte vom Blutwunder, das der Wallfahrt zugrunde liegt. Das älteste Dokument hierzu ist eine päpstliche Bulle aus dem Jahr 1445 (heute nur noch als Abschrift vorhanden), erlassen von Eugen IV., der darin das Korporale als Wunder anerkennt und den Gläubigen für den achten Tag nach Fronleichnam (den heutigen Großen Blutfeiertag) einen Sündennachlass gewährt.

Ein Datum für das Wunder wird in der Bulle nicht erwähnt. Erst viel später, im Jahr 1571, heißt es in einem Vorwort zu einer Kopie des Schriftstückes, das Wunder habe sich im Jahr 1408 ereignet.

Die heute verbreitete Fassung der Wallfahrtsgeschichte stammt aus der Feder von Magister Jodocus Hoffius, der von 1586 bis 1628 Stadtpfarrer in Walldürn war. Er hat erstmals das Jahr 1330 genannt und auch den Namen Heinrich Otto schriftlich fixiert. Es ist anzunehmen, dass das Geschehnis von ihm absichtlich zurückdatiert wurde, um dem Wunder dank seines Alters noch größere Bedeutung zu verleihen. Außerdem kannte Hoffius natürlich die mündlichen Überlieferungen, nach denen der Priester noch »viele Jahre« lebte, bis er am Sterbebett von dem Wunder berichtete.

Heute gilt es als gesichert, dass die Wallfahrt zu Beginn des 15. Jahrhunderts bereits im Gange war, nicht zuletzt, weil im Jahr

1423 der neue Ortsname »Waltdürn« aktenkundig wurde – er bedeutet »Wallfahrtsort Dürn«.

Das Spätmittelalter und besonders das 14. Jahrhundert waren geprägt von gesellschaftlichen Umwälzungen. Durch die erste Pestwelle (1347–1352) und durch das abendländische Schisma, das über Jahrzehnte hinweg Päpste und Gegenpäpste in Rom und Avignon hervorbrachte, herrschte überall große Verunsicherung. Warum Gott die Menschheit so furchtbar strafte, konnte man sich nicht erklären, und man wusste nicht, an wen man sich mit Fragen dieser Art wenden sollte, da die Kirche keine verlässliche Orientierung mehr bot. Viele Priester nahmen es mit den christlichen Moralvorstellungen nicht allzu genau und waren vor allem darauf aus, Reichtümer anzuhäufen. Das Wort »Pfaffe«, vormals durchaus eine würdevolle Bezeichnung für Geistliche, erfuhr eine Abwertung und verkam mehr und mehr zum Schimpfwort.

Jene Zeit hat viele Wunderlegenden hervorgebracht. Auch ließen sich Glaube und Aberglaube nur schwer trennen. Überall suchte man nach göttlichen wie nach bösen Vorzeichen und fand sie nicht nur im Glauben, sondern auch in ganz alltäglichen Dingen.

Das Walldürner Blutwunder war in diesem Kontext eine besonders kostbare Offenbarung: Erst 1215 schrieb das IV. Laterankonzil fest, dass durch die Wandlung von Brot und Wein in Christi Fleisch und Blut Jesus beim Abendmahl leibhaftig gegenwärtig sei. Das Christusbildnis auf dem Korporale verdeutlicht somit eines der wichtigsten Glaubensgeheimnisse der katholischen Kirche. Ich musste meine Fantasie nicht allzu sehr bemühen, um mir vorzustellen, welch große Begehrlichkeiten eine solche Reliquie im ausgehenden 14. Jahrhundert geweckt haben mag – bei Schurken ebenso wie bei Frommen.

Angst und Verunsicherung steigerten bei den Menschen die Sehnsucht nach einem übergeordneten, göttlichen Heil. Die Kirche hatte jedoch eine Entwicklung genommen, die vielen Gläubigen missfiel: Der hohe Klerus schwamm in Reichtum und war eher an weltlicher Macht interessiert als am Heilsgeschehen. Die einfachen Pfarrer hingegen waren oft schlecht gebildet und beherrschten nur die elementarsten liturgischen Handlungen. Geistliche waren somit kein moralisches Vorbild mehr und galten häufig als korrupt.

Diesem Umstand ist es geschuldet, dass Geheimbünde und Bruderschaften entstanden, die es sich zum Ziel setzten, die Kirche zu »befreien«. Sie predigten Armut und wahre Frömmigkeit, verkündeten Gottes Wort in einer verständlichen Volkssprache und machten es sich zur Aufgabe, den einfachen Menschen Bildung angedeihen zu lassen. Die wohl bekannteste Glaubensgruppierung dieser Art waren die vom 12. bis ins 14. Jahrhundert verbreiteten Katharer, die bald von der Inquisition als Ketzer und Häretiker verfolgt und schließlich vernichtet wurden. Ihren weit verstreuten Anhängern und Nachfolgern steht die Bruderschaft nahe, der Jakob von Fulda im Roman angehört.

Durch die Recherchen für mein Buch habe ich noch einiges über meine frühere Heimat gelernt. Nahezu unbekannt war mir beispielsweise das bei Schlierstadt gelegene Kloster Seligental, in dem die letzten Kapitel des Romanes spielen.

Das Zisterzienserinnenkloster wurde 1236 von Konrad von Dürn und seiner Gattin Mechthild von Lauffen gestiftet, als »Hauskloster« und Grablege für die Edelherren von Dürn. Deren Förderung verdankte es bis Mitte des 15. Jahrhunderts seine regionale Bedeutung und einen beachtlichen Besitz an Grund und Boden.

Reformation und Bauernkrieg beendeten die Zeit der Zisterzienserinnen in Schlierstadt; 1568 wurde das Kloster vom Mainzer

Erzbischof aufgelöst. Danach verfielen die Gebäude, wurden zeitweise als Scheunen benutzt und gerieten nach und nach in Vergessenheit. Erst 1996 kaufte die Stadt Osterburken einen Teil der Ruinen und sanierte sie aufwändig. Über die zukünftige Nutzung ist noch nicht entschieden, aber man kann sich nur wünschen, dass dieser stille, besinnliche Ort seine angemessene Beachtung findet.

DANKSAGUNG

Was wäre eine Autorin ohne ihre Helfer, Testleser, Informanten und Gesprächspartner!

Ich bedanke mich ganz herzlich bei allen Menschen, die mir während der Recherche, beim Schreiben und später beim Überarbeiten des Romanes zur Seite standen, insbesondere meinem Lebensgefährten, der während der heißen Schreibphase viel Geduld mit mir aufbringen musste! Mein besonderer Dank gilt meinem früheren Geschichtslehrer, Studiendirektor i.R. Walter Gramlich, der das Manuskript auf seine historische Stimmigkeit überprüfte und sich die Zeit nahm, mir Details zur Walldürner Geschichte zu erklären.

Ebenfalls hervorheben möchte ich Gerhard Friedrich vom Geopark Bergstraße-Odenwald, der mir Tür und Tor zum Stadt- und Heimatmuseum öffnete.

Sollten sich dennoch Fehler in meinen Roman eingeschlichen haben, so gehen sie ganz allein auf meine Kappe!

Und nicht zuletzt danke ich dem Team des Sutton Verlages, allen voran Julia und Andreas Ströbel, für die gute Zusammenarbeit bei Konzeption, Lektorat und Gestaltung des Buches.

Agnes Bernauer

Hexe, Hure, Herzogin

Manfred Böckl

12,00 € | 978-3-86680-761-7

Die schöne Agnes lernt 1428 im Badehaus ihres Vaters einen ungewöhnlichen jungen Mann kennen und lieben. Sie weiß nicht, dass es sich um den Thronfolger Albrecht von Wittelsbach handelt. Heimlich heiraten die beiden. Doch Albrechts Vater Ernst, der Herzog von Bayern, fürchtet ob der unstandesgemäßen Heirat seines Sohnes mit einer Bürgerlichen um den Fortbestand der Wittelsbacher Dynastie. Als ihm Albrecht den Gehorsam verweigert und sich mutig zu Agnes bekennt, eröffnet Ernst die Jagd auf die junge Frau.

Das Bouquet der Leidenschaft

Ein historischer Weinroman aus der Pfalz

Uwe Schreiber

14,90 € | 978-3-86680-439-5

Dem talentierten Pfälzer Winzer Emil Jordan gelingt die Kreation der viel gefeierten Spätlese, doch den Ruhm erntet der missgünstige Sohn des Weingutbesitzers. Als sich auch noch seine große Liebe Josefine von ihm abwendet, wandert Emil aus und verwirklicht in Kalifornien seinen Traum vom eigenen Weingut. Doch schon bald rafft die Reblaus alles dahin. Zurück in der pfälzischen Heimat trifft Emil Josefine wieder und deckt ein Netz aus Intrigen auf, die sein Lebensglück zerstört haben. Wird er seine große Liebe zurückgewinnen können? Und wird sich sein Traum von einem Jahrhundertwein erfüllen?

Buchhinweise

Schattenfehde

Verschwörung gegen Hessen und Kurmainz

Alf Leue

14,90 € | 978-3-86680-426-5

Hessen im Jahre 1461: Der 16-jährige Berthold Graychen muss hilflos die Verbrennung seines Freundes Franz mit ansehen. Dann gerät auch er ins Visier des machthungrigen Vogtes Wolfram Etzelroth. Hals über Kopf muss Berthold fliehen. Nur langsam begreift der junge Mann, dass er die Schlüsselrolle in einer politisch hochbrisanten Verschwörung spielt, in die sogar der Papst verwickelt ist und die in der kriegerischen Auseinandersetzung um den Mainzer Bischofstuhl enden wird.

Weitere Krimis und Romane finden Sie unter:

www.sutton-belletristik.de